Catherine den Chenonceau

Die Gefangene von Ste-Marie

Historischer Roman

cantonadi@yahoo.fr

Bibliografische Information der Deutschen Nationalbibliothek:
Die Deutsche Nationalbibliothek verzeichnet diese Publikation in
der Deutschen Nationalbibliografie; detaillierte bibliografische
Daten sind im Internet über http://dnb.dnb.de abrufbar.

6. Auflage, 2019
Herstellung und Verlag: Books on Demand, GmbH, Norderstedt
Umschlagillustration: Adrian Stürm, 'Nazca rencontre la Grèce',
2001 (Ausschnitt)

ISBN: 978-3-839-16589-8

Für Nicole,
Lara, Mauro,
Anthony und Leila

- 1. Prolog, Teil 2 -

"Sonne dich in der Sonne und nicht in gestern Erreichtem", hat er oft gesagt. "Lebe heute und jetzt. Behalte im Hinterkopf, dass die Zukunft nicht in der Vergangenheit liegt. Damit du nicht erst den Sinn des Lebens hinterfragst, wenn die Luft dünner wird und du keinen Sand mehr zwischen den Zehen spürst."

Nur kurz blicke ich auf das Logbuch und lese jene Zeilen, mit denen er sich für immer von mir verabschiedet hat. Monate sind vergangen. Monate der Trauer, während denen ich ihn herbeigesehnt habe. Monate des Frustes, während denen er machtlos dem Gesetz des Stärkeren ausgeliefert blieb. Monate der Ungewissheit, da der inszenierte Schauprozess immer wieder verschoben worden ist. Doch heute ist der Tag gekommen. Der Tag ihrer Abrechnung. Der letzte Tag meines ersten Lebens.

Er hält im Schritt inne, schaut sich um und grinst. Die Zeit im Kerker ist nicht spurlos an ihm vorbeigegangen. Er zittert, wirkt gebrochen und ungepflegt, als wäre er, der das Leben lang einem Raubvogel gleich nach Beute gespäht hat, in vollem Flug von einer Kugel zerzaust worden. Doch seit Wochen fliegt er nicht mehr. Seit Wochen hängen seine Schwingen in Ketten, sind seine Flügel gestutzt. Er hat resigniert, ist abgemagert und alt geworden – alt, aber kein bisschen hässlich.

Er hat mich gesehen. Sein Blick haftet an mir wie der Eisennagel am Magneten. Freut er sich für mich? Oder missgönnt er mir die Freiheit? Es liegt in seiner Macht, mich mit auf seine Reise zu nehmen. Ein Wort, und meine Handgelenke liegen in Ketten. Doch sind seine Gefühle für mich zu intensiv. Für mich, Valéon und Ozérine.

Schweisstropfen rinnen über seine Stirn. Sie ziehen feucht glänzende Schmutzbahnen hinter sich her. Für den Bruchteil einer Sekunde mache ich ein Lächeln auf den Bitterkeit zum Ausdruck bringenden Lippen aus. Dann verbirgt er seine Gefühle erneut hinter dieser Maske, die er nur für wenige Menschen abgenommen hat.

Vor mir kann er keine Geheimnisse verbergen. Er, der unerschrockene Seefahrer, hat Angst vor der Ungewissheit. Er weiss, wohin ihn sein Weg führt, hat dabei aber keine Ahnung, was ihn dort erwartet. Noch immer flackert die Lebensenergie in seinen dunklen Pupillen, ungebändigte Abenteuerlust, das von mir entfachte Feuer. Acht Jahre an der Zahl, die seit unserem Aufeinandertreffen verstrichen sind. Acht Jahre, während denen ich seinen Frohmut kennen, seinen Sachverstand schätzen und seinen Gerechtigkeitssinn bewundern lernte.

"Weiter!" Zum wiederholten Mal rempelt der Uniformierte den Piraten an. Uniformen machen stark – vor allem gegenüber Gefangenen in Ketten. Nie würde der im Solde Gouverneur Pierre Benoît Dumas'[1] stehende Henkersknecht sonst so über den Hünen spotten: "Geniess deinen letzten Flug, Bussard!"

"Fass mich nicht an!" Autorität liegt in der Stimme des noch vor Sekunden gebrochen wirkenden Verurteilten. Er steht mit erhobenem Haupt da. Auch in seiner letzten Stunde lässt sich der Herrscher der Weltmeere nicht vom Handlanger des Gouverneurs anpöbeln. "Ich geh meinen Weg und du den deinen. Schätze dich glücklich, dass du für einen Augenblick an meiner Seite wandeln darfst!"

Der Menschenansammlung zum Trotz hört man auf dem Platz keinen Laut. Totenstille wie in einer Gruft. Der Uniformierte antwortet nicht. Père Houbert presst die Bibel an die Brust. Seine Lippen zittern. Hektisch kratzt er sich mit seiner freien Hand durch die Nackenhaare.

Theatralisch langsam setzt der Verurteilte wieder einen Fuss vor den anderen, hinter sich die Gefängnismauern, vor sich den Galgen. Die Gasse in der Menge schliesst sich schnell hinter ihm. Alle wollen den Piraten sehen. Alle kennen die sich um seine Person rankenden Anekdoten. Alle wissen vom Geheimnis, das er mit ins Grab nimmt. Er ist bereits zu Lebzeiten Legende – wie mir gegenüber so oft prophezeit.

Der Strick baumelt im Wind. Die Palmwedel über mir rascheln und rauschen. Ich starre auf das Meer hinaus. Das Bild wird trüb und verschwommen. Mein Blick verliert sich im horizontlosen Nichts. Es ist zwecklos, die sich abspielende Tragödie zu hintersinnen. Ich könnte zusammensacken. Doch seine Worte widerhallen in meinen Ohren.

Nein, ich bleibe stark. Solange als möglich wohne ich dem Trauerspiel mit erhobenem Kopf bei und lasse ihn meine moralische Unterstützung spüren. Doch wer mich beobachtet, wer mich kennt, lässt sich vom falschen Lächeln nicht in die Irre führen, sieht die auf meinem Herzen lastenden Schatten durch das Leinenhemd hindurchschimmern.

Meine Wimpern kämpfen gegen aufkommende Feuchtigkeitsspuren an – als hätte der Wind mir ein Sandkorn zwischen die Augenlider getrieben. Ich schaue erneut auf die Menschenmenge, in die gefurchten, von Sonne und Meer gezeichneten Gesichter. Tausend Schaulustige sind gekommen, vielleicht auch mehr – Bewunderer ebenso wie Rächer. Freunde erweisen ihm die letzte Ehre, Feinde lechzen nach Genugtuung für erlittenes Leid.

Die Verhandlung hat nur vier Tage gedauert. Vier Tage Schauprozess. Der Gouverneur rächte sich, weil er nicht bekam, wonach ihn seit Jahren gierte.

"Man öffne mir die Ketten!" Der Verurteilte übertönt die vereinzelten Zwischenrufer. Wie damals vom Oberdeck der Victoire herunter kom-

---

[1] Pierre-Benoit Dumas, vom 21.7.1727 bis 11.7.1735 Gouverneur von Bourbon (heute La Réunion).

6

mandiert er: "Ich erklimme die letzten Treppenstufen als freier Mann. Habt ihr Weiber Angst vor einem Greis?" Ich schmunzle. Er ist noch immer der Gleiche. Neben mir diskutieren zwei in edle Stickerei gekleidete Herrschaften. "An ihm ist ein brauchbarer Soldat verloren gegangen", sagt der eine. "Schade hat dieser Kerl das Leben weggeworfen." Ich ziehe den Schleier etwas hoch und betrachte den Griffel zwischen meinen Fingern. Meine Hand zittert. Der Diamant, den mir der Verurteilte nach der Rückkehr aus der Grotte an den Ringfinger gesteckt hat, reflektiert das Licht in den Farben des Regenbogens. "Hat er das?", fragt der Jüngere der beiden. In Gedanken versunken spielen seine Finger mit dem Schaft des Degens. "Noch in 100 Jahren besingen Kinder seine Liebe zur Prinzessin. Noch in 200 Jahren sorgen seine Piratenstreiche für Gesprächsstoff. Noch in 300 Jahren graben Schatzsucher erfolglos nach seinen Reichtümern. Nein, seiner wird man in Zukunft gedenken, wenn wir längst vergessen sind, vermodert und von Würmern zersetzt. Ich habe höchste Achtung vor diesem Mann, den wir in wenigen Minuten aufgrund politischer Intrigen ins Jenseits befördern."

Ich schlucke leer. Die Worte hätten vom Verurteilten stammen können. Ja, er ist unsterblich, verkommt heute zum Märtyrer. Ich erinnere mich an unser letztes Gespräch, höre noch seine Worte, immer und immer wieder: "Der Gouverneur kommt neun Jahre zu spät. Jetzt können sie mich nicht mehr unschädlich machen. Ich lebe ewig."

Wo bist du, mein Freund? Erhöre mich! Als lese der Verurteilte Gedanken, blickt er in meine Richtung und starrt mir in die Augen. Er steht auf der Treppe zum Galgen, überragt die Menschenmenge um einen Kopf und hebt die Hand. Unglaublich – seine Hände sind frei, seine Füsse ebenfalls!

"Nur vor einem knie ich nieder", erinnere ich mich seiner Worte. "Doch der steht nicht im Solde der Krone!"

Erhobenen Hauptes steht er vor der Menge, als stünde er vor seiner Mannschaft, würde gleich den Jolly Roger[2] hissen lassen und Jack, den ersten Kanonier, an die vordere Drehbasse[3] beordern. Und dann, ja dann verstehe ich endgültig, weshalb er in unserem letzten Gespräch permanent von Unsterblichkeit geredet hat. Er hält ein Pergament in der Hand. Seine Tenorstimme hört man weit herum.

"Dieses Kryptogramm[4] führt den Intelligentesten unter euch zu meinem Gold. Mit dem, was ich versteckt habe, könnte ich die Insel kaufen!"

---

[2] Piratenfahne: Jolly Roger kommt ursprünglich von "jolie rouge" (hübsches rot). Die ersten Piratenfahnen waren schwarz auf rotem Grund.

[3] Auf Drehzapfen beweglich gelagertes, leicht handhabbares Geschütz.

[4] Text mit Geheimbotschaft (Entschlüsselungsverfahren offenbart zweite Bedeutung).

Staub wirbelt auf. Hände greifen nach dem Dokument. Einer fährt den Ellbogen aus und ein anderer ballt die Fäuste. Das Stück Papier verschwindet in der Menschenmenge.

Alle Augen sind auf die Rangelei gerichtet. Nur die meinen blicken nach wie vor in das stolze Antlitz des Gefangenen. Er könnte sich davonstehlen. Die ins Inselinnere führende Schlucht ist nicht weit, das Höhlenlabyrinth ihm bestens bekannt. Weit würden ihn die geschundenen Füsse aber kaum tragen.

Nein, der alte, mit schlichtem Hemd gekleidete Hüne ist sich seines körperlichen Handicaps bewusst, hat sich in sein Schicksal ergeben. Er geniesst den Moment, steht ein letztes Mal vor der Meute, sorgt für Verwirrung und ist im Mittelpunkt des Interesses, wie er es so oft im Leben gewesen ist. Zu seinen Füssen balgen sich die ehemaligen Streitgenossen – abtrünnige gleichermassen wie in der Seele treu ergeben gebliebene – mit Gouverneur Pierre Benoît Dumas' Henkersknechten und den Rom repräsentierenden Missionaren. Die Kolonisten der Insel Bourbon[5] entblössen eines – wenn auch nicht unbedeutenden – Piratenschatzes wegen ihre wahren Gesichter. Im Glanze des Goldes zeigt so mancher Kerl sein wahres Ich.

Was für ein Mann! Ich schüttle erneut den Kopf, kann meinen Blick nicht senken. Welche Tragödie, dass er mich ausgerechnet auf dieser gottvergessenen Insel zurücklässt. Eine Tragödie für mich ebenso wie für die Bewohner Bourbons, die seit Ausbruch der Kaffeekrise ein Dasein in Armut und Elend fristen. Niemand hat eine Ahnung, wo sich das Gold befindet. Keiner der ehemaligen Weggefährten kennt den exakten Lageplan der Reichtümer. Einzig mit einer Frau hat der Verurteilte sein Geheimnis geteilt. Doch diese Frau schweigt.

Ich wende mich ab. Der Diamant funkelt bei jeder Bewegung. Wie durch eine Nebelwand hindurch vernehme ich eine Kinderstimme.

"Mama, ich will weg."

Ozérine versteht die Ursache des Tumultes nicht. Wie soll sie auch? Ich möchte nicht, dass sie die wahren Hintergründe unseres Kurzaufenthaltes auf Bourbon erfährt. Die Kleine ist fünf Jahre alt. Haben wir erst die Passage nach Frankreich hinter uns gebracht, die Diamanten sicher angelegt und mit den uns verbleibenden Goldstücken ein Landhaus gekauft, kann ich sie immer noch über ihre Herkunft aufklären. Gleiches gilt für Valéon, der unter Mithilfe seiner Fingerchen das Stück Banane im Mund zerquetscht. Eines Tages werden sie reif sein für die Wahrheit, reif für diese Lektüre. Diese paar Jahre sollen mir meine geliebten Strolche aber bitte noch lassen.

Der alte Jack steht zwischen meinen Kleinen. Lange schaut er mich an. Er versteht die Tragweite der Situation und weiss, dass der Zeitpunkt des

---

[5] Früherer Name der heutigen Insel La Réunion im Indischen Ozean

Abschiedes gekommen ist. Mein Bauch zieht sich krampfartig zusammen. Trotz der schwülen Hitze zittere ich am ganzen Körper. Ich kann kaum noch atmen, verspüre erneut den wiederkehrenden Schmerz in der linken Brustgegend, dieses Stechen, als hätte ich einen steilen Hügel zu rasch erklommen.

Permanent gehen mir dieselben Fragen durch den Kopf. Weshalb wird der Mensch im Angesicht des Goldes zur Bestie? Warum nimmt mein Glück ein so jähes Ende? Worin liegt der Sinn des Lebens? Fragen, auf die ich keine Antwort finde. Einzig eine Erkenntnis bleibt. Du merkst erst, wenn der Liebste von dir geht, wie viel er dir bedeutet hat und welchen Schatz er mit sich ins Grab nimmt. Doch lässt sich die Vergangenheit nicht rückgängig machen.

Ein letztes Mal schaue ich zum Galgen. Dann wende ich mich ab. Die Handgriffe der Kleinen sind fest. Der Sand knirscht unter unseren Füssen. Ich drehe mich nicht mehr um, will ihn so in Erinnerung behalten, wie er gewesen ist.

Unsere Herberge liegt wenige Schritte entfernt am Dorfrand von St-Paul. Valéon schläft sofort ein. Ozérine leistet ihm Gesellschaft. Arm in Arm liegen sie nebeneinander im Bettchen. Bald wird auch sie die Äugelein geschlossen haben.

Onkel Jack kauert neben den beiden am Boden. Ich trete ins Freie. Es ist fünf Uhr. Die Palmen neigen sich im Wind. Die Abendsonne hat es an diesem verfluchten 7. Juli 1730 gut gemeint mit uns. Die Strahlen spiegeln sich in der unruhigen See. Ich schliesse kurz die Augenlider.

Die Brise wäre ideal, um mit der Victoire auszulaufen. Ich spüre das Kitzeln auf der Haut. Wie viele Jahre sind verstrichen, seit er sie auf Grund gesetzt hat? Sieben?

Ich kann mich nicht erinnern. Mir wird warm. Wie gerne würde ich der Realität entfliehen, mit vollen Segeln an seiner Seite durch die Wellentäler gleiten, auf einer einsamen Insel die Füsse am Strand ausstrecken und meine eigene Herrin und Meisterin sein. Doch jene Zeiten sind vorbei. Nie wieder wird er an meiner Seite wandeln.

Wie sagte er noch? *'Die Zukunft liegt nicht in der Vergangenheit'*. Wie Recht er doch hat. Es ist an mir, die Initiative zu ergreifen und mit meinen Liebsten den richtigen Hafen anzusteuern.

Vom Fort ertönen drei Kanonenschüsse. Ich zucke zusammen, schlage die Hände vors Gesicht, habe kein Gefühl mehr in den Knien und lasse mich fallen. Die Sandkörner spüre ich zwischen den Fingern, in den Haaren, auf den Lippen, in der Nase. Doch kümmern sie mich nicht. Kraftlos liege ich da, während sich die Tränen ihren Weg über meine Wange suchen, zu Boden tropfen und im Sand verdunsten. Wie eine geplatzte Seifenblase ist das letzte bisschen Hoffnung gewichen.

Es ist aus. Es ist vollbracht. Es ist zu Ende. Ich bin frei. Frei!

- 1. Buch: François -

- 1 -

Die Kanonenschüsse vom Fort dröhnten in Katharinas Kopf nach wie jene damals acht Jahre zuvor, als sie die Victoire das erste Mal gesehen hatte – irgendwo auf einem Wellenberg zwischen Indien und Afrika. Die Seeleute waren den ganzen Tag nervös gewesen. Das am Horizont aufgetauchte und sich in der untergehenden Sonne vor dem düsteren Himmel abhebende Segel hatte konstant denselben Kurs gehalten. Damals, vor acht Jahren. Katharina schaute an jenem Tag immer wieder zum Mastkorb hoch. Schwer arbeitete sich die Galeone mit backgebrasstem Grosssegel durch die Dünung. Don Philippes braungebranntes Gesicht hatte jegliche Farbe verloren. Seine gepflegten Fingernägel verunstaltete er mit den Zähnen in einer Art und Weise, die an Kannibalismus grenzte. Immer wieder starrte er gebannt über die Schulter. Doch das aufgewühlte Fahrwasser im Heck interessierte ihn nicht. Sein Blick galt dem mit gleichem Kurs folgenden Segler.

Der Kapitän neben ihm kaute auf einer Masse herum. Lippen, Zähne und Speichel verfärbten sich rot[6]. Sein Gesicht war von den Jahren auf See gezeichnet: Es bestand nur aus Falten. Von Zeit zu Zeit bückte sich der Alte über die Reling und spuckte in die Gischt. Der lange, an den Spitzen weisse Bart flatterte wie eine Fahne. Den Turban trug der Sikh fest um den Kopf geschlungen.

"Welchen Kurs hält das fremde Schiff?", fragte Don Philippe, als sich Katharina zu den beiden gesellte.

"Leicht leewärts, Sir", brummte der Sikh.

"Weshalb hissen wir nicht mehr Tücher?"

Der Kapitän ignorierte die Frage des blaublütigen Portugiesen.

"Abfallen!", brüllte er dem Steuermann zu. "Weniger hart an den Wind!"

"Weshalb setzt das Schiff keine Fahnen?", fragte Don Philippe weiter. "Weshalb gibt es sich nicht zu erkennen?"

Der Sikh schloss die Augen. Er atmete tief durch seine Nüstern, als würde er nichts weiter riechen wollen als die salzige Meeresluft.

"Bekomm ich keine Antwort?", brauste der Portugiese auf. "Was ist?"

"Wie Euch belieben, mein Herr." Der Kapitän eilte von Backbord nach Steuerbord. "Los, Männer, an die Brassen, schnell, schnell!"

---

[6] Das Kauen von Betelnüssen wirkt stimulierend auf das Nervensystem. Die Nüsse werden aufgeschlitzt, mit Limonenstücken und Gewürzen vermengt, in ein Betelblatt eingewickelt und anschliessend gekaut.

"Was passiert?"

"Wir hängen den Verfolger ab", murmelte der Sikh in einer Lautstärke, die nur für den Edelmann verständlich war. Lauter kommandierte er die angetretene Mannschaft. "Los, los, Ruder in Luv! Deckwache, alle Tücher hissen. Ich will das Segel achtern heute zum letzten Mal gesehen haben."

"Was passiert, wenn das andere Schiff sich nicht abhängen lässt? Was...?"

"Das ist momentan noch nicht der Fall, mein Herr", sagte Katharina und ergriff Don Philippes Hand. "Und wenn schon, wir wissen uns zu wehren."

Ein Matrose holte das Tau ein und schlug das herrenlose Ende mehrmals um die zehn Schlaufen.

"Wie Sie denken, meine Liebe", murmelte der Adelige. "Wie Sie denken."

Er wandte sich von seiner Verlobten ab. Doch der Kapitän, Don Philippes Fragen überdrüssig, stieg bereits die Treppe hinunter auf Deck und verzog sich in seiner Kajüte.

"Wer antwortet mir?", jammerte Don Philippe.

Katharina lachte. Was war aus ihrem Helden geworden, der sich vom Elefanten herunter gebrüstet hatte, sie ein Leben lang zu beschützen?

Nur ungern hatte ihr Vater seine einzige Tochter in die Obhut des Adeligen gegeben. Verwaist würde der Palast tagsüber ohne sie sein, hatte er gesagt, düster und trist die Indische Nacht. Doch er, Don Philippe, war versessen gewesen, Katharina zur Frau zu nehmen.

Nach mehrtägiger Bedenkfrist hatte Katharina eingewilligt. Obwohl noch keine zwanzig wollte sie fremde Länder sehen und ferne Kontinente bereisen. Sie wollte raus aus den Palastmauern, die wie Gefängnismauern waren, raus aus Rajasthan, raus aus Indien.

Der Abschied vom Vater war ihr nicht leicht gefallen. Und am Grab ihrer Mutter hatte Katharina bittere Tränen geweint. Aber im Leben durfte man nicht zurückschauen. Indien lag hinter ihr. Vor sich glaubte sie Europa zu sehen, Portugal, ihre Hochzeit am Hofe Don Philippes. Doch das Leben war eine Wundertüte und offenbarte täglich neue Überraschungen.

Katharina lehnte mit dem Rücken an der Reling, schloss die Augen und sog die Luft tief ein. Sie fühlte sich wie nach tausend Jahren auf See. Dabei befand sie sich erst wenige Tage auf dem Schiff, lag ihr Heimatland keine tausend Meilen hinter ihr.

In Indien war ihr als Tochter des Maharadschas jeder Wunsch von den Augen abgelesen worden. Einzig der Aufenthalt ausserhalb der Palastmauern war untersagt geblieben. Stunden hatte sie deshalb am Lieblingsfenster geharrt und in die Freiheit hinaus gestarrt. Den Kopf zwischen den Händen abgestützt schaute sie den Kaufleuten zu, wie sie ihre Waren aus allen Gassen daherkarrten und hin und her hievten. Farbenfroh lag alles auf dem Hauptplatz zur Schau: Edle Stoffe aus China, Teppiche aus Persien, saftige Früchte aus dem Norden, Gemüse frisch von den Feldern, Tongefässe, Sandelholz- und Elfenbeinschnitzereien. Menschen strömten durch die Gassen, bleiche Engländer, parfümierte Franzosen, Brennholz oder Bananenstauden auf dem Kopf herumschleppende Inder. Eine Mischung aus allerlei exotischen Gewürzen und Gerüchen hing in der Luft. Je nach Laune miefte es auch nur nach Pisse oder Kamelkacke.

Kam es gut, blies ein Wüstenwind und entzog den sich bildenden Schweisstropfen die Feuchtigkeit, bevor sie perlten. Doch bewegten sich die Blätter an den vereinzelten Bäumen nicht, hing eine Smogglocke über der Stadt. Alles und jeder stank – der Wasserverkäufer mit seinen abgelatschten Ledersandalen, die Urinflecken an der Wand, die Marktfrau mit den am Boden aufgebahrten Hühnerköpfen, die Kotspuren im flach getretenen Sand, der Innereien von Ziegen anpreisende Kauz mit dem Strohhut, die zu zweien an den Köpfen aneinandergebundenen und noch ein letztes Mal blökenden Schafe. Ja selbst die Obststände stanken nach Fäulnis und Verderben. Und dabei waberte der Horizont in der Gluthitze Rajasthans.

Katharina dachte an das Pfauenmosaik, das die geweisselte Wand neben ihrem Lieblingsfenster zierte. Diese Vögel trugen ein Kleid glänzend wie Seide zur Schau. Abends schrien sie schrill, stolzierten durch den Park, schlugen Rad und stiegen mit kräftigen Flügelschlägen zum Himmel auf. Zu gern hätte auch die Prinzessin Flügel gehabt und wäre der untergehenden Sonne nachgeflogen.

Einmal hatte sie es gewagt, in zerrissene Klamotten gehüllt den Palast zu verlassen. Unerkannt war sie durchs Tor gehuscht und hatte sich unters Volk gemischt, die Darbietungen der Fakire bestaunt, den Märchenerzählern gelauscht und bei den Spässen zweier Clowns mehr gelacht als in ihrem ganzen Leben. Ein Jauchzer nach dem anderen war über ihre Lippen geglitten. Ihre Hände hatten vom Klatschen geschmerzt.

Im Palast war ihre Abwesenheit bald bemerkt worden. Die Strassen im alten Stadtkern hatten sich mit den Leibgardisten des Maharadschas gefüllt. Worauf Katharina überstürzt in die vertraute Umgebung des Palastes zurückgekehrt war.

Mit keinem Wort hatte man sie gerügt. Doch am nächsten Morgen war dem diensthabenden Wachsoldaten mit einem gezielten Schlag der Kopf abgehackt worden. Die Prinzessin fröstelte, als sie der schrecklichen Lektion ihres Vaters gedachte.

Still und leise säuselte der Wind über die brechenden Kuppen und sorgte für leichte Schräglage. Die Wogen rauschten wie an den vorangegangenen Abenden. Der Sonnenbauch küsste den Horizont. Die Wellenhügel umspülten den glühenden Ball, bis er vom Meer verschluckt wurde. Kurzes Abendrot, dann regierten die Tausend oder mehr Sterne.

Die See duftete nach Freiheit. Doch die von Don Philippe verbreitete Stimmung an Bord blieb schlecht.

12

Nie zuvor hatte Don Philippe, Katharinas Verlobter und Held, einen so
verlorenen Eindruck auf sie gemacht wie in jener Nacht, 1722, als dieses
Segel am Horizont aufgetaucht war. Sie befanden sich alleine an Deck.
Der Matrose hatte das Tau eingeholt und sich verzogen.
"Der Segler, bestimmt ein Händler auf dem Weg nach Afrika", mut-
masste Katharina. "Kein Grund zur Panik, Don Philippe."
Tags zuvor schon hatten sie ein Schiff der 'Compagnie Française des
Indes Orientales' gekreuzt. Der Kapitän hatte Katharina als Präsent ein
Rosenwasser überreicht. Don Philippe war vom Duft entzückt gewesen.
Gestern.
"Ich hab ein ungutes Gefühl", murmelte er. Katharina kicherte. Der
Adelige fuhr fort: "Ihr seid jung und unerfahren. Ihr habt keine Ahnung,
welches Schicksal uns blüht, sollten uns Piraten entern."
Piraten! Katharinas Herz schlug höher. In Indien waren ihr die wildes-
ten Geschichten erzählt worden. Unrasiert sollten sie sein, bis unter die
Zähne bewaffnet, blutrünstig, gnadenlos und geldgierig wie des Moguls
Zahlmeister, ungebildet, mit vernarbtem, muskelbepacktem Körper. Je
mehr Narben, umso kräftiger, hatte Indira, eine ihrer Zofen, behauptet.
Doch Narben schützten nicht vor drakonischer Strafe. Neulich war der
erste Maat des Indischen Piraten Angria beim Fort von Cayra nahe Mala-
bars aufgegriffen worden. Worauf die Truppen des Grossmoguls kurzen
Prozess mit ihm gemacht hatten. Seither grinste er mit vertrockneter Haut
und kaum mehr Haaren auf dem Schädel vom Pfahl herunter. Die Geier
hatten ihm schon nach wenigen Tagen die Augen aus den Höhlen gepickt.
"Ihr meint, mein Herr, wir werden von echten Piraten angegriffen?" Katharina zögerte. Sie wollte seine Reaktion sehen. "Ich mache mir keine
Sorgen. Ich weiss in Euch, Don Philippe, meinen Beschützer an der Seite."
Don Philippe hörte nichts. Er gab sich alle Mühe, Katharinas Hochachtung innerhalb von Sekunden zu verspielen.
"Foltern werden sie uns, am Mast aufhängen, mit den Pistolen abknal-
len oder dem Entermesser erdolchen. Wohl alles gleichzeitig. Kommt es
gut, verkauft man euch Frauen in die Sklaverei oder ihr dürft einem der
Piraten dienen."
Einem der Piraten dienen, wenn es gut kam? Sich ihm hingeben müssen, wenn ihm danach war? Nur Männer stellten solches Schicksal als
Glücksfall dar. Wer war dieser Kerl, der von sich behauptete, einem ange-
sehenen Adelsgeschlecht zu entstammen?
In Gedanken versunken drehte sich Katharina ab. Möwen folgten der
Galeone. Immer wieder ertönten ihre Schreie. Das Segel im Kielwasser
war vom Dunkel der Nacht verschluckt worden. Laternen erhellten kurz
das Innenschiff der Galeone, wurden auf Drängen Don Philippes aber

wieder ausgelöscht. Wind kam auf. Heftiger Wind, der Katharinas Haarpracht so lange zerzauste, bis sie die zu den Kajüten führende Türe hinter sich geschlossen hatte.

"Werden wir verfolgt?", flüsterte eine Stimme als sie ihr Schlafgemach betrat. Katharina schaute hoch. Marias Hände zitterten. Ihre sonst matten Wangen waren weiss wie Milch. "Was ist?"

"Es ist Nacht", beschwichtigte Katharina. "Don Philippe liess alle Lichter löschen. Der Steuermann änderte den Kurs Richtung Backbord. Niemand folgt uns, mein Kind." Katharina nannte Maria 'ihr Kind', obwohl die Dienerin drei Jahre älter war. "Auch ist unser Schiff mit vielen Kanonen bestückt. Kein Pirat wagt es, uns nach dem Leben zu trachten."

Wie jeden Abend vor dem zu Bett gehen griff Katharina nach dem Handspiegel. Sie betrachtete ihr Ebenbild. Das dichte, schulterlange Haar stammte von ihrer Portugiesischen Mutter, hatte der Vater oft behauptet. Ebenso die vollen Lippen, das stolze Lächeln, die zarten Wangen und das fein geschwungene Kinn. Doch das selbstbewusste, arrogante Auftreten und die tiefblauen Augen waren das unverkennbare Erbgut ihres Erzeugers.

"Niemand, mein Kind, tut uns was an."

Katharina hatte keine Ahnung, wovon sie sprach. Doch ihre Worte sorgten für Beruhigung. Zu unrecht.

- 3 -

Der Oberlippenbartträger riss das Schreiben auf. Er traute seinen Augen nicht. Jahrzehnte lang hatte er auf diesen Moment gewartet. Seit jenem Tag, als er die Fährte dieses Verräters in der Spelunke an der Themse verloren hatte. Doch Rache war ein Gericht, das in kaltem Zustand noch bestens mundete.

Er starrte zum Fenster hinaus in die graue Tristesse des Londoner Frühsommers. Gesicht und Oberlippenbart spiegelten sich in der Scheibe. Am liebsten hätte er nach dem Mantel gegriffen und wäre sofort an die Regentstreet geeilt. Doch besann er sich eines Besseren.

Denn er wusste: Wie der ausgeräucherte Fuchs im Bau hockte dieser verdammte Hurensohn auf seiner Insel in der Falle. Er war gefangen und konnte keinen Unterschlupf finden. Eile war nun weiss der Teufel nicht mehr nötig. Vielmehr sollte strategisch vorgegangen werden.

Zu viel stand auf dem Spiel. Es ging um Diamanten, Golddukaten, Schmuck und Edelsteine. Ein Menschenleben reichte nicht aus, um das Vermögen zu verprassen, um das es ging. Der Oberlippenbartträger netzte sich mit der Zunge die Lippen. Er wollte Rache und Reichtum.

Nie gab dieser Hurensohn jedoch sein Wissen freiwillig Preis, war er sich bewusst. Und schon gar nicht seinen Feinden. List war gefragt. In

14

feinste Seide gekleidet, mit Kristallbecher, Goldbesteck und Chinesischem Porzellan mundete die Rache garantiert am besten.

"Zum Teufel mit ihm", murmelte der Oberlippenbartträger. "Ich kann warten."

Ein böses Lächeln spielte mit seinen Mundwinkeln, als er die Vorhänge zuzog.

- 4 -

Kanonenschüsse rissen Katharina aus dem Schlaf. Pulverdampf stieg hoch. Weitere Schüsse. Ein Ruck ging durch den Rumpf. Die Galeone stöhnte auf. Ein Loch war in die Planken gerissen worden. Stimmen wurden laut. Don Philippe war der erste, den Katharina im Kajütengang kreuzte. Sein Gesicht erinnerte an einen Kreideberg. Er konnte sich nicht zwischen dem Gang ans Oberdeck und jenem zurück unter die Bettdecke entscheiden.

Katharina zögerte keine Sekunde. Nach dem letzten Treppenabsatz blies ihr die Meeresbrise ins Gesicht. Ihre Zungenspitze glitt über die Lippen. Die Luft moderte nach Salz.

Und dann sah Katharina die Victoire zum ersten Mal, sah den am Hauptmast flatternden Jolly Roger. Der schwarze Totenkopf auf blutrotem Grund grinste sie an. Gebannt starrte sie auf die wendige Nussschale und in die wilden Gesichter, die an der Reling hingen und furchtbare Grimassen schnitten.

"Frauen haben nichts an Deck zu suchen!", brüllte Mister Singh, der erste Maat. "Runter!"

"Ich kann mit dem Degen umgehen!", beharrte die Prinzessin. "Reicht mir einen Degen!"

"Runter unter Deck!"

"Einen Degen! Dies ist ein Befehl!"

Ihr Aufbegehren war zwecklos. Singh drängte Katharina zurück, stiess sie regelrecht die Treppe zur Kajüte hinab. Sie rieb sich das schmerzende Handgelenk. Ein Fluch entglitt ihren Lippen. Kurz noch sah sie die Angst in den Gesichtern der Soldaten. Dann krachte die Türe hinter ihr ins Schloss.

Jemand hustete wie ein Erstickender. Es wurde geflucht, gewettert, gefleht, gebetet – alles gleichzeitig. Die Treppe knarrte bei jedem Tritt. Aus Don Philippes Kabine vernahm Katharina ein Wimmern, hörte den Adeligen vom Sensenmann jammern, sich über den Schöpfer beklagen. Was war mit ihrem Helden?

Um ihren Verlobten kümmerte sich Katharina nicht. Sie machte sich Sorgen um Maria. Wo steckte ihre Zofe?

Lange musste sie nicht suchen. Die Bettdecke bewegte sich. Zwei Schritte, schon hob Katharina den Zipfel an. Maria schrie. Katharina

15

berührte ihre Schulter. Maria schrie noch mehr. Also legte sich Katharina auf die Koje, kuschelte sich an Maria, nahm ihren Kopf in die Arme und fuhr mit den gespreizten Fingern durch ihr Engelshaar.

"Hierher nach Achtern, ihr Bastarde", brüllte der Kapitän an Deck. "Mister Singh, treiben Sie die verdammten Kerle achteraus!"

"An die Luken! Los!"

"Achtung, Backbord!"

"Schiesst, verdammte Hurensöhne! Schiesst endlich!"

Die Wortgefechte erinnerten an das Treiben auf einem Indischen Wochenmarkt. Doch der Umgangston war herber. Stiefel polterten auf den Planken. Schiesspulver zischte. Kanonen dröhnten. Jemand heulte. Er war von einer Kugel getroffen worden. Blut klebte an seinen Händen. Blut, das aus der Brust spritzte. Der Kapitän kommandierte die Kanoniere, schrie, brüllte, verfluchte sie. In Stresssituationen kaschierte so mancher Vorgesetzter Führungsschwäche mit Lautstärke.

"Achtung, der Hauptmast!", hörte Katharina. "Zur Seite!"

Ein Gegenstand polterte aufs Mitteldeck. Die Galeone schüttelte sich. Sie stöhnte. Wellen spritzten. Die Kanonen schwiegen. Einmal noch brüllte der Kapitän ein Kommando. Dann herrschte Stille.

Es war die Stille vor dem Sturm. Wie ein Orkan kamen die Piraten an Deck. Das Geheule und Gejohle schickte selbst Katharina, die keine Frau von Traurigkeit war, einen Schauer über den Rücken.

Die Rauferei dauerte nicht lange. Erneut herrschte Grabesstille. Die Ungewissheit war unerträglich. Was geschah an Deck? Wo blieb Don Philippe? Wann erzählte er den Frauen von seinen Heldentaten?

Don Philippe liess auf sich warten. Wie Katharina auch Jahre später noch auf ihn wartete. Niemand konnte ihr sagen, was aus ihm und dem vermissten Rettungsboot geworden war.

- 5 -

Es polterte auf der Treppe. Die beiden Frauen zuckten zusammen. Maria wimmerte. Katharina erhob sich. Ihre Hände strichen über die zerknitterten Leinen, um dem alten Stoff wenigstens halbwegs etwas Klasse abzugewinnen. Jemand riss eine Türe auf. Zwei Schüsse, dann war es wieder still. Die Schritte stoppten vor ihrer Kajüte. Das Schloss hielt den Tritten stand.

"Aufmachen! Sofort!"

Katharina antwortete nicht. Fest umklammerte sie den Elfenbeingriff des arabischen Krummdolches. Angst war ihr fremd. Sie fühlte sich für Maria verantwortlich.

Die Schritte entfernten sich, glaubten die Frauen. Nur kurz. Dann knarrten die Stufen erneut.

"Hier spricht der neue Kapitän. Türe auf oder ich gebrauch Gewalt!"

16

Maria zitterte. Katharinas Atem raste. Deutlich hörte sie den Unbekannten tief Luft holen.

"Stiehlst du meine Zeit, stehle ich deine", ertönte erneut seine Stimme. "Ich zähle bis drei!" Der Mann war es gewohnt, Befehle zu geben und durchzusetzen. Katharina verstand den Sinn seiner Worte. Sie drehte den Schlüssel im Schloss. Er fragte nicht nach, sondern trat wortlos über die Schwelle. Als erstes fiel Katharina sein Blick auf. Er war stechend und starr, als stünde er inmitten eines Orkans und navigierte das ihm anvertraute Schiff seelenruhig zwischen den Klippen hindurch. Sie schaute zu Boden und glaubte, alles Vertrauen in sich und ihre Fähigkeiten zu verlieren. Der Pirat trug ein rotgestreiftes Hemd und dunkelbraune Leinenhosen. Am Gürtel prangte ein ausgehöhltes Kuhhorn mit Schiesspulver. Aus dem Hosenbund blickten zwei Pistolengriffe. Er machte drei Schritte, stemmte die Hände in die Hüften und verharrte vor der Koje.

"Während die Soldaten das Schiff verteidigen, liegt die Prinzessin im Bett. Hat die königliche Hoheit die Güte, sich vor ihrem Gebieter zu erheben?"

Maria, in Seide gekleidet und das Gesicht bis auf einen Schlitz verhüllt, starrte mit weit aufgerissenen Augen hinter dem Schleier hervor. Die Frauen hatten getan, wie vom Maharadscha befohlen. Die Haare nach hinten gekämmt stand Katharina im abgetragenen Leinenhemd vor dem Bett.

"Lassen Sie uns in Ruhe. Viel Ärger bleibt Ihnen erspart", hörte sie sich sagen. Obwohl die Worte von Selbstbewusstsein zeugten, zitterte ihre Stimme. "Bitte verlassen Sie das Gemach ihrer Hoheit."

"Seht, seht, die Zofe zeigt Courage", höhnte der Pirat. "Du hast schöne, mich ans klare Wasser am Strand von Bel Ombre erinnernde Augen."

Mit allem hatte Katharina gerechnet, dass er sie ohrfeigte, ihre Haare riss, sie begrapschte oder ihr einen Kuss auf die Lippen zwang. Nie jedoch mit diesen Worten. Er griff nach ihrer Hand und begutachtete die Finger wie ein Kunstobjekt. Sein Lachen schreckte sie aus den Gedanken auf.

"Sag der Prinzessin, sie soll sich im Bett erheben, sonst..."

Die Gestik des Piraten – er fuhr sich mit dem Zeigefinger quer über den Hals – war unmissverständlich. Maria weinte bittere Tränen. Katharina setzte sich neben die Vermummte und drückte deren Kopf an ihre Schulter.

"Sie haben wohl nie gesittete Umgangsformen gelernt?", fauchte sie.

"Selbst in alten Lumpen hauchst du diesem Raum mehr Licht ein als jede Kerze", höhnte der Pirat. "Bist wohl erotischen Männerträumen entsprungen, du Gift speiende Hexe?"

Dann herrschte er Maria an, sich verdammt noch mal im Bett zu erheben und ihm die Hand zu reichen. Die Finger der verkleideten Zofe zitterten. Für den Bruchteil einer Sekunde berührte der Kapitän ihre Haut. Dann lachte er und würdigte sie keines Blickes mehr. Katharina hatte ein eigenartiges Gefühl in der Magengegend. Sie verspürte Angst, Furcht, Wut, Verzweiflung und Respekt, wobei die Angst überwog.

"Ich liebe intelligente Frauen", sagte er und zog den einen Mundwinkel hoch. Sein Atem duftete nach der eben gegessenen Banane. Katharina schloss die Augen. "Doch ihr beide seid so was von einfältig."

Durchschaute der Pirat die Frauen, noch bevor die Maskerade begann? Katharina spürte, wie ihr das Blut in den Kopf stieg, in der Schläfengegend pochte und die Haut einer Feuersbrunst aussetzte.

"Du erinnerst mich an die über der Glut schmorenden Langusten. Jene von Ste-Marie munden am besten", spottete er weiter. "Behalt die Lumpen, Tigerin. Ich freu mich auf den Moment, wenn du mir deine Krallen zeigst."

Er spitzte die Lippen, lachte böse, zog die Türe hinter sich ins Schloss und drehte den Schlüssel.

Maria verbarg das Gesicht in den Leinen. Sie liess ihren Emotionen freien Lauf und heulte los. Katharina beachtete ihre Dienerin nicht. Sie starrte auf die geschlossene Türe. Obwohl in der engen Kammer gefangen überkam sie ein Gefühl der Erleichterung. Dass sie das Gefühl irreführte, realisierte sie erst viel später.

- 6 -

"Kaum Tote und Verletzte", beruhigte Katharina. "Der Kampf hat nur kurz gedauert. Unsere Leute haben sich ergeben."

"Bringen sie uns um?", heulte Maria mehr als dass sie fragte. "Ich will nicht sterben!"

Katharina dachte an Don Philippes Worte. Von Vergewaltigung war die Rede gewesen, von Erdolchung und Sklaverei. Der bösen Vorahnung zum Trotz schüttelte sie den Kopf.

Maria stellte keine weiteren Fragen. Fragen, die Katharina sowieso nicht beantworten konnte. Die Piraten seien am Aussterben, hatte ihr Vater noch vor der Abreise beschwichtigt. Bald würden sie Legenden sein, die Kidds, Taylors, Tews, Averys, Le Vasseurs und Englands. War der Piratenkapitän einer von diesen?

Auf dem Gang wurden Stimmen laut. Maria und Katharina mussten an Deck treten. Ihre Mannschaft, entwaffnet, aber nicht in Ketten, hockte fast vollzählig beieinander. Der Steuermann und ein Schiffsjunge hatten tiefe Schnittwunden am Oberkörper. Drei Matrosen waren tot. Ausserdem fehlte Don Philippe. Die Nase des Piratenkapitäns zielte hoch in die Luft.

"Prinzessin, akzeptieren Sie bitte unseren Dank für die im Schiffsrumpf transportierten Schätze", spottete er und machte vor Maria einen Hofknicks. "Sie haben meiner Mannschaft die Rente gehörig vergoldet." Die Piraten grölten. Maria blickte zu Katharina, stammelte etwas, brachte aber kein Wort über ihre Lippen. Unüberlegt rief Katharina: "Der Grossmogul zahlt es Euch heim, wenn Ihr seiner Nichte ein Leid zufügt."

"Willst du drohen, Tigerin?", spottete der Kapitän. "Mir?"

Katharinas Gaumen war trocken. Sie schluckte leer, bevor sie antwortete.

"Er lässt Euch am Galgen baumeln."

"Nicht mal im Traum hofften wir auf so wertvolle Fracht", höhnte der Pirat. Stimme und abschätziges Abwinken mit der Hand brachten seine Verachtung noch mehr zum Ausdruck. "Euer Schiff hatte das Pech, unseren Kurs zu kreuzen. Wir waren auf dem Weg in den wohlverdienten Ruhestand."

"Ihr habt uns verfolgt", wies ihn Katharina zurecht. Selbst das diskrete Zeichen eines der Matrosen – er führte den Finger kurz an die Lippen – brachte sie nicht zum Schweigen. "Von Zufall ist keine Rede..."

"Schnauze halten", herrschte der Piratenkapitän und deutete auf Maria. "Du, Prinzessin, sollst frei sein. Der Bussard macht keine Gefangenen mehr. La Buse[7] will seinen Frieden. Doch deine Zofe, die widerspenstige Tigerin, wird mir noch die Krallen zeigen. Ungezähmt lass ich sie nicht ziehen."

Der Pirat war Olivier Le Vasseur, genannt La Buse, der Bussard? Katharina hielt den Atem an. Abenteuerliche Geschichten hatte sie von ihm gehört. Von kühnen Überfällen war die Rede gewesen, von der Prise der Virgen del Cabo. Präzis und fatal schlug er einem Bussard gleich zu, wenn niemand damit rechnete. Genau wie an diesem Morgen.

Eine Prinzessin unter Piraten. Jahrelang hatte Katharina das Abenteuer herbeigesehnt, in kindlicher Naivität von Piraten geträumt. Und jetzt?

Maria schaute zu ihr hoch. Der Konsequenzen bewusst wollte sie die Maskerade auffliegen lassen. Doch Katharina schüttelte den Kopf. Vielleicht war das Geheimnis der Frauen noch immer deren Geheimnis.

"Wir verlassen das Schiff", rief La Buse und grinste hämisch. "Euer Proviant reicht. Segelt nach Indien zurück. Munition und Geschütze behalten wir. Bestellt dem Grossmogul unsere besten Grüsse. Bis er über den Verlust in Kenntnis gesetzt ist, haben wir bereits das Kap der Guten Hoffnung[8] umrundet."

Der Kapitän plauderte von der Umrundung des Kaps der Guten Hoffnung. War er naiv? La Buse starrte Katharina an. Später hätte sie ihn

---

[7] Der Bussard

[8] Südspitze Afrikas

durchschaut. Doch an diesem Tag, der zu ihrem Schicksalstag werden sollte, war sie ahnungslos und naiv – nicht er!

Die meisten der 200 Piraten befanden sich wieder auf ihrem Schiff, auf der mit 36 Kanonen bestückten Victoire. Der Inhalt der Schatzkammer, diese selbst für Katharina unermesslich anmutende Mitgift, hatte während den zurückliegenden Stunden den Laderaum gewechselt. Wie mit geschlagenen Wurzeln stand die in Lumpen gekleidete Prinzessin da. Sie sortierte die Gedanken, brachte aber keine Ordnung in ihren Kopf. Wie durch eine Nebelschwade drangen des Piraten Worte an ihr Ohr.

"Als Zeichen unserer Hochachtung segelt des Grossmoguls Nichte zurück nach Indien. Doch du, Tigerin, kommst mit uns. Mittellose Prinzessinnen benötigen keine Zofe."

Musste Katharina ihr vorlautes Mundwerk bereuen? Ihr wirrer Blick sorgte bei den Piraten für Belustigung.

"Rühr mich nicht an!", fauchte sie einen von ihnen an, der nach ihrem Oberarm griff. "Pfoten weg!"

"Keine Zicken, sonst fackle ich die Galeone auf hoher See ab", drohte La Buse. "Oder ich knall dich ab wie das Grossmaul dort drüben!"

Mit der Pistolenspitze zielte er zuerst auf ihren Kopf, dann auf einen der Toten, die rücklings auf den Planken lagen. In der blutverschmierten Stirn klaffte ein Loch. Fliegen labten sich am trocknenden Blut.

"Ich bleib auf meinem Schiff", stammelte Katharina, "geh nicht mit Euch."

"Auf deinem Schiff?" La Buse betonte das zweite Wort besonders stark. "So?"

"Ich..."

"Vergiss nie: Stiehlst du meine Zeit, stehle ich deine."

Katharina spürte tief im Bauch drinnen, dass der Pirat nicht nur drohte. Sie zitterte. Da warf sich Maria auf den Boden und umklammerte die Fussknöchel ihrer Herrin.

"Bitte nicht! Habt Erbarmen", wimmerte sie. "Bitte nicht!"

"Seit wann gehen Prinzessinnen vor ordinären Leuten auf die Knie", höhnte der Pirat. "Seit wann?"

"Bitte nicht."

"Dauert's noch lange? Meine Zeit ist zu kostbar, um sie hier zu verschwenden."

Von einer Sekunde auf die andere war Katharinas Angst verflogen. Sie richtete ihren Körper auf', wurde einen Kopf grösser und kniff die Augenlider halb zusammen.

"Zuerst verabschiede ich mich von meinen Freunden. Habe ich Euch zu folgen, so bestimme ich den Zeitpunkt. Oder soll alle Welt erfahren, dass La Buse ein Feigling ist, der sich an wehrlosen Mädchen vergreift?"

Der Pirat antwortete nicht. Er starrte Katharina nur an. Doch sie senkte den Blick nicht. Es brauchte mehr als einen Bussard, um die Tigerin zu bändigen, in die Knie zu zwingen oder flachzulegen.

Der Kapitän des Grossmoguls fand keine Worte, um sein Entsetzen auszudrücken. Er bangte nicht um Katharinas Leben, sondern um das seinige. Wie nur sollte er seinem Herrn und Gebieter mit dieser Horrornachricht unter die Augen treten? Jeder an Bord kannte die Strafe.

"Warum du?" Maria drückte Katharina an sich. Sie wollte nicht von der Herrin lassen, befeuchtete ihre Wangen mit frischen Tränen und schüttelte immer wieder den Kopf. "Warum du? Weshalb nicht ich?"

"Das erzähl ich dir bei unserem nächsten Aufeinandertreffen, mein Kind", beschwichtigte Katharina. "Bald werden wir wieder zusammen lachen."

Doch selbst mit ihren letzten Worten irrte Katharina. In diesem Leben sollten sich die beiden Frauen nie mehr begegnen. Katharina konnte sich dies aber nicht vorstellen, als sie auf der Planke von der Galeone auf die Victoire übersetzte.

- 7 -

Regent Street, London. Seit Tagen goss es aus Kübeln. Rinnsale quirlten von den Dächern. Ungehindert strömte das Wasser über das Kopfsteinpflaster. Die Gassen waren leer.

Eine Gestalt steuerte das Haus mit der Nummer 15 an. Der Mantel fiel dem Mann weit über die Knie. Der aufgestellte Kragen schützte gegen Wind und Regentropfen. Mit dem Fuss trat er gegen die Türe. Das Glöckchen an der Decke klingelte. Der mit der Rasierklinge bewaffnete Bursche schaute kurz auf und nickte. Der Vermummte trat über die Schwelle.

Er wusste, welche prunkvollen Räume sich hinter dem Barbiershop verbargen. Zylinder und Mantel flogen in Richtung Kleiderständer, wobei der Hut sein Ziel, die abstehende Spitze, verfehlte und in der Raumecke liegen blieb. Der Mann aus dem Regen kümmerte sich weder um seine tropfenden Kleidungsstücke noch beachtete er den einzigen Kunden, dessen Kinn und Nasenspitze gegen die dicke Schaumschicht ankämpften.

Der Finstere biss sich auf die Oberlippe und zog sein Gesicht in hundert Falten. Hundert Sorgenfalten. Er drückte die Klinke. Ohne zu warten trat er ins Hinterzimmer. Kurz noch sah der Kunde das grimmige Gesicht durch den Spalt. Dann schloss sich die Türe wieder.

Ziellos peilten die Piraten jede Himmelsrichtung an, ohne auch nur einmal südlichen Kurs einzuschlagen. Wollte La Buse ums Kap der Guten Hoffnung nach Europa fliehen, so verspürte er keine Eile. Nach einer Woche ankerte die Victoire am Strand von Bel Ombre[9]. Katharina rieb sich die Augen. Der puderfeine Sand reflektierte das Sonnenlicht. Zwischen den von Wind und Wasser glattgeschliffenen Granitfelsen, deren Formen an Elefantenpopos erinnerten, reckten Palmen ihre Wedel in den Himmel. Fische tummelten sich im glasklaren Wasser. Das dicht überwucherte Gebirge wölbte sich mehrere Tausend Fuss in die Höhe – und gipfelte in einem dominanten Nadelfelsspitz[10]. Kristallklar sprudelten die Quellen und zauberten feuchtes Nass aus dem Nichts. Bäche stürzten über die Felsen. Die Piraten ersetzten Schiffsplanken und kalfaterten[11] lecke Stellen. Pumpen verhinderten, dass der Wasserpegel im Rumpf weiter anstieg. Die Victoire war in schlechtem Zustand.

Katharinas Aufgaben und Pflichten unterschieden sich wenig von jenen der Piraten. Tagsüber schrubbte sie Planken, schuftete in der Kombüse[12] oder flickte Segel. Spürte sie den Atem des Quartiermeisters im Nacken, so zitterte sie. War ihm danach, so setzte es Prügel. Also gehorchte sie.

In der kurzen Schichtpause plantschte sie am Fuss der Wasserfälle. Die Salzkruste musste weg. Die kühle Frische der Wassertropfen liess sie die Strapazen vorübergehend vergessen.

"Müsste ich das Paradies auf Erden finden, ich würde mit meiner Suche in Bel Ombre beginnen", sagte sie einmal. "Aber ohne Piraten."

Verrichtete ein Pirat hoch oben in den Toppen eine Arbeit, wurde er aufgeheisst und mit dem an Deck belegten Tau gesichert. Katharina war nicht schwindelfrei. Trotzdem musste auch sie auf den Vortopp.

Während den Tagen auf See beorderte sie La Buse sogar einmal ungesichert den Grossmast hoch. In voller Fahrt liess er Bramsegel, Oberbramsegel und alle Leesegel hissen. Die Tücher klatschten gegen den Wind und Katharina verlor fast das Gleichgewicht. Sie umklammerte die Wanten[13] und verfluchte den Piraten.

Die Aussicht auf die silbern zum Horizont hin glänzende Wasseroberfläche war im wahrsten Sinne des Wortes atemberaubend. Ebenso der Anblick der sich wie Ähren im Wind neigenden Palmen einer Insel, an

---

[9] Übersetzt 'schöner Schatten' – Bucht im Nordwesten der Seychellen-Insel Mahe

[10] Mont Le Niol, 631müM.

[11] mit Teer abdichten

[12] Schiffsküche

[13] Seitliche Tauverstrebungen, die den Mast fixieren.

der sie vorbeisegelten. Doch sicher fühlte sich die Prinzessin erst wieder, als sie die Planken unter den Füssen spürte.

In La Buse lernte Katharina den rücksichtslosen Kapitän kennen. Ohne zu zögern verschaffte er sich mit den Fäusten Respekt und setzte sein Recht durch. Sie, Katharina, gehörte ihm, war sein Eigentum und seinen Launen hilflos ausgeliefert. Nie würde sie vergessen, wem sie ihr Leid verdankte.

Je länger die Fahrt dauerte, umso in sich gekehrter wirkte aber der Pirat. Katharina wurde den Eindruck nicht los, dass der Ausdruck von Bitterkeit in seinem Gesicht eine Ursache hatte. Wieso der permanent starre Blick aufs Wasser? Die hängenden Mundwinkel? Doch kaum empfand sie naives Ding Mitleid, verletzte er sie mit seinem Spott.

Das Plätschern und Knarren der Ruder eines Beibootes weckte Katharina während der dritten Nacht in Bel Ombre auf. Der Meeresspiegel hatte sich stark gesenkt. Die Arme auf der Reling abgestützt beobachtete die Prinzessin das von den Sternen beleuchtete Treiben. Weshalb sich der Kapitän in Begleitung dreier Piraten an Land übersetzen liess, war ihr damals noch ein Rätsel. Mit einer Kiste geschultert verschwanden die vier Gestalten bei der Mündung des Baches zwischen den Felsen.

Die Piraten tauchten erst am folgenden Morgen wieder an Bord auf, als die Prinzessin friedlich auf ihrer Pritsche schlief und die auf die Ebbe folgende Flut die Granitfelsen umspülte. Längst hatten die Wellen alle verräterischen Schleifspuren weggewischt.

- 9 -

Den ganzen Morgen buckelte Katharina Planken. Ihre Haut glänzte. Die Schweisstropfen perlten auf der Stirn, kullerten am Hals nach unten und verschwanden zwischen ihren Brüsten. Schwielen brannten auf ihren Handflächen. Alles stank nach Teer.

Dann endlich eine Pause. Katharina steckte den Kopf zwischen ihre Arme und tauchte ins Meer. Buntfische pfeilten zur Seite. Ein Seepferdchen versteckte sich zwischen den Felsen. Fächerkorallen filterten das Wasser. So musste sich Freiheit anfühlen, dachte Katharina.

Kurz noch streckte sie die Beine am Strand aus. Die Sonnenstrahlen zwängten sich zwischen den vom Wind in Bewegung gehaltenen Palmwedeln hindurch. Eine Landschildkröte schleppte ihren Panzer über den Sand. Sie war sich der tödlichen Gefahr nicht bewusst, in die sie sich begab. Und Katharina?

"Du bist stolz wie eine Prinzessin", vernahm Katharina die herb männlich ausgesprochenen Worte aus dem Nichts. "Wie eine richtige Prinzessin."

Sie zuckte zusammen. Das Gesicht des Kapitäns schob sich vor die Sonne. Sie sah seine dunklen Augen, die wuchtigen Brauen, die markante

Nase, die harten Züge, die Narbe unter dem Ohr. Seine Lippen lachten. Weiss strahlten seine Zähne im finsteren Antlitz. Wie bei seinen Männern. Keiner hatte Skorbut. Lag es daran, dass die Piraten wöchentlich Zitrusfrüchte essen mussten?

"Ich hab dich nicht gehört", murmelte sie.

"Du hörst den Bussard erst, wenn er über dir ist. Und dann ist es zu spät."

Katharina biss sich auf die Unterlippe. Was war das für eine Kraft, die der Kerl auf sie ausübte?

"Der Falke steht dem Bussard in nichts nach, sagte man mir."

"Und der Adler?" Olivier wühlte mit den Fingern im Sand und lehnte sich zurück. "Der Falke hat wenig Spannweite, kaum Körpergewicht. Er eignet sich höchstens zur Hasenjagd gelangweilter Aristokraten. Der Adler ist kräftiger als der Bussard, doch nicht wendig genug und hat zu viel Gewicht. Ein Piratenschiff ist stark, stabil und geschützt wie ein Fort, dabei aber manövrierfähig und flink wie eine Stechmücke." In der Hand hielt der Pirat das Entermesser und eine grüne Kokosnuss. Mit zwei gezielten Hieben schlug er den Deckel ab. "Für dich."

Der Saft unreifer Kokosnüsse mundete je nach Alter der Frucht süsslich, manchmal ein wenig bitter. Katharina hatte seit Tagen nichts vergleichbar Erfrischendes getrunken.

Die Kost an Bord war eintönig, von der Vielfalt her einer Prinzessin unwürdig. Der Zwieback stand im Schimmel. Das Wasser miefte nach Algen. Die Früchte stanken nach Fäulnis. Die Suppe ätzte nach Erbrochenem. Maden durchlöcherten das Pökelfleisch.

"Was erwartest du vom Leben?", fragte Katharina in die Stille. Eine Frage, die sie sich in den letzten Tagen oft selbst gestellt hatte.

"Liebe, Heimat, Familie, Sicherheit, Zärtlichkeit, Gesundheit." Seine Augen glänzten wie feuchte Kohlenstücke in der Sonne. "Ich bin nicht anders als andere Männer."

"Aber...", begann sie und zögerte.

"Aber ich bin ein Pirat, wolltest du sagen", ergänzte La Buse. Katharina war, als läse er ihre Gedanken. Ihr wurde heiss. "Das macht mich nicht zu einem zweitklassigen Menschen. Ich fühle und empfinde wie jeder andere Mann. Schneide ich mir in die Hand, blute ich. Zieht mich jemand durch den Dreck, verletzt das meine Seele."

"Weshalb treibst du dich im Indischen Ozean herum?", fragte Katharina, nachdem die beiden eine Ewigkeit geschwiegen hatten. "Ich hörte, die karibischen Gewässer seien edelmetallhaltiger."

"Bleihaltiger, wolltest du wohl sagen", schmunzelte Olivier. "Hast du den Indischen Subkontinent je verlassen?"

Nicht zum ersten Mal machte La Buse klar, wie viel er von der Welt gesehen hatte. Nahm er Katharina erneut wegen ihrer Scheuklappen hoch?

"Die Insel Bourbon ist nichts im Vergleich zu New Providence[14]", brach diesmal der Kapitän das Schweigen. "Ohne Woodes Rogers feierten wir dort noch heute wilde Feste." Oliviers Blick glitt über Katharinas Oberkörper. Er starrte auf ihre Brüste, als wollte er die Prinzessin ausziehen, ihr das Leinenhemd vom Leib reissen und ihre nackten Tatsachen mit seinen Pranken befummeln. Selbst ein naives Geschöpf wie Katharina wusste, dass die Vergewaltigung durch Piraten nichts Aussergewöhnliches war. "New Providence", murmelte der Kapitän, holte tief Luft und rülpste. "Die Zukunft liegt nicht in der Vergangenheit. Blicke nie zurück. Du kannst den Gang des Lebens nicht nachträglich ändern. Geniess den Augenblick." Er hob den Kopf und schaute Katharina in die Augen. Sie hatte das Gefühl, er würde durch Fensterglas starren. "Im Sommer 1718 kam der Verräter Woodes Rogers zurück nach Westindien[15]. Als Gouverneur. Im Auftrag von König Georg I verfolgte er mich und meine Brüder. Nur ein toter Pirat ist ein guter Pirat, pflegte er zu sagen. Viele akzeptierten die Begnadigung. Auch ich. Doch zum Ackerbau tauge ich nicht. Ruft die See, widerstehst du dem Klang ihrer Stimme nicht." Olivier blickte in die Ferne als suchte er hinter dem Horizont seine eigene Vergangenheit. "Aber die Zeiten änderten sich. Ich rekrutierte kaum mehr Piraten für meine Schaluppe."

"Weshalb war Woodes Rogers ein Verräter?"

"Er war ein Bruder der Küste, ein Pirat, der sich dem König zu Füssen warf und im Solde der Krone die ehemaligen Freunde bekämpfte. Er hatte kein Ehrgefühl und keinen Stolz, war nur auf den eigenen Vorteil bedacht."

"Er hat sich für Gerechtigkeit eingesetzt. Piraterie ist ein Verbrechen."

"Was verstehst du schon vom Leben, Kleine? Gouverneure bleiben im Amt, wenn sie ihre Untertanen ausbeuten und die Offiziere mit dunklen Machenschaften bei Laune halten. Grossgrundbesitzer beuten ihre Sklaven aus und lassen sie verrecken. Unter unmenschlichen Bedingungen! Und was ist mit deinen blaublütigen Freunden? Was ist mit Gerechtigkeit, Sozialgedanke und gemeinsamer Wohlfahrt?" Er schnäuzte in den Hemdsärmel, wühlte mit dem kleinen Finger im Nasenloch und betrachtete dann die Kuppe. "Seit einigen Jahren herrscht in Europa Frieden und die Soldaten landen in der Gosse[16]. Wie sollen diese Kerle auf ehrliche Art und Weise ihr tägliches Brot verdienen? Sie sind überflüssig. Vom

---

[14] Insel in den heutigen Bahamas, von Ende 17. Jh. bis Anfang 18. Jh. das Piratenparadies schlechthin.

[15] Karibik

[16] Der Frieden von Utrecht (1713) zwischen England, Frankreich und Spanien beendete die staatlich lizenzierte Freibeuterei. Arbeitslosigkeit und Armut unter den Soldaten folgte.

Hunger getrieben entern und plündern sie Handelsschiffe. Im Kampf ums nackte Überleben morden sie. Unterscheiden wir uns vom Grossgrundbesitzer? Vom Gouverneur? Wer entscheidet, was recht und was falsch ist?"

An Olivier war ein Philosoph verloren gegangen. Katharina verstand, welche Gedanken ihn während den Stunden beschäftigten, in denen er an der Reling stand und mit dem Fahrtwind im Gesicht in die schäumende Gischt starrte. Ihre Angst vor dem brutalen Kerl schien gewichen.

"In Einzelfällen magst du Recht haben..."

"In Einzelfällen?", fiel ihr Olivier ins Wort. Er streckte die Beine, schloss die Augen, faltete die Hände auf der Brust und bettete den Hinterkopf in den Sand. "Ach, du naives Ding. Nenn mir einen meiner Männer beim Namen und ich erzähl dir von seinem Schicksal. Ich weiss von den Tragödien, die meine Brüder durchlebt haben. Kaum einer ist freiwillig Pirat geworden."

Katharina sah mehrere Gesichter im Geiste vorbeischwirren: François, den Zimmermann; Thomas, den Schneider, der so geschickt zerrissene Segel reparierte; Christian, der eine Kanone alleine herumhievte. Sie alle sahen aus wie Familienväter, die am liebsten mit ihren Kinder spielten und der Gattin beim Spinnen der Wolle zuschauen wollten. Hatten die Piraten Familien? Katharina wollte etwas sagen. Doch sie schwieg.

"Woran denkst du, Katharina?"

Zum ersten Mal nannte La Buse Katharina beim Vornamen, den ihr der Vater nach der Geburt gegeben hatte. Damals in jener Nacht, in der dem Maharadscha innerhalb weniger Stunden eine geliebte Katharina geschenkt und eine geliebte Katharina genommen worden war.

"Nichts besonderes", wich sie aus.

Wieder spürte sie, wie ihr die Röte ins Gesicht schoss. Ihr war heiss. Seine Augen waren zwei Fuss von den ihren entfernt. Katharina wusste, dass sie den Blick nicht senken und sich dem Piraten nicht erneut geschlagen geben durfte.

"Starrst du mich noch lange an", flüsterte Olivier, "so küss ich dich."

Katharina rührte sich nicht. Oliviers Schatten senkte sich auf ihr Gesicht. Ein Schauder zog über ihre Haut. Es war kein eisiger Windstoss, sondern ein aus dem Innersten der Wüste Rajasthans kommender Hauch, der sich wie eine Ameisenarmee über ihren Körper hermachte. Seine Lippen kitzelten die ihren, berührten sie nur leicht. Katharinas Mund verschloss sich nicht. Wie in Trance öffnete sie die Augenlider. Oliviers Pupillen waren gross wie Südseeperlen. Sie sah ihr Spiegelbild in ihnen.

"Verdammt", murmelte er. "Das war falsch."

"Falsch?"

"Gegen den Code."

"Den Code?"

Katharinas Stimme bebte. Olivier erhob sich. Er blickte sie böse an. Ein Fluch glitt über seine Lippen. Dann klopfte er den Sand aus den Leinenhosen und verschwand um den nächsten Granitfelsen. Die Prinzessin blieb alleine zurück.

Damals verstand sie den Kapitän nicht. Später wurde sie noch oft mit dem Verhaltenskodex der Piraten konfrontiert. Eine dieser Regeln verbot Frauen den Aufenthalt an Bord. War Katharina nicht mehr Gefangene und wurde zur Geliebten, so verletzte Olivier den Kodex. Darauf stand der Tod.

- 10 -

Ohne Kraft, ohne Waffengewalt, ohne Drohung, einzig mit Worten hatte Olivier Katharina rumgekriegt. Sie hatte ihm keine gescheuert, sondern den Kuss über sich ergehen lassen, ja fast genossen. Selbst hundert Herzschläge später konnte sie nicht klar denken. Nie durfte sie sich so gehen lassen. Sie, die von der Galeone des Grossmoguls entführte Prinzessin, hatte den Plünderer und Mörder La Buse zu fürchten, ja zu hassen, und nicht zu verstehen.

Als Katharina sich der Victoire näherte, stand der Himmel in Flammen. Die Sonne war nahe der Nachbarinsel im Meer eingetaucht. Zwei Schildkröten zappelten nebeneinander auf dem Rücken. Mit verschränkten Armen lehnte Olivier Le Vasseur an der Reling. Sein gefurchtes Gesicht erzählte von in der Vergangenheit Erlebtem. Er mochte doppelt so alt sein wie sie, mutmasste Katharina. In Wirklichkeit hatte er den vierzigsten Winter bereits hinter sich gebracht.

"Stör ich?", fragte Katharina. "Ärger?"

"Ich hätte dich nicht verschleppen sollen", fauchte er. "Ich sehn mich nach Ruhe, nach den wohlverdienten Jahren an irgendeiner gottverlassenen Küste, und möcht den Wellen zuschauen, wie sie ihr kurzes Leben am weissen Strand aushauchen, sich mit letzter Kraft ans Ufer werfen, zurück ins Meer gerissen werden oder zwischen den Sandkörnern versickern. Ich hab's satt, mit dem Strick um den Hals aufzustehn, mit dem Messer an der Kehle, mit der Ungewissheit, ob ich den nächsten Sonnenuntergang noch erlebe."

La Buse nippte an der Rumflasche. Den Saufgelagen an Bord wohnte er immer bei. Er sang mit kräftiger Stimme, setzte den Becher an und stürzte die auf der Zunge brennende Flüssigkeit hinunter, ohne sich Gedanken über den nächsten Tag zu machen. Katharina hatte das Gefühl, als hauste er in einer anderen Welt, schweifte mit den Gedanken in die Ferne und trauerte vergangenen Zeiten nach. Einer erloschenen Liebe? Betonte er deshalb immer wieder, man müsse jede Sekunde wie die letzte auskosten?

"Du hast dem Tod wohl oft Aug in Aug gegenübergestanden?", mutmasste Katharina. La Buse würdigte sie keines Blickes. Die Prinzessin stellte ihn sich als jungen Matrosen vor, der das erste Mal einen Segler betritt. 'Woher stammt er wohl', fragte sie sich. Sein Akzent tönte nach

Frankreich. Charles, der Oberkoch am Hof, hatte eine vergleichbare Aussprache gehabt.

"Ich bin in Calais geboren", sagte er in die Stille und wandte Katharina das Gesicht zu. Sie schluckte leer. Hatte dieser Kerl einen Pakt mit dem Teufel?

"Ich hab mich nicht nach deinem Geburtsort erkundigt."

"Nein, hast du nicht. Einen Schluck aus der Pulle?"

Ohne zu zögern führte Katharina die Flasche an ihre Lippen. Die klebrigsüsse Flüssigkeit brannte sich ihren Weg den Hals hinunter, kratzte im Rachen und raubte den Atem. Katharina gab sich keine Blösse und nahm einen zweiten Schluck. Was La Buse konnte, konnte sie schon lange.

"Ich wandelte auf den Spuren meines Grossonkels Jean. Wie er bereiste ich die Welt", sagte der Kapitän. Woher sollte Katharina von Grossonkel Jean gehört haben? Als lese La Buse erneut Gedanken fuhr er fort: "Jean Le Vasseur segelte für Ludwig XIV. Er war erster Gouverneur Tortugas[17]. Unter ihm wurde die Insel zum wichtigsten Piratennest der Welt."

Jean Le Vasseur, der Bukanier, hatte den Hafen Tortugas befestigen lassen und den Piraten im Namen der französischen Krone Schutz gewährt. Während Jahrzehnten. Zu ihrer Unterhaltung soll er neben Speise und Trank Hunderte leichter Mädchen auf die Insel verschifft haben.

"Der Gouverneur als Piratenkönig", murmelte Katharina und schaute einem schwarz gefiederten Vogel zu, der einsam und ohne Kraftanstrengung in die Nacht hinaus segelte.

"Er ist Jahre vor meiner Geburt gestorben."

"Aber du hast Tortuga gesehen?"

"Horchst du mich aus?", fragte Olivier. Katharina wurde heiss. Dank der Dunkelheit erkannte er dies wenigstens nicht, glaubte sie – und irrte. Erneut. "Steigen plötzlich die Temperaturen?"

Hatte dieser Kerl die Augen eines Bussards? Sah er bei Nacht? Katharina schwieg.

"Mehrere Jahre weilte ich in Westindien, hab Tortuga, Port Royal, Petit Goave und New Providence gesehen, bin mit Bellamy, Williams, Hornigold, Davis und wie sie alle hiessen gesegelt. Obwohl ich nie zurückschaue: Es war eine verdammt gute Zeit. Träumende Piraten sehnen nicht das Paradies im Himmel herbei, sondern wollen ein letztes Mal zurück nach New Providence. Nicht heute, nicht jetzt, keinesfalls unter Woodes Rogers, sondern damals, vor sechs Jahren, als die Welt noch in Ordnung war."

Eine Woche befand sich Katharina auf der Victoire, die für Olivier Freiheit und für sie Kerker bedeutete. Oder irrte sie? Seit einer Woche

---

[17] Insel nördlich von Hispaniola (heute: Dominikanische Republik) gelegen, ab Mitte 17. Jh. bedeutendster Piratenhafen in der Karibik.

fühlte sich Katharina frei, den elterlichen Schlossmauern entronnen, den ehelichen Fesseln entledigt, bereit, sich im herbeigesehnten Neuland zu verirren. Und er, Olivier Le Vasseur, genannt La Buse, der Bussard? Betonte er nicht wiederholt, dass er des Katz-und-Maus-Spiels überdrüssig war und sich zur Ruhe setzen wollte? Gefangen auf seinem eigenen Schiff, permanent auf der Flucht vor dem weltlichen Richter? Waren sie beide in Welten gefangen, aus denen einzig die Flucht Freiheit verheissen konnte?

"Piraten machen sich erst gut, wenn sie mit dem Hanfstrick tanzen. Auch Euer Henker wartet, La Buse."

Woher nahm Katharina die Dreistigkeit, so mit dem Mann zu sprechen, der jederzeit über Sein oder nicht Sein bestimmte? Oft schon hatte sie in der Vergangenheit ihr vorlautes Mundwerk bereut, nie jedoch ihr Schweigen.

"Drück dem Henker das Stundenglas in die Hand", entgegnete La Buse. "Er soll warten. Ich lass mir noch etwas Zeit."

Katharina sah es nicht, sie hörte es nur: Da war es wieder, dieses höhnische Grinsen. Doch seine Folgeworte tönten ernst. Er artikulierte sie langsam, als wollte er sie gewichten und Aufmerksamkeit heischen.

"Gewalt und Brutalität wird uns Piraten angedichtet, Mord und Todschlag, Vergewaltigung und Verwüstung. Doch wenn immer möglich vermeide ich Blutvergiessen. Dein Kapitän liess es auf den Kampf ankommen. Ihr beklagtet Verluste. Wir ebenfalls. Ihr hattet Verletzte. Wir ebenfalls. Zehn meiner Leute mussten in ihre Hängematte gewickelt den Haien vorgeworfen werden. Mehrere Nächte hast du Williams Schreie gehört, bis er von uns gegangen ist. Ja, du hast Recht. Wir sind die Aggressoren und wollten eure Ladung löschen. Doch schlichen wir uns nicht wie Diebe in der Nacht an. Nein, wir traten euch offen entgegen. Dein Kapitän wählte den Kampf und nicht die Kapitulation. Welcher sonstige Souverän überlässt seinem Volk diese Entscheidung?"

"Rechtfertigst du deinen Überfall allen Ernstes mit rechtstaatlichen Grundprinzipien? Piraterie ist unmenschlich."

"Kleine, wir drehen uns im Kreis. Du hast nie gelernt, mit Kompass und Sextant umzugehen und bei Tageslicht und Dunkelheit zu navigieren. Läufst du nachts mit geschlossenen Augen durch den Wald? Wurden in deinem Schlosspark die Bäume beleuchtet?"

Katharina verstand kein Wort – und schon gar nicht, worauf er hinaus wollte. Also wartete sie, bis er sich räusperte.

"Oberstes Prinzip der Piraterie sind Gleichheit, Gleichberechtigung und Demokratie. Ich wurde von der Mannschaft zum Kapitän gewählt. Sie kann mich jederzeit absetzen. Ihr Inder mit eurem Kastenwesen könnt von solchen Ideologien nur träumen. Sag mir, in welchem Königshaus sich gekrönte Häupter Volkswahlen stellen? Wo sonst bleibt ein Individuum 'Mensch' und nicht nur Arbeitskraft? Wo sonst kann sich die Bevölkerung gegen Tyrannen zur Wehr setzen? Wir Piraten verteilen die Beute nach Köpfen. Selbst als Kapitän bekomm ich kaum mehr als der Matrose. Sind wir erfolglos, bleiben alle Taschen leer. Abzockerei gibt es nicht." La Buse öffnete die Lippen und rülpste. "Stehst du im Solde eines Königs und verkommst zum Krüppel, ist dir der Hungertod sicher. Kein Schwein kümmert sich um dich, wenn du in der Gosse dahinvegetierst. Verletzt sich dagegen ein Pirat, so wird für ihn gesorgt. Verlierst du unter meiner Führung einen Arm, stehen dir 500 Achterstücke[18] zu. Für ein Bein gibt es noch mehr. Schöne Summen, die dir durch manche Monsunzeit helfen. Wer umsorgt Kranke und Krüppel in ähnlicher Weise? Der Maharadscha, der keine Ahnung hat, wie viel Hunger und Elend ausserhalb seiner Palastmauern herrscht?"

Olivier erhob sich. Er schwenkte die Buddel Rum. Dieser Kerl war nicht nur körperlich von auffallender Postur, sondern auch geistig auf der Höhe, dachte Katharina.

"Sonst noch was, du naives Ding?", fragte er, rülpste laut und schnäuzte in den Hemdsärmel. "Nö? Dann verzieh dich auf deine Koje."

"Stimmen die Gerüchte um die gigantischen Piratenschätze?"

Olivier starrte zum Strand. Das Dunkel der Nacht verhüllte die Palmen. Der Pirat spuckte ins Wasser und lachte.

"Kannst du ein Geheimnis für dich behalten?"

"Natürlich."

"Ich auch."

- 11 -

Regent Street, London, Bibliothek in einer ehrwürdigen Stadtwohnung. Zigarrenqualm kräuselte sich durch die Luft und verlor sich weit oben an der Decke. Alle Blicke waren auf das eine Lippenpaar gerichtet.

"Zwei Jahrzehnte sind verstrichen", sprach der Mann aus dem Regen. "So lange versteckte er sich vor uns. Doch der Verrat ist ungesühnt und schreit nach Vergeltung."

"Was ist mit dem Schatz?", fragte einer der Zuhörer und zupfte sich mit linkem Daumen und Zeigefinger den Schnurrbart noch länger.

"Keiner von uns vieren verzichtet auf das Gold. Wir wollen sein Geheimnis. Tote benötigen nur noch das Hemd." Der Sprecher räusperte sich. Seine Kleidung war trocken. Nichts deutete darauf hin, dass er noch vor kurzem im Regen gestanden hatte. "Bestimmt ist er nicht grundlos an den Ort seiner Taten zurückgekehrt."

---

[18] Geldstück, Wert 8 spanische Reales, war physisch teilbar in 8 einzelne Real; geprägt 16.-19. Jh. in den spanischen Kolonien Lateinamerikas; in den USA bis 1857 als Zahlungsmittel mit Wert 1 Dollar anerkannt.

"Was meinst du?" Die Zupfbewegungen am Oberlippenbart wurden hektischer. "Hat er den Schatz bereits gehoben?"

Diese Frage konnte keiner beantworten. Ein letztes Mal wurden die Whiskeygläser geleert. Dann traten die vier Gestalten durch die Geheimtüre, verliessen einzeln den Barbiershop und verschwanden im Londoner Regen.

Das Todesurteil musste nur noch vollstreckt werden.

- 12 -

Der Bug der Victoire pflügte die Wellenberge in südwestlicher Richtung. Die Wanten sirrten im Wind. La Buse stand neben Will Bohony, dem Steuermann.

Jedes Mal, wenn das Schiff eine Bresche in die heranrollende Welle schnitt und steil ins Wogental hinabstiess, schaute der Kapitän voraus in Richtung Zukunft. Senkte sich das Heck, dann drehte er sich um und blickte achteraus, wo sich die Sonne im Kielwasser der Victoire golden spiegelte.

La Buse trug das Haar offen. Der Fahrtwind zerrte an seiner Mähne. Normalerweise verbarg das Hemd die geballte Ladung Muskeln. Doch an diesem Tag gab der Hüne seine Haut dem Winde preis. Er presste die Augen zu Schlitzen zusammen, starrte auf den Quadranten, befingerte all die komplizierten Teile des Messinstrumentes und bestimmte anhand des Sonnenstandes den Breitengrad. Sein Dreitagebart juckte. Er kratzte sich. Ein Lächeln huschte über seine Lippen.

Katharina spürte Oliviers Blick, kaum hatte sie das Achterdeck erklommen. Mehrere Tage waren verstrichen, seit die Piraten die Tücher gesetzt und Kurs auf ein unbekanntes Ziel genommen hatten.

"Ich dachte ", sagte die Prinzessin, noch bevor sie einer der Piraten mit einem Spruch beleidigen konnte, "wir segeln nach Europa."

La Buse senkte den Blick keine Sekunde. Wieder empfand Katharina, er habe sie bis auf das Höschen ausgezogen. Bestimmt war sie nicht die erste Frau, die dieser Kerl aus der Fassung brachte.

"So", murmelte er. "Dachtest du?"

"Wir müssen mehr nach Süden halten", eiferte sich Katharina, "falls wir das Kap der Guten Hoffnung umrunden wollen."

"Blauäugige Frauen ziehen mich magnetisch an."

"Wie bitte?"

"Ich mag die Art", spottete La Buse, "wie du die Hüften bewegst, als gehörte dir die ganze Welt. Stöhnst du beim Sex? Bist du laut?"

Katharina stemmte die Hände in die Hüften. Sein Lachen verschlimmerte die Situation.

"Fauch mich an, du wildes Ding. Bald brechen andere Zeiten an. Harte Zeiten. Freu dich darauf, meine Süsse."

Die herumlungernden Piraten gierten Katharina an. Oder grinsten. Machten obszöne Gesten. Die Prinzessin stampfte mit dem Fuss auf die Planken und verschwand auf direktem Weg unter Deck. Ein weiteres Mal fühlte sie sich besiegt. Sie hatte Angst. Dabei wusste sie nur zu gut, dass sie mit ihrer Vermutung richtig lag.

- 13 -

Katharina hatte eine Einzelkoje. Das enge Loch empfand sie als Luxus. Nachts schliefen die Männer, die keine Wache schoben, dicht gedrängt auf den Planken oder in ihren Hängematten. Die Kranken schnarchten und husteten; die Verletzten wimmerten und schrien; die Luft dünstete nach Alkohol, nach Erbrochenem und sonstigen Körperdüften. Im Kielraum schwappte das stinkende Bilgenwasser. Ratten und Ungeziefer überall.

Katharina kehrte erst am Abend an Deck zurück. Des Bussards Worte sassen. Was nur erwartete sie am Ende der Reise?

Will Bohony stand am Steuerrad. Die Öllampe schwang hin und her und warf unruhige Schatten. Jede Nacht, wenn die Wache angeschlagen wurde und die Männer an Deck den Schlummer der in den Kajüten liegenden Piraten beschirmten, wenn sie ein Tau, das es Vorschiffs durchzuholen galt, nicht hinknallten, sondern behutsam fallen liessen, um die schlafenden Kameraden nicht zu wecken, und wenn allmählich die grosse Stille einsetzte, dann blickte der Steuermann in die Weite des Ozeans und sah am Horizont seine Allerliebste auf den Wellen tanzen. Wo sich die Allerliebste aufhielt, erzählte Bohony nie. Ebenso wenig, ob sie wirklich existierte.

Der Diamantenteppich funkelte am Himmel. Katharina mangelte es fast an Wünschen für die vielen Sternschnuppen. Dabei hatte sie nur einen wirklichen Wunsch. Doch so sehr sie auch wünschte, der Alptraum ging weiter. Tränen kullerten über ihre Wangen. Sie blieb gefangen.

"Katharina, wie wär's mit einem Schluck aus der Pulle?" fragte eine Stimme.

Die Prinzessin mochte François, den Zimmermann. Sie schmunzelte über die Art, wie er mit seinem Tagebuch kommunizierte. Einem wertvollen Schatz gleich hielt der alte Pirat die Notizen in Händen. Wollte er sein Tun gegenüber der Nachwelt rechtfertigen?

François war ein Einzelgänger. Im Gegensatz zu den anderen Piraten behielt er Vergangenheit und Träume für sich. Er steckte die Energie lieber ins zu bearbeitende Holz und liess die Späne fliegen.

Eine einzige Freundin hatte er. Jeden Abend sass er unter dem Grossmast und führte seine geliebte Rumflasche an die Lippen. Der Alkoholkonsum machte ihn schläfrig. Bis er laut schnarchte.

32

"Für wen schreibst du?", fragte Katharina und deutete auf das Tagebuch. "Eine Frau?"

Sechs mit fettem Stift gezogene Zeichen reihten sich auf dem dunklen Ledereinband aneinander. Die mysteriösen Dreiecke und Pfeile mit Punkten hielt sie für Verzierungen. Fälschlicherweise.

"Ist es nicht schrecklich, Katharina?", fragte François. "Du stehst morgens auf. Die Sonne schickt ihre Strahlen auf der in Bewegung gehaltenen Meeresoberfläche spazieren und du denkst an nichts Böses. Ein Segel flirtet mit dem Horizont, nähert sich, ist plötzlich querab, Geschrei, Kanonenfeuer, Pulverdampf. Schon treibst du mit aufgedunsenem Körper im Wasser, vermoderst und wirst von Fischen gefressen. Niemand wird je wissen, wer du gewesen bist, was du geträumt und welchen Idealen du ein Leben lang nachgeeifert hast."

Tropfen des braunen Zuckerrohrsaftes verirrten sich in seinem Vollbart und kullerten den Härchen entlang, bis ihre Reise auf dem verdreckten Baumwollhemd ein Ende nahm.

"François, hast du dich nie gefragt, ob du den falschen Lebenspfad eingeschlagen und irgendwo eine bedeutende Abzweigung verpasst hast?"

"Wo kann ich den Traum von Freiheit, Abenteuer und Reichtum wahr werden lassen, wenn nicht auf der Victoire?"

"Glaubst du an Gott?", provozierte Katharina.

"Das ist mein Gott", flüsterte er und hob die Flasche an seine Lippen. "Ein Schluck Rum entschädigt fürs schlechte Essen, hilft gegen Kälte und Nässe und lässt die harten Zeiten an Bord vergessen."

Das Leben auf dem Schiff mutete nicht mal im Entferntesten an die von Katharina im Kinderzimmer zugedichtete Piratenromantik. Leute wurden während der Fahrt ins Meer gespült und ertranken. Nahrung verdarb. Nach Tagen auf See konnte nur noch von Maden vorverdauter Zwieback und von Würmern zerfressenes Dörrfleisch mit Algenwasser heruntergespült werden. Einzig Hühnervögel und Schildkröten sorgten für Abwechslung auf dem Speisezettel.

Auch sonst war das Leben öde. Wochenlanges Warten auf zu kapernde Handelsschiffe. Langeweile machte sich breit. Aggressionen stauten sich auf. Reibereien waren an der Tagesordnung. Für die meisten Piraten blieben Würfelspiel und Rumtrinken die einzigen Freuden an Bord.

"Wie lange tust du dir dieses Leben noch an?", fragte die Prinzessin.

"Wenn wir in Ste-Marie[19] vor Anker gehen ist Schluss. Der Gouverneur von Bourbon hat an Macht und Einfluss gewonnen. Du musst die Sonne vor dem Untergang geniessen. Irgendwann geht sie nicht mehr auf."

---

[19] Insel im Nordosten Madagaskars, 1690 bis 1730 Unterschlupf der Piraten wie William Kidd, Robert Culliford, Condent, etc

33

Ste-Marie? Gingen die Piraten in Madagaskar vor Anker? Nahm die Victoire nicht Kurs nach Europa? Katharina dämmerte, weshalb sie seit Tagen westwärts segelten und nicht südwärts Richtung Bourbon oder Fort Dauphin[20].

"Ste-Marie?", fragte sie. "Das liegt nicht auf der Route zum Kap der Guten Hoffnung."

François krauste sich den Bart. 'Gut so', pflegte Olivier einst zu sagen, 'so bekommen seine Eier eine Pause'. Die Äugelein des Alten zuckten hin und her. Irritiert kreiste er seinen klobigen Goldring am Mittelfinger. Das Siegel zeigte zwei Ritter auf einem Pferd. Garantiert ein Beutegut, mutmasste Katharina.

"Frag La Buse", murrte er und fuchtelte mit den Armen. "Frag den Kapitän."

"Und Europa?"

Doch François offenbarte Katharina nur noch seine Rückenansicht. Auf dem Weg zurück unter Deck drehte er sich kein einziges Mal um.

- 14 -

Das Reiseziel war ein wohl behütetes Geheimnis. Zum Glück für François gab es keine Zeugen. Quartiermeister William Fletcher tauchte erst Sekunden später an Deck auf. Obwohl Katharina sich von ihm abwendete, knurrte er sofort: "Planken schrubben, Süsse!"

Sie versuchte seinem Grinsen positive Attribute abzugewinnen. Doch gelang ihr dies ebenso wenig wie in den Tagen zuvor. Seinen kahlen Schädel verbarg er unter einem roten Seidentuch. Der schwarze Vollbart begrub den grössten Teil der Wangen. Die Augen glänzten wie Pech, hatten etwas Diabolisches an sich. Bestimmt hatte er ein attraktives Gesicht. Doch die in den Barthaaren klebenden Speisereste widerten an.

"An körperliche Arbeit bin ich mich gewohnt", log Katharina. "Meine Herrin war sehr anspruchsvoll."

Sie spürte seine Atemluft im Gesicht. Fletcher hatte Rum getrunken.

"Süsse, zeigst du mir, was du unter körperlicher Arbeit verstehst? Na?"

Fregattvögel glitten über die Wasseroberfläche und tauchten in die brechenden Wellen ein, segelten im letzten Augenblick wieder über sie hinweg und verschwanden im Dunkel der Nacht.

"Ich drückte mich nie vor Arbeit", antwortete Katharina.

Fletcher grunzte wie ein Schwein. Vermutlich versuchte er zu lachen. Seine Hand berührte ihre Schulter. Sie wich einen Schritt zurück.

"Zier dich nicht!", schrie er und krallte erneut ihre Schulter. "Ich hab es in der Hand, dein Leben an Bord zu versüssen."

---

[20] Französische Garnison an der Südspitze Madagaskars

34

Eine Schweissglocke umhüllte seinen Körper. Katharina rümpfte die Nase. Sie machte einen weiteren Schritt rückwärts und berührte mit dem Po die Reling. Kein Ausweg. Die Gischt schäumte. Er lachte hämisch. "Wenn ein Mann gleichzeitig schwitzt und schreit, so hat er einen Orgasmus oder ein Problem!" Autorität lag in Olivier Le Vasseurs Stimme. Er trat aus der Dunkelheit. "Fletcher, lass die Gefangene in Ruhe." Fletcher und Katharina zuckten gleichzeitig zusammen. Der Quartiermeister fasste sich schnell. "Die Gefangene kümmert sich ums Wohl des Schiffes." "Des Schiffes?", fragte Olivier. "Bist du nicht vielmehr um dein eigenes körperliches Wohl besorgt?" "Darin unterscheide ich mich wenig vom Kapitän." Oliviers Hand ging zum Dolch. "Solche Unterstellungen kosten dich den Kopf, Fletcher." In den Blicken der beiden Piraten lag Hass. Katharina zitterte. "Mit mir springst du nicht um wie mit dem einfältigen Dick, du hinterhältiger Mörder", zischte der Quartiermeister. "Nicht mit mir." "Es war ein fairer Zweikampf. Der Meuterer hat es nicht anders verdient. Zieh den Degen, du Feigling." "Bei mir zieht die Provokation nicht", spottete Fletcher. "Auch du unterstehst dem Kodex, La Buse! Auch du! Bald zahlst du für meine Schmach. Das garantier ich dir." Fletcher spuckte auf die Planken und wandte sich ab. Katharina holte tief Luft. Gedanken kreisten. Zum Glück war der Teufel weg. Aus den Augen, aus dem Sinn. Sie lächelte. Wie immer zu früh. Hätte sie doch Fletchers Worten nur mehr Bedeutung beigemessen.

- 15 -

Wie ein schnaubendes Fohlen schüttelte sich die Victoire den aufsprühenden Schaum von der Nase. Der Mond schien hell und beruhigend. Seine runde Fülle spiegelte sich auf der Wasseroberfläche. Die Öllampe hinter Oliviers Körper schaukelte hin und her. Seine Silhouette erschien übermächtig. Sein Gesicht lag im Dunkeln. Das Gesicht des Brandschatzers und Mörders. "Fletcher kann dich nicht beanspruchen. Er ist ein Nichts." "Ihr seid mein Gebieter." "Ich frag nicht nach. Ich rechtfertige mich nicht. Ich nehme mir, wonach mich giert..." Olivier beendete den Satz nicht und schüttelte den Kopf. "Du hast mich vor Fletcher beschützt." "Du bist nicht mein Eigentum", brummte er. "Sklaverei gehört abgeschafft."

35

"Wohin segeln wir?"

"Europa?", fragte La Buse mehr, als dass er antwortete. "Wohin zieht es dich?"

"Wir segeln nicht nach Europa. Der Kurs ist falsch."

"Willst wohl das Steuer übernehmen", brummte Olivier. Katharina machte ein Lächeln auf seinen Lippen aus. Ein böses Lächeln? "Wir legen einen Halt ein."

"In Madagaskar?"

"Die kleine Zofe ist vom Fach?"

"Wie lange?"

"Ein paar Monate."

"Auf Ste-Marie?"

"Hmm." Er durchschaute ihre Frage nicht. "Gut möglich."

"Aha", murmelte Katharina. Olivier starrte in ihre Richtung. Er runzelte die Stirn, schwieg aber. "Ich weiss, dass du erfahrener bist", fuhr die Prinzessin fort. "Doch in zwei Monaten drehen die Winde. Der Südwest-Monsun drückt uns dann zurück in Richtung Indien. Die Fahrt ums Kap der Guten Hoffnung wird unmöglich, ist nur von November bis April machbar."

'Ich und mein vorlautes Mundwerk', ging es Katharina sofort durch den Kopf. 'Einzig Narren narren ohne Verstand'. Der Pirat kniff seine Augen zusammen. Durch die dünnen Schlitze starrte er Katharina an.

"Zweifel?"

"Nein, natürlich nicht", sagte sie. "Ich dachte als Frau..."

"Frauen sind Männern oft überlegen", fiel ihr Olivier ins Wort. "Du bist klug. Damit kann ich leben. Menschen ruinieren sich lieber durch Lob, als dass sie sich durch Kritik verbessern."

"Aber ich..."

"Ich schätze Leute, die Geheimnisse für sich behalten." Er bohrte mit dem Finger in der Nase – ging so richtig in sich und holte viel aus sich heraus. "Achte darauf, wen du dir zum Feind machst."

Kaum das letzte Wort ausgesprochen wurde er von der Nacht verschluckt. Ähnlich wie François und Fletcher zuvor. Katharina blieb mit dem Wind und der See zurück.

Hatte Olivier ihr Gespräch mit François belauscht? Sie zitterte. An einem Tag verletzte er sie mit Spott und Häme. Am nächsten mimte er den Menschenkenner. Welches Erlebnis hatte diesen Mann geprägt und ihn zum Phantom werden lassen?

Katharinas Unbeschwertheit war verflogen. Zu Recht. Sie schaute dem Wind zu, wie er Fock- und Hauptsegel aufblähte. Das Schiff trieb stetig in westlicher Richtung. Gelegentliche Böen konnten Katharinas Schleier der Verwirrung nicht wegpusten.

Regent Street, London. Eine schwarze Kutsche fuhr beim Barbiershop vor. Keine Stunde war seit dem Eintreffen der Depesche verstrichen. Die Antwort hatte den Leser positiv gestimmt.

Die beiden Rappen waren sauber gestriegelt. Ihre Köpfe steckten in einer Dampfglocke. Trotz Wolken am Himmel glänzte das Fell silbern. Der Kutscher sass auf dem Bock. Sein Rücken war steif. Der Düstere rührte sich nicht. Den Mantelkragen hatte er hochgeschlagen. Kinn und Nase waren im Dunkeln verborgen. Einzig der schmale Schlitz unter der Zylinderkrempe bot freie Sicht. Seine Augen glänzten teuflisch. Die Anweisungen waren klar gewesen. In der linken Hand hielt er die Zügel, in der rechten die Peitsche. Er war bereit, die Araber galoppieren zu lassen.

Wenige Atemzüge später huschten zwei Gestalten ins Kutscheninnere. Die eine Person schlug zwei Mal mit dem Elfenbeingriff des Spazierstocks gegen die Decke. Die zweite lehnte sich zurück und streckte die Beine. Gleichzeitig wieherten die Pferde.

Eine Minute später erinnerte nur noch der dampfende Kothaufen an die bereits davon gepreschte Gesellschaft. Das Todeskommando war unterwegs.

Mit dem Handrücken fuhr sich Katharina über die Stirn. Schweissspuren glänzten. Sie stemmte die Hände in die Hüfte und streckte den Oberkörper. Seit Sonnenaufgang kniete sie auf den Planken, den Wasserkübel zur Linken, das Laken in der Hand. Sie hasste es. Alles tat weh.

"Keine Müdigkeit", bellte William Fletcher. "Bis Mittag ist das Deck geschrubbt. Sonst gibt's Haue!"

Katharina schwieg. Der Quartiermeister brauste auf.

"Bist du taub?"

"Nein."

"Dann quittier!"

"Ich hab verstanden."

Fletcher krallte sich mit seinen klebrigen Wurstfingern in Katharinas Haarpracht. Sie roch seinen Atem. Und rümpfte die Nase. Und schrie vor Schmerz.

"Lauter!", keuchte er. "Ich versteh dich nicht!"

"Aaa", krächzte Katharina. Löste sich die Kopfhaut von ihrer Schädeldecke? Sie verlor das Gefühl in den Beinen und wimmerte: "Ich hab verstanden."

"Weshalb nicht gleich?" Fletchers Pupillen blitzten. "Eines Tages leg ich dich flach, du Hure. Dann rettet dich keiner aus meinen Klauen!"

Katharina schloss die Augen. Sie hörte ihn Luft holen, als versorgte er eine Krötenkolonie mit Schleim. Das Gesabber schleimte sich über ihre Wange. Wortlos wischte Katharina mit dem Hemdsärmel die Spucke aus dem Gesicht.

"Ein Schiff", schrie der Pirat vom Grossmast herunter. "Schiff hart Backbord voraus."

"Ist das Taylor, dann kann La Buse was erleben", murmelte Fletcher. Er holte mit dem Fuss aus, versetzte Katharina einen Tritt in den Unterleib und machte ein paar Schritte zur Seite. Wie durch einen Nebelvorhang hörte sie ihren Peiniger brüllen: "Ist es die Cassandra[21]?"

Ihr Becken schmerzte. Die Kopfhaut brannte. Katharina hielt sich den Bauch und japste nach Luft. Übelkeit überkam sie. Eine bittere Säureschicht überzog ihren Gaumen. Sie krümmte sich noch mehr, würgte, hustete, röchelte, übergab sich, wollte losheulen, sterben – am besten alles gleichzeitig.

Doch Katharinas Leiden nahm so schnell kein Ende. Als sie die Augen wieder öffnete, drehte sich die Welt um sie. Ein behaarter Arm stützte ihren Nacken. Hinter dem Bart machte sie ein Lächeln aus. Der feuchte Lappen im Gesicht tat gut.

"Mach dir nichts aus Fletcher", brummte François. "Er ist ein Verlierer."

"Mir ist übel."

"Der Kerl wollte Kapitän werden. Zum Glück haben wir Olivier."

Katharina antwortete nicht. Ihr Blick war trüb. Tränen kullerten. François presste ihren Kopf an seine Brust. Sie hielt den Atem zurück. Sein Körper stank nach Jauche und dünstete nach körperlicher Entbehrung. Wehende Schnapsfahne und trockener Schweiss waren François' stetige Begleiter.

"Er wurde kielgeholt[22]", erklärte er. "Seinen Kumpanen Dick hat La Buse mit dem Degen aufgeschlitzt."

"Weshalb lässt Fletcher den Frust an mir aus?"

François zündete seine Pfeife an der Kompasslampe an. Er rückte den Hocker zur Luvseite, paffte in aller Ruhe und griff nach der Pulle.

"Nimm einen Schluck, Katharina."

Sie zögerte nicht. Der bräunlichtrübe Saft brannte im Rachen, wärmte, beruhigte, stillte aber nicht ihre Tränen. Es war, als würde der über Wochen aufgestaute Druck von ihr abfallen. François schwieg. Die kreisenden Bewegungen seiner Hand auf dem Rücken taten gut.

"Danke", seufzte sie nach Minuten. "Danke."

---

[21] Hauptschiff des englischen Piraten John Taylor

[22] Bei voller Fahrt am Tau unter dem Schiffbauch hindurch gezogen; häufige Bestrafung auf See.

Der Alte krauste seine silbergraue Lockenpracht. Die Schuppen häuften sich auf den Schultern wie frisch gefallener Schnee.

"Mach dir nichts aus ihm. Er ist ein Versager, ein Nichts, wird nie das Zeug zum Kapitän haben, nie wie Olivier Le Vasseur oder Robert Culliford ein Schiff kommandieren."

An jedem anderen Tag hätte Katharina über François' Aussprache des Vornamens Robert – er liess das R ungemein lange rollen – sinniert. Doch an diesem schwülen Mittag war ihr nicht nach Reflexion zu Mute. Die Erniedrigungen des Quartiermeisters und der Spott von La Buse zeigten Wirkung. Sie schnäuzte die Nase.

"Fletchers Blick war voller Hass", schluchzte sie. "Was hab ich ihm getan?"

"Olivier hat noch immer für Gerechtigkeit gesorgt."

"Er ist kein Stück besser."

"Fletcher ist ein Trostpreis, Olivier der Hauptgewinn."

"Er macht mir Angst. Beide machen mir Angst."

"Bellende Hunde beissen nicht."

Nicht mal im schrecklichsten Alptraum konnte sich Katharina vorstellen, wie sehr der Alte irrte. Im Schutze der Dunkelheit schnappten kläffende Köter schon mal hinterrücks zu.

"Könnt ich deinen Worten nur glauben." Sie seufzte. "Was ist?"

"Meine Tochter ist heute in deinem Alter, vermute ich", murmelte François. Er furchte die Stirn. "Das alles ist lange her."

"Deine Tochter?"

"Lange her."

Er griff nach dem Tagebuch und trollte sich von dannen. So kantig und unauffällig dieser alte Kerl auch wirkte, so gross und offen war sein Herz, dachte Katharina. Sie glaubte, in diesem Haufen miefender Muscheln die rare Perle gefunden zu haben. Doch Irren war menschlich. Jeder Mensch hatte eine Vergangenheit.

- 18 -

Am späteren Nachmittag kreuzte die Victoire im Kielwasser von Taylors Cassandra. Das stattliche Schiff – über 300 Tonnen schwer, mit 38 Kanonen bestückt und 280 Mann Besatzung – fuhr seit August 1720 mit Totenkopfflagge am Hauptmast. Seit jenem Tag, als die Piraten Edward England und John Taylor dem Kapitän James Mackra das Leben zur Hölle gemacht hatten.

War das ein Tag gewesen! Sowohl Englands Fancy als auch Mackras Cassandra waren auf Grund gelaufen. Trotz Schlagseite hatten sich die beiden Mannschaften während Stunden bekämpft, bevor Mackras Leute in den Dschungel geflüchtet waren. Erst nach Tagen hatten sich die hungernden Seeleute ergeben.

Die Trunksucht der Piraten war damals Mackras Glück gewesen. Auf Drängen Edward Englands hin hatte John Taylor Mackra und seinen Männern freies Geleit mit der schwer beschädigten Fancy gewährt. Die Cassandra samt Ladung hatten sie als Beute zurückbehalten. Als der Rausch der Nüchternheit gewichen war, hatte sich unter den Piraten Unmut breit gemacht. 90 Brüder waren beim Kampf ums Leben gekommen. Ohne Vergeltung? Edward England wurde auf einer Insel ausgesetzt. Zu spät hatte er realisiert, welchen Wolf im Schafspelz er sich mit dem Rebell John Taylor an Bord geholt hatte. Seit diesem Tag kommandierte Taylor die Piraten.

Katharina war aufgefallen, mit wie viel Respekt, wenn nicht gar Angst, Oliviers Männer von John Taylor sprachen. Brutal herrschte er, riss Verrätern die Zunge raus, nähte ihnen eigenhändig mit der Segelnadel die Lippen zusammen und warf sie mit auf den Rücken gebundenen Händen über Bord. Es kam vor, dass Taylor aus Langeweile oder im Alkoholrausch mit Entermessern auf seine eigenen Männer zielte.

Dieser Kerl kommandierte die Cassandra. Katharina seufzte. Die Nachmittagssonne beleuchtete das andere Schiff. Die Segel blendeten. Olivier stützte sich auf der Reling ab. Er kniff die Augenlider zusammen. Seine langen Haare wehten im Wind. Katharina war klar, dass ihre Zukunft nicht in seinen Händen lag. Ihr Leben hing vom Wohlwollen John Taylors ab.

"Selbst der Bussard kann dich nicht vor mir schützen", zischte eine Stimme. "Bald schon lehne ich mich breitbeinig zurück und du gehst vor mir auf die Knie. Oh, ich liebe deine wunderbaren, vollen Lippen."

Fletchers Atemluft kitzelte im Nacken. Katharina richtete sich zur vollen Grösse auf. Dieses Ekel durfte es nicht schaffen, permanent Angst und Schrecken zu verbreiten – als wäre John Taylor sein Lehrmeister gewesen.

"Was hab ich dir getan?", fragte sie. "Was?"

"Bist du willig, brauch ich keine Gewalt", spottete er. "Ein paar Meilen und Ste-Marie kommt in Sicht. Ab morgen hast du deine Zukunft selbst in der Hand. Und jetzt verschwinde, du Hure!"

Fletcher stiess Katharina in den Rücken. Ihr Fuss verfing sich in einem Tau. Sie stürzte zu Boden. Er lachte. Katharina schaute hoch in Oliviers Richtung. Er wendete sich ab und starrte wieder emotionslos zur Cassandra hinüber.

Katharina wollte an Gerechtigkeit glauben. Katharina wollte auf Verständnis stossen. Katharina wollte Sicherheit vermittelt bekommen. Doch so sehr sie auch wollte, sie fühlte sich immer machtloser.

Madagaskar am Horizont. Wie eine Walze breitete sich der Dschungel über die Gebirgszüge aus. Die Spitzen der Bergriesen steckten in den Wolken. Ziegen und Schafe wilderten durch den Urwald. Zitrusfrüchte, Datteln, Honig, Papaya, Ananas, Mango und Durian gediehen. Krokodile lauerten im Fluss, Riesenspinnen, Schlangen, Gottesanbeterinnen, behaarte Raupen und giftige Tausendfüssler im Gestrüpp.

"Dort siehst du Ste-Marie, unser Inselparadies", flüsterte François. "Riechst du bereits die Ylang Ylang Blüten?"

Sonnenstrahlen beleuchteten das Eiland. Wie Reisähren reckten sich die Palmen in die Höhe. François streckte die Nase in die Höhe. Mit der Hand fächerte er sich Luft zu. Sein roter Riechknollen verschwand im Gestrüpp des Oberlippenwuchses. Ihrer misslichen Lage zum Trotz lachte Katharina.

"Eine Sage erzählt, die Königin von Saba habe ihre Perlenkette an einem Strand Ostafrikas ins Wasser geworfen", fuhr er fort. "Jedes Kügelchen ist an der Wasseroberfläche zu einer Palmeninsel gequollen. Entstanden ist ein Ozean voller Perlen, voller Inseln, die aus der Ferne wie türkisfarbene Edelsteine glänzen, umsäumt von strahlend weissen Linien, den endlosen Sandstränden, die vom tiefblauen Meer umspült werden."

Katharina blickte in das schmale Gesicht, in dem die Lachfalten die Strenge des Mundes milderten. François verstand es, mit Worten aufzuheitern.

Der Naturhafen von Ste-Marie lag geschützt auf der Westseite. Ausgewaschene Felsformationen und Mangrovensümpfe im Norden, weisse Sandbänke im Süden sowie aus jeder freien Nische poppende Palmwedel weckten Katharinas Aufmerksamkeit.

Auf der Cassandra wurde der Anker geworfen, als der Steuermann der Victoire noch seine Nussschale an einem flachen Inselchen vorbei durch die Hafeneinfahrt zwängte. Die Umrisse der Kanonen beidseits der engen Passage wirkten bedrohlich.

"Leesegel ein", brüllte La Buse. "Fallen Bramsegel! Schnell! Ankerleine!"

Nach Tagen auf See mutete die fruchtbare Tropenlandschaft utopisch an. Wie das Paradies? Die Sonne ging langsam hinter Madagaskar unter. Die Felskuppen leuchteten in warmem Rot. Immer seltener blinzelten die Strahlen zwischen den vom Wind in Bewegung gehaltenen Bäumen hindurch.

Mitten in der kreisförmigen Bucht lag ein von rötlich braunen Steinen umringtes Inselchen. Die Seeleute der Cassandra ruderten mit den Beibooten auf die für die Ewigkeit gebaute, mehrere Fuss aus dem Wasser ragende Steinmole zu. Menschen tummelten sich bei der Anlegestelle. Eine Laterne flackerte. Dahinter ragte der hundert Fuss hohe Inselhügel in die Höhe. Auf der Spitze reihte sich Holzhütte an Holzhütte. Die Rauchfahnen verrieten die Feuerstellen.

Einzig Gesetzlose hatten ihn zu Gesicht bekommen, den berühmtesten Piratenschlupfwinkel Madagaskars, die viel zitierte Himmelspforte 'Ile aux Faubans'[23]. Hunderte lebten hier fernab von weltlicher Obrigkeit, Zivilisation und unterdrückender Leibeigenschaft, gefangen in einem Reich der Gegensätze, der Träume, geprägt vom Glauben und der Hoffnung an eine bessere Zukunft. Auf den ersten Blick das Paradies auf Erden.

Doch der Schein trog. Die Piraten waren heimtückischen Tropenkrankheiten gleichermassen machtlos ausgeliefert wie den unberechenbaren Launen der eigenen Kameraden. Wer auf Ste-Marie landete, endete nicht selten hier.

Katharina atmete die Luft tief ein. Sie registrierte an diesem Abend nur die landschaftliche Schönheit, das intensivkräftige Grün, das klare Meerwasser und die feinkörnigen Sandstrände. An Ärger und über Jahre anhaltende Tragik dachte sie beim Anblick dieses Inselparadieses nicht.

- 20 -

Katharina hatte Angst. Angst vor der neuen Situation, vor der neuen Umgebung, vor allem aber vor John Taylor. Sie schnappte nach Luft. Fantomfinger krallten sich um ihren Hals. Viel Seemannsgarn hatten Oliviers Männer in den vergangenen Tagen gesponnen. Zu viel. Die Gefangene konnte nicht mehr zwischen Realität und Fantasie unterscheiden.

François führte Katharina wie einen Hund an der Leine. Ihre Hände waren gefesselt, ihr Blick gesenkt. Bei jedem Schritt wankte sie wie eine Betrunkene. Ihre Füsse glichen die vom Unterbewusstsein vorgegaukelten Wellenbewegungen aus. Staub stieg hoch. Sandkörner knirschten unter ihren Füssen.

"Versuch nicht zu fliehen, Katharina", sagte der Pirat und stoppte vor einer Stelzenhütte. Sie schaute sich um. "Unser Versteck ist auf einer Insel. Der Tod lauert hinter jedem Baumstamm. Keine Fluchtmöglichkeit."

Katharina wendete sich ab. Sie starrte aufs Meer hinaus. Im Dunkel der Nacht sah sie die Konturen Madagaskars am Horizont.

"Das sind zehn Seemeilen", flüsterte François. "Im Kanal von Antongil wimmelt es von Haien. Auf der anderen Seite leben Kannibalen."

Er löste ihre Fesseln. Sie kratzte sich die Kopfhaut. Ein Schuppenregen nieselte vor ihrem Gesicht herunter. Sie schluchzte.

"François, was passiert?"

---

[23] übersetzt "Pirateninsel"

42

Katharina erinnerte sich an Don Philippes Worte, als von Vergewaltigung, Mord und Todschlag die Rede gewesen war. François öffnete die Pforte, einen Vorhang aus Segeltuch, und deutete auf die Pritsche im Hintergrund.

"Mach's dir gemütlich. Ich schau später wieder vorbei."

Der Lichtstrahl der Fackel erhellte kurz das Innere der Hütte. Die Wände waren aus geflochtenen Matten. Asseln krabbelten im Dreck und suchten Schutz in der Dunkelheit. Modergeruch reizte Katharinas Geruchsnerven. Sie wollte heulen, kreischen, schreien, aufbrausen, den Kapitän sehen – schaute sich dabei aber nur um. Unsicher. Voller Angst. Machtlos. Traurig. Schweigend. Schweigend ergab sie sich in ihr Schicksal.

Katharina dachte nicht an Schlaf. Der Pritschenrost – quer über ein Holzgestell gelegte Palmwedel – schmerzte im Rücken. Die Luft war heiss und stickig. Es war finster wie im Darm einer Kuh. Und stank nicht minder. Katharina tastete sich der Innenwand entlang. Das Hüttengerippe war aus Bambus. Keine sieben Fuss in der Länge. Sie tastete sich weiter und berührte einen Gegenstand. Es klirrte.

Der Boden war feucht. Sie hatte den Trinkbehälter umgestossen. Aus Frust stampfte sie mit den Füssen gegen das Bett. Und schmiss den Tonkrug mit voller Wucht in die Zimmerecke. Das Teil zerbrach. Nichts und niemand kümmerte sich um die Elende. Sie seufzte.

Katharina lehnte sich zurück und schloss die Augen. Sie dachte an ihr früheres Leben in Indien – zwecklos. Das Gegröle der Piraten hielt wach. Sie sangen falsch und laut, vor allem laut. Lieder, die von der Heimat und der verlassenen Liebsten erzählten.

Näherten sich Schritte, so zuckte Katharina zusammen. Sie wusste um ihre erbärmliche Situation als wehrlose Frau inmitten einer alkoholisierten Meute. 'Bestimmt konsumieren sie Unmengen von Rum, werden aggressiv und gewalttätig', dachte sie und starrte zur Decke hoch. Der Mond schimmerte durch die Ritzen.

"Was mag Vater gerade tun?", fragte sich Katharina halblaut – und erschrak ob der eigenen Stimme, die aus der Dunkelheit der Kammer widerhallte. 'Bestimmt schläft er und begräbt sein Haupt im Daunenkissen', sinnierte sie weiter. 'Weiss er, dass sein Kind entführt worden ist?'

Katharina erinnerte sich, wie sie als kleines Mädchen mit ihrem Vater im Palastpark spazierte. Hand in Hand umrundeten sie den grossen Teich, fütterten die Wasservögel mit Fladenbrot oder schauten dem Wasser zu, wie es sich über die künstlich angelegten Kaskaden stürzte. Enten plantschten im Nass, Eichhörnchen krabbelten die Bäume hoch und der Pfau schlug Räder. Im Pavillon mit den hochgezogenen Rosenhecken setzte sich Katharina auf das Knie ihres Vaters und lauschte seinen Erzählungen aus längst vergangenen Zeiten. Die Lachfalten im gefurchten, von der Sonne Rajasthans gebräunten Gesicht verschwanden nur, wenn er von ihrer Mutter sprach.

Diese sei ein Engel aus einem fernen Land gewesen, wusste der Vater zu erzählen. Sie habe wie eine Elfe gesungen. Lauter Lieder in der ihm nicht geläufigen Engelssprache. Feucht glänzte es dann zwischen seinen Wimpern. Jede einsame Träne beseitigte der Maharadscha sofort mit dem Handrücken.

Beim Gedanken an den heute alleine im Rosenpavillon trauernden Vater zog sich Katharinas Herz zusammen. Sie hatte das Gefühl, ein Gurt schnürte dem in der Brustgegend pochenden Organ das Blut ab. Sie krümmte sich, schlug die Hände vors Gesicht und begann bitter zu weinen. Es surrte nahe ihrer Ohrmuschel. Nur zu gut kannte sie dieses Geräusch. In Indien hatte sie ein fein gewobenes Seidennetz vor den Stechmücken geschützt. Hier auf der Pirateninsel war sie den Plagegeistern wehrlos ausgeliefert. Wild schlug sie in die Richtung, aus der das Surren kam.

Madagaskar war das Reich der Tropenkrankheiten – schlimmer noch als Indien. Gegen Schlangenbisse und Mückenstiche kannte kein Mediziner ein Rezept. Die Piraten sprachen vom auf ihnen lastenden Fluch ermordeter Seeleute.

Minuten später surrte die ganze Hütte. Die Mücke griff diesmal mit ihrer Grossfamilie an. Katharina schlug um sich und strampelte mit den Füssen. Aber ohne Licht, ob Kerze oder Laterne, war sie machtlos. Der Hitze zum Trotz wickelte sie sich in der Decke ein. Die Wolle stank bestialisch nach Rauch, Schweiss und Erbrochenem. Doch hielt sie die Mücken fern.

Katharina vermisste die Seebrise. Sie schwitzte. Ihr Gaumen war trocken. Sie dürstete nach Wasser. Laut verfluchte sie den zerbrochenen Tonkrug. Sie stammelte unverständliche Silben, zitterte, liess sich zurückfallen, um erneut unkontrolliert wie ein Schosshund zu heulen.

Je mehr Katharina heulte, umso befreiter fühlte sie sich, als fiele eine Last von ihr ab. Die Luft wurde klar und sauber wie nach dem nachmittäglichen Monsunregen. Langsam und regelmässig begann sie zu atmen. Der letzte Gedanke war bei ihrem im Rosenpavillon trauernden Vater.

- 21 -

Katharina trug nur ihr Hemd. Ihre Haut juckte. Der ganze Körper war übersät mit roten Punkten. Die Wolldecke lag auf dem Boden. Die Mücken waren während der Nacht auf ihre Kosten gekommen. Sonnenstrahlen mogelten sich durch die Wandmatten ins Hütteninnere und sorgten für ein bizarres Lichtspiel. Staubpartikel tanzten durch die in die Dunkelheit gezeichneten Streifen. Die Luft stand wie eine Suppe. Katharina zog die Augenlider zu Reissschlitzen zusammen. Jemand stand in der Türöffnung. Das Licht blendete. Sie fuhr sich mit dem Handrücken über die Stirn.

"Zeig mir deine Hände", befahl Olivier. Er berührte ihre Finger. "Jetzt erkennt dich im Palast keiner mehr."

Katharina verstand ihn nicht. Olivier deutete auf den Eimer am Boden. Sie zögerte keine Sekunde, beugte sich darüber, setzte die Lippen an und stillte ihren Durst. Als sie vom Eimer liess, schwappte das Wasser hin und her. Katharina rührte sich nicht. Sie atmete, entspannt, schaute ins Wasser, riss die Augen weit auf, dann den Mund – und war sprachlos.

Katharina blickte in das Antlitz einer Hexe, in ein unbekanntes, gefurchtes Gesicht, das sich zum Lächeln zwang, dessen aber nicht fähig war. Die Zotteln, die Katharina einst Haare genannt hatte, fielen der fremden Frau bündelweise in die Stirn. Die vor Wochen noch milchigbleiche Haut war ledern.

Katharina hielt sich die Hand vor den Mund. Eine Träne spurte sich den Weg über ihre Wange und zog eine glänzende Bahn durch die Russ- und Salzschicht. Die alte Frau schüttelte den Kopf. Sie konnte nicht verstehen. Sie wollte nicht verstehen. Mit dem Hemdsärmel wischte sie sich übers Gesicht.

"Zieh dich an!", befahl Olivier. "Wir müssen los!"

Er drehte sich ab und trat in die frische Luft hinaus. Als Katharina ebenfalls ins Licht trat, lehnte der Kapitän mit zugekniffenen Augen am Palmstrunk. Er wetzte das Messer an einem porösen Stein.

"Los", murmelte er. "Geh'n wir."

Katharina folgte ihm zur Hafenmole. Der Pirat deutete auf das grosse Blockhaus. Katharina spürte seine Hand auf der Schulter, seufzte, zog den Kopf ein und schlüpfte durch die Türe ins Innere.

Drinnen war es dunkel. Es dünstete nach Alkohol, Tabakqualm und Schweiss. Katharina hustete. Sie hatte Angst.

- 22 -

Katharinas Augen gewöhnten sich nur langsam an die Dunkelheit. Zwei kleine Fenster sorgten für etwas Licht – eines zur Linken, eines zur Rechten. Die in den Boden gerammten Pfähle waren mit Segeltuch abgedichtet. Das Fundament, ein Gemisch aus Kieselsteinen, Sand und festgetretenem Lehm, erinnerte an die Strassen in Indien. Aufeinander gelegte Palmwedel schützten gegen den Regen.

Den Allerwertesten auf Kissen gebettet und eine Buddel Rum in der Hand, kauerten vier Männer im Halbkreis. Zwei Gesichter kannte Katharina von der Zeit auf der Victoire. Während François mit den Zähnen die Fingernägel malträtierte, grinste Fletcher höhnisch.

Der dritte Pirat hielt die Füsse von sich gestreckt. Patrick "Scarface" Flynn war John Taylors rechte Hand. Es dauerte eine Ewigkeit, bis er Katharinas lange Beine hoch Blickkontakt herstellte. Zu sehr fesselten ihn ihre Wölbungen.

45

Beim spärlich spriessenden Barthaar dachte Katharina spontan an eine Ziege. Stand der Kerl an Deck der Cassandra, verdoppelte er mit seinen Suppenteller-Ohren garantiert die Segelfläche. Seine Glatze kompensierte er mit einem schulterlangen Haarzopf. Quer über die rechte Wange zog sich eine tiefe Narbe. Er musste sich glücklich schätzen, dass er nicht das Augenlicht verloren hatte.

Der vierte Pirat war von imposanter Postur. Er versank fast im Kissen. Seine zum Pony zusammengebundenen blonden Haare wirkten sexy. Trotz fortgeschrittenen Alters hatte er jugendliche Gesichtszüge, war seine matte Haut straff. Mit dem breitkrempigen Strohhut fächerte er sich Luft zu. Im vom Alkoholkonsum getrübten Blick erkannte Katharina Strenge. Sie wusste sofort, wer sie aus diesen tiefklaren, blauen Augen anstarrte. Dabei hatte sie sich John Taylor ganz anders vorgestellt und während den düsteren Nächten auf See vom menschenverachtenden Monster gealpträumt.

La Buse setzte sich auf das letzte freie Kissen. Er würdigte John Taylor mit keinem Blick. Dieser führte die Flasche Rum an seine Lippen und rülpste. Sein Lachen war weit herum zu hören. Scarface und Fletcher wieherten.

"Entschuldigen Sie mein Benehmen, Miss. Ich bin charmante Gesellschaft nicht gewohnt", begann der Kommandant. "Welcher glücklichen Fügung verdanken wir, dass ein so hübsches Vögelchen bei uns überwintert?"

Lag Hohn in Taylors Stimme? Oder wollte er sich von der lockeren Seite zeigen? Katharina zögerte. La Buse antwortete an ihrer Stelle.

"Während Jahren hab ich auf mein Vorrecht verzichtet. Sie ist meine Beute."

"Was macht die Kleine so attraktiv, dass du einen Konflikt mit mir riskierst?", fragte Taylor. "Auch sie lässt dich die Vergangenheit nicht vergessen."

Katharina blickte Olivier an. Er verzog keine Miene. Welche bedrückenden Erinnerungen schleppte er in seinem Herzen herum?

"Na?" Taylor schnalzte mit der Zunge. "Einsprüche, meine Herren?"

"Scharfes Stück Fleisch, heisse Kurven." Fletcher grinste. "Ich will die Hure für mich."

Sollte Katharina an einen Piraten verschachert werden, allenfalls an den Meistbietenden? Sie fuhr sich mit dem Handrücken über das Gesicht. Ihre Stirn fühlte sich feucht an. Ihr war heiss. Ihr wurde übel.

La Buse rührte sich nicht. Patrick 'Scarface' Flynn öffnete die Lippen. Katharina sah seine pechschwarzen Zähne.

"Hä?", krächzte er. "Wie wär's mit einem Duell?"

"Ein entstellter Quartiermeister reicht", höhnte La Buse.

46

Staub wirbelte auf. Fletcher und Flynn waren gleichzeitig auf den Beinen. Sie fuchtelten mit ihren Messern vor Oliviers Gesicht herum. Ein müdes Lächeln zeichnete sich auf dessen kantigen Lippen ab. "Der erste Stich muss sitzen", höhnte er weiter. "Sonst seid ihr beide tot."

"Ich bring dich um, du Schwein!" Scarface's Unterlippe bebte. Seine Hand mit dem Messer zitterte. "Steh auf und kämpf!"

"Schnauze, ihr Idioten", knurrte Taylor. "Kein Duell, kein Blut, keine Toten!" Er stampfte mit dem Absatz auf den Boden. "Und vor allem keine Provokationen mehr. Ich brauch jeden Mann!"

"Die beiden sollen nur versuchen..."

"Ich warn dich, La Buse. Es reicht!"

"Drohst du, Taylor?"

"Ich drohe nie. Ich belohne."

"Was kannst du mir schon offerieren."

"Folge mir. Werde mein Vizekönig."

"Du und deine irrsinnigen Pläne. Die Schatzkammer der Virgen del Cabo machte uns alle zu Königen. Der Indische Ozean ist unser Reich. Strebst du nach Weltherrschaft?"

"Halt deine Klappe", brauste Taylor auf. "Ich bin mit meiner Geduld am Ende!"

Flynn grinste. Der Rumkonsum zeigte Wirkung. Er plumpste zurück auf das Kissen und lutschte am Flaschenhals. Vereinzelte Rülpser waren sein spärlicher Beitrag zur weiteren Konversation.

Fletchers Blick blieb voller Bosheit. Er öffnete seine Lippen. Doch François kam ihm zuvor.

"Lasst die Kleine wählen."

Katharina spürte alle Blicke auf sich. Sie sollte zwischen La Buse und Fletcher wählen? Zwischen ihrem Entführer und dem vom Teufel gerittenen Quartiermeister, der nie die Hoffnung auf das Gute im Menschen keimen liess?

"Weiber haben nichts zu entscheiden!", lachte Taylor. "Wär noch schöner!"

Fletcher pflichtete Taylor bei. Seine Glatze glänzte wie das aus der Schale gepellte Ei. Seine Ziegenaugen glotzten mit von Alkohol entschärftem Blick.

"Ich will keinen von beiden", flüsterte Katharina. Ihre Zähne verbissen sich abwechselnd im Daumennagel und der Unterlippe. "Mein Vater kauft mich frei. Ich garantier dafür." Taylor lachte. "Ich bin die Nichte des Grossmoguls", bekräftigte sie weiter. "Mein Vater ist ein einflussreicher Maharadscha."

Stille herrschte. François hielt sich die Hände vors Gesicht. Olivier schüttelte den Kopf. Scarface öffnete den Mund so weit, dass die Narbe tiefe Furchen riss. Fletcher grinste hämisch.

"Nice Joke", murmelte Taylor, starrte Olivier ins Gesicht – und hielt inne. "La Buse?"

Dieser starrte regungslos auf die mit Segeltuch abgedichtete Wand.

"Deshalb kämpft der Bussard um diese Hure", schrie Fletcher. "Er will's Lösegeld für sich."

Kaum hatte Fletcher das letzte Wort über die Lippen gebracht, schnellte La Buse aus dem Kissen hoch. Seine Finger umklammerten den Hals des Eierkopfs. Er presste die Kieferknochen aufeinander. Seine Brauen wölbten sich hoch über den Augen. Der Kapitän war einen Atemzug davon entfernt, den frisch geschliffenen Dolch durch Fletchers Kehlkopf zu ziehen.

"Nimm die Behauptung zurück, du Schlange!"

Fletcher röchelte nur.

"Sofort!"

"Olivier!", schrie Taylor. "Messer weg!"

"Fletcher, ich höre!"

"Schluss!" Taylor umklammerte Oliviers Unterarm. "Wer ist sie?"

Fletchers Augen drohten aus den Höhlen zu fallen. Sein Kopf glich einer überreifen Melone. Seine Stirne glänzte. Seine Hände zitterten. Olivier wuchtete die miefende Schlange gegen die Hüttenwand und streckte die Hand aus.

"Dieser Hurensohn war dabei, als wir das Schiff enterten. Wir haben die Zofe entführt und nicht die Prinzessin."

"Du lässt die Prinzessin laufen?", brüllte Taylor. "Was nützt uns die Zofe?"

La Buse schwieg. Taylor blickte von einem Gesicht ins andere. Katharina hielt den Atem an.

"Erzähl, wer du bist, wer dein Vater." Die Stimme des Piraten klang sanft. "Lüg mich nicht an."

Katharina hielt seinem Blick stand. Sie lächelte. Die Wende zum Guten schien nah. Endlich.

"Mein Vater ist der Maharadscha von Vanaipur."

"Von Vanaipur?"

Katharina nickte. "Er bezahlt mein Lösegeld."

"Weshalb gibst du dich als Zofe aus?" Taylor schüttelte den Kopf. Seine Stimme weckte Katharinas Vertrauen. "Hast du uns für dumm verkauft?"

"Ich tauschte mit der Zofe die Kleider."

François begrub seinen Kopf zwischen den Händen. Olivier wendete sich ab.

"Raffiniert", murmelte Taylor. "Raffiniert."

"Die Idee war von meinem Vater."

"Also war es Absicht", murmelte Taylor. "Und ihr Tölpel seid auf sie reingefallen."

Seinem angetrunkenen Zustand zum Trotz war der Kommandant schnell auf den Beinen. Und er holte noch schneller aus und schlug zu. Seine Faust raubte Katharina den Schnauf. Sie krümmte sich, umkrallte ihren Bauch, ging in die Knie und schnappte nach Luft. Geistesgegenwärtig riss sie die Augen auf, sah zuerst nur Staub, und dann nur noch Sterne. Seine Fussspitze traf sie mitten ins Gesicht.

Katharina flog eine Rolle rückwärts und knallte zu Boden. Sie schrie. Das Kinn brannte. Die Nase brannte. Die Lippen brannten. Der Gaumen brannte. Alles brannte. Lichterloh.

Ihr Speichel war nur noch Blut. Es spritzte aus Nase und Mund. Inwendig flossen warme Ströme die Kehle hinunter. Sie hustete, spuckte, geiferte, röchelte, schluckte und schnappte nach Luft. Alles schmeckte nach Blut.

Erneut riss sie die Augen auf. Sie sah verschwommene Gestalten. Alles drehte sich. Die Schatten bewegten sich wie in Zeitraffer. Katharina wollte sich aufrichten. Dann verlor sie das Bewusstsein.

Die letzten Worte, die sie noch hörte, waren von Taylor: "Wir machen die Sache kurz. Bis wir von der Fahrt zurück sind, haust sie bei François. Und jetzt verschwindet, ihr verlogenen Hurensöhne!"

- 23 -

Zur selben Zeit sassen drei Herrschaften im Harbour Inn. Zwielichtige Gestalten verkehrten in den Gemäuern, die schon bessere Zeiten erlebt hatten. Die düstere Spelunke war die erste Anlaufstelle für anheuerungswillige Matrosen. Die Fenster waren offen. Eine Kerze brannte auf dem einzigen besetzten Tisch. Die Flamme tanzte im Durchzug. Die schwarze Kutsche stand draussen vor dem Inn.

Nasenspitze und Oberlippenbart des ersten Gastes warfen einen diabolischen Schatten in sein Gesicht. Die Augenbrauen wirkten noch dichter als sie waren. Der Seitenscheitel war wie vom Messer gezogen. Kein Haar verirrte sich auf die falsche Seite. Er war glatt rasiert. Der massgeschneiderte Anzug sass.

Die Gesichtszüge des zweiten Unbekannten waren feiner und sein Kinn weniger in die Länge gezogen. Das schüttere Haar fiel ihm bis auf die Schulter. Sein dunkler Anzug war sauber und liess gleichermassen auf Stilbewusstsein schliessen. Die Manschettenknöpfe glänzten golden. An den Fingern trug er mit Edelsteinen besetzte Ringe. Der klumpige Siegelring zeigte zwei Reiter hoch zu Ross.

Den beiden gegenüber sass ein Dritter. Sein Gesicht war im Dunkeln. Mit dem Ellbogen stützte er sich auf dem Seesack ab. Seine Weste war mit Flicken übersät. Er hob den Kopf und starrte zur Mole hinaus.

Ein Schiffsrumpf fesselte seine Aufmerksamkeit. In geschwungenen Lettern stand der Name am Heck – 'La Princesse Emeraude'. Wann kehrte er wieder in seine Heimat zurück? War es ihm vergönnt, die in ihn gesetzten Erwartungen zu erfüllen?

Seine Hand suchte sich ihren Weg in die Westentasche. Schwer wogen die Goldstücke im Lederbeutel. Er war ein reicher Mann. Dabei handelte es sich beim prall gefüllten Geldbeutel nur um die Anzahlung.

- 24 -

François strich Katharina mit einem Lappen über die Stirn. Sie öffnete ihre Augen. Seine Lippen quälten sich zum Lächeln.

"Wo bin ich?", murmelte sie.

"Komm, nimm einen Schluck."

Der Kokosnusssaft weckte ihre dösenden Geister. Die Nebelwand lichtete sich. Erinnerungen an die Tage in Bel Ombre kamen hoch. Katharina sah, wie die Palmen sich neigten. Die Granitfelsen erinnerten an Elefantenpopos. Der Sand blendete wie Schnee. Die Wellen brachen am Riff. Vögel sangen. Blätter raschelten im Wind. Dann öffnete sie wieder ihre Augen.

"Langsam, langsam", sagte François. Sie spürte seine Hand auf dem Rücken. "Besser?"

"Wie seh ich aus?"

François zögerte, zückte dann aber doch sein Entermesser, spuckte auf die Klinge und wischte mit dem Hemdsärmel darüber. Katharina griff sich an die Wangen, als sie ihr Spiegelbild erblickte. Die Unterlippe war aufgeplatzt und geschwollen. Die Wange leuchtete wie eine faule Tomate. Die getrocknete Blutspur unterhalb des Ohrs glänzte.

"Tja, dein Veilchen mag vielleicht der letzte Schrei sein. Doch meinen Geschmack trifft es nicht", murmelte François. "In ein paar Tagen strahlst du wieder wie eine Orchidee."

Die Prinzessin schwieg. Sie reckte den Hals. Trotz Brummschädel und Nackenbeschwerden sah sie sich in der Hütte um.

Sie lag auf einer Pritsche aus Eichenholz, die bestimmt in Europa gezimmert worden war. Feinmaschig hing der weisse Vorhang zu allen Seiten herunter. Auf dem Holztisch standen eine Kerze und eine aufgebrochene Buddel Rum. In der Ecke verstaubte eine mit Nieten übersäte Seemannskiste. Beschläge und Scharniere verbanden die Truhe mit dem mehrere Zentimeter dicken Holzdeckel. Das klobige Eisenschloss glänzte. Neben zwei Hockern und einem Büchergestell entdeckte sie kein weiteres Mobiliar.

"Weshalb hat Taylor das getan?", stammelte Katharina.

"Gehorsam."

"Er schlägt wehrlose Frauen?"

"Du hast zu viel Zeit auf der Victoire verbracht."

Sie nippte an der Kokosnuss.

50

"Taylor und La Buse sind nicht die besten Freunde?"

"Wer möchte Taylor zum Freund?"

"Und Olivier?"

"Eines Tages erfährst du die Geschichte aus erster Hand", sagte François. "Sei nicht traurig. Selbst hinter der dichtesten Wolke scheint die Sonne."

Beruhigend strich er mit der Hand über Katharinas Rücken. Weshalb zeigte er sich von der Sonnenseite, ohne ihren in der Dunkelheit irrenden Geist mit ausreichend Licht zu erhellen?

"Dieses Leben macht mich fertig, François. Ich hab Angst, versteh eure Spielregeln nicht. Ist Olivier Freund oder Feind? Wem kann ich trauen?"

Katharina begrub den Kopf zwischen ihren Händen. Sie schluchzte. Tränen, diese hochmanipulatorischen Frauenwaffen, zogen bei allen Männern.

"Ist schon gut, mein Kind, ist schon gut." Katharina hörte François tief Luft holen. "La Buse war ein erfolgreicher Pirat, der das Schiff, die Indian Queen, sein Eigen nannte. Von Guinea sind wir zusammen ums Kap der Guten Hoffnung gesegelt, haben alle Winkel im Kanal von Mozambique erkundet und wie Könige gelebt. Doch im Juli 1720 verliess uns das Glück. Wir erlitten bei den Komoren Schiffbruch. Die Hälfte der Besatzung rettete sich ans Ufer. Die Hilfeschreie der Ertrinkenden hallen bis heute in meinem Kopf. Irgendwann war es still." Er kratzte sich die Stirn. "Unseren Hungertod vor Augen tauchten unerwartet Edward England und John Taylor mit ihren Schiffen auf. Olivier übernahm das Kommando auf der Victoire, als sich ihm die Möglichkeit bot."

"Olivier hat sein altes Schiff verloren?"

"Im wahrsten Sinne des Wortes in den Sand gesetzt. Die Indian Queen war bereits Oliviers zweites Schiff."

François stand auf und griff nach der Rumflasche. Dann wischte er sich mit dem Handrücken über die Lippen. Sein Rülpser rüttelte Tote wach.

"Du schläfst im Himmelbett. Ich zieh die Hängematte vor."

"In Indien haben sie viel von euch gesprochen. Die Kaperung der Virgen del Cabo ist ein genialer Streich gewesen."

"Du weisst davon?" Ein Lächeln glitt über François' Gesicht. Er dachte an jenen 26. April 1721 zurück. La Buse und Taylor hatten das in der Bucht von St-Denis[24] vor Anker liegende Schiff der Portugiesischen Admiralität geentert und den Bischof von Goa, Don Sebastian de Andrado, sowie den Portugiesischen Vizekönig von Goa, Ihre Excellenz von Ericeira, gefangen genommen. Noch nie war ein grösserer Schatz erbeutet worden. "Die Virgen del Cabo war ein Kriegsschiff von 800 Tonnen. Mit seinen 70 Kanonen glich es einer uneinnehmbaren Festung. Wir kämpften

---

[24] Auf der heutigen Insel La Réunion gelegener Ort.

wie die Löwen. Die Siedler auf Bourbon erlebten ein gigantisches Feuerwerk."

François' Augen glänzten. Mit keinem Wort erwähnte er, dass die Virgen del Cabo zuvor in einen Sturm geraten war und alle bis auf 21 Kanonen verloren hatte. An das von den Piraten gesponnene Seemannsgarn hatte sich Katharina auf der Victoire gewöhnt.

"Ein unvorstellbarer Frachtraum", fuhr ihr gesetzloser Beschützer fort. "Im Lichte der Lampen funkelte und glänzte es wie in tausend sternenklaren Nächten. Der Schatz bestand aus Flüssen von Diamanten, Wasserfällen von Goldstücken, Bergen von Silber- und Goldbarren, Regenbogen von Rubinen, Perlen, Smaragden und Saphiren, meterweise gewobenen Tüchern aus Seide. 42 Diamanten und 5000 Goldstücke erhielt jeder Pirat, die Quartiermeister und Kapitäne etwas mehr. Der Rest wanderte in unsere Bank..."

François stockte. Er murmelte ein kaum verständliches 'ich seniler Knacker' und verwünschte den Klabautermann. Wie nur konnte er der Gefangenen von der Bank, vom Piratenschatz, erzählen?

"Kapitän England", lenkte Katharina ab. "Eigenartiger Name."

"Edward Seegar. Sein Schiff wurde vor fünf Jahren von Christopher Winter gekapert. Seegar nannte sich fortan England und wurde selbst Pirat."

"Und dann auf einer Insel ausgesetzt."

"Geniess die Meeresbrise. Nachmittags wird es wieder heiss und schwül."

"Glaubst du, bleib ich lang auf Ste-Marie?"

"Nur Narren glauben, mein Kind", murmelte François. Er zog die Krempe des Hutes, den er seit der Ankunft auf der Insel trug, tief in die Stirn. "Du und ich, wir sind beide nicht freiwillig hier."

Katharina horchte auf. Sie war aus ihrer wohl behüteten Umgebung gerissen und auf diese von der Zivilisation vergessene Insel verschleppt worden. Doch François?

So schwatzhaft der Pirat gelegentlich war, so eisern hütete er sein Lebensgeheimnis. Bis ins Grab?

- 25 -

Der Wind frischte auf. Katharina fröstelte. Feuchtes Nass umspülte ihre Füsse. Sie hockte auf einem rostbraunen, knapp aus dem Wasser ragenden Felsblock[25]. Vor ihr lag die Ile aux Faubans, hinter ihr eine sich in die Piratenbucht hineinzwängende Landzunge mit dem Friedhof der Piraten.

François sass neben Katharina. In der Hand hielt er eine Astgabel. An den Enden hatte er ein Netz befestigt. Buntfische tummelten sich im Was-

---

[25] Ile aux Rats (Ratteninsel), befindet sich neben der Pirateninsel in der Piratenbucht.

ser. Die königsblau gefärbten Schuppen einer besonders neugierigen Art reflektierten das Sonnenlicht bei jeder Bewegung silbern.

"Ich hab Angst." Katharina starrte zur Halbinsel. "Was wird aus mir?"

"Tja, wer weiss, vielleicht endest du auch dort oben."

"Manchmal sind deine Worte so richtig brutal."

"Du kannst den Lauf deiner Geschichte nicht verändern. Und irgendwann musst du sowieso geh'n."

"Taylor ist ein Teufel."

"Ganz falsch liegst du wohl nicht."

"Was soll ich tun?"

François nippte an der Rumflasche. "Tafia ist der Hammer."

"Bitte?"

"Das Destillat aus fermentiertem Zuckerrohrsaft heisst Clairin[26]. Destillierst du diesen klaren Rum nochmals, so erhältst du Tafia." Der rote Zinken, der sich verzweifelt aus François' Bartgestrüpp hervorkämpfte, roch die feuchte Luft ab. "Dieses braune, schwere Gesöff ist parfümiert wie eine tropische Insel im Wind. Oder wie eine empfängnisbereite Frau. Magst du?"

Katharina winkte ab.

"Hmm", brummte François und bewies seine Vorliebe für sprunghafte Themenwechsel. "Fischen entspannt und bringt dich auf andere Gedanken. Sorgen kannst du dich später immer noch."

"Du bist so kalt."

"Versuch's selbst. Fischen bringt dich auf andere Gedanken."

"Warum nicht mal ein grosses Netz zwischen zwei Schiffe spannen", sagte Katharina, "und über das Riff schleifen?"

"Was erhoffst du dir davon?"

François legte den Ast zur Seite und lehnte sich zurück.

"Du fängst viele Fische, leidest nie Hunger und verdienst Berge von Achterstücken. Ganz legal. Nie einen Strick um den Hals."

François nickte, schob die Krempe des Strohhutes tief ins Gesicht, führte mehrmals die Buddel an die Lippen und machte Anstalt zu dösen. Katharina glaubte seinen Verstand vom Alkohol umnebelt. Da überraschte der Pirat sie mit einer nie erwarteten Feststellung.

"Fischfang mit Treibnetzen endet langfristig in der Katastrophe. Fische sind eine Gabe des Schöpfers. Wo immer der Mensch in den Zyklus der Natur eingreift, hinterlässt er Spuren. Willst du die See leer fischen?" Er rülpste. "Erst wenn du den letzten Fisch gefangen, den letzten Baum gefällt, den letzten Gegner vernichtet hast, erst dann wirst du merken, dass du Gold nicht essen kannst. Der Spruch ist gut, aber leider nicht von mir."

---

[26] clair = klar

53

Katharina staunte über die Gedanken des Alten und über seine utopischen Worte. 'Wie soll es die Menschheit fertig bringen, die Weltmeere leer zu fischen', dachte sie. 'Ein Ding der Unmöglichkeit!'[27] "Fischfang entspannt", murmelte François. Er rülpste erneut, kratzte sich die Kopfhaut und zog die Krempe in die Stirn. "Fischfang entspannt." Dann kippte sein Körper zur Seite. Der Pirat rührte sich nicht mehr.

- 26 -

Katharina litt. François trieb sie jeden Tag durch den Urwald. Sie klopfte Steine in der schwülen Hitze, schleppte Holz bis zur Erschöpfung, buckelte Palmwedel, suchte Beeren und Früchte oder tauchte am Riff nach Muscheln und Schnecken. War die Jagd erfolglos, ernährte sie sich während Tagen von Würmern und Käfern. Die zerbissenen Panzer knackten zwischen ihren Zähnen. Die zermalmten Wurmfetzen tropften aus den Mundwinkeln. Zierte sich die Prinzessin zuerst noch, so verschlang sie die Insekten mit zunehmender Gleichgültigkeit.

Noch schlimmer als der Hunger war der Durst. Einmal fand Katharina keine Quelle. So schöpfte sie das Wasser mit den Händen aus einem Tümpel. Ihr Magen rebellierte noch am selben Abend. Die ganze Nacht führte sie den Wasserschlauch an ihre Lippen. Doch die Flüssigkeit kam gleichzeitig oben und unten wieder raus. Immer wieder.

Tagelang litt Katharina, schwitzte und fror, übergab sich, magerte ab und sah bald aus wie ein Geist. Nachts halluzinierte sie, flüchtete vor Monstern und betrunkenen Piraten, wurde festgehalten, an zwei Marmorsäulen gekettet, der Horizont brannte, dann zu Boden gerissen, geschlagen, getreten, befummelt, bespuckt und vergewaltigt. Sie strampelte mit den Füssen, wehrte sich mit den Fäusten und schrie im Delirium um Hilfe. Irgendwann erwachte sie, in Schweiss gebadet, und hustete, keuchte und heulte so lange, bis ihr die Kraft für weitere Tränen fehlte.

Katharina spürte das Ende nahen. So glaubte sie. Niemand kümmerte sich um die Todgeweihte. Immer wieder tauchte das Bild mit den beiden Säulen auf. Immer wieder loderte der Horizont.

Einzig François klebte wie eine Klette an ihr. Mit einem Lappen tupfte er ihre Stirn ab, reichte ihr frisches Wasser, wachte an ihrem Bett und hielt ihre Hand, wenn die Atemstösse ruckartiger wurden und wenn sie

---

[27] Heute, drei Jahrhunderte später, haben wir diese Unmöglichkeit fast fertig gebracht. Täglich geht die Artenvielfalt Madagaskars zurück, verenden Haie qualvoll am Meeresgrund, mit brutalem Messerschnitt ihrer Flossen beraubt, ersticken Delfine in Treibnetzen, suchen die Spanier in Grönland und die Japaner in der Antarktis nach einsamen Fischschwärmen. Selbst der letzte Wal könnte bald geboren worden sein.

wieder einen Alptraum hatte. Er sprach zu ihr, während sie regungslos auf der Pritsche lag, rüttelte sie wach und stellte sich zwischen sie und den Sensenmann. Langsam erlosch das Feuer zwischen den beiden Säulen. Katharinas Zustand stabilisierte sich. Ein erstes Lächeln fand zurück auf ihre Lippen. Zwieback und Bananen mundeten plötzlich wieder. Und dann verschlang sie alles, was François ihr reichte. Katharina entschied sich fürs Leben. Sie kehrte zurück.

- 27 -

Der Fels trotzte der Brandung. Er war mit Büschen überwuchert und hatte die Form eines Buckelwals. Der gestrandete Gigant schien sich zurück auf die offene See zu kämpfen. Zwei Palmen reckten sich in die Höhe und wirkten auf die Distanz wie die vom Wal in die Luft gepusteten Fontänen[28]. Die Gefangene und der Pirat suchten am Riff nach Muscheln. Gelegentlich durchbohrte François' Speer einen Fisch. Obwohl Katharina mit ihm die Hütte teilte, wurde er nie zudringlich. Wie ein Vater sah er in Katharina das Kind und nicht die junge Frau, die sie in den letzten Jahren geworden war. Bisher wenigstens.

"Schwör beim Haupt deines Vaters, wie du's schon früher getan hast, dass du mich nicht als Informanten verraten wirst."

Katharina kannte den Alten. Wie hochprozentiger Alkohol brannte eine Neuigkeit auf seiner Zunge. Fest umklammerte er ihre Schultern. Die Knollennase vibrierte. Ein köstliches Bild, wie der bucklige Kobold zu ihr hoch schaute.

"Solange wir beide leben."

"Taylor ist verrückt", flüsterte der Pirat. "Er will noch diese Woche auslaufen. Nach Mozambique."

"Mit der Cassandra?"

"Und der Victoire."

"La Buse begleitet Taylor?"

François nickte.

"Und du?" Ihre Zähne bearbeiteten die Fingernägel. "Was?"

"Ich beschütz dich." François verstärkte den Griff um ihre Schultern. "Ausserdem muss ich noch was Wichtiges erledigen. Zu lange hab ich zugewartet." Er bemerkte ihren neugierigen Blick. "Nein, Katharina, selbst ein Schwur auf das Haupt deines Vaters entlockt mir das Geheimnis nicht."

François lachte. Katharina fragte sich, ob das regelmässige Verschwinden im Dschungel Ste-Maries etwas mit seinem Geheimnis zu tun hatte.

"Was will Taylor in Mozambique?"

---

[28] Kleine Insel südlich der Piratenbucht beim heutigen *Libertalia*.

"Gewisse Leute können ihre Taschen nicht voll kriegen. Er kommandiert die mächtigste Piratenflotte. Jetzt will er König sein."

"Zwingt er La Buse, Mozambique anzugreifen?"

"Gestern hatten sie Streit. Es ging um die Beute von der Virgen del Cabo. Du musst wissen – beim Haupte deines Vaters – dass Olivier einen Teil auf Bourbon versteckt hat. Er wollte den Schatz nicht auf hoher See riskieren. Die Trauerschlucht[29] ist tief und verwinkelt, das Versteck in den tausend Höhlen unauffindbar. Taylor kennt den Ort nicht."

Der Piratenschatz war auf Bourbon? Katharina hielt den Atem an. Und runzelte die Stirn. Kein Pirat plauderte so brisante Geheimnisse aus. Nicht mal François. Das viele Gold lagerte bestimmt längst woanders.

Katharina schloss die Augenlider. Ja, sie kannte den geheimen Ort. Bel Ombre. Der nächtliche Piratenausflug mit dem Rettungsboot liess keinen Zweifel. Irrte sie?

"Stelle weniger Fragen", brummte François. "Oder was machst du mit all den Antworten?"

"Eines Tages...", begann Katharina und senkte den Blick.

"Eines Tages ziehst du daraus Nutzen?" Er schmunzelte. "Wann? Bist du bereit für diesen Tag?"

Sie zog die Augenbrauen hoch, schwieg aber.

"Hock nicht faul rum. Komm!" Der Urwaldzwerg watete ans Ufer. "Lerne deinen Körper kennen. Dein Wille muss deine Koordinationsgelüste übersteuern."

"Wovon sprichst du?"

"Leg dich rücklings in den Sand. Streck das rechte Bein in die Luft und beweg den Fuss im Uhrzeigersinn. Unaufhörlich drehen. Sehr einfach, nicht? Nimm nun deine rechte Hand und zeichne eine schön geschwungene 6 in die Luft. Na, was ist? Erst wenn du es schaffst, dass die Fussspitze nicht die Drehrichtung wechselt, hast du deinen Körper unter Kontrolle."

Katharina wiederholte die Übung immer und immer wieder. Sie vergoss viele Schweisstropfen. "Es bringt nichts, wenn du nicht bereit bist, wenn der Tag kommt", mahnte François immer wieder. Nach Tagen koordinierte sie die beiden Bewegungen voneinander losgelöst.

"Jetzt, Katharina, sind Körper und Gedanken frei", lobte der Alte. "Nur wer emotionslos spricht und gleichzeitig mit Feuer kämpft, ist seinem Gegner einen Schritt voraus."

Oft erinnerte sich Katharina dieser Lektion. Eines Tages würde sie den entscheidenden Schritt Vorsprung gewinnen, war sie überzeugt. Koste es, was es wolle. Und dieser Schritt musste reichen, ihren Peinigern zu entfliehen und zu obsiegen. Sie wollte nichts dem Zufall überlassen.

---

[29] Ravine à Malheur, Schlucht auf der Insel La Réunion

François' Stirne glänzte. Er schnappte nach Luft. Katharina lachte. Der Pirat legte den Degen zur Seite. Da tauchten zwei Gestalten am Strand auf. Will Bohony's Zähne reflektierten die Sonnenstrahlen. Pechschwarz floss das krause Haar über seine Schultern. Der Wind zerrte daran. Der Steuermann verkörperte jenen Typ Mann, der Frauen mit simplem Augenzwinkern schwach werden liess. Er winkelte den Arm an und tastete seinen Bizeps ab.

Die harten Gesichtszüge und die ausgeprägten Kieferknochen liessen Will's Begleiter unnahbar erscheinen. Trotz höflicher Floskeln befremdete der Ton seiner Stimme an diesem Tag.

"Will", befahl Olivier, "klär die Sache mit François. Wir seh'n uns im Swan."

Der Swan, die Taverne, war in einer Tropfsteinhöhle nördlich des Hauptplatzes. Zu jeder Tageszeit fanden sich hier zechfreudige Piraten ein. Der Kapitän griff nach Katharinas Ellbogen.

"Hast du Zeit?"

Als ob Zeit auf Ste-Marie eine Rolle spielte. Im Schatten einer Palme streckte Katharina die Füsse aus. Ihre Finger glitten durch den Sand. Sie hob die Hand in die Luft, öffnete die Faust und schaute zu, wie die Körner zu Boden rieselten.

"Du musst wissen...", begann La Buse. Katharina räusperte sich. Er schaute hoch. Mit simpler Fingerbewegung zum Mund brachte sie ihn zum schweigen.

"Olivier, was immer du mir Schlechtes mitteilst, mach's kurz."

Er nickte, schloss die Augen und hielt sich eine Muschel ans Ohr. Da war er wieder, dieser von Sehnsucht erfüllte Gesichtsausdruck, dieses in Melancholie getränkte Lächeln, das Katharina schon auf der Victoire aufgefallen war. Damals, als Olivier alleine an der Reling gegangen und dem Spiel der Wellen zugeschaut hatte.

In Momenten wie diesem fühlte sie sich ihm nahe. Sie spürte seine Anziehungskraft, die sie einfach nicht nachvollziehen konnte. Gleichzeitig keimte Unsicherheit. Er legte die Muschel in den Sand und starrte ihr in die Augen.

"Ich durfte dich nicht aus deinem goldenen Käfig befreien", murmelte er.

"Du hältst mich wider Willen fest. Hab ich mich je beklagt?"

"Hast du nicht, nein", entgegnete Olivier. "Dennoch... Ich hab in meinem Leben viel Mist gebaut, Leid über unschuldige Menschen gebracht und mich nicht immer von der guten Scite gezeigt. Jetzt wollte ich den Lebensabend geniessen. Doch es kommt anders."

Er machte eine Wurfbewegung. Die Muschel klatschte in die sich am Ufer brechende Welle, wirbelte durch die Luft und blieb im feuchten Sand liegen. Das Wasser zog sich ins Meer zurück.

"Selbsterkenntnis im Angesicht des Todes?"

"Wir laufen noch diese Woche nach Afrika aus", sagte Olivier. Katharina zeigte keine Regung. Ihr war nicht nach Schauspielerei zu Mute.

"Okay, ich versteh", murmelte der Kapitän und blickte zu François hinüber. "Er ist ein feiner Kerl. Wir bleiben nicht ewig fern."

"Ich komm ohne Hilfe klar."

"Prinzessinnen haben in einem Nest wie Ste-Marie nichts zu suchen. Prinzen auch nicht."

"Willst du kein Lösegeld für mich erpressen?"

"Ich fand Gefallen an der ungezähmten Frau, die mir die Zähne zeigte", sagte er. "Dich mitzuschleppen war ein Fehler. Ich hab keine Pläne."

Katharina schwieg. Weshalb beschäftigte sich der Pirat, der über Leichen ging, mit Nebensächlichkeiten? Warum hatte er sich damals nicht für Prinzessin Maria entschieden?

"Wie hast du unsere Maskerade durchschaut."

"Deine Hände. Die sind heute rau wie Lavastein. Damals, als ich dich das erste Mal sah, war deine Haut zart wie Seide. Die Pranken deiner Zofe erinnerten an einen Handwerker."

Katharinas Blick wurde trüb. Ihre Wimpern fühlten sich feucht an. Sie dachte an Maria. Noch immer sah sie die Angst in deren Gesicht, als sich ihre Wege trennten. Noch immer hörte sie ihre Zofe flehen und wimmern.

"Es war ein Fehler", murmelte Olivier nur. "Ein Fehler."

Katharina glaubte ihm jedes einzelne Wort. Wo lag die Grenze zur Naivität?

- 29 -

Fassweise rollten die Piraten Frischwasser und Proviant an. Flugunfähige Vögel von der Grösse eines Truthahns[30] harrten in geflochtenen Körben. Einige Landschildkröten zappelten auf dem Rücken. Selbst während der Mittagshitze wimmelte es an der Hafenmole von Menschen.

Katharina sah Olivier selten. Und wenn, dann tauchte sein Kopf nur für Sekunden an Deck der Victoire auf. Scarface Flynn und Quartiermeister Fletcher dagegen kreuzten oft ihren Weg. Die beiden hatten sich mächtig lieb. Am Tage vor der Abreise erlauschte Katharina ein Gespräch.

"Ich bin froh, den Alten loszuwerden", hörte sie Fletcher lästern. "Er ist ein sentimentales Weib. Der unfähigste Seemann, unter dem ich gedient habe."

"Seine Leute halten zu ihm", entgegnete Scarface. "Sie mögen ihn."

---

[30] Solitaire und Dodo

"Ohne Victoire scheitert das Unterfangen Mozambique. Der einzige Grund, weshalb Taylor auf ihn zählt."

"Die Tage des Bussards sind gezählt", mutmasste Flynn. "Taylor hasst ihn."

"Ich kann den Tag kaum erwarten", wieherte Fletcher. "Ganz oben am Mastkorb soll er mit dem Hanfstrick tanzen!"

"Zuerst sorgt dieser Aasgeier dafür, dass Edward England überlebt. Dann versteckt er die Beute von der Virgen del Cabo. Irgendwo auf Bourbon. Wir haben genug von ihm."

"Ich hätte England Nase und Ohren abgeschnitten. Doch das sentimentale Weib liess ihn laufen."

"Seine Stunde schlägt bald", prophezeite Scarface. Er zwinkerte mit dem Auge. "Schon bald."

"Und dann reissen wir die Lämmer des Alten und teilen die Schäflein unter uns auf", rief Fletcher. "Die Prinzessin vernasch ich zur Nachspeise."

Katharina hob den Blick nicht. Sie gab sich den Anschein zu dösen. Der Hitze zum Trotz war ihr kalt. Der Teufel lauerte.

- 30 -

Wer auf der Pirateninsel zurückblieb, fand sich frühmorgens bei der Hafenmole ein. Die Segel wurden gehisst. Katharina entdeckte Oliviers Hünengestalt auf dem Achterschiff der Victoire.

"Zum ersten Mal im Leben hab ich kein Verlangen auszulaufen", krächzte François neben ihr. "Ein schlechtes Omen?"

Katharinas Zähne bearbeiteten ihre Fingernägel.

"Anarchistische Zustände auf Ste-Marie?"

"Nicht so lange ich lebe", lachte François. Seine Knollennase drohte aus dem vom Bartwuchs verdeckten Gesicht herauszukullern. "Morgen machen wir einen Ausflug in den Dschungel. Ich muss dir was zeigen."

Er griff nach seinem Tagebuch und watschelte davon.

"Ob ich mitkommen will, fragt er natürlich nicht", murmelte Katharina. "Alle entscheiden immer für mich."

Die junge Frau sah zu, wie der Anker gelichtet wurde. Die Segel füllten sich mit Wind. Langsam nahm die Victoire Fahrt auf und kämpfte sich an der Wachtelinsel[31] vorbei aufs offene Meer hinaus. Olivier stand am Heck. Er blickte in Katharinas Richtung.

Es war, als verabschiedete er sich für immer von ihr.

---

[31] Ile aux Cailles (das heutige îlot Madame)

59

Die Bucht lag spiegelglatt vor ihr. Katharina lauschte. Nichts. Keine ferne Brandung, kein Rauschen, kein Lüftchen, einfach nur Stille. Tief sog sie die Luft in sich hinein. Ihre Lungen blähten sich auf. Es duftete nach Ozean, nach Salz, nach Algen und Seetang, welche die Windböen in der Nacht ans Ufer geworfen hatten. Katharina hielt die Hände vors Gesicht, gähnte, streckte ihre Glieder und blinzelte in die Sonnenstrahlen. Ihr Hüttengenosse lag in der Hängematte. Er schnarchte. Von der Feuerstelle stieg kein Rauch mehr auf. Katharina rümpfte die Nase. Es stank. Ernährte sich François eigentlich nur von Bohnen und Rum? Ihr Blick glitt über seinen halbwegs entblössten Körper. Sie lächelte. Wie der Gekreuzigte lag er da, das Gesicht vom dichten Vollbart überwuchert, den Oberkörper unter einem Teppich aus Kräuselhaar begraben und die Leinenhose um die Hüften gewunden. Die Narbe oberhalb des Herzens bemerkte sie zum ersten Mal. Ebenso die Tätowierung daneben mit den beiden Rittern. Woher nur kannte sie dieses Bild?

Katharina stellte die Pfanne in die Feuerglut und rührte mit dem Löffel. Es klimperte metallen. François wälzte sich.

"Lass dir Zeit, Daddy", bekräftigte sie. "Kaffee?"

"Ich liebe den Duft der frischen Röstung", murmelte er und liess seinen Riechknollen tanzen. "Es geht nichts über Bohnen mit vollem Aroma – bekömmlich, cremig weich, sanft und nussig frisch im Geschmack – einfach gaumenschmeichlerisch."

Der ursprünglich unerträgliche Gestank wich. Katharina schloss ihre Augen. In Indien hatte sie nie Kaffee getrunken, sondern Lassi oder Tee mit Milch und Zucker. Katharina sprudelte der Gaumen über, als sie sich des sonntäglichen Frühstücks erinnerte: Mangopudding und in Milch gekochter Süssreis. Dazu mit fermentierter Vanilleschote verfeinerte Schokolade. Was würde sie nicht für einen einzigen Frühstücksbissen im Palast geben.

Mit noch immer entblösster Brust sass François auf der Pritsche und zerkratzte sich den edlen Oberkörper. Katharina starrte auf das Metallgefäss, in dem das kochende Wasser den Kaffeebohnen die Duft- und Geschmackstoffe entzog. Nur nicht laut herauslachen!

"Zucker ist bald alle", murmelte sie. "Woher ist die Narbe?"

"Ich war mit einer Pfarrerstochter liiert", hustete François und streifte sich das Hemd über. "Sie hat mir das Herz gebrochen."

Katharina reichte ihm die Tasse. Schweigend trat er zur Hütte hinaus. Seine Fingernägel bearbeiteten weiter Ober- und Unterarme. Er kniff die Augen zusammen. Die Sonne blendete.

"Und dann?", fragte Katharina.

"Ich hab dir von meinem Kind erzählt. Das Mädchen wohnt vermutlich in Southampton oder Portsmouth, vielleicht auch in der Bretagne. Meine Pfarrerstochter war Französin."

"Weshalb habt ihr nicht geheiratet?"

"Man sollte nur schöne Frauen heiraten. Die anderen wird man nicht wieder los." François versuchte zu lachen, was im Hustenanfall endete. Er schnäuzte sich in den Hemdsärmel. "Noch vor einigen Jahren hätte ich dich sofort geheiratet, mein Kind."

Katharina konnte sich François beim besten Willen nicht als Liebhaber oder Ehemann vorstellen – nicht nur des bedeutenden Altersunterschiedes wegen.

"Lass uns bei der Vater-Tochter-Beziehung bleiben", schmunzelte sie.

"Was würde ich geben, mein eigenes Kind mich ein Mal Daddy rufen zu hören", seufzte er. "Wo lebt sie? Was macht sie? Was denkt sie? Die Schatten der Ungewissheit lasten ewig auf meinem Herzen."

"Wo Schatten ist, da ist auch Licht, hast du mich gelehrt. Akzeptier meine Wenigkeit als deine Tochter. Ich denke, wir passen ganz gut zusammen."

François schlang seine Arme um Katharinas Taille. Sie spürte die Krempe seines Strohhutes im Gesicht. Er schnäuzte sich so laut, dass ihr Ohr surrte. Dann wandte er sich ab, seufzte und schwankte dem Licht entgegen. Mit dem Handrücken wischte er sich über die Augen.

- 32 -

"Wir haben einen langen Tag vor uns, Katharina", sagte François, während er den Einbaum wässerte. Mit verschmutzter Leinenhose, aufgeknöpftem Hemd, Strohhut und umgeschnalltem Buschmesser erinnerte er an einen Afrikaforscher. "Heute gibt es eine Überraschung."

Nach wenigen Ruderschlägen erreichten sie die Hafeneinfahrt. Das Handelsschiff "La Princesse Emeraude", das zwei Tage vor Anker gelegen hatte, war weg. Wind und Wellen peitschten ihnen entgegen. Der Einbaum stand still. François keuchte. Tief stach er in die schäumende See und zog das Paddel mit aller Kraft durchs Wasser.

Ein Dutzend Flüche später erreichten sie die nördliche Bucht. Bei jedem Atemzug wölbte sich François' Bauch. Schweissperlen glänzten auf seiner Stirn. Mit dem Handrücken wischte sich der Pirat darüber und starrte auf das Meer hinaus. Ein Lächeln spielte mit seinen Mundwinkeln. Was sah er am Horizont?

"Ich hab mich nicht geirrt!", frohlockte er. "Na, was sagst du?"

"Gleich kotz ich."

"Ein Wunder der Natur."

"Ein Wunder des Wellengangs."

"Nicht das..."

61

"Ich will zurück."

"Nun sei nicht gleich eingeschnappt." Er streckte die Hand aus. "Na?"

Mitten im Meer schoss eine Fontäne in die Höhe. Der Wind zerstäubte die Tropfen. Katharinas Augen tränten. Sie kniff die Lider zusammen. Die Sonnenstrahlen hauchten einen Regenbogen in die Luft.

"Wie ein Springbrunnen", murmelte die Prinzessin. "Aber..."

"Sie schlafen."

"Was?"

"Sie treiben zu uns rüber."

Katharina hielt sich die Hand über die Augen.

"Da, François! Nochmals. Hast du's gesehen?"

"Buckelwalmama mit Baby. Das Junge ist vor wenigen Tagen auf die Welt gekommen. Keine sechs Meter lang, wiegt aber soviel wie ein ausgewachsener Elefant."

"Unglaublich, dieser Zufall", staunte Katharina. François kicherte. Sie blickte über die Schulter. "Ist was?"

"Die Buckelwale kommen jeden Juli nach Ste-Marie. Sie gebären ihre Jungen. Das war vor 25 Jahren so und wird auch in 25 Jahren noch so sein."

Wie wollte François wissen, was vor 25 Jahren war?

Die Wale trieben mit der Strömung. Wellen umspülten die Giganten. Heftig atmeten sie. Das Getöse[32] erinnerte Katharina an François' Erstickungsanfälle. Gebannt starrte sie ins Wasser. Sie sah den hellen Sand. Dazwischen vereinzelte Felsblöcke. Bunte Fische zuckten hin und her. Das Meer war keine 40 Fuss tief. Katharina hielt den Atem an.

"Tun sie uns nichts?"

Da sah sie die Schwanzflosse des Muttertiers. 15 Fuss breit – schwarz und todbringend. Die Form erinnerte an den Fächer mit Pfauenfedern, mit dem die Lakaien im Palast Luft zugewedelt hatten. Das Teil wollte nicht enden. Katharinas Magenwand zog sich zusammen. Der dunkle Schatten wuchs weiter. Und weiter. Und starrte sie an. Mit einem winzigen Auge irgendwo über der Schnauze, auf der kleine schwarze Krebse krabbelten.

François zog das Paddel durchs Wasser. Der Einbaum schlitterte zur Seite. Leben kam in den Koloss. Er schlug mit der Seitenflosse, die länger war als François' wackeliger Kahn, auf die Wasseroberfläche. Dann hob er den Vorderkörper an, pustete einen Blast in die Luft und krümmte seine fünfzig Fuss zum Buckel. Der Kopf tauchte ab. Die Schwanzflosse schoss aus dem Wasser und klatschte auf die Oberfläche. Katharina und François waren nass wie nach einem Platzregen.

---

[32] Die in die Höhe katapultierte Luft kondensiert. Man spricht vom Blast. Jeder Buckelwal bläst gleichzeitig zwei "Fontänen" in V-Form durch die beiden Atemlöcher.

Wenige Meter vom Einbaum entfernt preschte das Baby aus den Wellen. Mit seinem milchigbleichen Bauch voran knallte es aufs Wasser. Es spritzte in alle Richtungen. Unter dem Auge des Kleinen sah Katharina kurz das schwarze Muttermal. Wie eine Kanonenkugel katapultierte dann das Muttertier seine vierzig Tonnen aus dem Meer. Kurz stand der Koloss in der Luft, bevor er eine Flutwelle auslöste. Katharina atmete endgültig nicht mehr. Sie schloss den Mund erst Minuten später wieder, als sich die Wale längst entfernt hatten.

"Galaktisch", murmelte Katharina. "Einfach galaktisch."

"So?" François lachte. "Nichts mehr mit kotzen?"

"Ich hatte Angst. Jetzt könnt ich nur noch weinen vor Glück."

"Ich liebe diesen Ort."

"Diese Kraft, diese Grösse, diese Gewalt." Katharina schüttelte den Kopf. "Was waren das für gelbe Flecken im Kopf- und Bauchbereich?"

"Parasiten. Wale springen, um die Schmarotzer loszuwerden."

"Ich dachte, die Viecher reissen uns in die Tiefe."

François tauchte das Paddel ins Wasser ein. Seine Muskeln schwollen zu nie vermuteter Masse an. Es schadete nicht, dass auch Katharina nach dem Ruder griff.

"Die Wale waren erst der Anfang", murmelte François, als sie sich im Windschatten der Insel befanden. Das geheimnisvolle Lächeln spielte wieder mit seinen Mundwinkeln. "Heute ist der Tag der Überraschungen."

- 33 -

Katharina starrte auf das Feld mit den Holzkreuzen – einige frisch gezimmert, einige von Flechten und Moosen überwuchert, einige morsch und vermodert. Der rostrote Boden zeugte von Erosion. François streichelte die beiden viereckigen Deckplatten eines Steinquaders, der ihm bis zur Schulter reichte und unweigerlich Gedanken an religiöse Opferrituale weckte. Er blickte zurück zur Pirateninsel. Katharina sah ein Aufflackern in seinen Augen.

"Wer nicht von Haien gefressen wird, findet hier die letzte Ruhe", murmelte der Alte. Er nahm einen Stein und legte ihn auf den Quader. "Unter diesen beiden Granitplatten liegt es sich garantiert prächtig. Du hast eine gute Aussicht auf die Piratenbucht und meine Hütte."

Für immer auf Ste-Marie bleiben? Katharina erschauderte. Nie mehr die Sonne von den Dünen Rajasthans untergehen sehen? Nie Europa erreichen? Ein Leben lang Gefangene bleiben?

Sie hatte mit Indien abgeschlossen. Seit dem Tag, an dem sie den Schritt aus ihres Vaters Palastes heraus gemacht und sich in Don Philippes Obhut begeben hatte. Doch was war mit ihrem Traum von Europa?

Katharina schielte in François' Richtung. Seine Hand verschwand in einem hohlen Baumstrunk. Dann drehte er sich um. Den Oberkörper vornüber gebeugt schleppte sich der Pirat ihr entgegen. In der Hand blitzte ein Buschmesser, mit dem er ein ausgewachsenes Nashorn in die Flucht schlagen konnte.

"Ich hab eine düstere Vorahnung", brummte er und drosch auf eine Palme ein, die aus der zum Schrumpfkopf ausgesaugten Frucht keimte. Säuberlich abgetrennt fielen die Wedel zu Boden. François köpfte einen zweiten Sprössling. "Ich bin mitten im Wirbelsturm und brauch sein Kommen nicht mehr zu fürchten."

Die Klinge schnitt die Luft in dünne Scheiben. Kreuzte eine Fliege den Weg des Messers, sie bräuchte sich keine Gedanken mehr über eine Migräne zu machen. Der Pirat holte erneut aus. Die Klinge pfeilte ins morsche Holz. Splitter flogen. Der Handgriff wippte auf und ab und reflektierte die Sonnenstrahlen.

"Was ist mit dir, François?"

"Warst schon zu Lebzeiten kein feiner Kerl, Sam", lachte der Alte. Er zog das Buschmesser aus dem Holzkreuz und drosch weiter darauf ein. "Ohne Schatz und Stein, wird's nie was mit der Unsterblichkeit sein!"

François lachte. Katharina schüttelte den Kopf. Ihre Blicke kreuzten sich. Seine Gesichtszüge wurden sanfter, während er sein Ebenbild im Glanz der fein polierten Klinge begutachtete.

"Ich verblöde. Komm, Katharina, wir müssen weiter. Unser Reiseziel ist noch fern."

Was sich François in den Weg stellte, fiel der Buschmesserklinge zum Opfer. Die Sonne stand im Zenit. Wasserdampf stieg vom Waldboden hoch. Die Luft duftete nach frischer Erde und Moos. Katharina atmete durch den offenen Mund. Ihr Gaumen war trocken. Sie schwitzte. Äste schlugen ihr um die Ohren. Für die weissen Orchideenblüten, die sich bündelweise aus dem Lianenstrunk hervortaten und von den Bäumen herunterhingen, hatte sie kein Auge. Auch nicht für die Urwaldriesen, deren Blüten intensivrot brannten.

"Was ist?", fragte François. "Pause?"

Katharinas Waden schmerzten. Sie stemmte die Hände in die Hüfte, bog den Rücken zum hohlen Kreuz – und verharrte regungslos. Zwei unkoordiniert kugelnde Augen linsten sie vom Ast herunter an. Im Zeitlupentempo bewegten sich die Beine vorwärts.

Die vorurzeitlich anmutende Echse bildete mit der borstigen Baumrinde eine Einheit. Die Gefangene zuckte zusammen, als die klebrig glänzende Zunge wie ein Lasso aus dem weit geöffneten Mund schoss. Die Fliege, die Stunden zuvor François' Buschmesser getrotzt hatte, war diesmal chancenlos. Wie ein Mops wurde sie von der Zunge eingerollt. Sie versuchte noch, die Flügel vom Schleim zu lösen, schon verschwand sie im Froschmaul des Räubers. Katharina hielt sich die Hand auf die Brust.

"Noch nie ein Chamäleon gesehen", lachte François. "Ideales Haustier. Hält die Mücken fern."

An die Begleiter der Piraten – sie hielten sich Papageien, Ratten oder Affen – hatte sich Katharina gewöhnt. Sie stellte sich vor, wie sich die Echse mit den Klauen im Hemd oder Haar festkrallte und den Schwanz um François' Ohr wickelte. Nichts sprach gegen ein Chamäleon.

"Weshalb hast du kein Haustier, François?"

"Ich hab dich", schmunzelte er. "Das reicht."

Katharina schaute zur Seite. Die letzten Monate hatte sie den Piraten schätzen gelernt. Und auch seine spezielle Art von Humor. Immer wieder offenbarte er ein zweites Ich. François lebte in der ihm eigenen Welt, umgeben von Geheimnissen und dunklen Mächten. Weshalb schleppte er Katharina in den Inseldschungel?

"Durst?"

Eine Palme streckte ihre Wedel wie ein Rad schlagender Pfau auf einer Linie in den Himmel. François faltete ein Blatt zum Trichter, holte mit dem Buschmesser aus und stach zu. Als er das Messer aus der Palme zog, rann ein Wasserstrahl in den eng an den Stamm gehaltenen Trichter.

Katharina setzte an. Sie schluckte hastig. Die Tropfen erquickten. Wonach der Saft mundete, war ihr egal. François murrte.

"Du bist fast verdurstet."

"Nun übertreib mal nicht", erwiderte Katharina. "Eigenartiger Baum."

"Die Eingeborenen nennen sie die Ravenala Palme. Für mich ist sie nur der 'Baum des Reisenden'. Die Fächer wachsen in Nord-Süd-Richtung. Ein Kompass im Urwald. Im Inneren speichert der Baum gefiltertes Regenwasser. Das Mark ist essbar und die Palmwedel sind ideal für den Hüttenbau."

In Gedanken versunken trat Katharina zur Seite, hob den Blick – und erstarrte erneut. Warnend gelb leuchtete das Kreuz direkt vor ihren Augen. Die behaarten Beine, zwei nach vorne, sechs nach hinten, waren von nie gesehener Länge. Der schwarze Körper wirkte grösser als Katharinas Handfläche. Das Netz war über den ganzen Weg gesponnen. Tautröpfchen klebten daran und glänzten im durch die Baumkronen dringenden Licht. Giftrot glotzten die beiden Augen. Einen Schritt weiter, und die junge Frau hätte die Spinne, das einzige Tier, das sie abgrundtief hasste, mitten im Gesicht gehabt.

Katharina flüchtete in François' Arme. Als fühlte sie sich bei ihm sicher. Schon wenig später stellte sie sich erneut Fragen über die Absichten ihres Begleiters. War er Engel oder Teufel?

Welle um Welle zerschellte am Riff. Weiss spritzte das Wasser in die Luft. Unsichtbaren Händen gleich machte sich der Schatten der Palmen über den Strand her. Kurz schaute Katharina zurück und sah die bis zu ihr führenden Fussspuren. Dann gehörte ihre Aufmerksamkeit wieder dem Ozean. Sie blickte Richtung Osten, Richtung Indien. Am liebsten hätte sie drei Sätze gemacht und wäre kopfüber ins kühle Nass eingetaucht.

"Wollen wir unser Ziel bis zum Einbruch der Nacht erreichen, so müssen wir uns beeilen", mahnte François.

Die Nacht fernab der Pirateninsel verbringen? Konnte Katharina diesem Kauz trauen, ihm, der mehr Geheimnisse verbarg als offenbarte? Hatte nicht Don Philippe vor Vergewaltigung und Ermordung gewarnt?

Für mehr als einen Gedankengang reichte die Zeit nicht. Der Pirat verschwand hinter einem Felsvorsprung. Äste bewegten sich. Inmitten der Blätter tauchte die vom Vollbart umwucherte rote Nase auf. Katharina glaubte, eine Schiffsladung Piraten fluchen zu hören. Sie lachte.

"Hilf lieber als doof zu glotzen", schnauzte der Alte. "Los!"

Katharina stemmte die Äste zur Seite. François schleppte einen Einbaum aus dem Versteck. Das ebenholzfarbene Boot war verschmutzt wie nach hundert Jahren unter dem überhängenden Fels.

"Planst du meine Flucht?", scherzte Katharina.

"Die Flut kommt zurück. Zu Fuss geht's nicht weiter", entgegnete er trocken. "Hilfst du endlich?"

Die beiden wasserten den Einbaum. Mit einem Palmwedel verwischte der Alte die Schleifspur im Sand.

"Sie haben ihre Augen überall", brummte er. "Überall."

"Wer, sie?"

"Hmm." François hielt den mannshohen Mast in der Hand. "Schieb die Spitze ins Loch."

Atemzüge später wölbte der Wind die geflickten Segel. Der Einbaum schaukelte in südlicher Richtung davon.

"François, schenk mir bitte reinen Wein ein."

"Hast nen Becher dabei?"

Er spitzte die Lippen und pfiff eine muntere Melodie. Es gab Augenblicke, da ödete seine Art an. Ganz Frau entschloss sich Katharina, bis zum Sonnenuntergang zu schweigen.

Die Südspitze Ste-Maries war fast erreicht. Der Seebär vertäute den Einbaum an einem Baumstrunk.

"Vavate wohnt oben auf der Klippe", sagte er und deutete auf die Wand. "Beeil dich, damit uns der Einsiedler nicht bemerkt."

Er rülpste, setzte einen Fuss vor den anderen und verschwand im Dickicht. Es raschelte in den Baumkronen. Grelle Schreie. Schwarzweisse

Schatten flogen durch den Himmel. Mit langen schwarzen Schwänzen. Die Phantome verschwanden zwischen den Blättern. Halbaffen, wusste Katharina. Charles, der in einer Hütte am Pier hauste und mit François befreundet schien, hielt sich einen Artgenossen. Oft stolzierte er mit dem Lemuren geschultert auf dem Hauptplatz herum. François wusste, welche Spinne ihr Netz am falschen Ort gewoben hatte und sich einen neuen Lebensmittelpunkt suchen musste. Seine Schläge mit dem Buschmesser waren gnadenlos. Die Halbaffen schwiegen. Laub bedeckte den Boden. Der steile Pfad liess sich nur erahnen. Katharina rutschte ab. Geistesgegenwärtig hielt sie sich an einem Ast fest. Wohin führte der Weg?

Plötzlich tat sich die Erde auf. Ein zehn Fuss hohes Loch klaffte in der Felswand. Wie Lianen hingen die Luftwurzeln der über dem Felsvorsprung wuchernden Urwaldriesen herunter. Wasserrinnsale kullerten den Härchen entlang und perlten als kristallklare Tropfen von der Höhlendecke. Farne reckten ihre Fächer aus jeder Felsspalte. Moose sorgten mit ihrem kräftigen Grün für Knalleffekte. Vom Baum herunter neigten sich weisse Orchideen. Boten des Todes?

François trat ins Innere der Höhle. Katharina schaute zurück und blickte vom Felsvorsprung in die Tiefe. Auf sie wirkte der Ort wie die Eingangspforte zur Hölle.

"Sieh die Inschrift an der Wand", krächzte François und streckte den Arm aus. "Da."

Der Boden war nass. Katharina spürte Moos unter den Füssen. Eine unbekannte Hand hatte ein fettes V in den Fels geritzt.

"What the hell?", murmelte sie. "Ein simpler Buchstabe."

"Das ist kein simpler Buchstabe. Hier beginnt der Pfad zum Glück und hier, dessen bin ich mir sicher, endet er auch." Es war mehr ein Flüstern denn ein Sprechen, das an Katharinas Ohr drang. François' Augen hatten noch nie so gefunkelt. "Vergiss nie. Das V ist das A, und das A ist Alpha, erster Buchstabe des griechischen Alphabets. Alpha und Omega, verstehst du? Einzig das Alphatier findet sein Glück. Wer zu spät kommt, den bestraft das Leben."

Wie nur sollte Katharina ein einziges Wort verstehen. François bemerkte ihren verwirrten Blick. Er schmunzelte.

"Eines Tages erinnerst du dich meiner Worte."

- 35 -

Katharina schaute zurück zum Höhleneingang. Staubpartikel tanzten in den Lichtstrahlen. Ein kaltes Geschöpf touchierte ihre Wange. Sie kreischte. Die Luft vibrierte. Wie auf Kommando flatterten tausend unsichtbare Wesen um und über ihren Kopf und verdunkelten den Höhleneingang. Eine kalte, unsichtbare Hand in Katharinas Rücken kribbelte eine Hühnerhaut über ihren Körper. Sie verbarg den Kopf unter ihren Armen.

"Die Fledermäuse gehen auf die Jagd", murmelte François. "Wir ebenfalls."

Sein Schatten verschwand in der Nebenhöhle. Katharina folgte. Sie schlug mit dem Kopf an der Decke an. Der Schädel schmerzte. Sie stöhnte.

"Zieh den Kopf ein", riet François einen Augenblick zu spät. "Der Fels ist hart."

Katharina fluchte. Ihre Flüche widerhallten von den Wänden. Eine Kerze flackerte auf. Die Flamme tanzte am Docht. Sie züngelte wild hin und her. Die Luft zog im Rücken. Es war still wie in einem Mausoleum.

"Hier legen wir uns später zur Ruh", brummte François. "Tolles Hotel."

Katharina sah Wolldecken im Dreck liegen. Zwei Holzkisten verstaubten daneben. Die eine war zugedeckt. In der aufgebrochenen erkannte sie blaue und rote Kerzen. Wahllos zog sie eine aus der Kiste und wollte sie anstecken.

"Nimm eine andere", riet François. "Rot impliziert Gefahr."

Katharina tat wie befohlen. Das Kerzenlicht wirkte beruhigend. Erst jetzt bemerkte sie die in den Fels gehauenen Stufen. Der Gang führte in die Tiefe.

"Warte!" François' Griff um ihren Oberarm war eisern. "Ich geh voran. Du bleibst hinter mir."

Der Boden war feucht. Wasser tropfte von Stalaktiten. Elfenbeinfarben glänzte der Kalk im Kerzenschein. Spitze Zapfen hingen von der Decke. Katharina zog den Kopf ein und streckte die freie Hand aus. Zum ersten Mal im Leben erfreute sie sich ihrer langen Beine nicht.

Immer weiter drangen sie ins Erdinnere vor. Der Boden flachte ab. Wasser plätscherte. Katharina traute ihren Augen nicht. Im Kerzenlicht stürzte ein unterirdischer Bach den Fels herunter und sammelte sich in einem Becken. Farblose Lurche schlängelten sich über die Sedimentschicht. Nie hatte Katharina klareres Wasser gesehen. Die auf der Seeoberfläche reflektierten Stalaktiten sahen aus wie Eiszapfen.

"Paradiesisch", murmelte sie. "Einfach paradiesisch."

François kniete nieder. Er führte die flache Hand an die Lippen. Katharina hörte ihn gurgeln.

"Sauberes Wasser, keine Mücken, kein Lärm und kein dich anäffender Quartiermeister." Er griff nach ihrer Hand. "Der innere Drang war zu gross. Ich musste dir meinen Schatz zeigen. Stehst du einst am Abgrund, dann flieh hierher in die Einsamkeit und find dein Glück."

Jetzt war er wieder da, dieser grossväterliche Blick, den sie den ganzen Nachmittag vermisst hatte. Katharina lächelte. Den dunklen Augen mit dem silbernen Glanz musste man einfach vertrauen.

"Hat es keinen Abfluss?", fragte sie in die Stille. "Wer weiss von der Höhle?"

Im Schein der Flamme glänzte etwas auf dem Boden. François bemerkte Katharinas Blick. Er bückte sich. Kurz erkannte sie das Achterstück zwischen seinen Fingern. Dann verschwand es in seiner Hosentasche.

"Das Wasser tritt durch einen Spalt ein, stürzt sich über die Kaskaden in den See und versickert irgendwo im Gestein."

"Es gibt keinen Abfluss?"

"Du sitzt in der Falle. Wie die Ratte im Loch, vor dem die Katze lauert", nickte François. "Das stellte auch Charly fest."

"Charly?"

François deutete mit der Kerze auf die pechschwarze Felswand. Das Licht zuckte auf und ab. Die weisspolierte Kugel grinste. Katharina schrie. Ihre Kerze glitt zu Boden. Sie hörte den eigenen Atem. Die Halsschlagader schien zu bersten. Ihre Hand zitterte.

Der am Boden kauernde Kerl lachte sie aus. Während die Kleidung unversehrt schien, war seine Leiche skelettiert. Haarbüschel zierten den Totenschädel. Bestimmt hockte Charly seit Jahren hier.

Es war finster wie im Magen einer Kuh. Katharina wollte weg. Doch wohin? Sie war blind. Also rührte sie sich nicht. Irgendwann vernahm sie François' Schritte. Es knisterte. Schwefelgeruch hing in der Luft. Die Kerze erhellte wieder das Mausoleum.

"Wollen wir im See baden?"

Katharina hörte einen Unterton aus François' Stimme heraus. Einen bösen Unterton? Die Kerze zwischen ihren Fingern zitterte.

"Baden?"

"Baden."

Grabeskälte umgab Katharina. Trotzdem spürte sie Schweissperlen auf der Stirn. Sie blickte die einengenden Felswände hoch. Wie die Rammbolzen einer eisernen Jungfrau drohten die Stalaktiten ihren Leib zu durchbohren.

"Ich will hier raus", stammelte Katharina. "Raus."

Der Kobold deutete auf den Gang.

"Ich folge dir."

Sie zögerte, hob dann aber doch den Fuss.

Als Katharina die Stufen hinter sich hatte und der Fels wieder die Sicht auf die Urwaldriesen frei gab, war sie erleichtert. Frisch wehte ihr der Abendwind ins Gesicht. Diamanten funkelten am Nachthimmel.

Am Strand von Bel Ombre war ihr bewusst geworden, wie wertvoll Freiheit war. Damals, unter Kapitän La Buse, war ihr die Zukunft weniger trist vorgekommen, wirkten die Sterne noch greifbar nah. In der Zwischenzeit machte sie hinter jeder Palme den Tod aus. Die düstere Vorahnung wollte nicht weichen. Aus der Tiefe ihres Brustkorbes entwich ein Seufzer.

François hockte auf den verdreckten Wolldecken. Er hantierte mit Holzscheiten, die er aus einer Nische gezaubert hatte. Dazu summte er eine Melodie. Er schaute hoch und verstummte.

Katharina griff sich an die Stirn. Sie sah nur noch verschwommen. Alles drehte sich. Sie fühlte sich schwach. Kraftlos sackte sie zu Boden. Die Erde war feucht. Die Luft moderte.

Kurz schloss Katharina die Augen. Nur ganz kurz. Dann war sie weg und träumte sich durch Rajasthan.

- 36 -

An der Decke hing eine Öllampe. Nervös flackerte die Flamme. Die Schatten zuckten. Eine Mücke surrte.

Mit sicherer Hand zog die am Holztisch kauernde Gestalt die Feder über das Pergament. Immer wieder legte sie Pausen ein, glättete die Haare, kratzte sich die Kopfhaut und sah den Schuppen zu, wie sie auf den Tisch flockten. Die Gestalt nippte an der angebrochenen Flasche. Der Rülpser war weit herum zu hören. Der Lacher ebenfalls.

Der Unbekannte hielt das Pergament in die Höhe. Die noch feuchte Tusche glänzte. Bald war sie trocken. Bald sorgten seine Worte für Angst und Schrecken.

Der Schatten lachte diabolisch.

- 37 -

Die Nacht hatte ihre dunklen Schwingen ausgebreitet. Der Boden war kalt. Die Luft war kalt. Der Fels war kalt. Alles war kalt.

Hektisches Geflatter. Die Fledermäuse balgten sich an der Decke um ihre Ruheplätze. Katharina öffnete die Augen. Modergeruch. Kalter Schweiss. Erbrochenes. Sie rümpfte die Nase. Die Wolldecke stank.

François hatte sie zugedeckt. Jetzt lag er wie ein Toter auf der Erde. Speichel sickerte aus seinem Mundwinkel, schleimte sich von Barthaar zu Barthaar und sabberte in den Dreck.

Vom Feuer beim Höhleneingang zeugte nur noch die Asche. Jungfräulich zog die Luft die Klippen hoch. Katharina streckte die Arme aus. Sie gähnte. Kein Mensch weit und breit. Kies kullerte den Abhang hinunter. Erste rosa Streifen schimmerten am Himmel.

Unterwegs zum Strand erlabte sie sich bestialisch an einer überreifen Papaya. Der Saft tropfte über Nase und Kinn. Der Griff des silbernen Krummdolches klebte an ihren Fingern. Gebannt starrte sie auf die frisch geschliffene Klinge.

Ein Bach schlängelte sich zum Meer. Katharina schwenkte die Finger in der kühlen Frische. Die ins Gesicht geschaufelten Wasserspritzer belebten. Sie zwängte das Hemd über den Kopf und warf das Haar in den Na-

70

cken. Feucht perlten die Tropfen über ihren Oberkörper. Die Prinzessin genoss ihr Bad fernab von beobachtenden Blicken.

François tauchte eine Stunde später am Strand auf. Katharina sah ihn lachen. Sie klopfte den Sand aus der Hose.

"Endlich wach, alte Schlafmütze?", fragte sie.

"Ich hatte ein ungutes Gefühl."

"Mich vermisst?"

Der Alte schmunzelte. Er machte zwei Schritte. Sein Einbaum lag im Gebüsch. Aus dem wild spriessenden Bartwuchs heraus vernahm Katharina Worte des Erstaunens.

"Wer hat unsere Spuren verwischt?"

"Ist was?"

"Unsere Abdrücke von gestern."

"Der Wind? Die Flut?"

"Hörst du die Steine? Sie kullern die Böschung herunter."

"Und?" Katharina schmunzelte. "Lemuren."

"Frauen. Mit euren Emotionen bringt ihr die Welt aus den Fugen. Doch wenn ihr rational überlegen sollt, seid ihr überfordert."

Katharina kniff die Augen zusammen. Sie überlegte. Wie immer lange. Der Pirat griff nach seiner Pistole.

"Wir werden beobachtet", flüsterte er.

Katharina blickte die Anhöhe hoch. "Ach was..."

"Komm, Vavate, zeig dich!", schrie François. Niemand rührte sich. "Vavate, Feigling, zeig dich!"

Katharina schüttelte den Kopf. Sie öffnete die Lippen, kam aber nicht mehr dazu, François anzuschnauzen. Äste knackten.

"Was machst du wieder in meinem Revier, du alter Knacker", rief eine Stimme. "Und die Kleine mit den scharfen Kurven?"

"Hey, Vavate", brüllte François. "Beweg deinen Adoniskörper und setz ihn den Sonnenstrahlen aus."

Erneut knackten Äste. Die Singvögel verstummten. Dann tauchte der Bucklige hinter den Büschen auf.

Lang fiel dem Wilden sein Haar in den Nacken. Das vom Vollbart zugewucherte Gesicht – François daneben war ein gepflegter Gentleman – liess sich nur erahnen. Die doppelläufige Muskete lag locker in seinem Arm.

"Das ist mein Strand", knurrte das Wesen. "Verschwinde."

"Feine Begrüssung!" François wandte sich an Katharina. "Wir sind zusammen gesegelt. Damals war Vavate umgänglicher."

"Halt die Klappe", fauchte der Wilde. "Ich will meine Ruhe."

Die winzigen Äugelein zog er zu engen Schlitzen zusammen. Wie eine brechende Welle quoll die dicke Unterlippe unter der Oberlippe hervor.

"Er gibt sich mürrisch, Katharina", spottete François. "In Wirklichkeit ist er die Freundlichkeit in Person."

"Idiot", zischte Vavate. "Idiot!"

Die hinter den ölig glänzenden Haarfetzen verborgenen Augen musterten Katharina. Sie hatte das Gefühl, jeglicher Kleidung entledigt vor den beiden Alten zu stehen. Garantiert fragte sich Vavate, was sie mit einem Kauz wie François in der Wildnis suchte. Hatte er sie beim Nacktbad am Bach beobachtet?

"Bleib mir mit samt deiner doofen Visage gestohlen", drohte der Bucklige. Als steckte sein Schädel in einem Schraubstock zog er die Mundwinkel nach unten. "Steht die Sonne im Zenit, unterhalt ich mich nur noch per Feuerrohr."

"Vereinsamter Spinner. Alle guten Manieren verloren?"

"Spiel du mal nicht den Moralapostel." Vavate lachte spöttisch. "Wir hätten dich damals auf der Insel verrecken lassen sollen."

Für den Bruchteil einer Sekunde blitzte ein Glanz in François' Augen. Wie beim Tiger vor dem Sprung. Seine Finger verkrampften sich zur Faust. Er holte tief Luft und öffnete den Mund, blieb aber eine Antwort schuldig.

"Aha, die Kleine weiss von nichts", kicherte Vavate. "Na dann viel Spass, wenn sie die Wahrheit erfährt."

"Pass auf, was du sagst", zischte François. "Pass auf!"

"Ich hab eure Spuren im Sand gesehen", sagte der Einsiedler unbeeindruckt. "Verschwinde! Und nimm die Kleine mit. Die macht nur Ärger. Schick sie zurück in ihre Kinderstube."

"Die Kleine bleibt nicht mehr lange auf Ste-Marie."

Katharina dachte oft an diese Antwort. Auch Jahre später noch.

- 38 -

Wasser schwappte unter dem Einbaum. Katharina war erleichtert. Strömung und Rückenwind trieben den Einbaum nach Norden. Trotzdem war es am Eindunkeln, als die beiden auf der Pirateninsel eintrafen. François lachte. Die Buddel Rum, die er mit den Händen umklammerte, war fast leer. Seine Knollennase leuchtete wie eine Laterne.

"Der schönste Tag seit langem, Katharina. Ein paar Schritte und wir haben's geschafft."

Er verschwand hinter der Hütte. Katharina hörte ihn lachen. Sie schaute den Wellen zu, die sich mühsam an den Strand warfen, Tausende von Sandkörnern zum Tanzen zwangen und sich dann wieder gemächlich in die See zurückzogen. Friedvoll kräuselte der Wind die Wasseroberfläche.

Dann ertönte der Schrei.

Katharina hechtete um die Ecke.

"François!"

Dieser kauerte am Boden. Alles Blut war aus seinem Kopf gewichen. Er sah aus wie ein Geist. Seine Hände zitterten. Gebannt starrte er auf das Pergamentstück, das seine Finger umklammerten.

"Sie haben mich gefunden", stammelte er. "Sie wissen es." Katharina kniete nieder und griff nach seinem Arm.

"Was wissen sie?"

"Sie wissen es. Alles!"

Katharina warf einen Blick auf das Dokument. Die Buchstaben waren ihr weder bekannt noch verstand sie den Sinn der fünf Zeilen. Auch erinnerte sie sich nicht, wo sie solche Zeichen schon einmal gesehen hatte. François fluchte, zerknitterte das Blatt Papier und schmiss die Kugel in die Ecke.

"Verschwinde!", zischte er und starrte sie an wie den Teufel. "Lass mich in Ruh!"

"Aber..." Katharina hielt den Atem an. "Ich will nur..."

"Verzisch dich!" Er streckte den Arm aus. Mit dem Zeigefinger deutete er weit von sich. "Weg!"

Katharina schüttelte den Kopf. Noch vor Stunden hatte sie diesen Irren 'Daddy' genannt. Sie erhob sich. Einmal drehte sie sich noch um, dann trat sie in die Nacht hinaus und liess François mit seinen Dämonen alleine.

Der Vollmond tanzte auf der Wasseroberfläche. Leise säuselte der Wind. Katharinas Finger glitten durch den Sand. Sie seufzte. Wie lange musste sie noch bei diesen Irren dahinvegetieren? Wann endlich führte sie ihr Schicksal zurück in die Freiheit? Sie zog die Knie an die Brust, stützte die Ellbogen ab und verbarg das Gesicht in den Handflächen. Wimpern und Wangen netzten sich mit ihren frischen Tränen.

Eine Stunde später liess Katharina Werwölfe und Vollmond hinter sich und kroch ins Dunkel der Hütte zurück. François schnarchte. Die Buddel Rum stand leer gesoffen auf dem Tisch.

Die junge Frau starrte in das Gesicht des Betrunkenen. Weiss wie der Sand schimmerte seine Haut hinter dem Vollbart hervor. Die sonst rote Nase war farblos grau. Wären nicht Schnarchgeräusch und Bewegung des Brustkorbs gewesen, sie hätte ihn für tot gehalten.

Die Kerzenflamme tanzte. Die Schatten huschten an der Wand auf und ab. Katharina zitterte. Doch die Neugierde war grösser. Sie kauerte auf den Boden. Krampfhaft umklammerten ihre Finger das Pergament. Sie verstand kein Wort.

"Du geldgieriger Jude bringst mich nicht zur Strecke", brüllte François. "Ahnst du, wer ich bin?"

Katharina fuhr herum, als hätte sie sich in ein Wespennest gesetzt. Die Kerze entglitt ihren Fingern. Heiss brannte das Wachs auf ihrer Haut. In der Hütte war es finster. Katharina riss die Augen weit auf, sah aber nicht. François' Faust polterte gegen die Wand.

"Ich bring dich um, du Hund! Zeig dich!"

Katharina presste die Beine an den Oberkörper und verbarg das Gesicht hinter den Armen. Nichts regte sich. Sie lauschte. Grabesstille. Keine Kakerlake krabbelte am Boden. Kein Käfer wühlte im Sand. So fühlte sich ein Todgeweihter, der, die Hände in Ketten, die Augen verbunden und den Kopf auf dem Schafott, den Schlag des Henkers erwartete. Pirschte sich der Irre mit gezücktem Dolch heran?

Einsetzendes Schnarchen. Die Befreiung! Die Erlösung! Katharina atmete tief ein. Ihre Lungen füllten sich. Sie streckte die Glieder. Ihre Stirn war feucht. Die angeschwollene Halsschlagader pulsierte wild. François schlief tief und fest. Er hatte nur geträumt.

Katharina spürte das Pergamentstück zwischen den Fingern. Sie zögerte eine Ewigkeit, bis sie die Laken über das Kinn hochzog. Lange schloss sie kein Auge. Die Geheimbotschaft ging ihr nicht aus dem Kopf. In naher Vergangenheit hatte sie vergleichbare Schriftzeichen gesehen. Nur erinnerte sie sich jenes Momentes nicht mehr.

Nicht mal im Traum konnte sich Katharina vorstellen, welche Auswirkungen dieses Papier auf ihr weiteres Leben hatte.

- 39 -

"Was hab ich getan?", stammelte François.

"Ist bereits vergessen."

"Du sollst verzeihen. Doch vergessen darfst du nicht!"

Katharina schwieg. Die Worte erinnerten an die Belehrungen ihres Vaters. Sie erinnerten an all diese Belehrungen, die sie seit ihrem ersten Lebensjahr über sich ergehen liess.

"Keine fermentierten Getränke mehr", beteuerte der Alte. "Nie wieder."

"Wer sind sie, die dich gefunden haben?"

"Wo ist das Pergament?"

Die Forschheit irritierte. Katharina zog das Papier hervor.

"Hinterhältiges Pack", murmelte François. "Nicht mal nen neuen Code haben sie entwickelt."

"Eine Geheimschrift?"

74

"Das Alphabet des Templerordens."

"Wie bitte?"

"Die Brüder nannten sich 'Arme Ritterschaft Christi vom salomonischen Tempel zu Jerusalem', allgemein bekannt als die Templer. Sie häuften Macht und Reichtum. Doch Papst und König machten kurzen Prozess mit ihnen. Ist lange her[33]." François strich mit der Hand über das Papier, streichelte mit der Fingerspitze die einzelnen Zeichen und nickte. "Wann hat das letzte Handelsschiff angelegt?"

Katharina seufzte. Niemand nahm sie ernst. In Indien war sie wohl behütet, aber doch nur als Person zweiten Grades, als Frau, auf die Welt gekommen. Bei aller vom Maharadscha verbreiteten Liebe erlangte sie nie Akzeptanz und Status ihrer jüngeren Halbbrüder. Jetzt, unter den Piraten, war sie Frau und Gefangene. Nicht mal mehr Person zweiten Grades. Wie lange noch?

"Was steht auf dem Pergament?", fragte Katharina.

"Weshalb beantwortest du meine Frage nicht?" François kraulte den Vollbart. Er schielte Katharina an. Seine Äugelein glänzten. Boshaftig? Oder nur listig? "Ist was?"

"Abgesehen von arabischen Dhaus und asiatischen Dschunken ging nur La Princesse Emeraude vor Anker", antwortete Katharina. "Die war aus Marseille."

"Einer dieser Hurensöhne ist auf Ste-Marie geblieben", murmelte François. Er begutachtete seine abgekauten Fingernägel. "Und der Kerl hat Verbündete."

"Klärst du mich endlich auf?"

"La Princesse Emeraude", murmelte François. "So war es."

Katharina spürte seinen Blick. Doch glaubte sie nicht, dass der Pirat sie noch bemerkte. Er wirkte verloren. Verloren in seinen Gedanken.

Als François wider Erwarten zu sprechen begann, unterbrach ihn Katharina kein einziges Mal. Er war einst Mitglied eines Geheimbundes gewesen. Vor langer, langer Zeit. Doch der Alte erzählte nur die halbe Wahrheit.

---

[33] Gegründet anfangs des 12. Jh. beschützte der Orden die Pilger ins Heilige Land. Er kam schnell zu Vermögen und Einfluss. Am **Freitag, 13.** Oktober 1307 wurden die meisten Tempelritter in Frankreich verhaftet. Die Inquisitionsprozesse dauerten bis zu sieben Jahre. Am 22. März 1312 löste Papst Klemens V. auf Druck von König Philipp IV. den Orden auf. Am 19. März 1314 wurde der letzte Grossmeister des Tempelordens, Jacques de Molay, auf dem Scheiterhaufen verbrannt. Auch Papst und König starben innerhalb eines Jahres. Sie wurden vom Fluch des Grossmeisters heimgesucht.

Geheimbotschaften fesselten Katharina seit Kindesjahren. Mit Herrn Matur, dem Mathematik- und Astronomielehrer, hatte sie oft Texte verschlüsselt. Mittels Substitutionsverfahren. Keiner im Palast war fähig gewesen, auch nur ein Wort zu entziffern.

"Das ist meine Geschichte", sagte François und schwenkte das Tagebuch. "Ich hab alles im Tagebuch festgehalten."

Katharina stutzte. Auf dem Ledereinband prangten sechs Geheimzeichen. Hier also hatte sie den Code schon gesehen.

"Du verstehst die Geheimschrift?"

François nickte: "Komm her."

Neugierde war noch nie Katharinas beste Tugend. Der Alte blätterte im Tagebuch und schlug es auf einer der ersten Seiten auf.

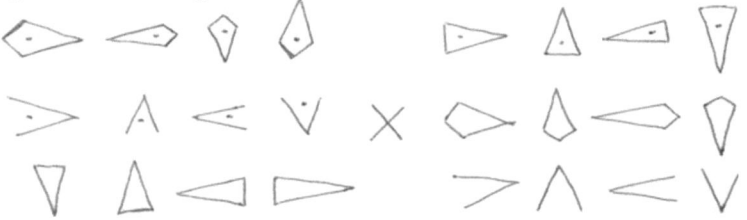

"Hier aufgelistet alle 25 Buchstaben des Templeralphabets", sagte François ohne den Blick zu heben, "in umgekehrter Reihenfolge. Das letzte Zeichen, das V, entspricht dem A. Das zweitletzte, ein gekipptes, nach rechts offenes V, dem B. Notiert hab ich sie mir vor Jahren. Heute kenn ich alle wichtigen Codes auswendig."

"Wie lautet die Botschaft?"

"Das Leben ist wie eine Kokosnuss", philosophierte der Pirat. "Bevor du den Kern siehst, hast du keine Ahnung, ob die Milch süss schmeckt oder nach faulen Eiern stinkt, ob das Fleisch erfrischend weich oder hart wie Stein ist, ob der Kern unberührt geblieben oder von Insekten leer gefressen ist. Gleich verhält es sich mit den Menschen, deren Wege du täglich kreuzest."

"Die Botschaft!"

"Vermutlich treibt sich einer vom Geheimbund auf Ste-Marie rum. Das sind alles falsche, verfaulte Kokosnüsse."

Katharina schnaubte. Sie schlug das Tagebuch auf der Seite mit dem Templeralphabet auf. Das erste Zeichen, ein nach oben zum Spitz verlaufendes Viereck mit Punkt in der Mitte, stellte sich nach mehrmaligem

Überprüfen als W heraus. Sie notierte den Buchstaben. Zwei weitere Substitutionen und sie erhielt das Wort 'WIR'.

François' Gesicht war wie aus Stein gemeisselt. Katharina übersetzte Buchstabe um Buchstabe. Wie ein Hund, der Blut geleckt hatte. Endlich las sie:

"WIR HABEN DICH GEFUNDEN. WER VERRAT BEGEHT HAT AUF DIESER WELT NICHTS VERLOREN. DEINE STUNDE IST GEKOMMEN."

François kniff die Augen zusammen. Die Altersfalten furchten sich tief in die Haut. Seine Knollennase war wieder weiss.

"Du, ein Verräter?"

"Mein Verhalten war dem Geheimbund wenig förderlich." François' Stimme tönte nach Rauch. "Es ging um Macht und Einfluss, um Diamanten und Gold, viel Gold. Im Glanze des Goldes zeigt jeder Mensch sein wahres Gesicht."

Hatte er die Bruderschaft betrogen? Katharina senkte den Blick. Sie wollte ihren Augen nicht die Möglichkeit bieten, die eigenen Gedanken zu verraten. Erneut starrte sie auf den Tagebuchumschlag und die dort prangenden Zeichen. François bemerkte ihr Schweigen. Er sah den Farbverlust ihrer sonst matten Wangen. Sie schüttelte den Kopf. Immer wieder. Sein Runzelgesicht faltete sich zur ausgetrockneten Kartoffel.

"Was ist, mein Kind?", fragte er mit zittriger Stimme. "Was...?"

"Wer ist Robert?"

François legte das Tagebuch zur Seite. Katharina blickte ihm tief in die Augen. Diesmal senkte er zuerst den Blick.

"Kluges Kind", hörte sie ihn murmeln. "Kluges Kind."

"François, weshalb ziert der Name 'Robert' dein Tagebuch?"

Er wiegte den Kopf hin und her. Dabei studierte er eingehend den an seinem Hals hängenden Schlüssel. Die Kette glänzte golden.

"Das, meine Liebe, ist eine Geschichte, die erzähl ich dir später."

"Weshalb nicht jetzt?"

"Später."

"Verdammt noch mal, ich hab diese Geheimnistuerei satt!"

François schüttelte nur den Kopf. Von seinen Lippen bekam Katharina dieses Geheimnis nie mehr erzählt!

- 41 -

Alle Wolken des Indischen Ozeans entleerten sich gleichzeitig. Die Bäche traten über die Ufer. Felsblöcke standen im Morast. Der Hauptplatz war überschwemmt. Wasserdampf stieg auf. Es stank nach Pisse und Kacke.

Katharina sehnte sich nach gezuckertem Jasmintee. Sie stieg mit François die in den Fels gehauenen Stufen des Swans nach unten. "Altes Haus, endlich mal wieder in der Taverne", rief der Wirt. "Ich hab mich gesorgt."

"Behalt den Schleim", murrte François. "Dich interessiert einzig mein Geld."

Der Wirt glaubte den Alten besser zu kennen als die auf dem Holzgestell aufgebarten, in fünf pechschwarzen Fässchen lagernden Rumsorten.

"Clairin oder Tafia?"

"Georg, dieses Teufelszeugs ist nichts mehr für mich."

Der Wirt lachte. François nicht. Katharinas Augen gewöhnten sich an die Dunkelheit. Der Boden war festgetreten. Sand, Lehm und Kies. Stühle und Bänke aus Massivholz – vermutlich Ebenholz. Kohlekritzeleien und Sprüche auf den Felswänden. So mancher Pirat hatte in angeheitertem Zustand seine kreative Ader entdeckt.

In der Nacht leuchteten Öllampen die Kalksteinhöhle aus. Jetzt, bei Tag, schimmerte das Licht in die Katakomben und erhellte die Gesichtszüge der saufenden Kumpane. Frischluft zog durch die Grotte. Die trockene Frische war angenehm und liess die feuchttropische Schwüle Ste-Maries vergessen. François nippte am mehr nach Zucker als nach Kräutern mundenden Teegemisch. Zwei dunkle Gestalten erhoben sich.

Die Bekanntschaft des einen, Dave genannt, hatte Katharina auf der Victoire gemacht. Er war immer nett gewesen. Doch die mit Fletcher verbrachte Zeit – als einziger auf der Victoire gab sich Dave mit diesem Ekel ab – hatte Katharina auf Distanz gehen lassen. Der andere, ein gewisser Peter Wright, befand sich noch nicht lange auf der Insel. Er war mit der Princesse Emeraude von Europa angereist. Weder finsterer Blick noch permanent grimmiges Bleichgesicht stimmten Katharina positiv. Der Nostalgiker sehnte die goldene Piratenzeit zurück und wollte Bluttropfen und Goldstücke zählen.

"Hey, Georg, wie gut kennst du Wright?", fragte François, kaum waren die beiden verschwunden. "Ist er oft hier?"

"Weshalb erkundigst du dich erneut nach ihm?"

Erneut? Katharina horchte auf. Weshalb interessierte sich François für den grimmigen Nostalgiker?

"Was weisst du?"

"Du hast Angst vor ihm", mutmasste der Wirt. "Weshalb?"

"Was will der Kerl?"

"Bei Taylor anheuern, meinte er neulich."

"Was weisst du sonst über ihn?"

Georg grinste. Er fuhr sich mit dem rechten Daumen über Zeige- und Mittelfinger. Katharina machte einen Glanz in seiner Pupille aus, als er das Lid mehrmals rasch schloss. Die geflüsterten Worte verstand sie nicht.

François hatte den Drohbrief weder verdrängt noch vergessen. Er kannte Bedeutung und Konsequenzen eines solchen Schreibens. Die beiden schüttelten sich die Hände. Golden schimmerte es zwischen ihren Fingern.

- 42 -

Am einsamen Pandusbaum rankten sich Lianen hoch. Die Stängel ertranken im gelben Blütenstaub. Trotz kräftiger Farbe fanden die lila Orchideen keine Beachtung.

"Diesem Wright trau ich nicht mal bei Sonnenschein über den Weg", murrte François. "Er schrieb den Drohbrief."

"Was ist mit Paul Collins?", fragte Katharina.

Sie starrte zum Wasser. Kreisförmig breiteten sich die Wellen aus. Ein weiterer Stein flog in hohem Bogen ins Meer.

"Der Kerl mit dem Kardinalslächeln?"

"Beide waren auf der Princesse Emeraude."

"Vergiss das Weichei!" François schüttelte den Kopf. "Ich war mit ihm fischen. Der tut keiner Stechmücke was. Er spiesst sie höchstens auf. Kein Witz, er studiert Schmetterlinge. Er hat einen Koffer voller schlauer Bücher."

"Weshalb sich mit Piraten auf Ste-Marie rumschlagen? Auf Bourbon findet er eine vergleichbare Vegetation."

"Wright ist unser Kandidat. Ich nehm mich vor ihm in Acht."

François kämmte mit den Fingern durch den vom Regen feuchten Sand. Er ballte die Hand zur Faust. Sandklümpchen quollen zwischen seinen Fingern hervor. Er schmiss den Sand der Brandung entgegen und liess sich auf den Rücken plumpsen.

"Weshalb verfolgt dich die Geheimloge?", fragte Katharina.

"Keine Fragen. Keine Antworten. Keine Mitwisser. Keine Gefahren."

Während Minuten schwiegen sie. Die Sterne über ihnen wirkten nahe und trotzdem unerreichbar fern. Das Kreuz des Südens funkelte.

La Buse hatte Katharina auf der Victoire erklärt, wie Seefahrer nach diesem Fixstern navigieren. Trotz frischer Brise auf der Haut und nasser Kälte im Rücken lächelte sie. Schaute Olivier gelegentlich zu den Sternen hoch? Dachte er an sie?

Ihr erstes Aufeinandertreffen lag Monate zurück. Nur zu gut erinnerte sie sich des Kusses in Bel Ombre. Der Küchengehilfe im Maharadschapalast hatte sie ebenfalls heimlich geküsst, der drohenden Todesstrafe zum Trotz ihren Körper mit seinen Fingerspitzen verzaubert und Katharina zur Frau gemacht. Doch Oliviers einsamer Kuss im Sand war unvergesslicher gewesen, unnachahmlicher, hatte ihre Sinne entflammt und in ihr das Verlangen nach Wiederholung gestärkt. Es war, als ob er nicht nur von ihrem Körper, sondern von ihrer Seele Besitz ergriffen hätte. Damals. Dieser Idiot. Dieser Dieb und Verbrecher.

"Wann warst du das letzte Mal verliebt?", fragte Katharina in die Stille. "Weisst du, François, so richtig verliebt, hattest ein Sausen in der Magengegend, als würde ein Bienenschwarm aufsteigen."

Der Pirat verschränkte die Hände auf dem Bauch und schlug die Beine übereinander. Katharina hörte ihn sich die Nase schnäuzen.

"Ich bin nur ein Mal verliebt gewesen", murmelte er. "Das ist lange her."

"In die Pfarrerstochter?"

"Wie alt bist du, mein Kind?"

"Achtzehn."

"Du warst noch nicht mal geboren."

Katharina schmunzelte. Sie bohrte mit der Ferse im Sand. François öffnete die Lippen.

"Was ist mit dir?", fragte er. "Hast du schon mal einen Bienenschwarm verschluckt?"

Katharina hörte François' stossenden Atem. Er schmunzelte. Bestimmt dachte er, die Schamröte sei ihr ins Gesicht gestiegen. Dabei gehörte die Scham nicht ins Gesicht, sondern war in der Lendengegend unter ihren Fingerbeeren bedeutend besser aufgehoben.

"Der Umgang mit Männern ist mir untersagt worden."

"Die Prinzessin weicht meiner Frage aus." Erneut schmunzelte François. "Doch lass es gut sein. Was hältst du von Olivier?"

"Von La Buse?"

"Ich hab ihn selten so in sich gekehrt gesehen wie in Bel Ombre, nachdem ihr hinter den Felsen verschwunden seid."

"Da war nichts", bekräftigte Katharina. "Überhaupt nichts."

"Das sind auch seine Worte gewesen. Schade eigentlich. Ich hätte ihn gerne wieder glücklich gesehen. Niemand hat es mehr verdient als Olivier."

"Weshalb?"

François schwieg mehrere Atemzüge lang. Er starrte in Richtung Halbinsel. Seine Mundwinkel zuckten verräterisch.

"Meine Glieder werden bald dort drüben unter einem Holzkreuz liegen. Von der anderen Buchtseite aus überwache ich dann die Pirateninsel. Ich beschütze dich, Katharina."

Er erhob sich, klopfte den Sand aus der Kleidung – eine Geste, die auf Ste-Marie zur Gewohnheit wurde – und stapfte Richtung Hütte davon.

Katharina dachte an La Buse, ihren Entführer, der über Sein oder nicht Sein bestimmen konnte. Was sie nicht wusste: Der Piratenkapitän, fernab in einem fremden Land, war selbst in Gefahr. Aber davon erfuhr sie erst viel später.

- 43 -

Schicksalsschläge kündigten sich selten an. Ebenso wenig der Orkan, der tagelang über Ste-Marie fegte. Die Piraten verkrochen sich in den Katakomben des Swans. Als die Wolkentürme endlich weiterzogen, konnte Katharina im feuchten Wasserbett liegend den Sternenhimmel überblicken. Vom Dach fehlte jede Spur.

An einem Morgen schoss François ein Lemurenweibchen. Ein Muttertier. Der Pirat brachte es nicht übers Herz, das Junge den Gesetzen der Natur zu überlassen. Er nahm den Nimmersatt in seine Hütte und päppelte ihn mit Ziegenmilch und Bananen auf. Oft turnte das Kleine an François' dicht behaartem Oberkörper herum. Um den Fangarmen des Piraten zu entgehen, sprang es immer wieder von dessen Schulter auf den Kopf und weiter auf die andere Schulter und zurück. Den Schreien nach zu urteilen fühlte sich das Geschöpf wohl.

Zu allem Überfluss brannten in der Vollmondnacht zwei Hütten nieder. Die eine hatte Peter Wright bewohnt. Nachdem Georg, der Wirt, gleichentags über François' Geheimrecherche plauderte, war der Teufel los. Jeder hielt ihn für den Brandstifter. Die ganze Welt hatte sich gegen Katharinas Kerkermeister verschworen.

Kaum war Gras über die Sache gewachsen, kursierte ein neues Gerücht. Ein gewisser Thomas Matthews, seines Zeichens Kapitän und Kommandant von vier englischen Kriegsschiffen, machte vom Kap der Guten Hoffnung kommend Jagd auf Piraten, wurde gemunkelt. An jedem Gerücht war bekanntlich ein Körnchen Wahrheit. Katharina vermutete die Cassandra und die Victoire in den Gewässern unweit der Südspitze Afrikas. Waren sich die Seeräuber der Gefahr bewusst?

- 44 -

Wochen waren verstrichen. Da kreuzte eine Dhau in der Bucht. Die Matrosen johlten. Earl Errol, wie Katharina das Lemurenbaby nannte, wetzte den Baumstamm hoch und plumpste vom Ast aufs Hüttendach. Kaum kroch François aus der Behausung, so hockte ihm der Fellknäuel im Nacken.

"Was sind das für Gestalten", murmelte der Alte.

Katharina hielt sich die flache Hand über die Augen. Nie zuvor hatte sie dieses Schiff gesehen.

"Der Kerl am Ruder sieht verdammt aus wie Fletcher", lachte sie. "Dieser Hurensohn."

"Pass deine Aussprache nicht unserer an", schmunzelte François. "Wir sind keine Vorbilder."

81

Katharina kniff die Augenlider zusammen. Ihre Gesichtszüge verfinsterten sich. Sie biss sich auf die Unterlippe und atmete rasch und stockend. Nein, Irrtum ausgeschlossen. Fletcher kommandierte die Dhau. "Die Pilgerroute nach Mekka führt nach Norden", sagte François. "Taylor wollte nach Süden, nach Mozambique. Dort tummeln sich keine Mauren. Woher kommt die Dhau?"

"Fletcher sei verdammt in alle Ewigkeit!", fluchte Katharina. "Oh Gott, wenn du denn existierst. Lass diesen Hurensohn in seinem eigenen Gestank ersticken."

Sie spürte François' Hand auf der Schulter.

"Ich konnte ihn nie leiden. Doch keine Angst. Wir kommen mit ihm klar. Ganz bestimmt."

Eng drängten sich die Piraten an Deck nebeneinander. Wo war die Victoire? Was war mit Taylor und La Buse?

"Olivier hat es nicht geschafft", murmelte François. Er seufzte. "Fletcher würde nie das Kommando über ein Schiff führen."

- 45 -

Die Piraten löschten die Ladung. Wie Ameisen krabbelten sie den Hügel hoch, Beutestücke auf den Schultern und unter dem Arm. Katharina sah Stoffballen in allen Farben. François knüpfte sich Schönling Bohony vor.

"Will, was ist mit La Buse?"

"Wir sind in einen Sturm geraten. Die Victoire ist zerschellt."

"Weshalb bist du nicht am Steuer gewesen?" François hielt Will Bohony am Arm zurück. Sollte jetzt, so nahe vor seinem Ziel, die Hierarchie auf Ste-Marie aus den Fugen geraten? Jetzt, nachdem er jahrelang auf diesen Augenblick gewartet hatte? Seine Stimme vibrierte. "Will, was ist geschehen?"

Katharina sah den Frust in Bohonys Augen. Nach Wochen auf See wollte er weg, wollte Ruhe, wollte abschalten, wollte vergessen. François lockerte den Griff nicht. War es aus Respekt vor dem Alten, dass der Steuermann antwortete?

"Taylor und seine Träume. Dieser Irre suchte nicht nach Beute. Er wollte das Königreich Monomopata[34] unterwerfen. Absoluter Irrsinn. Seeschildkröten vergraben ihren Schatz, ihre Eier, im Sand. Ansonsten suchen sie nichts an Land." Will fuhr sich mit der Hand durch das krause Haar. "Die Rebellion scheiterte. La Buse wurde an den Hauptmast gefesselt und nach Moses' Gesetz mit 40 Peitschenhieben bestraft. Taylor liess ihm die Victoire, riss aber unsere Mannschaft auseinander. Ich musste auf

---

[34] liegt im heutigen Mozambique

82

die vor Fort Dauphin[35] gekaperte Dhau. Unter wessen Kommando? It was a nightmare!"

"Und La Buse?"

"Nach drei Monaten in Lourenço Marques[36] waren die beiden Alten geschiedene Leute. Gold glänzt, langweilt aber. Taylor braucht zehn Leben, um seine Reichtümer zu verprassen. Am Geheimnis von Bourbon liegt ihm kaum was. Ihn dürstet nach Macht. Er war Edward Englands Handlanger, dann Kapitän eines Schiffes, dann Kommandant einer Flotte, dann Herrscher über die Delagoabucht. Doch Afrika ist zu klein. Er will die Weltherrschaft. Er will Gott sein." Bohony starrte Katharina an. Sie erschauderte. Seine blutunterlaufenen Augen zeugten von Schlafmangel und Entbehrung. Doch erkannte sie in ihnen Wut, wenn nicht gar Hass.

"Taylor wollte in die Karibik und beim Gouverneur von Porto Bello Amnestie beantragen. La Buse zog es zurück nach Ste-Marie. Im Delirium sprach er vom Schatz, den er zurückgelassen habe. Ganz klar, welchen Schatz. Fletcher mag eine Schlange sein. Doch war er gut informiert."

Katharina inspizierte die Sandkörner unter ihren Füssen.

"Wer sich mit der Schlange einlässt, wird am Schluss von ihr verschlungen", murmelte François. "Was ist mit La Buse?"

Will schüttelte wortlos den Kopf. Katharinas Herz zog sich zusammen. Obwohl ihr Unglück auf der Victoire begonnen hatte und der Piratenkapitän für ihr Leid verantwortlich war, fühlte sie in der Magengegend einen stechenden Schmerz.

"Der Monsunwind peitschte übers Meer", murrte Bohony. "Die Masten bogen sich wie Zuckerrohrstängel. Entgegen Oliviers Willen blieb Fletcher in Landnähe. Korallenbänke türmten sich vor uns in den Wellentälern auf. Die Luvschot barst. Das Grosssegel schlug hin und her. Der Baum sauste über das Achterdeck. Wir mussten mit ansehen, wie die Victoire auseinanderbrach, während der Orkan unsere Dhau am Riff vorbei wieder ins Meer hinausspülte."

"Gab es Überlebende?", fragte François.

"Keine Ahnung. Fletcher befahl Kurs aufs offene Meer. Wir kehrten nicht um. Der Sturm legte sich erst in der Nacht."

François benötigte eine Ewigkeit, um seinen Mund zu schliessen. In viel kürzerer Zeit legte er danach die zwanzig Schritte zur Hafenmole zurück. Fletcher sah ihn auf sich zukommen.

"Hurensohn!", schrie François. "Die Dhau hat kaum Tiefgang. Du bist absichtlich hart ans Riff gesegelt. Du hast die im Kielwasser folgende Victoire ins Unglück gelockt!"

---

[35] Stadt an der Südspitze Madagaskars

[36] Lourenço Marques war die an der Delagoa-Bucht gelegene Hauptstadt der portugiesischen Kolonie Ostafrika (heutiges Mozambique).

"Der Bussard war am Steuer", knurrte Fletcher. "Geschah ihm recht!"

"Was ist mit den Kameraden? Du hast sie im Stich gelassen."

"Niemand hat überlebt."

"Woher willst du das wissen?"

"Du hast den Orkan nicht gesehen. Du hast keine Ahnung, du seniler Idiot!"

François ballte die Faust. Er presste die Zähne aufeinander und fauchte undefinierbare Laute.

"Du verkalkter Penner." Fletcher lachte. "Du hast doch eine in der Birne."

"Weisst du, was ich an dir schätze, Fletcher?", zischte François.

"Nein."

"Ich auch nicht."

François stampfte davon. Katharina folgte ihm. Sie drehte sich aber nochmals um. Fletcher zog die Oberlippe hoch. Er sah ihr direkt in die Augen. Wie Degen kreuzten sich ihre Blicke.

Katharina wusste, dass die vor Monaten ausgesprochene Drohung nicht vergessen war.

- 46 -

"Du hast dich verändert, Katharina, bist kühl geworden, ja fast kalt. Was ist mit deinem Temperament?"

"Frauen hoffen, dass Männer sich ändern, doch sie tun's nicht. Männer hoffen, dass Frauen sich nicht ändern, doch sie tun's."

François nickte.

"Es ist tragisch, dass dich der Bussard ins Unglück geritten hat. Du bist schwer okay."

"Es gibt keine Garantie, das Glück im goldenen Käfig eines Palastes zu finden. Weder in Indien noch in Europa", entgegnete Katharina. "Du hast Olivier gemocht?"

"Er hat sich meiner erbarmt", flüsterte François mehr als dass er sprach. "Wer sonst nimmt einen Greis an Bord? Dabei kannte er nicht mal meinen Namen. Jetzt ist es zu spät für die Wahrheit."

'Es ist nie zu spät', wollte Katharina sagen. Doch sie schwieg.

"Olivier schaute zur Mannschaft", ergänzte der Alte. "Alle waren gleich. Selbst für Edward England setzte er sich ein."

"Den abgesetzten Kommandanten?"

"Fletcher wollte ihn den Haien vorwerfen."

"Weshalb der Hass?"

"Er begnadigte Kapitän Mackra. Doch dieser Hurensohn holte in Indien Verstärkung. Taylor erfuhr es vom Gouverneur von Cochin[37]."

---

[37] Stadt in Südindien, damals von den Engländern kontrolliert (mit Gouverneur)

84

"England wurde auf einer Insel ausgesetzt?"

"Mit Muskete, Munition und einer Buddel Rum." François bemerkte ihren Blick. "Erwartest du Milde? Mackra hat hundert Kameraden auf dem Gewissen. Wer sich für den Teufel einsetzt, verdient kein Mitleid."

"Mackra hat wie ein Mann gekämpft", sagte Katharina. "Wie ein Held."

Sie schloss die Augen. Viele Monate war es her, seit die Piraten ihre Galeone geentert hatten. Kaum Blut war geflossen. Dank der raschen Kapitulation. Feiglinge lebten definitiv besser als Helden.

"Olivier profitierte von Englands Schicksal. Er übernahm die Victoire. Trotzdem empfand er die Strafe als ungerecht."

"Weshalb rechtfertigst du Oliviers Verhalten?"

"Tue ich das?", sagte François. Er kratzte sich die Nackenhaare. "Zu gerne hätte ich euch beide zusammen gesehen."

"Wollte er Geld für mich erpressen?"

"Was will er mit Geld? Der Erbärmliche sprach nur von deinen Lagunenaugen."

"Von meinen..." Katharina starrte auf das Meer hinaus. "Du hättest dein Leben für ihn gegeben?"

"Zu Olivier konnte man nicht nur optisch hoch schauen. Er war ein Ehrenmann."

"Bist du mit ihm gesegelt, weil du wusstest, dass er dich zurück nach Ste-Marie bringt?"

Ein eigenartiges Feuer loderte in François Augen. Seine rechte Hand glitt an den Hals. Er berührte den Schlüssel.

"Hast du in meinem Koffer geschnüffelt?"

"Ich spionier keine Freunde aus", sagte sie. "Ich les in ihren Herzen."

François' Blick, der sonst so viel Wärme vermittelte, wirkte kalt. Sein Gesichtsausdruck erinnerte an ein verfallenes Haus.

"Was weisst du?"

"Nichts. Wenigstens nichts Konkretes." Katharina wollte Gewissheit. Sie stellte die Frage, die seit Tagen wie Rum auf ihrer Zunge brannte. "Wurdest du auf den Namen Robert getauft?"

"Robert?", stammelte er. "Was für ein Robert?"

"Das frag ich dich."

"Wir gehn zurück zur Hütte."

"Weshalb weichst du aus?"

"Ich weiche nicht aus."

"Weshalb läufst du dann vor deinen Problemen davon?"

"Ich hab keine Probleme."

"Doch, hast du!" Katharina blickte François direkt in die Augen. Er hielt ihrem Blick stand. "Ein Zettel mit ein paar Zeichen und du besäufst dich wie ein Irrer. Im Traum sprichst du wirres Zeugs und am Tag schlägst du auf dem Friedhof die Kreuze kurz und klein. Weitere Beispiele?"

"Ich hab keine Probleme", wiederholte François und seufzte. "Ich hab einzig eine Vergangenheit!"

- 47 -

Isaak Israel lebte seit kurzem auf der Insel. Er zockte die Piraten ab. Doch war seine Ware frisch und ohne Maden. Keine Selbstverständlichkeit beim feuchten Monsunklima. Katharina deckte sich mit Zwieback, Kaffee, Zucker und Pökelfleisch ein. Zwei Gestalten schlenderten in Richtung Hafenmole. Fletcher fuchtelte mit den Armen in der Luft herum. Wright schwieg. Da hatten sich die richtigen gefunden, dachte die Prinzessin. Die beiden verschwanden hinter einer Hütte. Ein Luftzug wehte vom Friedhof herüber. Die Seelen der verstorbenen Kameraden erlabten sich an den melancholischen Piratengesängen. Katharina schloss ihre Augen. Die Luft war duftgesättigt von Ylang Ylang Blüten. Wie eine Erstickende sog sie die süsse Schwere in sich hinein. Der Duft war intensiver noch als Jasmin. Ein offener Honigtopf. Dazu eine herbere Note. Kampfer mit Veilchenabgang. Die Essenzen stiegen die Nase hoch und verklebten Katharinas Sinne.

Anfangs hatte sie die Entführung als Chance gesehen. Sie konnte raus aus dem Käfig, Neuland entdecken, Abenteuer erleben und endlich die Freiheit geniessen. Doch je länger die Gefangenschaft dauerte, umso mehr merkte sie, wie sehr sie von ihren Träumen in die Irre geleitet worden war. Ihr Durst stillte sich unmöglich auf einem Eiland wie Ste-Marie. Oft, wenn sie an der Westküste am Ufer sass, den Wellen zuschaute und das Wasser zwischen den Sandkörnern versickern sah, überkam sie das Fernweh.

Die Gefangene wollte nicht zurück nach Indien. Katharina wollte weiter, wohin immer sie der Wind tragen mochte. Sie fühlte sich wie eine rastlos nach dem Glück Suchende, deren Fusssohlen am Boden festklebten und jeden weiteren Schritt verunmöglichten. So sehr sie in die Ferne schaute, ihr Blick drang nicht hinter den Horizont vor. Mehr und mehr erinnerten die Uferzonen Ste-Maries an die jegliche Freude im Keime erstickenden Palastmauern zu Hause.

Mit dem Kopf voller Gedanken kehrte Katharina vom Einkauf zurück. François sass vor der Hütte. Er schob die Buddel Rum zur Seite. Immer wieder furchte er die Stirn und grinste. Wie der vom Vater beim heimlichen Rauchen ertappte Schuljunge. Katharina blickte auf das Papierstück zwischen seinen Füssen und sie wusste, was geschehen war.

Der Pirat verschwand in der Hütte. Während Tagen lachte er nicht mehr. Während Tagen lebte er nicht mehr. Während Tagen nahm er seine Umgebung nicht mehr wahr. Während Tagen kreisten seine Gedanken.

Dann und wann zog François seinen Handspiegel aus der Tasche – Beutegut vom unter Halbmondflagge kreuzenden Segler. Mit Langzirkel und Lineal mass er die vergilbte Portugiesische Seekarte ab und kopierte Hieroglyphen auf Pergamentstreifen. Immer wieder betrachtete er sein Werk im Spiegel. Zuletzt nickte er, rollte die Streifen und schob sie in zylinderförmige, einen Fuss hohe Metallbehälter.

Am darauffolgenden Morgen schulterte François seinen Seesack. Grusslos zog er von dannen. Katharina hatte mehr als eine dunkle Vorahnung.

- 48 -

Die Abendbrise stank nach faulen Eiern. Der ans Ufer geworfene Seetang darbte im tropischen Februarregen dahin. Tausend Fische schienen am Strand verendet. Fliegenschwärme überall. Die Luft war nicht mehr duftgesättigt von Ylang Ylang Blüten. Sie stank nach Tod und Verderben.

Das Kerzenwachs ertränkte die Flamme. Katharina schaute zu, wie sie kürzer und kürzer züngelte. Die Tür hing schief auf nur noch einem funktionsfähigen Schweinslederscharnier. Ein Luftzug. Der Vorhang flatterte. Das bisschen Sternenlicht, das den Weg durch die Wolken fand, drang ins Innere der Hütte.

Ein Scharren. Katharina horchte auf. Schabte eine Ziege ihr von Ungeziefer befallenes Fell an der Hüttenwand? Oder einer der streunenden Köter? Wühlten Ratten im Abfall? Der Wind pfiff durch jede Spalte. Erneut raschelte es.

"Wer da?"

Katharinas Stimme widerhallte in der Stille der Nacht. Sie erschrak. Keine Antwort. Sie schluckte. Ihr Gaumen war trocken, ihre Stirn feucht. Schnell ging ihr Atem. Die Pupillen zuckten von einem Augenwinkel zum anderen und wieder zurück. Dunkelheit.

Katharina hielt den Atem zurück. Laut hörte sie ihr Herz pochen. Einsame Schritte schlurften. Dann polterte es. Knallte der Wind den Palmwedel gegen das Hüttendach? Erneut. Ein Stein rollte über die Türschwelle. Mit der Fussspitze getreten? Kein Zweifel. Irgendein fremder Kerl geisterte um die Hütte.

Es waren nicht die Schritte einer Person, die sich mit guten Absichten näherte. Katharina setzte sich im Bett auf. Sie zog die Beine an die Brust und starrte in die Nacht hinaus. Der dicht gewobene Teppich flatterte erneut im Wind. Legte der Unbekannte Hand an?

"Wer ist da?", wiederholte Katharina. "Wer?"

Die Palme vor dem Haus stöhnte. Der Wedel schlug gegen das Hüttendach. 'Eines Tages hau ich das verdammte Ding ab', dachte Katharina. Der Türvorhang bewegte sich erneut. Es raschelte. Eine Kokosnuss rollte über die Schwelle. Katharina berührte sie mit der Zehenspitze. Die Hülle

87

war verschrumpelt, feucht und dunkel wie die Nacht. Die Frucht hatte lange im Sand gelegen.

Keuchendes Husten, gefolgt von nie gehörtem dämonischem Lachen. Katharina zitterte. Sie glaubte, der Polarwind ziehe ihr vom Nacken über den Rücken.

"Zeig dich", flehte sie. "Bitte."

Der Vorhang wurde zur Seite gerissen. Schwarz zeichnete sich der Umriss des Unbekannten vor dem Nachthimmel ab. Die Silhouette kam Katharina bekannt vor. Nach dem ersten Wort hatte sie Gewissheit.

"Erinnerst du dich an mein Versprechen, du Schlampe?"

Die Wand im Rücken verbreitete eisige Kälte. Katharinas Blut gefror. Nein, es konnte nicht wahr sein. Ein Alptraum!

"Was willst du, Fletcher?" Sie richtete sich auf. "Das ist meine Hütte."

François' Muskete hing an der Wand – zwar geladen, aber in unerreichbarer Ferne. Der Krummdolch lag nahe der Feuerstelle auf dem Boden.

"Erinnerst du dich an mein Versprechen, du Schlampe?" Eine Fackel erhellte den Raum. "Wird's bald?"

Katharina hielt sich den Arm vor die Brust. Zu spät hatte sie das Lodern in seinen Augen erkannt. Weshalb nur hatte sie mit offener Bluse geschlafen?

"Was willst du?"

"Dich", höhnte er und machte einen Schritt. "Du gefällst mir!"

"Raus", kam es über ihre Lippen – mehr Wunsch als Befehl. "Keinen Schritt weiter."

"Sei nett zu mir."

Katharina zitterte am ganzen Körper. Sie schüttelte den Kopf. Nein, nein, das alles konnte nicht wahr sein!

"Komm zu mir, Süsse. Sei gefügig", befahl er. "Oder gefall ich dir nicht?"

"Wir haben eines gemeinsam, Fletcher. Wir haben beide einen guten Geschmack." Katharinas Stimme überschlug sich. "Nie gebe ich mich dir freiwillig hin."

Fletcher machte einen Schritt in ihre Richtung. Sein Atem stank nach verwesenden Eingeweiden. Er sah die Angst in ihren Augen, streckte die Hand aus und griff nach ihrer Bluse. Lose flatterten die Stoffenden in der Luft. Er hatte nicht nur freie Sicht auf die straffen Brüste, sondern auch auf ihre geheimste Zone.

"Weshalb zitterst du, meine Katharina?"

Warum nannte sie dieser verdammte Hurensohn beim Vornamen? Sie wollte zurückweichen. Doch die Hüttenwand im Rücken war hart und kalt.

"Was hab ich dir getan?" Katharinas Stimme vibrierte. Wieder streckte Fletcher die Hand aus. Seine Fingerspitzen berührten ihren Unterarm.

Katharina wollte um sich treten. Doch ihr fehlte die Kraft. Sie hatte Angst. "Raus aus der Hütte!" Kaum hatte Katharina das letzte Wort über ihre Lippen gefleht, da klatschte es. Ihr Kopf knallte gegen die Wand. Heiss glühte die Backe. Der Wangenknochen brannte. Stechend loderte der Schmerz vom Nacken bis zum Becken. Katharina schrie. Sie hatte ein schrilles Pfeifen im Ohr und drückte den Zeigefinger hinein. Das Pfeifen liess nicht nach. "Fletcher, lass mich bitte in Ruhe." Ihr Blick wurde trüb. Die Wimpern klebten aneinander. Sie sah den Piraten nicht mehr. Er lachte. Ihr wurde übel. Der Teufel gierte nach ihrem Fleisch. Erneut stemmte sie sich gegen die Wand. Doch gab diese einfach nicht nach. Sie sass in der Falle. Dann sah sie seinen Schatten. Er sprang auf sie zu.

Katharina knallte zu Boden. Die Fackel erlosch. Mit dem Hinterkopf prallte die junge Frau gegen einen Gegenstand – den mit Wasser gefüllten Tonkrug. Helles Licht, Explosionen. Grell zuckte der Schmerz bis zur kleinen Zehe. Die Pranke des Teufels verkrallte sich in Katharinas Haar und löste ihre Kopfhaut ab. Sie kreischte.

Und dann kam Fletcher mit seinem ganzen Gewicht auf Katharina. Stoff riss. Es miefte nach Kotze und Urin. Ekel. Die fremden Finger zwängten sich zwischen ihre Schenkel. Katharina presste ihre Beine zusammen. Sie drückte dem Angreifer den Daumen in die Augenhöhle, zerkratzte seine Unterarme, versuchte, sich aus der Umklammerung zu lösen und den Teufel abzuschütteln. Doch dieser holte weit aus und rammte die Faust in ihren Bauch. Sie schrie vor Schmerzen. Ihr Körper krümmte sich zur Banane. Wie ein Fisch im Sand schnappten ihre Lippen nach Luft. Sie röchelte.

Das stinkigklebrige Ungeheuer presste Katharinas Rücken auf den kalten Boden. Seine spitzen Zähne verbissen sich in ihrer Brustwarze. Sie schrie, kreischte, brüllte, heulte. Ohrenbetäubend. Fletcher schlug sie erneut ins Gesicht und presste seine Hand auf ihren Mund. Die Pranke zermalmte fast ihre Nase. Katharina schüttelte den Kopf hin und her.

Blindlings drosch sie mit den Fäusten um sich. Was nur seine Ekstase steigerte. Fletcher zog sie an den Haaren. Er grunzte. Speichel floss aus seinem Mund. Immer wieder biss er zu. Der Schmerz in Katharinas Brust war schlimmer als alles, was sie je erlitten hatte. Dann hämmerte er ihren Kopf gegen den Boden. Blut spritzte aus ihrer Nase. Noch einmal spannte Katharina den Bizeps. Dann war ihr Widerstand gebrochen.

Die Pranke tastete sich zwischen ihre Schenkel vor. Ihr Unterleib fing Feuer. Es war kein Flämmchen, das sie in romantischen Träumen schwelgen liess. Es war eine Stichflamme, die sich wie eine Feuersbrunst über ihren Körper brannte und Tod und Verwüstung brachte. Mundgeruch, kalter Schweiss, Körperausdünstung, Speichel, Urin. Katharina liess alles über sich ergehen. Auch die permanenten Schläge, die sie nur noch im

Unterbewusstsein wahrnahm. Sie war gebrochen, kraftlos, wehrlos, verloren, elend, tot. Das Feuer loderte zwischen den beiden Marmorsäulen. Das letzte, woran sich Katharina erinnerte, war das Geräusch des gegen das Dach peitschenden Palmwedels.

- 49 -

Rosa hing der Schleier am Himmel. Die Sonne war nicht mehr fern. Doch was wollte der Feuerball noch über den Horizont aufsteigen? Das Leben war ausgelebt.

Katharinas Mund war voll Blut und Ekel, ihre Lippen geschwollen und ihr Blick gebrochen. Der eigene Körper widerte sie an. Das Fleisch brannte und stank nach ihm. Alles war voller Schmutz. Kraftlos lag sie da. Die Kälte des Bodens übertrug sich auf ihre Haut. Der Teufel Fletcher hatte sie die halbe Nacht zugeritten.

Der Krug lag in der Ecke. Die zwei Getränkeschläuche aus Schweinsleder harrten im Staub – und waren leer. Katharina dürstete. Sie schluchzte. Sie schlotterte. Sie wollte sich nicht mehr erinnern, wollte nichts mehr denken, nichts mehr fühlen, nichts mehr empfinden, nichts mehr sein. Zwecklos. Ihr Kopf steckte im Nebel. Permanent tauchten die Bilder von vergangener Nacht vor ihrem inneren Auge auf.

Nur langsam kehrte das Leben zurück in die Fingerspitzen. Tausend rostige Eisennägel steckten in ihnen. Katharinas Haut war übersät mit blauvioletten Flecken. Die Haare rochen nach dem Erbrochenen, in dem ihr Kopf während der Nacht gelegen hatte. Sie schleppte sich hinaus ins Morgenrot. Der Krummdolch wartete am Boden auf den Einsatz.

Katharina erreichte das kühle Nass. Sie liess sich fallen, wollte aufhören zu denken, aufhören zu leben und die Seele den Wellen übergeben. Die Arme von sich gestreckt trieb sie davon. Sie erwartete den erlösenden Tod. Fest presste sie die Augenlider aufeinander. Der Kopf hing zwischen ihren Armen. Die Wunden brannten. Salzwasser überall. Das Fleisch zersetzte sich. Der Geist löste sich vom Körper und vereinte sich mit den Wogen. Die Tropfen verstopften Katharinas Ohren. Sie atmete. Ein Hustenschwall. Erneut übergab sie sich. Gallenflüssigkeit säuerte sich durch Rachen und Nasenhöhlen. Die Augen waren aus Feuer. Egal. Katharina hörte die Buckelwale in der Ferne singen. Dann verliessen sie die Sinne.

Bis grelles Licht sie blendete. Sie riss die Augen auf. Also gab es sie doch, die helle Eingangspforte zum Himmel. Wärme durchflutete Katharinas Körper. Sie hob den Arm. Er war schwer wie ein Amboss.

War sie im Nirwana oder im Paradies? Eine höhere Dimension hatte sie erreicht, war sie überzeugt. Glücksgefühle keimten. Sie fühlte sich befreit. Sie roch die Freiheit: Ylang Ylang, Salzwasser, Kokosnuss, Jasmin, Zimt. Sie glaubte sich aller irdischen Zwänge entledigt. Zum ersten Mal seit der Geburt.

Katharinas Mundwinkel hoben sich. Der Ansatz eines Lächelns liess die weggeblasen geglaubten Schmerzen auflodern. Möwenschreie schürten erste Zweifel. Was suchten die Vögel bei ihr im Himmel? Fand sie nirgends ihren Frieden? Katharina wälzte sich auf den Rücken. Das Licht blendete wie entflammtes Schwarzpulver in der Nacht. Sie schloss die Augen. Ihr nackter Körper versengte in der Glut der Hölle. Das Meer hatte sich zurückgezogen. Die Salzkruste brannte in der Wunde. Katharina krümmte sich, hustete und übergab sich erneut. Sie hatte Bauchschmerzen. Bittermandeln ätzten sich durch ihren Gaumen. Aus der Nase schossen Fontänen. Die Ohren verstopften inwendig. Sie drehte sich zur Seite und öffnete die Lippen. Ein weiterer Flüssigkeitsschwall schoss in die Freiheit.

Katharina schloss ihre Augen. Sie war entkräftet. Sie wollte gehen. Sie wollte sterben. Doch ihre Zeit war noch nicht gekommen.

- 50 -

Wolken am tiefblauen Himmel. Palmen standen auf dem Kopf. Raubmöwen zogen ihre Kreise. Im Sturzflug schossen sie unter den Palmen hindurch. Katharina schielte zur Seite. François schaute sie an. Seine Augen starrten wirr aus den Höhlen. Die Haare waren weiss und schütter, sein Gesicht grau und eingefallen. Er sah aus wie ein Monster, hatte nochmals hundert Jahre gealtert. Sie spürte seine Arme unter Schulterblatt und Po. Der störrische Esel trug sie. Ihre Hände und Füsse hingen kraftlos zu Boden. Rücklings zu reiten war kaum angenehmer als rücklings zugeritten zu werden.

"Bist du's wirklich?", stammelte Katharina. "Dich schickt der Himmel."

François kickte gegen die Türe und bettete die Elende auf die Matratze. "Was ist geschehen?" Seine Stimme klang hohl. Sein Blick war kalt wie Eis. Eiskalt wie der Tod. "Wer?"

Katharina schloss die Augen. Ihre Muskeln erschlafften. Die Tränen kullerten unkontrolliert über ihr Gesicht, kitzelten auf der Haut und tropften in die Ohrmuschel. Die Last der Entwürdigung und alle sonstigen Schmerzen fielen gleichzeitig von ihr ab. Sie weinte wie ein Kind.

"Jetzt wird alles gut." François kraulte ihr Haar. Er presste die Lippen aufeinander. "Alles wird gut."

"Dich schickt der Himmel", flüsterte sie erneut. "Der Himmel."

"Wer war es?"

Katharina verbarg das Gesicht hinter ihren Händen. Ob der linke Daumen verstaucht oder gebrochen war, merkte sie nicht. Interessierte sie auch nicht. Ihr Körper bestand aus lauter verstauchten und gebrochenen Knochen. Sie lag im Bett und war unfähig, auch nur eine Handbewegung zu machen. Das Kartenhaus in ihrem Inneren war zusammengebrochen.

Immer rascher quellten weitere Rinnsale aus den Tränendrüsen. François presste ihren Kopf an seine Brust. Er weinte ebenfalls.

"Warum zum Teufel hab ich dich allein gelassen?", fluchte er. "Wer war's?"

Ein verschwendeter Gedanke an Fletcher, schon wurde Katharina wieder übel. Sie drehte sich von François ab und schloss die Augen. Der Name des Vergewaltigers glitt über ihre Lippen.

"War er allein?"

Katharina nickte. Ein Schweinehund hatte gereicht. Unvorstellbar, von einer ganzen Horde Piraten missbraucht zu werden.

"Vor Wochenfrist hast du Fletcher und Wright beobachtet", sagte François. "Die stecken unter einer Decke. Garantiert wurde Fletcher von Wright beauftragt, um mich..."

François beendete den Satz nicht. Katharina fühlte sich mies. Für Halbwahrheiten und Halboffenbarungen war der falsche Zeitpunkt. Doch für ihn bestand das ganze Leben aus Rätseln.

"Weshalb Wright?", brüllte sie. "Fletcher war es, Fletcher!"

"Schon gut, meine Liebe. Ich..."

"Nichts ist gut! Gar nichts! Lass mich in Ruhe!"

François zeigte keine Reaktion. Die Unterlippe weit vorgeschoben hockte er auf der Bettkante und starrte die Wand an. Als er sich endlich erhob und wortlos die Hütte verliess, ahnte Katharina, dass sie besser den Mund gehalten hätte. Ihre Finger schlossen sich um den Griff des Krummdolches.

- 51 -

Katharina vegetierte in der Hütte dahin. Den ganzen Tag. Alleine. Zitternd. Kraftlos. Machtlos. Ihre Augenlider waren schwer. Dunkelheit. Konnte sie je vergessen?

Immer wieder tauchten die Erinnerungen an den Vorabend auf: Einzelne Bilder, kurze Sequenzen, seine Zunge, sein hämisches Grinsen, seine schwarzen Zähne. Katharina sah Fletchers unrasiertes Gesicht, die Geilheit in seinen Kuhaugen, den glänzenden Kahlschädel, hörte sein bestialisches Lachen, sein wildes Stöhnen. Sie spürte seine ekstatischen Atemstösse, wie die Luft am Hals kitzelte, roch seinen Mund, diesen beissenden Gestank von elend verendetem Fisch und Innereien, spürte seinen Urin auf der Haut, feucht und eklig überall, wo sie sich auch berührte. Weshalb genossen es Menschen, wenn sie anderen Schmerzen bereiteten?

Der Palmwedel hämmerte gegen das Dach. Immer und immer wieder. Katharina riss die Augen auf. Sie starrte zur Decke. Fletchers Hand umfasste ihre Kehle. Sie keuchte, bis ihr keine Luft mehr blieb. Speichel tropfte von seiner eklig klebrigen Zunge, sabberte auf ihr Gesicht und schleimte über ihre Wange. Wie der Tintenfisch umklammerte er sein

Opfer. Seine Zähne bissen zu. Immer und überall. Er lachte. Sie hatte Schmerzen, Panik, Angst, und war dabei dem Teufel machtlos ausgeliefert.

Ohne Vorwarnung holte er aus. Seine Faust knallte ihr mitten ins Gesicht. Immer und immer wieder. Das Auge schmerzte. Die Kieferknochen schmerzten. Die Nase schmerzte. Die Zahnreihen passten nicht mehr aufeinander. Überall Blut. Und Tränen. Jede Träne schmerzte. Katharina heulte, jammerte, wimmerte, flehte, bis sie keine Tränen mehr hatte. Sie hörte nichts mehr, sah nichts mehr, spürte nichts mehr und fühlte nichts mehr. Nur noch Stille. Der Unhold drückte ihre Schenkel auseinander.

"Nein!", schrie sie und riss die Augen weit auf. "Nein!" Katharinas Brustkorb raste auf und nieder. Sie lag im Himmelbett. Ihre Stirn war feucht. Draussen schien die Sonne. Keine Menschenseele weit und breit. Ihr Bauch loderte wie ein Buschfeuer. Niemand löschte den Brand.

Die Hirngespinste verflüchtigten sich so schnell, wie sie aufgetaucht waren. Doch sie würden wieder kommen – in der Nacht, morgen, in einer Woche, einem Monat, ja selbst noch in Jahren. Katharina wusste, dass sie die erlittenen Höllenqualen nie vergessen konnte.

"Weshalb ich?", schrie sie wie eine Irre. "Weshalb?"

Sie ekelte sich vor dem eigenen Körper, vor diesem Stück Fleisch, das der Peiniger rücksichtslos geschunden hatte. Schlug der Wind den Palmwedel gegen das Hüttendach, zuckte sie zusammen. Und zitterte. Und schwitzte. Und weinte. Lauerte der Teufel bereits wieder vor der Türe?

Der bittere Geschmack auf der Zunge wollte nicht weichen. Wie beim Essen einer Zitrone zog es Katharina das Gesicht zusammen. Ihr war übel. Einmal noch schluckte sie die sich nach Freiheit sehnende Flüssigkeit herunter. Bei der zweiten Rebellion des Magens fehlten Lust und Kraft. Sie öffnete ihre Lippen und liess sich die kaum zerkauten Bananenstücke nochmals durch den Kopf gehen.

Katharina erschlaffte und streckte alle Glieder von sich. Sie verspürte Müdigkeit. Sinnlosigkeit. Einsamkeit. Traurigkeit. Kraftlosigkeit. Sie starb einen weiteren Tod. Das Himmelbett trug sie über ferne Ozeane. Sie seufzte. Sie zitterte. Sie schrie. Sie wimmerte. Sie keuchte. Sie weinte. Da war bereits wieder sein Gesicht. Fletcher suchte sie im nächsten Alptraum heim. Die Feuersbrunst wütete zwischen den beiden Marmorsäulen.

- 52 -

Es war finster. Es war Nacht. Es war still. François' Schnarchen war nicht zu hören. Er steckte bestimmt im Swan, mutmasste Katharina und starrte zur Decke. Dort hing der Strunk. Sie brach eine Banane ab. Jeder

Biss schmerzte. Doch sie spürte, wie die Kraft in ihre Muskeln zurückkehrte.

Ein Rohling brüllte in der Nacht. So laut als gehörte ihm die ganze Welt. Hühner zogen über Katharinas Haut. Sie zitterte. Dann hörte sie dumpfe Schläge. Jedem Schlag folgte ein Schmerzensschrei. Der Misshandelte röchelte. Er schnappte nach Luft. Erneut brüllte der Rohling. Nur zu gut kannte Katharina die Stimme.

"Komm her, du Hure", schrie Fletcher. "Ich hab was für dich." Er stand bis zu den Knöcheln im Wasser. In der Hand hielt er eine Fackel. Das leblose Kleiderbündel am Boden jaulte wie ein misshandelter Hund. Die letzten Glieder, in denen Katharina noch Leben zu haben glaubte, erstarrten. Die Bananenschale entglitt ihren Fingern. "Willst du den Knacker sprechen, bevor er von dir geht?"

François' Augen waren blutunterlaufen, seine Brauen geplatzt. Hautfetzen hingen am Gesicht herunter. Sein Hemd war rot, als wäre es in einen Eimer Blut getaucht worden. Die Spitze des Entermessers näherte sich seinem noch offenen Auge.

"Augäpfel gegart oder gebraten?", höhnte Fletcher. Katharina riss den Mund auf, brachte aber keinen Ton heraus. "Zieh dich aus oder der Alte krepiert."

"Nein!", wimmerte der Gefolterte. "Tu's nicht!"

Fletcher trat ihn in die Lendengegend. Er röchelte. Katharina machte zwei Schritte. Doch das Entermesser schreckte ab.

"Lass François in Ruhe!", flehte sie. "Bitte!"

"Sei artig, Süsse. Dann geschieht ihm nichts."

Katharina sah den geilen Glanz in Fletchers Pupillen. Er richtete sich zur vollen Grösse auf. Der gleiche Blick wie am Vorabend, bevor er zum ersten Faustschlag ausgeholt hatte. Katharina wich einen Schritt zurück.

"Du zierst dich?" Fletcher wollte sie demütigen, ihr Schmerzen bereiten und noch mehr Leid zufügen. "Warte nur, ich fackle dich mitsamt deiner verdammten Hütte ab, du elende Hure!"

"Was haben wir getan?"

"François' Pech, dass er die falschen Freunde hat." Welche falschen Freunde? Katharina überlegte nicht. Fletcher höhnte weiter: "Dein Pech, dass du scharfe Kurven hast. Los, Hüllen runter oder ich schneid dir den Stoff vom Leib."

Fletcher fuchtelte mit dem Entermesser vor ihrem Gesicht herum. Die Hüttenwand verbarg Katharinas Körper. Ihre Augen waren weit aufgerissen. Dies stimulierte den Peiniger.

"Fleh mich an, dich wieder zu beglücken. Los!"

"Lass mich in Ruhe, bitte", stöhnte Katharina und sackte in die Knie. "Bitte!"

"Ja, fleh mich an! Soll ich François den Bauch aufschlitzen? Willst du sein warmes Herz in der Hand halten, wenn es zum letzten Mal schlägt?"

"Bitte verschon ihn!", bettelte Katharina. "Verschon mich!" Fletchers Stiefel wirbelten Sand auf. Ein Tritt ins Gesicht, und Katharina wäre nicht mehr aufgestanden. Doch er fühlte sich stark. Er genoss es, sein Opfer zu demütigen: "Ausziehen!" Katharinas Lippen bebten. Nie zuvor war die Tragweite eines Entschlusses gravierender gewesen. Die Gedanken kreisten. Überwand sie die Angst? Sie wusste es nicht. Doch die Furcht vor Fletcher und ihr Hass liessen sie an nichts anderes denken. Ihre Finger tasteten sich Zoll um Zoll vor.

"Willst du mich erneut in dir, du verdammte Hure?", hörte sie ihn durch eine Nebelwand höhnen. "Los, fleh um dein Leben!"

"Ja, ich will alles tun", stammelte sie. "Alles."

Fletcher traktierte die Hüttenwand mit dem Entermesser. Holzsplitter fielen zu Boden. François röchelte. Der Teufel schaute über seine Schulter zurück. Keine Zeugen weit und breit. Das diabolische Lachen kam aus der Tiefe seiner Lunge. Es galt dem regungslos am Boden kauernden François. Ein Lachen, das Katharina ein Leben lang nicht vergessen sollte.

Für Sekunden schenkte ihr der Teufel keine Aufmerksamkeit. Doch das war eine Ewigkeit zu viel. Katharina ballte die Faust. Sie spürte die Kühle des Griffes zwischen den Fingern. Ihr Bizeps spannte sich an. Sie holte einmal tief Atem, dann schnellte Ihr Arm in die Höhe.

Die Klinge durchbohrte den Leinenstoff. Sie stiess auf wenig Widerstand. Fletchers Entermesser klimperte hohl, als es am Boden gegen einen Stein schlug. Mit weit aufgerissenen Augen starrte er Katharina an, als sie den Krummdolch ein zweites Mal mit voller Wucht zwischen seinen Schenkeln einführte. Genau dort, wo es jeden Mann am meisten schmerzte.

Und wieder holte sie aus. Ohne Erbarmen. Ohne Hast. Ohne Rücksicht. Ohne Zögern. Tags zuvor war er nicht weniger sanft in sie eingedrungen. "Spürst du die geile Härte zwischen deinen gespreizten Beinen, du Schwein?", zischte sie. Erneut glitt die Klinge mitten in seine männliche Herrlichkeit. Der Teufel brüllte vor Schmerz. Er sackte in die Knie. Seine Finger verkrallten sich im Schnitt. Blut spritzte weiter zwischen den Fingern hervor. "Schrei es raus, wie toll du's findest. Los, du Schwein, ich will dich stöhnen hören. Das waren deine Worte!"

Für jaulende Hunde hatte Katharina weder Gehör noch Mitgefühl. Während Monaten war sie gedemütigt worden. Während Monaten war sie misshandelt worden. Während Monaten war sie ihrer Freiheit beraubt worden. Und jetzt sogar vergewaltigt.

"Ich bin nicht besser als du", zischte Katharina. Sie holte aus und rammte Fletcher den Ellbogen gegen die Brust. Er überschlug sich auf den Rücken. "Aber auch nicht schlechter. Jetzt leg ich dich flach!"

Ein letztes Mal führte Katharina den Krummdolch in seinen Unterleib ein. Sie beobachtete jede seiner Regungen. Sie genoss es, als die Pranken, die ihr so viel Leid angetan hatten, wie bei einem Erstickenden zitterten. Speichel schleimte aus seinem Mundwinkel. Seine Pupillen zuckten zur Seite, bis nur noch die weissen Augäpfel glänzten. Sadistisch langsam drehte sie das kalte Messer im warmen Fleisch. Das Tier in Katharina wurde zur Bestie.

"Schrei raus, wie geil es ist, mich in dir zu spüren!"

Männer wie Fletcher konnten nie nachempfinden, welche Narben eine Vergewaltigung hinterliessen. Katharina versetzte ihm einen letzten Tritt in die Lenden. So stark, dass ihre Zehen schmerzten. Die Schweisstropfen perlten auf ihrer Stirn. Heftig ging ihr Atem. Sie starrte auf das Messer, das ihre Finger noch immer umklammerten. Die Klinge war voll Blut.

Dann hörte sie ein Geräusch. Jemand war hinter der Hütte gestrauchelt. "Wer ist da?", schrie sie. Schweigen. Der Palmwedel klopfte gegen das Dach. "Zeig dich, du Hurensohn."

Die Schritte entfernten sich. Katharina hörte, wie der Unbekannte in der Dunkelheit stolperte. Dann war es still.

Fletcher hatte einen Komplizen. Es gab einen stillen Zeugen.

- 53 -

Die Mücke surrte. Katharina spürte, wie es am Ohrläppchen kitzelte. Das Surren verstummte. Sie schlug zu. Die Mücke surrte davon.

"Kind", flüsterte die Stimme. "Mein Kind."

Katharina drückte François' Hand. Seine Finger klebten wie feuchter Zucker. Überall war Blut. Er röchelte. Sie stützte seinen Kopf und griff nach dem Tonkrug. Seine Lippen bewegten sich.

"Du wirst wieder gesund", sagte sie. "Halt durch. Ich hol Hilfe."

"Keine Zeit", hörte sie ihn flüstern. "Bleib, Katharina, finde den Schatz."

Die Worte gingen im Husten unter. François zerrte Grimassen bis zur Unkenntlichkeit. Aus dem Mundwinkel sabberte Speichel. Er war tiefrot.

"Sag nichts, François. Alles wird gut."

"Ja, François ist mein Name", stammelte er. Seine Worte kamen einzeln und erst nach Pausen über die Lippen. "Mit meinem alten Leben hab ich abgeschlossen. Ich geh als François über die Planke."

"Warte nicht auf den Tod", flüsterte Katharina. "Er kommt von selbst. Aber nicht heute, nicht jetzt. Such das Leben. Lebe!"

"Du musst wissen..."

"Nicht sprechen, François."

"Ich muss... ich muss", röchelte er und versuchte sich aufzurichten. Katharina spürte seine Hand. Der Druck war schwach. "Find den Schatz von Will Kidd. Kauf dich frei. Lebe. Frei. Du. In Freiheit."

96

Der Tragik zum Trotz stutzte Katharina. Was hatte François mit William Kidds legendärem Schatz zu tun?

Jedes Kind am Hofe des Maharadschas kannte Kidds Geschichte. Der ehemalige Piratenjäger war kurz vor der Jahrhundertwende zum Gejagten geworden, nachdem er sich an zwei Schiffen des Grossmoguls vergriffen hatte – unter anderem an der Quedah Merchant. Auf der Insel Ste-Marie ereilte Kidd damals sein Schicksal. Culliford[38], ein berüchtigter und rücksichtsloser Seeräuber, brachte ihn im April 1698 um seine ganze Flotte. Die wildesten Geschichten rankten sich seither um das verschollene Gold. In Gedanken sah Katharina die in der Ecke stehende Truhe mit der fett eingebrannten Zahl "1669". William Kidd war 1701 gehängt worden. Welches Geheimnis schleppte François mit sich herum?

"Du wirst gesund, Daddy", schluchzte Katharina. "Ich brauch keinen Schatz, brauch kein Gold."

"Nichts ist gratis. Selbst der Tod kostet das Leben", röchelte François. "Das Gold wird dich entschädigen... freikaufen... du bist intelligent... verstehst du... Alpha und Omega... Templer... in meiner Seemannskiste... das Tagebuch... bitte... tu es für mich... und Olivier... bitte... finde das Gold... William Kidd... hüte dich vor den Kerzen... bete für mich... bete..."

François schloss die Augen. Als er sie nach Minuten weit aufriss, flirtete ein Lächeln mit seinen Lippen. Die Pupillen waren voller Leben. Doch die Haut fühlte sich kalt und starr an. Der gekrümmte Körper zitterte.

Für einen Moment wurde François' Griff eisern. Seine dünnen Knochen umklammerten Katharinas Arm. Sie spürte die Nägel wie Krallen auf der Haut. Er stöhnte. Dann verliess ihn die Kraft. Seine Finger entkrampften sich.

François lächelte. Seine Augen starrten zum Himmel. Sie schienen zu sprechen. Doch hörte Katharina nichts. Ein letztes Mal zuckten die Pupillen hin und her. Dann war der Blick des Piraten gebrochen.

"François!"

Keine Regung. Katharina bettete den Kopf des Toten in den Sand. Ihre Finger glitten durch sein Haar. Trockenes Blut klebte in den Locken. Der Pirat hatte das Leben für seine Piratenprinzessin hergegeben.

"Reise gut, mein Freund", seufzte sie. "Du lebst in meinem Herzen weiter."

---

[38] Der Pirat Culliford war Quartiermeister auf der *Pearl* und ab Oktober 1694 Kanonier auf der *Josiah*. Nach einer Meuterei wurde er auf den Nikobaren ausgesetzt. Schon kurz später rettete ihn Ralph Stout, nach dessen Tod 1697 er zum Kapitän der *Mocha Frigate* gewählt wurde. Culliford beraubte William Kidd auf Ste-Marie um Schiff und Vermögen. Am 9. Mai 1701 wurde er zu einem Jahr Gefängnis verurteilt. Die Strafe fiel gering aus, weil er im Prozess gegen den Piraten Samuel Burgess als Zeuge ausgesagt hatte.

Katharina legte die Hand auf François' Gesicht, bedeckte den Leichnam mit der miefenden Wolldecke, wandte sich ab und schwankte ins morbide Dunkel der Nacht. Nach wenigen Schritten versagten ihre Beine. Sie sackte zu Boden und weinte still. Der Salzgeschmack machte sich auf den Lippen und im Gaumen breit. François' Augen blieben für immer geschlossen. Katharina schlug die ihrigen am nächsten Morgen wieder auf. Aus dem lebensfrohen Mädchen, aus der verwöhnten Prinzessin, war eine berechnende, kalte Frau geworden.

- 54 -

Noch in derselben Nacht verliess eine Depesche an Bord der Princesse Emeraude die Insel Ste-Marie. Mehrere Tage hatte das französische Handelsschiff im Windschatten des Wachtelinselchens vor Anker gelegen. Offenbar war nur diese Mitteilung abgewartet worden.
"Robert Culliford tot. Schatz unauffindbar. Warte auf Anweisungen."
Die Anweisungen liessen nicht lange auf sich warten.

- 55 -

"Katharina, wo ist die Leiche?"
Paul Collins hatte sein Haar mit einer selbst gepressten Lotion aus Kokosöl eingerieben. Ohne Mittelscheitel zeigte er sich nie in der Öffentlichkeit. Die tausend Sommersprossen machten ihn jünger als er in Wirklichkeit war. Ebenso das rasierte Gesicht. Katharina schätzte ihn auf vierzig.
Paul schaute sich in der Hütte um. Der Schmetterlingsfänger stammte aus einer Grafschaft nördlich Londons. Zusammen mit Peter Wright war er auf der Princesse Emeraude gereist. Er passte noch weniger auf diese verdammte Insel als Katharina. Doch sie war froh, ihn um sich zu haben. Gerade jetzt. Denn Fletchers Leiche war verschwunden.
"Die Hütte ist leer", sagte Paul Collins. "Da ist nichts."
"Fletcher lag am Boden", murmelte Katharina. "Er ist tot."
"Ist schon gut", beruhigte Will Bohony, der Steuermann. "Leg dich für ein paar Stunden hin."
"Er hat unmöglich überlebt", stammelte Katharina und deutete auf die Lache im Sand. "Sein Blut." Sie hob den Blick. "Ich bin nicht verrückt!"
Fletchers oder François' Blut? Collins und Bohony schauten sich an. Wahnvorstellungen in Isolationshaft waren normal. Hatte die Irre François umgebracht? War er ihr zu nahe gekommen?
Katharina hockte sich auf einen Stein. Sie wollte alleine sein. Wasser umspülte ihre Unterschenkel. Ihre Gesichtszüge waren hart. Sie hörte die Schritte, drehte sich aber nicht um.

"Bohony schleppt den Alten zum Friedhof", sagte Paul Collins. Die matte Haut liess seine Zähne noch weisser erscheinen. "Wenn ich was für dich tun kann, so lass es mich wissen."

François mochte in jungen Jahren Verbrechen verübt haben. Doch Katharina gegenüber hatte er sich als väterlicher Freund gezeigt. Sie schüttelte den Kopf.

"Ich weiss, wie nahe er dir war", sagte Paul. "Tut mir echt leid."

Nichts wusste er. Witze gerissen hatten die Piraten – Sprüche gemacht hinter François' Rücken. Der Alte angle nach der dem Kindergarten entschlüpften Prinzessin, hatten sie gespottet. Von Respekt und Achtung war nie die Rede gewesen.

Katharina schwieg. Collins berührte ihre Schulter. Sie zuckte zusammen und machte mehrere Schritte ins seichte Wasser. Die Horrornacht war noch zu präsent.

"Was ist, Katharina?"

"Paul, ich will Ruhe."

"Ich versteh besser als du denkst", sagte er. "Brauchst du mich, ich bin für dich da."

Paul Collins war ausser Sichtweite. Katharina öffnete die Lippen und sog die Luft in sich hinein. Ihre Augen brannten. Mit dem Handrücken wischte sie die letzten Tränenspuren aus dem Gesicht. Dann zückte sie den Gegenstand, den sie seit dem Verlassen der Hütte in einem Stofffetzen eingewickelt unter dem Arm trug. Der dunkle Lederband wirkte auf sie wie der Tod.

Katharina schlug das Tagebuch auf der ersten Seite auf. Sie las, blätterte, las, schaute kurz hoch, blätterte und las weiter. Ihr war, als ob sie an diesem Tag einen Mann kennen lernte, der ihr nie im Leben begegnet war. Es war der Tag, an dem aus François Robert wurde – der Piratenkapitän Robert Culliford.

Es war der Tag, an dem Katharina entschied zu leben.

– 56 –

Ebbe in der Piratenbucht. Die gestrandeten Muscheln stanken in der feuchten Luft. Mangrovenbüsche versperrten den Weg. Grüne Algen überwucherten die rund gewaschenen Steine. Katharina setzte die Füsse an jene Stellen, welche die Sohlen ihres Vorläufers jeweils verliessen. Sie rutschte bei jedem Schritt aus. Ihre Beine waren schwer wie Felsblöcke.

Elf Mann fanden sich auf der Halbinsel mit den drei schwarzen, von Moos und Flechten überwucherten Steinen sowie den über zehn Holzkreuzen ein. Zwei Ellen tief klaffte das Loch am Fuss einer vom Sturmwind geknickten Palme. Direkt neben dem Steinquader, von dem aus François so gerne zur Pirateninsel hinüber geschaut hatte.

"Katharina, sprichst du ein paar Worte?"

Will Bohony lächelte. Weshalb sollte ausgerechnet sie, die von den Piraten verschleppte und misshandelte Geisel, am Grab eines der ihren die Totenrede halten? Als keiner der Wilden den Versuch unternahm, sie daran zu hindern, trat Katharina einen Schritt vor. Sie starrte auf den in der Grube liegenden Leichnam.

François' Augen waren geschlossen. Er schien zu schlafen. Am Finger trug er seinen Siegelring. Das fehlende Schnarchen, die violetten Hautflecken und die Schnittverletzungen im Gesicht beseitigten aber jeden Zweifel: Er befand sich längst in einer besseren Welt.

Katharina erinnerte sich später nur vage, worüber sie während Minuten gesprochen hatte. Doch als sie eine Handvoll Sand auf das letzte Hemd des Verstorbenen schüttete und einige Schritte Richtung Klippe machte, war ihr Entschluss gefasst: Sie wollte Ste-Marie verlassen. Zahlreiche Handelsschiffe – arabische Dhaus und asiatische Dschunken – verkehrten zwischen der Piratenbucht und der weiten Welt. Irgendein fremder Kapitän würde sie mitnehmen, war Katharina überzeugt. Doch wie die Überfahrt bezahlen?

Sie erinnerte sich François' letzter Worte. Er hatte in Rätseln gesprochen. Doch für sie verständlich: Der Wegweiser zu William Kidds Schatz befand sich in der alten Seemannstruhe. Nahte das Ende der Verbannung?

Als wollte François Lebewohl sagen, riss der Himmel auf. Die Strahlen blendeten. Katharina hielt sich die flache Hand an die Stirn und blickte Richtung Norden, Richtung Piratenbucht. Dort, mitten auf der glitzernden Wasseroberfläche, sah sie ein Boot. Vielleicht zehn Mann hockten darin. Unbemerkt waren sie durch die Hafeneinfahrt geschlüpft.

Die wackeren Gesellen zogen die Ruder kraftvoll durchs Wasser. Sie trugen zerrissene Lumpen. Selbst die an der Gaffel herunterhängenden Stofffetzen erinnerten nicht mehr an ein Segel. Doch da war etwas anderes, das Katharinas Aufmerksamkeit fesselte.

Der Kerl am Heck verzog keine Miene. Mit aufgeplusterter Brust und die Pinne[39] fest zwischen den Beinen stand er da. Täuschten sie ihre scharfen Augen?

Katharina sah einen Engel. Ihr war, als ginge die Sonne ein zweites Mal auf. Der Weg zurück zur Pirateninsel wollte kein Ende nehmen. War der Engel Wirklichkeit?

Katharina hasste Seemannsgarn. Sie wollte Gewissheit. Und diese bekam sie schon wenig später. Sie hatte sich nicht geirrt.

---

[39] Steuerruder

12 Monate später – im Januar 1724

"Einer Gottheit gleich entstieg sie dem Wasser. Die halb durchsichtige Bluse klebte an ihr wie eine zweite Haut. Sie hatte scharfe Kurven. Garantiert wusste sie um den heimlichen Beobachter und stellte sich dessen gierigen Blick vor. Ihre Hüften, vollen Brüste, schlanke Taille und markanten Schultern schienen aus griechischem Marmor gehauen. Dazu bewegte sie den Hintern, als gehörte ihr der ganze Strand. Was heisst der ganze Strand. Die ganze Welt lag ihr zu Füssen..."

Der Erzähler bricht mitten im Satz ab. Seine Begleiter starren an ihm vorbei. Ich störe mich nicht an den Blicken. Nicht mehr. Die Zeiten haben sich geändert. Und nicht nur die Zeiten. Aus der verwöhnten Göre, die noch vor Jahresfrist in meiner Haut gesteckt hat, ist eine Frau geworden. Ich steuere einen der Tische an. Die Langbank ist aus alten Schiffsplanken gezimmert. Paul Collins rutscht zur Seite. Ich schenke dem Schmetterlingssammler nicht mehr als einen Wimpernschlag. Das Holz unter meinem Po ist warm.

Ich schlage die Beine übereinander und schiele zu den fünf Gästen hinüber. Der Erzähler starrt mich an. Seine Lippen sind halb geöffnet. Jeder einzelne der sauberen Zähne steht stramm. Der Kerl hat nichts von seiner männlichen Ausstrahlung eingebüsst, denke ich, behalte meine Gedanken aber für mich. Er schmunzelt.

"Was ist?", spotte ich und puste die mir in die Stirn fallende Haarsträhne aus dem Gesicht. "Die Zunge verschluckt?"

Er krault das Haar. Seit seiner Rückkehr hat er eine andere Frau vor sich. Wie nur hat aus dem naiven Prinzesschen eine vor Selbstbewusstsein strotzende Frau werden können, fragt er sich garantiert.

Früher kommandierte er mich herum. Gegen meinen Willen bin ich zu ihm auf die Victoire gegangen. Heute nehme ich das Leben selbst in die Hand. Worte wie Fremdbestimmung und Glück habe ich aus meinem Vokabular verbannt.

Wie damals vor bald einem Jahr, als mir der reiche Maure ein Haremsleben in Prunk und Luxus offeriert hat. Ich habe ausgeschlagen und bin auf Ste-Marie geblieben, wollte nicht mit dem Mauren nach Jedda[40], wollte nicht von einem Gefängnis ins nächste. Was nicht ohne Folgen geblieben ist. Denn die gealterten Piraten lassen mich seither in Ruhe. Mit meinem forschen Vorgehen verschaffe ich mir zusätzlichen Respekt. Heute werde ich mit jedem Kerl fertig. Dabei will ich lediglich François' Werk zu Ende bringen. Doch davon weiss niemand.

Er räuspert sich. "Ich hab dich nicht kommen gehört."

---

[40] Hafenstadt Djeddah in Arabien

"Ich hab dich nicht kommen gehört", äffe ich den Erzähler nach. "Wen interessiert's?"

"Die Tigerin faucht", schmunzelt er. "Du machst dich."

"Es kann ja nicht jeder in der Entwicklung stehen bleiben."

Um eine Antwort verlegen schweigt er. Die anderen vier Würfelspieler präsentieren ihre noch nicht ausgefallenen Stockzähne. Ich schnippe mit den Fingern. Der Wirt hebt den Blick.

"Georg, einen doppelten für mich und einen einfachen für den seltenen Gast."

"Lediglich einen einfachen?", sülzt der Erzähler.

"Ssss", erwidere ich und wende ihm mein Gesicht zu. "Verträgst du's noch in deinem Alter?"

"Nachtragend?"

"Wie soll ich auch", lache ich. "Ich hab Verständnis. Männer entwickeln sich bis 14. Danach wachsen sie nur noch."

Er pustet sich die Haare aus der Stirn und lehnt sich zurück.

"Typisch Frau!"

"Sie ist keine Frau", murmelt einer der Würfelspieler. "Sie hat Miller besiegt."

"Besiegt?"

"Ein paar Drehungen, zwei Schläge mit dem Degen, und er stand ohne Hosen da."

"Nicht dein Ernst!" Der Erzähler lacht. "Gut bin ich zurückgekehrt."

"Willst auch dein bestes Stück präsentieren?", spotte ich. "Oder nur heimlich Badenixen beobachten?"

"Wo ist dein Problem, Katharina?"

"Das fragst du?" Ich schüttle den Kopf. "Bist mir ein schöner Freund. Schiffbruch mit der Victoire. Unerwartetes, vielumjubeltes Auftauchen. Dann hängst du rum wie ein Penner, lässt dich von uns aushalten, bist immer betrunken, verschwindest für sechs Monate und verleugnest die eigenen Kameraden."

"Ich hab niemanden verleugnet", ruft er und richtet sich zu seiner imposanten Grösse auf. "Niemanden!"

"Wo hast dich die ganze Zeit rumgetrieben?"

"Das war in unser aller Interesse."

"Wie süss, du hast an uns gedacht." Ich schnappe mir die beiden Gläser und strecke ihm das seine entgegen. "Mach mal keinen Kopf und stoss an."

Unschlüssig wiegt er das Trinkgefäss in der Hand und schaut zu, wie der Rum fast über den Rand schwappt.

"Schau bei mir in der Hütte vorbei statt mich heimlich beim Bad zu beobachten", sage ich. "Wir müssen reden."

Er fährt sich mit den Fingern über das glatt rasierte Kinn. Einem ertappten Dieb gleich starrt er zur Seite.

"Mach ich, Katharina."
Ich wende mich von ihm ab und lege die ersten Schritte an Paul Collins Tisch zurück. Die Augen zu Reissschlitzen zusammengezogen und bestimmt mit einem Grübchen beidseits des Mundwinkels drehe ich mich nochmals um. Ich geniesse es, dass weiterhin alle Blicke auf mich gerichtet sind. Die Taverne gehört mir.
"Ich mag reife Männer", hauche ich mit tiefer Stimme. "Aber keine Penner."
Das Glas zwischen den Fingern steht er regungslos neben seinem Holzhocker. Er verzieht keine Miene. Doch deutlich sehe ich es wieder, dieses Verlangen in seinen Augen, diese Gier, den mir seit Tagen unauffällig auffällig zugeworfenen Blick. Seit seinem unerwarteten Auftauchen in der Silvesternacht. Er kneift die Augenlider zusammen.
Viel Zeit ist vergangen. Doch bin ich ihm weniger gleichgültig, als er sich den Anschein gibt.

Olivier Le Vasseur, genannt La Buse, der Bussard, war nicht mit der Victoire in die Tiefe gerissen worden. Während François' Beerdigung anfangs 1723 hatte Katharina die Überlebenden der Havarie in der Bucht gesichtet. Von der Victoire dagegen waren nur ein paar Planken übrig geblieben. Freudentränen trockneten schnell. Bald war das Auftauchen Oliviers so aktuell wie abgestandener Kaffee. Der ursprüngliche Beherrscher der Weltmeere verkam zum schiffslosen Bruder der Küste. Er verkroch sich in seiner Blockhütte. Niemandem fiel auf, als er und das mit neuen Segeln betuchte Rettungsboot eines Morgens ganz verschwanden.

Das Leben ging auch ohne François und Olivier weiter. Paul Collins, der Schmetterlingsfänger, lotste Katharina aus dem Schatten heraus zurück an die Sonne. Dem Eigenbrötler tat ihre Gesellschaft gut. Und ihr seine. Er ermunterte sie auch, auf Ste-Marie zu bleiben. Sonst hätte sie sich wohl auf den Mauren eingelassen und wäre nach Jadda gezogen.

Katharina nannte François' Hütte nun ihr Eigen. Ebenso die Seemannskiste, in der sie das mit dunklem Ledereinband geschützte Tagebuch aufbewahrte. Wie François trug sie den goldenen Schlüssel um den Hals. Sie fühlte sich als Hüterin des heiligen Grals. Doch bei der Auflösung des Geheimnisses kam sie keinen Schritt weiter.

Auch Monate später noch nicht, als Olivier Le Vasseur in der Silvesternacht wieder auftauchte. Unverhofft und unbeachtet. Aber noch nicht vergessen.

Im Januar 1724. Die Sonne stand noch eine Handbreit über dem Horizont. Katharina hatte die Augen geschlossen. Sie dachte an Vater und Maria. Nur mit Mühe konnte sie den vor ihrem inneren Auge sichtbar gemachten Köpfen realitätsnahe Gesichtszüge abgewinnen. Wie ging es ihnen wohl?

"Bereit für den Trip zur Knochensammlung?"

Paul Collins Sommersprossen lachten Katharina an. Die Piratenprinzessin nickte. Eineinhalb Jahre sass sie nun auf der Insel fest. Indien war so fern wie der Mond. Und dieser war für Menschen unerreichbar.

"Dann beeil dich", sagte Paul. Sein Gesicht verschwand aus dem Türrahmen.

"Nun mach mal halblang", murmelte Katharina. "Eine Frau, die pünktlich ist, ist auch sonst im Leben unzuverlässig."

Paul trieb immer zur Eile. Er wollte alles lieber gestern als morgen erledigt und erlebt haben: Den Bootsausflug zur Affenhöhle, die Promenade entlang der Uferstelle mit dem Buckelwalfelsen, den Besuch der Gräber auf dem Friedhof. Selbst die Seemannskiste war ihm ein Dorn im Auge und sollte geräumt werden. Katharina schmunzelte und erhob sich.

Ein paar Schläge mit dem Paddel, schon erreichten die beiden die Landzunge mit der sogenannten Knochensammlung. Kein Grab war gepflegter als jenes von François.

"Wer dich seinen Freund nennt, hat über den Tod hinaus ausgesorgt", sagte Paul und deutete auf das rosarote Blumenmeer. "Wo hast du nur dieses Gewächs aufgetrieben?"

"Meinst du die Königin von Madagaskar?"

Sie kniete nieder und knickte zwei welke Blüten ab. Die bräunlich verfärbten Blätter fielen zu Boden.

"Wie bitte?"

Paul kratzte sich die Stirn. Er kannte die Orchideensorte nicht, die auf dem Schraubenbaum Pandanus gedieh. Die Stängel waren drei Fuss lang und die Stände dicht mit Blüten besetzt. Katharina steckte die Blumen wieder in die Totenvase.

"Die Königin meint es gut mit François. Jetzt im Januar dürfte sie nicht mehr blühen."

"Schade schenkst du mir nicht halb so viel Aufmerksamkeit."

"So?" Katharina schmunzelte. "Eifersüchtig?"

"Du weisst um meine Gefühle."

Und ob. Oft hatten sie sich unterhalten. Seit Silvester waren Pauls Avancen noch offensichtlicher geworden.

"Gib mir Zeit", murmelte Katharina. Sie sah einem fliegenden Insekt nach, das seine Flügel zitronengelb durch die Luft zitterte. "Weshalb schleppst du dein Netz nicht mit? Seit Wochen fängst du keine Schmetterlinge mehr."

"Keinen Bock", murrte Paul und kickte gegen einen Stein. "Hat dein Zögern mit seinem Auftauchen zu tun?"

Also doch! Endlich sprach er aus, was ihn bestimmt schon lange beschäftigt hatte.

"Er kann mir gestohlen bleiben!"

"Weshalb so aufbrausend?"

"Bin ich nicht!"

"Nein?" Pauls Stimme vibrierte. "Ich hol dir Kokosnüsse von den Palmen. Aber ich mach mich nicht für dich zum Affen."

Grillen zirpten. Katharina schüttelte den Kopf. Sie verstand Paul. Seine Zweifel waren nicht unbegründet.

Die Flammen züngelten an den Holzscheitern. Kühl blies der Wind. Die von Paul über ihre Schultern gestreifte Wolldecke speicherte die Körperwärme.

"Weshalb soll ich mit einer Kokosnuss zufrieden sein, wenn ich ein saftiges Steak haben kann?", fragte er. "Ist das so schwer zu verstehen?"

Pauls direkte Art flösste Unbehagen ein. Seine Haare kitzelten auf der Wange. Die Luft duftete nach Kokosöl.

"Bitte versteh doch...", begann Katharina.

"Seit Monaten versteh ich", murrte er. "Wann verstehst du?"

Sie schwieg. Was sollte sie auch sagen? An seiner Stelle hätte sie schon vor Wochen das Weite gesucht.

"Siehst du nur die Völle des Mondes oder spürst du ihn auch auf dich wirken?", fragte Paul nach einer Weile und kratzte sich die Stirn. Katharina schaute zu ihm hoch. Seine Haarspitzen stachen ihr ins Auge. "Schmetterlinge sind mein Leben. Stundenlang studier ich ihre Konturen und lass die Farben und Zeichnungen auf mich wirken. Doch niemals empfinde ich sie intensiver in meinem Bauch als wenn ich an dich denke. Ich liebe dich."

"Ich hab gelitten, wurde erniedrigt, gedemütigt und zerstört", begann Katharina. Sie bettete den Scheitel an seine Schulter. "Du hast dich meiner erbarmt, als ich am Abgrund stand. Du bist mein Schutzengel."

"Aber?"

Ihre Lippen berührten seinen Hals. Sie spürte seine Wärme. Sein Griff wurde fest. Er wollte sie, hier und jetzt.

"Ich weiss nicht, was Liebe ist." Katharina löste sich aus der Umklammerung. "Mehr zu geben bin ich noch nicht bereit. Tut mir leid, Paul. Bitte lass mir Zeit."

"Vertraust du mir, Katharina?", fragte er. Sie spürte den Kloss im Hals wachsen und nickte. "Dann lass ich dir alle Zeit, die du brauchst."

Nicht zum ersten Mal schaffte es Paul, Katharina zu beruhigen. Sie schlang die Arme um seinen Hals. Seine Lippen waren weich und warm, seine Zunge fordernd. Deutlich spürte sie seine männliche Härte gegen ihr Gesäss drücken. Doch die Vergangenheit war zu präsent.

"Du wirst es nicht bereuen", murmelte Katharina. "Eines Tages..."

"Eines Tages will ich mehr als dein Schutzengel sein." Pauls Fingerspitzen streichelten über ihre Wangen. Seine Stimme war sanft. "Eines Tages will ich dein Vertrauen. Eines Tages will ich mit dir eins werden."

"Der Tag wird kommen, Paul." Sie lächelte. "Ganz bestimmt."

In Katharinas Worten lag Zuversicht. Sie glaubte, was sie sagte. Jetzt noch.

- 3 -

Keiner der Piraten von Ste-Marie wusste, was zur selben Zeit auf der Insel Bourbon geschah. Gouverneur Antoine Labbe, genannt Antoine Desforges-Boucher[41], hatte den Rat der Ältesten[42] einberufen. Und dieser tagte während Stunden.

Als einziger hätte Olivier Le Vasseur von den Vorkommnissen auf Bourbon wissen müssen. Denn während seiner Abwesenheit von Ste-Marie war er keineswegs untätig geblieben. Und er hätte gut daran getan zu sprechen. Doch Gewissheit, ob seine Golddukaten und Edelsteine sinnvoll investiert worden waren, hatte er keine.

Also schwieg Olivier.

- 4 -

Die Kerzenflamme zuckte im Luftzug. Paul war vor Minuten gegangen. Noch vor kurzem hatten seine Annäherungsversuche Angst bereitet. Nicht mehr so heute.

"Wovon lebst du?", war Katharinas letzte Frage gewesen. "Seit Jahr und Tag bist du hier. Arbeit interessiert dich nicht. Sorgen tust du dich auch nicht. Du jagst nur Schmetterlinge."

Sie dachte an seinen Gesichtsausdruck. Er hatte sie an einen sich von unreifen Beeren ernährenden und frische Zwiebeln schneidenden Kobold erinnert. Ihre Frage war unbeantwortet geblieben.

Katharina genoss die Momente an Pauls Seite. Er war ein Träumer, der inmitten seiner Krabbelviecher die eigene Welt suchte. Keiner der Bewohner Ste-Maries hatte ein gepflegteres Vokabular. Niemand achtete mehr auf sein Erscheinungsbild. Irgendwie passte Paul ebenso wenig wie sie in diese am Rande der Zivilisation geschaffene Scheinwelt.

Die Nacht war dunkel und kühl. Katharinas Finger glitten durch den Sand. Der Fels im Rücken war hart. Sie schloss die Augen. Die Brandung tobte. Ein Reiter galoppierte. Die Hufe des Rappen wirbelten Sand auf. Er preschte über den Strand. Die Sonne blendete. Der Himmel war wolkenlos. Katharina kniff die Augenlider zusammen. Sie erkannte den Reiter.

Paul lachte. Er zwang den Vierbeiner in ihre Richtung. Seine Haare wehten auf und ab. Katharina fürchtete, Reiter und Ross setzten zum

---

Antoine Labbe, genannt Antoine Desforges-Boucher, war von 23.08.1723 – 1.12.1725 Gouverneur der Insel Bourbon (La Réunion)

Der "Conseil Supérieur" tagte in St-Paul. Zusammensetzung: Der Gouverneur, der Generaldirektor der "Compagnie des Indes", 6 Berater (conseillers), der Procureur Général und ein Notar.

Sprung an und rannten sie über den Haufen. Da spannte das Tier die Muskeln an und blieb stehen.

Paul war ohne Chance. Sein Körper wirbelte durch die Luft. Er schrie. Mit dem Schädel voran knallte er gegen den Fels. Katharina hörte sich kreischen. Zwischen den Fingern hindurch sah sie den regungslos auf dem Bauch liegenden Körper.

"Paul, steh auf!"

Nur wenige Schritte, schon kniete Katharina neben dem Leblosen. Aus einer Wunde am Hinterkopf spritzten Blutfontänen. Der Sand war rot. Vorsichtig drehte sie den Hünen auf die Seite – und erstarrte. Seine Nase war eingedrückt wie eine zu Boden gefallene, reife Papaya. Sandkörner klebten in seinen Haaren. Vom Kinn tropfte Speichel. Doch nicht in Pauls gebrochene Augen blickte Katharina. Der tote Reiter war Olivier Le Vasseur.

Katharina öffnete die Lippen. Ihr Schrei war schrill. Der Schall hallte übers Meer. Dann herrschte Stille. Die junge Frau setzte sich auf. Das Leinenhemd hing schwer an ihrem Körper. Sie keuchte. Das pochende Ding in der Brust stach wie ein Nadelkissen. Immer und immer stärker. Ihre Finger griffen nach der Stirn. Sie war feucht. Verloren schaute sie sich um. Es war dunkel. Es war still. Es war Nacht. Es stank nach Schweiss und Moder. Keine Sterne am Firmament. Tausend Stechmücken surrten. Sie hatten an diesem Abend freien Ausgang.

Katharinas Gaumen war trocken. Sie griff nach einer Zitrone und klaubte die Schale weg. Tropfen kullerten auf ihre Oberschenkel. Der Säuregeschmack zwang sie zu einer Grimasse.

Dann setzte sie den Tonkrug an. Das Wasser mundete süss. Sie zitterte. Die Säure im Gaumen schwand. Während sie den Krug noch in Händen hielt, setzte sich eine Stechmücke auf ihren Oberschenkel und tauchte den Kopf in die glänzende Zitronensaftspur, um den Rüssel sofort wild mit den Vorderbeinen zu putzen. Katharina schlug zu. Die Mücke surrte im Zickzackflug in die Nacht hinaus.

Katharina zögerte keine Sekunde. Sie rieb sich die Haut mit Zitronensaft ein, schleppte die Bettdecke an den Strand, drehte sich auf die Seite und schloss die Augen. Keine Mücke störte ihren Schlaf.

- 5 -

Die Morgensonne spiegelte sich in voller Röte auf der Meeresoberfläche. Katharina kniff die Augen zusammen. Ihre Haut lechzte nach Wärme. Sie schmunzelte.

"Sinnlichkeit verbreitende Lippen", flüsterte eine Stimme.

Katharina schaute sich nicht um. Olivier setzte sich in den Sand.

"Doppelten für dich und nen einfachen für mich?", fragte er.

Katharina schmunzelte. Dabei hasste sie den Kerl für seine Falschheit.

"Bist du dir nicht zu schade für mich?"

"Behalt deinen Spott", murmelte er. "Ich war an François' Grab."

"Und?"

"Das Leben ist nicht immer gerecht."

"So."

"Nicht gerecht mit François."

"Er ist nicht zu bedauern", stellte Katharina fest. "Er ist im Paradies, ist fern von uns und hat uns alleine zurückgelassen. Wir sind zu bedauern."

"Nie hätte ich nach Delagoa segeln dürfen."

"Die Gier nach Gold", murmelte Katharina. "Wie war das noch? Mit Gold kannst du eine Sanduhr kaufen. Aber keine Zeit. Das hast du mich vor langer Zeit mal gelehrt."

Jetzt schmunzelte Olivier. Mit dem Unterarm wischte er sich die Rumspuren aus den Mundwinkeln.

"Ist lange her..."

"Melancholisch? Geniess das Leben heute und jetzt, koste jeden Augenblick aus, als wär's dein letzter. Auch das deine Worte."

"Damals."

"Es gab Tage, da hab ich dich bewundert."

"Ich weiss. Du warst wild und ungezähmt." Olivier schmunzelte. "Damals."

"Und heute?"

"Du bekommst nie eine zweite Chance, um einen ersten Eindruck zu hinterlassen. Ich seh noch immer die Tigerfrau in dir."

"Spar dir deine Worte..."

"Ich weiss", unterbrach sie Olivier. "Paul."

Katharina schwieg so lange bis selbst die letzte Grille im Umkreis von zehn Metern die Gunst der Stille nutzte und aus Leibeskräften zirpte.

"Wo hast du die ganze Zeit rumgehängt?", fragte sie endlich. "Letztes Jahr?"

"Bel Ombre, dann Bourbon."

"Auf Schatzsuche? Du liebst das Spiel mit dem Feuer."

"Ich lege kein Feuer. Ich politisiere."

"Ahh", tönte Katharina wenig überzeugt. "Seit wann politisieren Piraten? Ich dachte immer, die brandschatzen."

"Du wirst verstehen, wenn Clayton auftaucht."

"Clayton?"

"Wirst schon sehen." Der Piratenkapitän ohne Schiff fuchtelte mit der Hand vor dem Gesicht als wollte er einen Mückenschwarm verscheuchen.

"Was ist eigentlich aus Fletcher geworden?"

"Ich hasse dich." Katharina kniff die Augenlider zusammen. "Du kennst meine Version."

Noch heute, ein Jahr nach den Geschehnissen, schenkten zahlreiche Piraten ihrer Erzählung wenig Glauben.

"Du hast ihm das Gesäss verunstaltet, wird gemunkelt", lachte Olivier. "Dort, wo es jeden Kerl am meisten schmerzt. Welcher Teufel hat dich damals nur geritten."

"Dein Lachen widert an!" Katharina erhob sich. "Es ist besser, wenn du jetzt gehst."

"Hast du ihn in die Brust gestochen? Oder ihn nur gequält?"

"Der Teufel Fletcher reitet keine Frau mehr zu. Das kannst du mir glauben."

"Von zureiten war nicht die Rede."

"Er tut keiner Fliege mehr was."

Katharina wollte sich abwenden. Doch sie zögerte. Eine unsichtbare Kraft hielt sie zurück. Olivier traktierte seine Unterlippe mit den Zähnen. Dabei blickte er ins Nichts Richtung Bucht hinaus, dorthin, wo sich die sanften Wellen mit dem Rot des Morgens vermischten.

"Die Abendsonne hat damals geblendet", begann La Buse und machte mit Daumen und Zeigefinger eine Bewegung, als entfernte er ein imaginäres Haar vom Hemd. "Wenige Tage nach unserer Ankunft mit dem Rettungsboot. Fletcher humpelte an Bord einer Indischen Dhau."

"Das ist... unmöglich", stammelte Katharina. "Unmöglich."

Olivier wog den Kopf hin und her. Er wusste, dass seine Worte verwirrten. Doch Mitleid empfand er keines mehr. Mit niemandem. Er nickte Katharina zu und schlenderte wortlos davon.

- 6 -

Drei Wochen nach Olivier Le Vasseurs Rückkehr von Bourbon. Eine neue Zeit war angebrochen. Keiner der Brüder der Küste sehnte die Überfälle auf hoher See zurück. Fern des weltlichen Henkers vegetierten sie dahin. Einige wenige waren nach Europa zurückgekehrt. Mit neuer Identität und desillusioniert.

Einem ungeschliffenen Smaragd gleich trotzte Ste-Marie den Wogen des Ozeans. Gelegentlich verirrte sich ein Segler in den Ankergründen der Insel. Kaum bot der Händler am Kai seine Ware feil, so krochen und humpelten die alten Gestalten aus allen Ecken. Und so manch zerlumpter Kerl zauberte ein funkelndes Geldstück aus dem Ärmel. Obwohl die Piraten keiner Arbeit nachgingen, zirkulierten die Achterstücke im Überfluss. Dem Glanz des Geldes erlag jeder Händler.

Von La Buse sprach niemand. Keinem der Segler war bewusst, dass ausgerechnet Olivier, dieser gestandene Vagabund, einst ein Piratenschiff mit zweihundert Mann Besatzung kommandiert hatte. Je nach gesponnenem Seemannsgarn galt der Seeräuber Le Vasseur als verschollen oder tot.

Den Gouverneur kümmerten die Gesetzlosen Ste-Maries nicht. Die Kaffeekrise war Gesprächsthema auf Bourbon. Ebenso der eigenartige alte

Mann, der einige Wochen zuvor mit Taschen voller Golddukaten hausiert und dieses ungewöhnliche Angebot unterbreitet hatte. Spekulationen kursierten über den Schatz, den er gefunden haben wollte. Das war dem eigenartigen alten Mann nur Recht.

- 7 -

"Und Peter Wright?", fragte Paul Collins. "Er könnte uns weiterhelfen."
"Ausgerechnet Wright", murmelte Katharina. "François machte ihn für die Drohbriefe verantwortlich."
"Drohbriefe?" Paul hob den Blick. "Weshalb hast du so viele Geheimnisse?"
Sie sah den erstaunten Ausdruck im Gesicht ihres Gegenübers.
"Was weiss ich über dich und deine Vergangenheit?"
"Wenig." Er nickte und schmunzelte. "Ist wohl besser so."
In diesem Augenblick knallte ein warmer Wuschel auf Katharinas Schulter. Die Krallen zerkratzten ihre Haut. Sie kreischte.
Paul lachte. Wie immer hatte er ein angenehmes Lachen. Earl Errol, der inzwischen ausgewachsene Lemurenjunge, hatte sich von Ast zu Ast herangepirscht. Knallgelb glänzten die Augen aus seinem dunklen Fell heraus. Einzig die Nasenspitze und die Mähne waren weiss. Katharina kraulte das wollige Fell. Sie stimmte in Pauls Lachen ein.
"Was ist mit dem Schatz?", fragte Paul, kaum hatte sich der Halbaffe unter den Laken im Himmelbett verkrochen.
"Bringt nur Unglück."
"Gold für die Überfahrt nach Europa oder Indien", sagte er. "Ich folge dir, wohin dich deine Füsse tragen."
"Wüsste ich, wo sich die beschriebenen Berge von Edelsteinen und Dukaten befinden, ich würde längst graben."
"François hinterliess Hinweise. Garantiert."
Paul setzte sich auf die Seemannstruhe und klopfte mit der flachen Hand gegen die Längsseite. Katharina verstand.
"Da ist nichts. Weder in der Kiste noch sonst wo in der Hütte."
"Welcher Ort auf der Insel war ihm wichtig?"
Katharina überlegte keine Sekunde.
"Der Swan. Doch das war mehr Hassliebe."
"Und sonst?"
"Er kam mir vor wie ein ewig Rastloser, der des Rastens überdrüssig war. Dauernd rannte er zwischen den Hügeln herum. Oder hockte beim Friedhof drüben und starrte zur Pirateninsel."
"Er hat die Nähe des Sensenmannes gespürt."
"Hat er heute seine Ruhe gefunden?"
"Vielleicht liegt der Schatz unter einem Kreuz. Was hättest du an François' Stelle gemacht?"

Ein Jahr war seit jener tristen Nacht vergangen, in der Katharina das Lächeln auf den Lippen und François das Leben geraubt worden war.

"Ich hätte eine Schatzkarte versteckt."

"Lass mich einen Blick in die Truhe werfen", sagte er. "Zwei Augenpaare sehen mehr als eines."

"François hat mich bestimmt. Ich hüte den Gral."

Paul schwieg. Er hatte sich daran gewöhnt, bei Katharina nicht immer das letzte Wort zu haben. Sie rechtfertigte sich.

"Niemand wirft einen Blick in die Kiste. Das hat nichts mit mangelndem Vertrauen zu tun."

"Ist okay", schmunzelte er. "Ich mach dir keinen Vorwurf."

"Du presst deine Lippen aufeinander."

"Weshalb glauben Frauen immer, sie interpretierten jede männliche Gestik richtig? Beschränkt euch lieber auf die Fakten."

"Bist du jetzt eingeschnappt?"

"Versteh doch." Pauls Finger griffen nach ihren Händen. "Einzeln sind wir schwach, Katharina. Gemeinsam können wir die Welt beherrschen."

Sie lachte: "Ich bin nicht fürs Regieren geschaffen."

"Aber du willst weg von der Insel?"

Katharina überlegte. Ihr jugendlicher Abenteuerdurst war gestillt. Ste-Marie engte ein. Von Freiheit keine Spur. Sie war heute frei unter Piraten. Frei unter Gefangenen. Ste-Marie war ihr aller Gefängnis. Sowohl räumlich als auch geistig. Katharina war des Lebens auf der Insel überdrüssig.

"Eines Tages zeig ich dir den Inhalt der Kiste", sagte sie. "Versprochen."

"Eines Tages", murmelte Paul und nickte. "Eines Tages werden wir beide ganz viel nachholen, wie mir scheint."

- 8 -

Am 25. Januar 1724 nahm das Schicksal unerbärmlich seinen Lauf. Es war der Tag, der Katharina zurück an die Sonnenseite des Lebens hätte führen können. Es war der Tag, der versprach, aber nicht hielt.

Hunderte von Seemeilen entfernt. Die Renommée war morgens in St-Paul angekommen – dem armseligen, gottvergessenen Fischerdorf an der Südküste Bourbons. Die Hütten standen im Dreck. Abfall verfaulte im Morast. Fliegenschwärme besetzten jeden freien Fleck. Die Kloaken stanken nach totem Fisch. Bei jedem Schritt sackte man bis zu den Kniekehlen ein. Die tropische Schwüle verunmöglichte das Atmen. Nachts surrten die Mücken von Hütte zu Hütte. Das Fieber grassierte. Und die Pocken. Und die Masern. Und die Pest. Immer wieder. Nichts deutete auf die Bedeutung dieser französischen Kolonie hin.

John Clayton sah aus wie jeder andere Pirat. Auch benahm er sich nicht anders. Er rülpste, fluchte, spuckte nach jedem zweiten Atemzug und schnäuzte sich in den Hemdsärmel. Sein Mundgeruch erstickte jedes Insekt im Umkreise eines Steinwurfs.

Zahlreiche Rückschläge hatten ihn zu einem Mann werden lassen, der das Schicksal nicht mehr akzeptierte. Aus jeder Situation schlug er seinen Vorteil heraus. Rigoros und forsch war er in seinem Streben. Der Anblick der Vulkane weckte bei Clayton und seinen acht Streitgefährten Heimatgefühle. Die rauchenden Schlote imponierten ihnen aber nicht. Auch hatten sie kein Auge für landschaftliche Wildheit oder farbliche Kontraste. Weder das Grün des Urwaldes noch das Weiss der an den Klippen schäumenden Gischt noch die von Schwarz bis Rostrot reichenden Lavafels-Nuancen noch die Farbtupfer der verschiedensten Orchideenarten begeisterten sie. Nein, Bourbon bedeutete für sie mehr. Hier, in St-Paul, begann der herbeigesehnte Höllenritt ums Kap der Guten Hoffnung. St-Paul war das Tor zurück in die Zivilisation. Das Tor nach Europa.

Die Anhörung im Conseil Supérieur de Bourbon dauerte Clayton zu lange. Er war sicher, dass die ihm von diesem geheimnisvollen Fremden anvertrauten Wertgegenstände alle Türen öffnen würden. Wohlverstanden hatten einige Achterstücke ihren Weg auch in seine eigene Hosentasche gefunden.

Seit Minuten folgte er deshalb der ausschweifenden Erklärung des Gouverneurs nicht mehr. Er überlegte. Madagaskar war ferner noch als Europa. Musste er nun dorthin zurückkehren, wo er fast ein Jahr am einsamen Strand ausgeharrt hatte? Damals, als er und seine Leute Schiffbruch erlitten und die Rettung verheissenden Holzbalken nach Monaten endlich wieder seeklar gemacht hatten.

Wie vom geheimnisvollen Fremden verlangt, sollte er den anderen Gesetzlosen die Begnadigung überbringen. Niemals. Und doch. Clayton wollte nicht auf die versprochenen Achterstücke verzichten. Europa konnte notfalls noch etwas warten.

Die massive Holztüre öffnete sich. Clayton hob den Kopf. Gouverneur Antoine Desforges-Boucher und seine Ratsmitglieder waren in feinste Chinesische Seide gekleidet. Der Vorsitzende verlas das Verdikt. Der Mörder John Clayton verzog keine Miene. Die Begnadigung überraschte ihn nicht. Auch nicht die mit ihr verbundenen Bedingungen.

Als Clayton erhobenen Hauptes das Gebäude verliess, in dem der Conseil Supérieur de Bourbon tagte, hatte er sein Hauptziel erreicht. Er und seine Männer waren frei. Bald schon durften sie zurück nach Europa. Nach einem kurzen Abstecher nach Ste-Marie.

"Weshalb so gestresst, La Buse?"

"Ich bin nicht gestresst."

"Wann hast du das letzte Mal gesehen, wie die Sonne untergegangen ist?"

" Die Sonne geht nicht unter. Warst wohl nie in der Schule?"

"Hältst dich für was Besseres, La Buse?"

Mit übereinandergeschlagenen Beinen hockte Katharina auf dem Baumstrunk. Olivier kniff die Augen zusammen. Nicht zum ersten Mal fesselte sie ihn. Sie war mit allen Vorzügen der Natur beglückt worden. Das Weibsbild verwirrte jeden Mann.

"Ein Problem, Katharina?"

"Warum nicht du?"

"Was soll das?"

"Wer geht hier wem aus dem Weg?"

Sein Schmunzeln war kalt. Seit Juanita hatte es keine Frau gewagt, Fragen mit Gegenfragen zu beantworten. Katharina tat es täglich. Er verlagerte den Schwerpunkt vom einen Fuss auf den anderen.

"Ich bin dir keine Rechenschaft schuldig."

"Weshalb stehst du dann noch immer hier?"

"Katharina, dein Blick erinnert an einen aufgescheuchten Hai, der Blut gerochen hat."

"Haie sind so gefährlich wie Tauben. Nur haben sie Zähne."

"Was willst du...?"

"Soll ich mich bedanken, dass du mich in diese Scheisse geritten hast?"

"Also doch", murmelte er und wandte sich ab.

"Siehst du, Olivier. Das genau ist dein Problem. Du hältst dich für perfekt. Dabei bist du nur noch ein Schatten deiner selbst."

Wie vom Skorpion gestochen schnellte Olivier herum. Sein Griff war eisern. Katharina schrie. Er öffnete ebenfalls den Mund. Doch kein Laut glitt über seine Lippen.

Olivier wusste, dass Katharina, für die er vor Monaten noch Mitleid empfunden hatte und die er heute Tag für Tag mehr hasste, mit ihrer Behauptung richtig lag. Welcher Teufel war nur damals sein Zureiter gewesen, als er sie an Bord der Victoire genommen hatte? Er senkte den Blick. Erst jetzt bemerkte der Piratenkapitän das Buch am Boden, in dem Katharina gelesen hatte. Er lockerte den Griff. Sie rieb sich mit dem Daumen über die Handgelenke.

"Von François?", murmelte Olivier. Er griff nach dem Tagebuch mit dem Ledereinbund. Katharina schrie. Doch er war schneller. "Zur Abwechslung mal eine schlaue Lektüre."

"Gib mir das Buch zurück, du Fiesling!" Katharina langte nach Oliviers Arm. "Sofort!"

Er spürte ihre Fingernägel auf der Haut. Ihre Krallen flössten keine Angst ein. Selbst ihr Tiefschlag in die Magengegend raubte ihm nicht den Schnauf.

"Wie am ersten Tag", lachte er, wand sich um die eigene Achse und begann zu laufen. Mehrere Meter schleifte er die Klette mit. Dann stolperte Katharina über eine Wurzel und blieb im Kies liegen. Sie griff nach zwei Steinen. Doch verfehlten diese ihr Ziel. Wenige Atemzüge später hörte Katharina nur noch Oliviers Lachen. Sie fluchte fürchterlich.

Zwei Tage hörte und sah sie nichts von La Buse. Als er unangemeldet in die Hütte stürzte, wusste sie, dass er mit der Lektüre durch war. Seine Worte waren scharf wie damals, als er noch die Victoire kommandiert hatte.

"Katharina, wir müssen reden! Sofort! Von Frau zu Mann..."

- 10 -

Mit der königlichen Amnestie in der Tasche segelte es sich bedeutend entspannter. Der Monsunwind blies aus Südost. Raubmöwen zogen in der Ferne ihre Kreise. Keine Wolke trübte die Aussicht.

John Clayton freute sich nicht auf Madagaskar. Seine acht Kameraden ebenso wenig. Doch war ihnen keine Alternative geblieben. Sie wollten als freie Bürger zurück nach Europa. Die letzte Fahrt mit der Vierge de Grace ermöglichte ihnen die Erfüllung dieses Wunsches. Endlich!

Die erste Bedingung des Gouverneurs war bereits erfüllt. 35 Tonnen Reis aus Madagaskar lagerten im Frachtraum der Schaluppe, bereit zum Rücktransport nach St-Paul. Doch die zweite Bedingung? Wie reagierten die Piraten auf Ste-Marie, wenn sie die Entscheidung der Ratsmitglieder aus Bourbon vernahmen?

John Clayton wiegte das Fernglas in der Hand hin und her. Er war sich unschlüssig über die Reaktion seiner ehemaligen Freunde. Lange musste er sich nicht mehr gedulden. Heute Abend schon glaubte er Gewissheit zu haben. Ste-Marie war seit einer Stunde in Sicht.

- 11 -

"Du bist reich wie ein König. Nie kannst du in der dir verbleibenden Zeit die Beute von der Virgen del Cabo verprassen. Ganz zu schweigen vom restlichen Diebesgut. Was willst du mit François' Schatz?"

Katharina wusste, dass Olivier Le Vasseur den Ausdruck Diebesgut hasste. Er sah sich als Ritter der Meere und machte Beute. Mit Dieben hatte er nichts am Hut. Die Antwort des Piraten liess nicht lange auf sich warten.

"Katharina, öffne die Augen. Dein François war ein Verräter. Er hat seine eigenen Männer betrogen."

115

"Der Name Robert Culliford sagt mir nichts."

"Heimlich versteckte er William Kidds Schatz. Zwei Sklaven haben ihm geholfen. Keiner ward je wieder gesehen."

"Spazier du mal nicht mit dem Heiligenschein rum."

"Ich betrüg dich nicht. Ich will nur den Schatz", schmunzelte der Kapitän. "Jeder intelligente Mann kann das Gold finden. Auf Ste-Marie gibt's keine Überflutungskammern, keine Verliese, keine in monatelanger Fronarbeit gegrabenen Tunnels. Culliford war alleine. Der Schatz liegt vor unseren Augen."

"Du bekommst wohl nie genug", stellte Katharina fest. "Deine Habgier verfolgt dich noch ins Grab."

Kaum sprach sie das letzte Wort aus, schlug Olivier mit der Hand so stark gegen die Hüttenwand, dass diese zitterte.

"Nichts hast du verstanden!", brüllte er. Sein Kopf glich einer überreifen Tomate. Katharina wich einen Schritt zurück. "Ich hab nichts mehr – keine Klunkern, keine Waren, kein Geld, kein Schiff – rein gar nichts!"

"Mir kommen die Tränen."

Katharina verschränkte die Arme. Ihre Worte tönten voller Sarkasmus. La Buse starrte auf die verstaubte Seemannstruhe, strich mit der Hand den Schmutz weg und setzte sich.

"Es ist ein offenes Geheimnis. Wir haben unsere Beute in Bel Ombre und in den Schluchten bei St-Paul versteckt. Doch ohne Victoire können wir Ste-Marie nicht mit genügend Mann verlassen. Ich war vor Monaten vor Ort. Alleine dringst du nicht bis zum Versteck vor. Du brauchst mindestens zwei Vertraute. Woher nehmen? Keiner traut dem anderen. Zusammengepfercht hocken wir auf Ste-Marie, sind reich wie Könige, dabei aber arm wie Bettler. Wenigstens sind die Kammern so gut gewählt und die Schliessmechanismen derart ausgeklügelt, dass Dritte nie an unseren Schatz kommen werden." Olivier wog den Dolch in der Hand, schloss die Finger um den Ziegenhorngriff und stiess zu. Die Klinge wippte im Holz der Seemannstruhe. "Es gibt kein Entrinnen aus der Spirale. Nie wieder hör ich das viele Gold in meinen Ohren klimpern. Ausser, ich kann mit dem Schatz von Culliford unsere Freiheit zurückkaufen."

Katharina hatte in Olivier immer den starken, selbstbewussten Piraten gesehen, der über Leichen ging und den nichts und niemand aus der Fassung brachten. Doch an diesem Abend empfand sie Mitleid.

"Was soll ich sagen?", fragte sie. "Vor Monden noch im Maharadschapalast verwöhnt, vegetier ich heute unter Wilden im Dschungel dahin. Beklag ich mich deshalb?"

"Wir sind beide unzufrieden. Nur deshalb mach ich dir den Vorschlag."

Katharina schwieg. Sie erinnerte sich Paul Collins Worte. Oft genug hatte er sie gedrängt. Immer hatte sie ihn auf später vertröstet. Weshalb sich nun mit Olivier Le Vasseur einlassen? Konnte sie ihm trauen? Kurz überlegte sie. Dann öffnete sie ihren Schmollmund.

"Paul unterstützt uns bei der Suche."

"Collins?" La Buse pflügte mit den gespreizten Fingern beidhändig durchs Haar und warf die langen Fäden weit nach hinter. "Können wir ihm trauen?"

"Kann ich dir trauen?"

"Kannst du nicht." Er erhob sich. "Doch was nützt Collins?" "Auf der Jagd nach Schmetterlingen hat er jeden Winkel durchforscht. Er kennt die Insel wie keiner. Ausserdem..." Katharina brach den angefangenen Satz ab und schwieg.

"Ausserdem hast du dann einen Kerl um dich, dem du traust." La Buse schmunzelte. Sie blickte zu Boden. "Mir soll's recht sein. Vielleicht bringt er uns weiter. Darf ich jetzt einen Blick in die Kiste werfen?"

"Nur über meine Leiche!"

Katharina streckte Olivier die Faust entgegen. Er lachte.

"Wenn's denn sein muss."

"Ich warne dich..."

"Glaubst du, mir mit deinem Krummdolch zu imponieren?"

"Ich öffne die Kiste, wenn Paul anwesend ist."

Olivier starrte Katharina an. Er schmunzelte. Nur kurz.

Wie der gleichnamige Raubvogel packte der Bussard zu, krallte nach ihrem Haar und zog ihren Kopf zu sich heran. Der Griff um ihre den Dolch führende Hand war fest.

"Spiel nicht mit mir, Katharina", zischte er. Vornüber gebeugt wie Katharina war, tat sich ihr Hemdausschnitt viel zu weit auf. Doch die festen Brüste interessierten den Piraten nicht. Deutlich machte er den zwischen ihrer runden Völle an der Goldkette hängenden Schlüssel aus. Ein Griff mit seinen Pranken, und nichts hätte ihn vom Öffnen der Seemannstruhe abgehalten. "Ich kann warten, meine Liebe. Aber verarsch mich nicht."

Olivier Le Vasseur schlüpfte durch den Eingang nach draussen. Er bemerkte den Schatten nicht, der hinter der Hütte verschwand. Peter Wright, der Piratennostalgiker, der sich danach sehnte, an Bord eines Schiffes für Angst und Schrecken zu sorgen, hatte jedes Wort gehört. Dass er seinen Nutzen aus diesen Informationen ziehen sollte, war für ihn selbstverständlich.

- 12 -

Der Einmaster schaukelte im Windschatten der Wachtelinsel. Fock- und Hauptsegel flatterten. Der Anker klatschte ins Wasser.

Der Mann an der Pinne schloss die Augen. Tief atmete er die Luft ein. Wie ein Kannibale biss er an den Fingernägeln herum. Mit dem Handrücken fuhr er sich über die Stirn. Dann holte er nochmals tief Luft, seufzte und sprang ins seichte Wasser.

"Willkommen auf Ste-Marie." Paul Collins streckte dem Ankömmling die Hand entgegen. Fast entschuldigend deutete er auf die kleine Gruppe hinter sich. "Das Fieber rafft einen nach dem anderen dahin."

"Dann machen wir's kurz", sagte Clayton. "Ich hab Neuigkeiten. Wer hat das Recht, für euch alle zu sprechen?"

Die Regenwolken verzogen sich. Letzte Tropfen klatschten von den Bäumen. Vielleicht dreissig Stimmen sprachen durcheinander. Ein Kerl am Ende der Hafenmole streckte die Hand in die Höhe.

"Bist du der Kapitän?", fragte John Clayton. "Sind wir nicht zusammen unter Congdom[43] gesegelt?"

"Mein Name ist William Bohony."

"Dann bist du mein Mann."

"Was ist mit La Buse?", rief eine Stimme. "La Buse soll uns vertreten."

"Wo ist er?", krächzte ein anderer. "Nie ist er da, wenn man ihn braucht."

Will Bohony zuckte mit den Schultern. Seit einem Jahr bemühte er sich um Ordnung auf der Insel. Seine Meinung hatte Gewicht. Selbstbewusst trat er den Händlern gegenüber auf. Immer als Sprachrohr der Piraten.

Dabei verfolgte er ein ganz persönliches Ziel. Und eine innere Stimme sagte ihm, dass ihn die Neuankömmlinge, von denen er den einen oder anderen noch vom Namen her kannte, einen Schritt weiterbringen konnten.

"Ich bin nur Übermittler", stellte John Clayton klar. "Ich hab keinen Bock, lang in eurem Nest zu versauern."

"Was willst du?"

"Schnell wieder abhauen. Entweder ihr akzeptiert die königliche Amnestie oder nicht."

Längst hatten die Piraten die Hoffnung aufgegeben, in die Zivilisation zurückkehren zu können. Bohony wollte Clayton antworten. Doch ein rothaariger Krauskopf mit der Nasenspitze eines Korkzapfens kam ihm zuvor.

"Ach, Clayton, machst du mit Desforges-Boucher gemeinsame Sache?", geiferte er und spuckte in den Sand. "Was springt dabei für dich raus?"

"Sieh an, Daniel Ayres. Willst du Heuchler wieder meine Peitsche spüren?"

Der Kerl mit dem Korkengesicht griff nach seinem Dolch, zog ihn aber nicht aus der Lederscheide.

"Du bist und bleibst eine Schlange", zischte er und spuckte erneut auf den Boden. "Wir sehn uns!"

---

[43] Thomas (William) Congdom (Condent), Piratenkapitän, bekam im November 1720 die Amnestie. Im Auftrage des Gouverneurs verhandelte er 1721 bei Olivier Le Vasseurs Überfall der *Virgen del Cabo*. 1723 kehrte er zurück in die Normandie.

Dann wandte er sich ab und trottete über den Hauptplatz Richtung Swan.

"Danny hat nicht Unrecht", meldete sich ein zweiter Pirat zu Wort. "Was, wenn uns Clayton an den Galgen liefert? Er ist zu allem fähig, glaubt mir."

"Ruhe!" Will Bohonys Stimme scheuchte Vögel auf der gegenüberliegenden Buchtseite auf. "Paul und ich hören uns an, was die Kerle zu sagen haben. Clayton, folge mir." Mit ausgestrecktem Arm deutete Bohony auf die Hütte, in der früher die Verhandlungen stattgefunden hatten. "Bestimmt bist du nicht zu deinem Vergnügen hier."

Zum Vergnügen war John Clayton wahrlich nicht nach Ste-Marie zurückgekehrt. Das war Bohony klar.

- 13 -

"Die Zeit ist reif", sagte Katharina. "Ich teil mein Geheimnis mit dir."

"Zusammen sind wir unschlagbar", flüsterte Paul und schlang die Arme um ihren Hals. "Wir heben den Schatz, nützen die Amnestie und gehen nach Europa. Gemeinsam."

Katharina presste das Ohr an Pauls Brust. Sein Herz pochte. Die Wärme übertrug sich auf ihren Körper. Seine Muskeln waren hart wie Stein. Die Bartstoppeln pieksten. Sie störte sich nicht daran. Ebenso wenig an den feucht glänzenden, nach Kokosnuss duftenden Haarsträhnen.

Tief atmete Katharina die Luft ein. Ihre Nasenflügel zwirbelten hin und her. Wie an einem Faden aufgeperlt stiegen die intensiven Kokos-Essenzen in ihren Kopf hoch und verdrängten den Gedanken an alles Fremde.

"Eins möcht ich klarstellen", sagte sie. "Geteilter Geheimnisse zum Trotz ist nichts zwischen uns. Was nicht ist, kann ja noch werden."

"Kein Problem", murmelte Paul. Mit den flachen Händen fuhr er sich beidseits des Scheitels bis über die Ohren nach unten, um dem im Kokosöl triefenden Haar die gewünschte Fläche zu geben. "Also?"

"Da ist noch was. Heute..."

Sie verstummte. Der an den Schweinslederscharnieren hängende Vorhang flatterte. Peter Wright streckte sein Bleichgesicht durch die Öffnung. "Was dagegen?" Laut rülpste er. "Hat's euch die Sprache verschlagen?"

Paul fächerte sich mit der Hand frische Luft zu.

"Gönn deinen Läusen einen Zuber Frischwasser, Pete."

Wright grölte.

"Raus", zischte Katharina. "Hier hast du nichts zu suchen."

"Lass dich nicht unterbrechen", murrte Wright. "Erzähl weiter."

"Verschieb deinen Wackelarsch nach draußen", befahl Katharina. Sie musste aufpassen, damit ihr Kopf nicht an den Dachverstrebungen anschlug. "Ich bin schon mit ganz anderen Kerlen fertig geworden."

Monatelang hatte sie mit sich gerungen. War Wrights Auftauchen ein Zeichen des Himmels? Behielt sie besser das Geheimnis für sich?

"Drohst du mir, du Luder? Soll dir der flotte Pete die Ohren lang ziehen?"

"Calm down, Pete", sagte Paul und stellte sich neben Katharina. "Du hast hier nichts verloren. Nicht jetzt."

"Pest und Schwefel!", murrte Wright. Breitbeinig setzte er sich auf die Seemannskiste. Sein Kopf steckte in einer Alkoholdunstglocke. "Mit Haut und Haar fress ich nen Ziegenbock, wenn ihr nicht heimlich Pläne schmiedet."

"Meine letzte Warnung!" Katharina zog die Augen zu engen Schlitzen zusammen. "Die Zeiten der jungen Göre liegen Monate zurück."

"Mir schlottern die Knie. Ich muss mich setzen", grölte Wright und schlug sich auf die Oberschenkel. "Wie soll ich mich setzen? Ich sitz ja bereits!"

Er griff nach der Flasche Rum. Plötzlich hielt er im Schlucken inne. Weit öffnete er die Augen. Speichel tropfte aus seinem Mundwinkel. Er röchelte. Die Dolchspitze drückte gegen seinen Kehlkopf.

Katharinas Finger verkrallten sich in seinen Locken. Sie zog die Oberlippe zur Nase hoch. Zwischen ihren Augenlidern schimmerte die Pupillensichel.

"Noch ein Wort und ich schlitz dir den Hals auf", fauchte sie und rümpfte die Nase. "Du stinkst echt!"

"Katharina, bitte nicht", krächzte der Überrumpelte. Sein Brustkorb jagte auf und ab. "Entschuldige..."

"Raus!" Katharina wuchtete ihre Fäuste gegen seine Brust. Rücklings purzelte der Kerl aus der Hütte und kam im Sand zu liegen. "Lass dich nie wieder blicken, du Bastard! Oder wir klären das untereinander."

Wright klopfte sich den Staub aus den Hosenbeinen. Der letzte Blutstropfen war aus seinem Bleichgesicht gewichen. Mit den Fingern fuhr er sich über den Hals. Die Abendbrise wehte ihm die Locken ins Gesicht. Langsam drehte er sich um und zischte: "Ich komm wieder, Katharina. Und dann unterhalten wir uns über dein Geheimnis!"

Hatte Katharina noch nicht genug Feinde?

- 14 -

John Clayton hatte das Angebot zur Amnestie übermittelt. Wie von Gouverneur Antoine Desforges-Boucher gefordert. Doch seine Worte stiessen nicht bei allen Piraten auf Gehör. Manch einer kannte ihn von früher. Jeder wusste um seine Neigung zum Verrat.

Der Vollmond legte einen milchigen Schleier über die Bucht. Drei dunkle Gestalten huschten zwischen den Hütten hindurch. Daniel Ayres, Richard Septon und Henry Bonnard kannten ihr Ziel. Sie wollten für klare

Verhältnisse sorgen. Die scharf geschliffenen Klingen blitzten im Mondlicht. John Clayton schlief tief und fest. Nicht einmal das eigene Schnarchen weckte ihn auf. Als er dann doch erwachte, war es zu spät. Die auf seine Lippen gepresste Hand dämpfte seine Schreie. Sein Herz zwickte. Doch die von den scharfen Klingen rührenden Schmerzen spürte er rasch nicht mehr.

Will Bohony schaute tags darauf nach Clayton. Dessen Blick war gebrochen. Der Steuermann schüttelte den leblosen Körper. Kein Wank. Bohony fluchte.

Clayton öffnete nie mehr die Augen. Jetzt, da er nicht mehr mit dem Tod auf See flirten wollte, holte dieser ihn zu sich nach Hause. Seine Begleiter kamen mit dem Schrecken davon.

- 15 -

Die Sonnenstrahlen blendeten. Katharina schloss ihre Augen. Die Wärme der Sandkörner übertrug sich auf ihren Körper. Instinktiv fuhr sie sich mit den angewinkelten Zeige- und Mittelfingern über ihre Haut. Sie spürte das auf Sparflamme lodernde, zum Ausbruch bereite Feuer. Ein wohliger Schauer zog von den Zehenspitzen bis in die Haarwurzeln.

Auf Ste-Marie war an die Erfüllung intimer Träume nicht zu denken. Auf Ste-Marie ging es nur ums Überleben. Oft schon hatte Katharina bereut, nicht mit dem Mauren nach Arabia Felix gesegelt zu sein. Doch dann erinnerte sie sich jeweils wieder des François gegebenen Versprechens.

Eines war klar. Katharina brauchte einen Verbündeten. Sofort. Doch wen? In Peter Wright sah sie das mit Fletcher vergleichbare Monster. Seine Gier nach Gold war bekannt. Und er wusste bereits viel zu viel. Es gab keinen schlechteren Partner als Wright.

Auf Will Bohonys Wort war Verlass, glaubte Katharina einst. Er wollte weg und dachte an Flucht. Doch war er ein Einzelkämpfer und brauchte keine Unterstützung. Man munkelte sogar, dass er eigenhändig mit dem Gouverneur verhandelte. Konnte sie ihm noch vertrauen?

La Buse fürchtete Katharina nicht mehr. Der Piratenkapitän benötigte ein Schiff, um zu seiner Bank zu gelangen. Und er brauchte Verbündete. Katharina traute dem mit allen Wassern der sieben Weltmeere gewaschenen Kerl nicht mehr.

Paul Collins benahm sich wie François' Inkarnation im gepflegten Körper. Nur war er attraktiv. Katharina mochte ihn. Wäre Peter Wright am Vortag nicht aufgetaucht, sie hätte Paul die Wahrheit gesagt. Doch jetzt, da Wright gelauscht hatte, fühlte sie sich in die Ecke gedrängt. Tat sie Paul Unrecht?

121

Katharina schmunzelte. Die Sonnenstrahlen streichelten weiter ihre wärmeempfängliche Haut. Im Geiste sah sie Olivier. Wie damals am Strand von Bel Ombre blickte er sie an. Mit jedem Tag hasste sie diesen Taugenichts mehr. Er, der verantwortlich war für seine auf der Insel Ste-Marie dahinvegetierenden Leute, dachte nur an sich. So ein Scheisskerl! Die ursprünglich von ihm ausgehende Anziehungskraft war längst von den Fluten des Ozeans weggespült worden. Nur vage erinnerte sich Katharina noch der am Paradiesstrand aufgeflammten Gefühle. Jahre schienen vergangen. Ein Lächeln huschte über ihr Gesicht.

In seiner ganzen Männlichkeit war Olivier damals über sie gekommen, hatte seine Lippen auf ihr Gesicht gesenkt und ihren Verstand einem reissenden Fluss gleich mit sich fortgerissen. Sie hatte den Kuss herbeigesehnt und die von ihm einer Giesskanne gleich versprühte Kraft und Wärme genossen. Sie war zu mehr bereit gewesen. Ihre Glieder fühlten sich damals an wie aus Gummi. Sie glaubte die Berührungen der Fingerspitzen noch jetzt zu spüren. Wohlig schauderte es sie. Der Wind pustete Daunenfedern auf ihren Bauch, die sich in der Wölbung um den Nabel sammelten.

Katharina konnte das Lächeln nicht aus dem Gesicht verbannen. Ihre flache Hand glitt über ihre Lenden. Die Haut war übersät mit Sandkörnern. Woher stammen diese nur, wunderte sie sich. Sie öffnete ihre Augen "Träumst du?", flüsterte die Stimme. "Träumst du von mir?"

– 16 –

Scharf zeichnete sich seine Silhouette vor der Sonne ab. Er streckte die Hand aus. Sandkörner rieselten weiter auf Katharinas Bauch. Hastig setzte sie sich auf. Sie wurde rot im Gesicht. Genau wie damals. Scheisskerl. Scheisskerl. Scheisskerl!

"Von dir geträumt?" Ihre Handbewegung – als wischte sie eine Haarsträhne aus dem Gesicht – war unmissverständlich. "Danke. Ich hatte keinen Alptraum."

"Echt süss, dein Blick", lachte er. "Echt süss..."

"Olivier", knurrte Katharina mehr als dass sie fragte. "Was willst du?"

"Mich setzen."

Sie bohrte ihre Fussspitze in den Sand. Niemand interessierte sich für die zwischen den Zehen knirschenden Sandkörner.

"Es hat noch freie Plätze auf der anderen Inselseite."

La Buse streckte die Beine. Der Buckelwalfelsen trotzte der Brandung.

"Was bezweckst du mit deinem Imponiergehabe?", fragte er. "Kaschierst du Unsicherheit?"

"Du hast verspielt."

"Weil ich nicht wie die anderen Waschlappen nach deiner Pfeife tanze?
Vorurteile..."
Olivier brach mitten im Satz ab und schwieg. Katharina hob den Kopf.
Unausgesprochene Worte lockten jedes Wesen aus dem Busch.
"Heute weiss ich, woran ich mit dir bin", murmelte sie. "Du bist einzig
an François' Hinterlassenschaft interessiert."
"Nicht mehr und nicht weniger als dein Schmetterlingsjäger", schmun-
zelte der Piratenkapitän. "Und nicht nur er."
"Machst du mit Wright gemeinsame Sache? Spioniert ihr mir nach?"
"Leckt Wright Blut, dann viel Spass." Olivier kniff die Augen zusam-
men. "Wer mit dem Teufel tanzt, darf sich vor dem Höllenfeuer nicht
scheuen."
"Ich hab den Teufel kennen gelernt. Ich hab keine Angst mehr vor
ihm."
"Das war nur das Vorspiel. Und du hast nichts gelernt. Du öffnest dem
Teufel deine Tür." Er erhob sich. Sein Schmunzeln wirkte fast schon
boshaft. "Andererseits hat es auch sein Gutes. Lass uns alle an deinen
Plänen teilhaben. Je mehr Leute du involvierst, umso grösser ist die
Chance, dass du auf eine treu ergebene Seele wie François stösst. Oder
wie mich."
Der Pirat nickte mit dem Kopf und drehte sich ab. Katharina schaute
ihm zu, wie er das Hemd lässig über die Schulter warf und davonschlen-
derte, ohne sie eines weiteren Blickes zu würdigen. Und wieder stellte sie
sich die alles entscheidende Frage: Wem auf diesem von Gott vergesse-
nen Eiland konnte sie trauen?
Katharina fasste einen Entschluss.

- 17 -

Eiligst wurde ein Loch ausgehoben. Keine zehn Fuss von François entfernt fand John Clayton die ewige Ruhe. In ihrem Zustand berührte weder
ihn noch François die neue Nachbarschaft.
Gleichentags setzte der Kapitän der königlichen Vierge de Grace die
Segel und nahm Kurs Richtung Bourbon. Die pausenlos mit den Mon-
sunwinden heranrollenden Wellen stiessen die Nussschale immer wieder
zurück Richtung Ste-Marie. Doch die Neuigkeiten von der Pirateninsel
lechzten danach, auf Bourbon verbreitet zu werden.
Der Gouverneur war wenig erbaut.

"Paul, ich hab es mir anders überlegt."

"Was?"

"Alles bleibt wie gehabt." Katharinas Finger spreizten durch ihre Mähne. "Das Geheimnis ist bei mir gut aufgehoben."

Paul schüttelte den Kopf, verwarf die Hände und öffnete seine Lippen, um sie sofort wieder zu schliessen.

"Es ist das Beste."

"Katharina, wir sind ein Team."

"Sei nicht eingeschnappt."

"Weiber!" Er trollte zwei Schritte davon, um einen Augenblick später wieder neben ihr zu stehen. "Wofür hältst du dich? Für die Königin, der die Sklaven zu Füssen liegen?"

"Noch immer besser als zu stehn", sagte sie und gab ihm einen Klaps auf die Schulter. "Mach nicht gleich nen Kopf."

"Keinen Kopf machen, sagt sie! Ich, der ich dir seit Monaten jeden Wunsch von den Lippen ablese und vor den anderen den Narren abgebe? Hol mich doch der Klabautermann."

"Wenn du das so siehst...", murmelte Katharina. "Ich glaubte, wir seien Freunde."

"Misstrauen sich Freunde?"

"Sie überstürzen nichts."

"Meine Liebe, bleib mir mit deiner Überstürzung gestohlen."

Paul griff nach dem Schmetterlingsnetz und verschwand. Katharina stemmte ihre Arme in die Hüften und seufzte. Sie wusste, dass er sich beruhigen würde. Später.

Katharina kniete sich nieder, klappte den Deckel der Seemannstruhe hoch und stapelte einen Gegenstand nach dem anderen auf dem Boden – wie so oft in den vergangenen Wochen: Den Sextanten aus Messing, den Zirkel, das Fernrohr, mehrere Backpfeifen, ein Bündel Gänsekiele, ein ausgetrocknetes Tintenfässchen, eine Bibel im schwarzen Ledereinband, drei weitere Bücher, einige Münzen, zwei Silberlöffel, Feuersteine und Schwämme zum Feuer machen, Nägel, Eisenstifte, Schrauben, ein Beil, einen Sack mit Bleikugeln, Pulverhorn und Pulverfässchen, ein Metallkistchen mit Nadel, Zwirn und Knöpfen, das Entermesser, Teller und Becher sowie sein Tagebuch.

Durch den Spalt in der Hüttenwand schien ein Lichtstrahl. Wie immer tanzten die Staubpartikel. Katharina überblickte all die Gegenstände. Sie sah – wie immer – nichts. Enttäuscht lehnte sie sich am Himmelbett an. Oft schon hatte sie die Truhe untersucht. Immer mit demselben ernüchternden Ergebnis.

Sie zog das Tagebuch auf die angewinkelten Oberschenkel. Vor Monaten war sie auf ein in Templerschrift verfasstes Gedicht gestossen. Mit zittriger Hand hatte François geschrieben:
"Was dem Auge verwehrt, wird vom Verstande gedeutet.
Was das Herzen begehrt, hab ich mit List erbeutet.
In meiner Kiste sich weist, wohin der Weg führt.
Der mit dem schlausten Geist, mein Gold als erster berührt."
Katharina hielt den Wegweiser zum Gold in Händen. Ausführlich schilderte François im Tagebuch, wie er William Kidd den Schatz abgenommen hatte. Kidd, diesem unglückseligen Piraten, der 1701 in den Docks an der Themse mit dem Henker engere Bekanntschaft gemacht hatte als ihm lieb gewesen war.

Katharina schloss die Augen. François wurde als Robert Culliford geboren. Wilde Jugendzeit, lockende See, Flucht, Pirat, als Meuterer auf den Nikobaren[44] ausgesetzt und vom zufällig hinter den Wellenbergen der Andamanensee segelnden Piraten Ralph Stout gerettet. Als sein Retter verstarb, intrigierte sich Culliford an die Macht. Monate später war es dann zur für William Kidd schicksalhaft verlaufenen Begegnung auf Ste-Marie gekommen.

Katharina schaute erneut auf die Gegenstände. So sehr sie nach dem Hinweis suchte, sie wurde nicht fündig. Da vernahm sie Schritte. Katharina hob den Kopf. Olivier schob den Vorhang zur Seite.

"Nein!", schrie sie und klappte den Kistendeckel zu. "Verschwinde!"

"Immer noch zickig?" Olivier grinste. Breitbeinig stand er vor der Seemannskiste. "Verreist du? Es ist ein weiter Weg bis Fort Dauphin."

"Erträgt sonst niemand deinen Spott?", fragte Katharina. "Hast du keine Freunde?"

Sie gähnte, drehte sich ab, streckte die Beine auf der Matratze aus und blätterte durch François' Tagebuch. Die Scharniere quietschten. Olivier kniete vor der Truhe.

"Raus!", schrie sie. "Weg mit dir, du Hurensohn!"

Olivier überragte Katharina um einen Kopf. Doch sie zerrte ihn am Kragen. Er folgte wie ein vom Frauchen an der Leine geführter Yorkshire Terrier.

"Du hast sie wohl nicht mehr alle, du Biest!", fluchte er. "Jetzt hab ich echt die Schnauze voll!"

"Dann zisch ab!", schrie sie. "Verschwinde endlich!"

"Wie du meinst", murmelte Olivier. "Doch vergiss nicht, dass ich weiss, wo der nächste Hinweis ist. Ich bin clever. Einzig mit meiner Hilfe berührst du das Gold als Erste."

Er kniff ein Auge zu und verschwand durch die Öffnung. Sofort war es still.

---

[44] Inselgruppe in der Andamanensee zwischen Indien und Südostasien.

Katharina stemmte die Hände in die Hüften. Sie machte vier Schritte vorwärts, pustete aus, touchierte mit der Zehe die leere Rumflasche, streckte ihre Hand aus, berührte die Hüttenwand, drehte sich um die eigene Achse, atmete ein, erneute vier Schritte, schaute zur Tür raus, sah den sich auf der Wasseroberfläche spiegelnden Vollmond, pustete aus, drehte sich um die eigene Achse und machte erneut vier Schritte. Immer wenn sie die Flasche mit der Zehenspitze anstiess, rollte diese bis zur Wand. Ein Fluch entglitt ihren Lippen, als das Glas klirrte. Nicht ihr letzter Fluch an diesem Abend.

Olivier hatte vom nächsten Hinweis gesprochen. Er wusste, wonach sie, Katharina, suchte. Und sie blindes Huhn tappte selbst bei Tag im Dunkeln. Geschweige denn jetzt bei Nacht.

"Ich bin clever", hatte er gesagt. Und: "Einzig mit meiner Hilfe berührst du das Gold als Erste."

Scheisskerl, Scheisskerl, Scheisskerl! In François' Tagebuch war vom Berühren des Goldes die Rede. Olivier hatte das Gedicht entziffert. Und noch mehr: Er wusste, wo der Wegweiser war. Was nur übersah sie?

Katharina hielt den Atem an. Draussen war jemand gestrauchelt. Augenblicklich erinnerte sie sich wieder jener Nacht, als der Teufel in der Person Fletchers über sie gekommen war.

"Katharina, bist du da?", sagte eine Stimme. "Ich bin's."

Der Mond sorgte in seiner Völle für milchige Klarheit. Einem fallenden Felsbrocken gleich wich die Anspannung. Paul war der einzige, der ihr jetzt helfen konnte.

"Komm rein", rief Katharina. "Ich bin so erleichtert..."

"Frauen", murmelte er. Sie hörte ihn schmunzeln. "Was in aller Welt...?"

"Olivier war hier. Er nervt."

"Aha", erwiderte Paul. "Hmm..."

Irritiert schaute Katharina zu ihm hoch. Im Dunkeln der Nacht sah sie keine Gesichtszüge. Sie lockerte die Umklammerung.

"Ich hab Angst. Er will die Seemannskiste durchsuchen. Er..."

"Möcht ich doch auch", fuhr ihr Paul ins Wort.

"Du bist ein Freund."

"Bin ich das?" Seine Stimme hatte einen gestrengen Unterton. "In letzter Zeit bekam ich so meine Zweifel."

Katharina tastete nach der Truhe. Sie setzte sich. Die Eisenbeschläge drückten gegen ihren Po.

"Ich war nicht immer korrekt", flüsterte sie. Keine Antwort. "Paul, die Zeit ist reif. Ich teile mein Geheimnis mit dir."

Olivier schmunzelte im Dunkeln der Nacht. Er rührte sich nicht. Das Kribbeln im Unterarm wurde immer schlimmer. Vorsichtig verlagerte er das Gewicht auf den linken Ellbogen.

"Und Olivier?" Paul hüstelte. "Wir müssen ihn unschädlich machen. Sonst wird er uns gefährlich."

"Wir haben wohl keine andere Wahl..."

Olivier hielt es nicht mehr aus. Er wälzte sich auf die andere Seite. Der eingeschlafene Arm juckte. Tausend brennende Sternchen zirkulierten in den Venen. Er presste die Lippen aufeinander und schüttelte die Hand. Als er sein Ohr wieder gegen die Wand drückte, herrschte Stille. Hatten sie ihn entdeckt?

Er hielt den Atem an. In geduckter Haltung schlich eine Gestalt um die Ecke. Der Unbekannte lauschte, war mit der Position an der Hüttenwand unzufrieden und kroch weiter. Keine zwei Fuss von Olivier entfernt kauerte auch er nieder. Paul?

Ruckartig machte der Unbekannte einen Schritt zurück. Olivier wusste, dass er entdeckt worden war. Hatte der Fremde das Knistern des Hemdes gehört? Oder seinen trockenen Schweiss gerochen?

Eine Klinge glänzte im Mondschein. Der Piratenkapitän machte einen Satz aus dem Schatten der Hüttenwand und sprang in die Nacht hinaus. Durch die Wucht des Aufpralles überschlug sich der Unbekannte. Olivier lag auf dem Überrumpelten. Seine Alkoholfahne erschlug ihn beinahe. Fest umklammerte er die das Entermesser führende Hand. Mit den freien fünf Fingern tastete er nach dem Gesicht des Widersachers und drückte den Handballen gegen dessen Nase und Augäpfel.

Der Unbekannte war wendig wie ein Aal. Olivier griff nach seinem Haar. Es war dicht. Ehe er sich versah, wurde er abgeworfen, machte eine Rolle zur Seite und verharrte hinter einem Busch. Zwischen Daumen und Zeigefinger spürte er eine Locke. Mit wem kämpfte er in der Nacht?

Olivier horchte. Schweisstropfen perlten auf seiner Stirn. Eine Mücke surrte. Dann entfernten sich Schritte. Olivier atmete tief durch.

"Wer ist da?", rief eine weibliche Stimme. "Zeig dich!"

"Bestimmt La Buse", sagte Paul. "Der Kerl ist gefährlich."

Olivier zuckte zusammen. Der Unbekannte war in die andere Richtung geflohen. Wie konnte Paul so schnell zurück bei Katharina sein? Oder...?

"Zum Teufel mit dir, La Buse!", schrie Katharina. "Hörst du mich? Sei verdammt in alle Ewigkeit!"

Anfangs hatte ihn Katharinas rebellisches Verhalten amüsiert. Inzwischen nervte es nur noch. Die Anwesenheit von Frauen gehörte verboten, dachte Olivier. Nicht nur auf Ste-Marie.

Der Pirat rieb sich die Unterlippe und spitzte die Zunge. Da war Blut. Er sinnierte. Warum blieb sein Sparringpartner so still? Warum kämpfte er lautlos? Wollte auch er nicht entdeckt werden? War er...?

In Oliviers Kopf reifte eine düstere Vermutung.

20

Katharina breitete ihre frisch gewaschenen Kleidungsstücke auf dem Sand aus. Die Morgensonne blendete. Mit dem Handrücken fuhr sie sich über die Stirn. Sie rümpfte die Nase. Breitbeinig stand Olivier vor ihr. Wie so oft mit diesem arroganten Grinsen. Auf direktem Weg wünschte sie ihn zum Teufel.

"Einfältige Zicke", konterte er. "Oberflächlich und stupide."

"Hauptsache mit Rückgrat. Ich horche nicht an Wänden."

Olivier wollte sich nicht rechtfertigen und schwieg.

"Du streitest nicht mal ab, La Buse?"

"Du machst einen Fehler", entgegnete er. "Bald erlebst du eine weitere Enttäuschung."

"Paul und ich, wir haben dich gehört. Weshalb humpelst du nachts da draussen rum?"

"Umbringen wollte mich dieser verdammte Kerl."

"Verfolgungswahn."

"Er hatte ein Messer..."

"Also warst du da draussen", sagte Katharina und schloss den Vorhang.

"Lass mich in Ruhe."

"'Was dem Auge verwehrt, wird vom Verstande gedeutet. Was das Herzen begehrt, hab ich mit List erbeutet. In meiner Kiste sich weist, wohin der Weg führt. Der mit dem schlausten Geist, mein Gold als erster berührt.' Katharina, öffne deine Augen, wenn Verstand und Geist schlafen. Der Wegweiser, nach dem du suchst, ist in der Kiste. Er ist unsichtbar für dein Auge." Ohne mehr als einmal Luft zu holen polterte der Pirat weiter. "Untersuch den Boden." Er hob eine gefallene Kokosnuss vom Boden auf und schmiss sie gegen die Hüttenwand. "Hast du die Inschrift auf dem Deckel gedeutet?"

Olivier lachte. Ein kalter Schauer zog über Katharinas Haut. Alsbald entfernten sich seine Schritte.

21

Katharina kaute an den Fingernägeln herum. Weit riss sie die Augen auf. Der Gedankenblitz war urplötzlich gekommen. Sie blickte zum Eingang, dann zur Truhe und wieder zurück zum Eingang. War Olivier an François' Ermordung beteiligt gewesen?

"Bestimmt sprach La Buse von der Jahreszahl 1669", sagte Paul. Er kauerte neben Katharina. Mit den Fingern strich er über die in den Deckel gebrannten Kerben. "Wann wurde William Kidd geboren?"

"Olivier weiss mehr als uns lieb ist."

"Noch ist die letzte Kokosnuss nicht von der Palme gefallen." Die Staubpartikel tanzten im Lichtstrahl. Paul zog am einen der beiden Metallgriffe. "Eine Inschrift auf dem Deckel." Katharina beugte sich vor. Pauls Fingerbeere deutete auf eine besonders dunkle Stelle. In Zierschrift hatte eine fremde Hand drei Worte geschrieben.

"O TESOURO DO...", las Paul. "Was soll das?"

"Portugiesisch", murmelte Katharina. "Der Schatz von... Ja, wovon nur? Weshalb die drei Punkte?" Sie schwieg nur kurz. "Der Schatz von... Von 1669? Nur..." Sie zögerte erneut. "Das kann nicht sein. François hätte einen grammatikalischen Fehler gemacht. Das Wort 'do' wird bei örtlichen Angaben verwendet. Zeitlich wäre 'de' richtig. 'O tesouro de 1669', also der Schatz aus dem Jahr 1669."

"Gab es 1669 schon Piraten?"

"Keine Ahnung", murmelte Katharina. "Olivier wüsste das."

"Lass diesen Hurensohn aus dem Spiel", fluchte Paul. "Er will nur profitieren."

"Dann lass uns mit ihm spielen." Ihre Mundwinkel spitzten sich zum listigen Lächeln. "Männer sind Spielbälle zwischen Frauenfingern."

"Auch ich bin ein Mann", sagte Paul.

"Was dagegen, wenn ich mit dir spiele?"

"Hast du den Boden untersucht?"

Katharina zögerte. Wenn sie jetzt sprach, dann war das Geheimnis Allgemeingut. Sie öffnete die Lippen.

"Ein doppelter Boden." Katharina zupfte das gefaltete Stück Papier aus dem Hemdsärmel. "Ein Pergament. Woher wusste Olivier?"

"Ein Pergament? Und das sagst du erst jetzt?" Paul griff danach, warf einen Blick darauf und schmiss es in die Ecke. "Welche Sau soll dieses Gekritzel entziffern?"

Katharina hob das zerknitterte Pergamentstück auf und glättete es. Sie kam zur selben Übersetzung wie zuvor:

"Streck ich am Grab meine Glieder,
leg ich nen schwarzen Stein hernieder,
Und such in einer engen Ritze,
nach meinem wegweisenden Gekritzel."

"Du bist unglaublich..." Paul starrte Katharina mit weit geöffneten Lippen an. "So was von unglaublich."

"Ich hasse diesen verdammten Kerl", murmelte die Piratenprinzessin nur. "Ich hasse ihn!"

"Wirklich?"

"Niemand hat mich schlechter behandelt als er."

"Fletcher?"

Katharina schloss ihre Augen. Sie schwieg.

22

Olivier stürzte das Glas. Dann knallte er die Würfel auf die Holzplatte. Der Zuckerrohrsaft brannte noch im Rachen, da bestellte er das nächste Glas.

Erst nach Stunden schlarpte er wieder die nassen Stufen nach oben. Er rotzte und fluchte, schnäuzte in den Hemdzipfel und torkelte durch die Hauptgasse. Was machte der verdammte Collins in Katharinas Hütte? Wie einfältig und hoffnungslos war eine Frau, die auf diesen Trostpreis hereinfiel? Er wollte den in Kokosöl gefetteten Schönling ein für alle mal aus der Welt schaffen. Dieser Kerl verdiente kein Mitleid.

Olivier hatte einen Plan. Und eine Haarlocke.

23

"Streck ich am Grab meine Glieder... Der Schatz liegt auf dem Friedhof", lachte Paul und klatschte in die Hände. "Katharina, wir haben das Rätsel gelöst."

"Da ist keine Rede von Gold und Diamanten." Sie schüttelte den Kopf. "François will, dass wir nach seinem Gekritzel suchen. Bestimmt nach einem weiteren Wegweiser."

"Jagt uns der Kerl über die ganze Insel?" Paul seufzte. "Wofür hält er sich?"

"Für den Hüter des Grals. Und diese Aufgabe hat er ernst genommen", mutmasste Katharina. "Der Schatz liegt auf irgendeiner Insel. Ob uns am Ende der Suche viel mehr als die Erleuchtung winkt, bezweifle ich."

"Ach hör mit deinem pessimistischen Geschwätz auf", rief Paul und wandte sich zum Ausgang. "Bist du mit mir in einem Boot oder soll ich den Einbaum alleine flott machen?"

Der unbeirrte Tatendrang Pauls amüsierte Katharina. Sie klopfte mit den Händen auf die Oberschenkel und erhob sich. Dabei hätte sie gut daran getan, sich eine Strategie zurechtzulegen. Doch sie folgte Paul in den angebrochenen Nachmittag hinaus und damit ziellos ins Verderben.

Die Vorderpfoten ausgestreckt, die Knie angewinkelt und den langen Schwanz steil in die Luft gestreckt, hüpfte der Halbaffe Earl Errol auf den Hinterbeinen herum. Er flitzte die Ravenalapalme hoch, machte einen Satz ins Gras und wetzte zwischen den Holzkreuzen hindurch. Immer wieder verschwand sein schwarzweiss geflecktes Fell zwischen den Büschen.

"Hier wimmelt es von Ritzen und Spalten." Paul schmiss einen Ast durch die Luft. "Der Kerl kann überall seine Spuren hinterlassen haben."

"François war kein Intellektueller. Das Verfassen der Reime dauerte lange. Doch mach ich jede Wette: Die Verstecke sind sorgsam gewählt. Seine Wegweiser sollen die Zeit überdauern." Katharina stützte sich mit den Armen ab und schwang ihren Hintern auf den Steinquader. Sie schmunzelte, stand auf und hob die flache Hand an die Stirn, um die Sonnenstrahlen aus dem Gesicht zu verbannen.

"Pest und Schwefel", fluchte sie plötzlich. "Was will dieser Kerl?"

"Was ist?" Büsche versperrten Paul die Sicht. "Kommt wer?"

"Der Einbaum hält auf uns zu. Ich verwette François' letzte Buddel Rum, dass es Olivier ist."

"Hat er uns gesehen?"

"Der Henker soll ihn holen!"

"Welch Zufall", brüllte Olivier wenig später. Auf allen vieren kroch er den Hang hoch. "Will nur François... die Ehr erweisen."

"In deinem Zustand?", spottete Katharina. "Er wälzt sich im Grab."

"...ausgerechnet du", radebrechte der Betrunkene, schnappte nach Luft und spuckte auf den Boden. "Lasst euch nicht stören."

Er schwankte zum Steinquader, plumpste auf den Erdboden, verbarg den Kopf zwischen den Händen und rülpste. Dann rührte er sich nicht mehr.

"Er taucht immer auf, wenn er am meisten stört", flüsterte Paul. "Wie die Pest."

"Ich hasse ihn!" Katharina zog Paul am Ellbogen. "Wenigstens hindert er uns nicht an der Suche."

"Was überlegst du?"

"Wir übersehn ein Indiz."

Erodierter, rostroter Boden, von Moosen und Flechten überwucherte Holzkreuze, Steinquader, Grünpflanzen, Abhang, die windgeschützte Piratenbucht. Kein Bezug zu François' Gedicht.

"Macht sich François über uns lustig?" Pauls Finger zupften an seinen Strähnen. "Vielleicht..."

"Manch ein Pirat hat sich früher über ihn lustig gemacht."

"Es kann nicht sein, dass wir den ganzen Friedhof umgraben."

Katharina kratzte sich den Nacken – genau wie François. Im Geiste sah sie den Kauz vor sich auf dem Steinquader hocken. Ein Lächeln glitt über ihre Lippen. Der Alte tobte, drosch mit dem Messer auf Sams Holzkreuz ein, schlitzte den Baum des Reisenden auf und stillte Katharinas Durst, fluchte, starrte zur Pirateninsel hinüber, nörgelte über Georg, bückte sich und...

"Es wimmelt von Steinen", murrte Paul. "Weshalb bekam François nur ein Holzkreuz?"

"Leg ich 'nen Stein hernieder. Genau, das ist es!", frohlockte Katharina. "Ich weiss, wo der Hinweis steckt."

Olivier lehnte am Steinblock, den Kopf seitlich auf der Schulter angewinkelt. Er streckte die Füsse respektlos auf François' Grab. Sein Mund
war weit aufgerissen. Er schnarchte wie ein Elefant. Sein Atem hüllte den
Friedhof in eine Alkoholglocke.

"Genau hier." Katharina streckte die Hand aus. "Hier müssen wir suchen."

"Bei Olivier?", fragte Paul ungläubig.

"Im Steinquader", flüsterte sie. "François hat an mich gedacht."

"Ich versteh nicht...", begann Paul, "was..."

Katharinas Blick war noch immer auf den in hochprozentigem Alkohol
konservierten Scheintoten gerichtet.

"Immer, wenn wir zum Friedhof hoch gelaufen sind", erklärte sie, "legte
er einen Stein auf den Quader."

"Ein Ritual?" Paul strich sich mit den Händen seitlich über den Kopf.
Flacher konnte er die gesteiften Haare nicht kriegen. "Was machen wir
mit dem Besoffenen?"

"Wir decken die beiden Platten ab."

"Aber Olivier?"

"Hat sich selbst ausser Gefecht gesetzt."

"Spielt er uns nicht was vor?"

"Und wenn schon."

"Dann lass uns den Schatz rasch heben."

"Vielleicht ist der Schatz nicht auf Ste-Marie."

"Katharina, was verheimlichst du mir?"

"Die Sonne", stöhnte Olivier plötzlich. Schützend hielt er die Hand vors
Gesicht und richtete sich auf. "Die Palmen drehen sich. Ich verdurste."

"Zieh Leine", knurrte Paul. "Verdrück dich in dein Loch."

"Nicht erbaut über meine Anwesenheit?"

"Olivier", sagte Katharina, "lass uns endlich in Ruhe."

"Ohne mich bist du verloren." Wirr zuckte sein Blick hin und her. "Du
rennst in dein Verderben."

Katharina gähnte, zückte den Dolch und stach in die Ravenalapalme.
Die Tropfen waren ein Segen für Oliviers Gaumen.

"Oh, mein Kopf", lallte er. "Mein Kopf..."

Der Pirat stützte die Arme auf den angewinkelten Schenkeln ab. Sein
Brummschädel wog schwer zwischen den Händen. Wie der Grossbaum
im Wind schwankte sein Oberkörper hin und her.

"Ist es zu viel verlangt, dass du deinen Rausch anderweitig auskur-
rierst?", ereiferte sich Paul. "Je schneller desto besser."

Olivier taumelte in die Höhe. Das diebischspöttische Lachen verpasste
seinen kantigen Gesichtszügen die nötige Härte.

"Du Idiot weisst nicht mal die Inschrift auf der Seemannskiste zu deuten. Dein Glück, dass dir die naive Kleine den Weg weist." Er wankte
davon. Laut posaunte er: "O TESOURO DO 1669!"

Bald hörten sie nur noch das Lachen des Piratenkapitäns. Einsam schwankte er auf seinem Einbaum zurück zur Pirateninsel.

Paul deckte die erste Platte des Steinquaders ab. Katharina stand mit verschränkten Armen daneben. Ihr Blick verlor sich in der Unendlichkeit des Meeres. Oliviers Verhalten war nicht nachvollziehbar. Welcher Teufel ritt ihn? Katharinas letztes bisschen Respekt vor Olivier verflüchtigte sich wie Alkohol aus der offenen Flasche. Sie kniete sich über das von Paul freigelegte Loch. Beide bemerkten das sie seit Stunden beobachtende Augenpaar nicht.

- 26 -

Einen Mondzyklus nach Claytons Tod überbrachte Chevalier De Pardaillan, der Kommandant der königlichen Vierge de Grace, die Nachricht von der heimtückischen Ermordung. Ausserdem übermittelte er die schriftlichen Amnestieanträge zahlreicher Piraten an den Conseil Supérieur de Bourbon. Oliviers Antrag war nicht dabei.

Antoine Labbe, genannt Antoine Desforges-Boucher, wetterte wie ein Verrückter. Er, der Gouverneur von Bourbon, fühlte sich in seinem Unterfangen um Jahre zurückgeworfen. So ausgeklügelt auch sein Plan gewesen sein mochte, er musste wieder von Null anfangen.

Doch bald schon sollte er einen noch besseren Plan schmieden. Es war nur eine Frage der Zeit, bis er sich die ganze Kolonie unter den Nagel reissen konnte.

- 27 -

"Hier ist was." Paul streckte den Arm bis zur Schulter in den Steinquader. "Was Rundes."

"In Gräbern hat es zuweilen Totenköpfe", entgegnete Katharina trocken. "In Massengräbern sowieso."

Paul zog den Schädel heraus. Zwischen Ober- und Unterkiefer klemmte ein Metallzylinder. Katharina griff nach dem vielleicht einen Fuss hohen Behälter.

"François hat diese Dinger versteckt. Ich erinnere mich."

"Dann ist der Schatz auf der Insel."

"Nicht unbedingt..."

Katharina brach den Satz ab. Sie zog die Stirn in Falten und kniff sich mit Zeigefinger und Daumen ins Kinn.

"Ist was?" fragte Paul. "Ein Problem?"

"Die Inschrift auf der Kiste."

"Ist wohl bedeutungslos."

"Inwiefern weis ich dir den Weg?"

133

"La Buse war besoffen", murrte Paul. Er klopfte mit der Metalldose gegen die Steine. "Dieses verdammte Ding geht nicht auf."
"Aufhören", schrie Katharina und riss ihm den Behälter aus der Hand. Ein Ruck, schon war der Deckel weg. "Gewalt bringt dich nie weiter." Sie hielt ihm das Pergamentstück unter die Nase.
"Was steht geschrieben?" Paul riss das Papier an sich. Er schien es mit den Augen zu durchleuchten. Schliesslich murmelte er: "Der Text macht keinen Sinn."
"François verschlüsselte seine Texte mit dem Geheimcode der Templer. Warte..."
"Trotzdem", murrte Paul. "Die Worte machen keinen Sinn."
Katharina war nicht zu bremsen. Buchstabe um Buchstabe übersetzte sie die Geheimzeichen. Endlich las sie:

"WVN QFVSPVN UVPH RN OVRNVO IFVXQVN,
YIRNTG ORXS WRV ZFHHRCSG AFO VNGAFVXQVN.
WMXS DRPP RXS RN OVRNVO TMPWV YZWVN,
OFVHHVN ORXS WRV UFVHHV WRZTMNZP NZXS HFVWVN
GIZTVN.
DVRGVI SVPUVN OMVXSGV RXS WRI,
WMCS ZPLSZ DZXSG VIYZIOFNTHPMH FVYVI ORI."

"Ich sag's ja", murrte er, "der Alte hatte sie nicht mehr alle."
"François hat den Text doppelt verschlüsselt. Jede Wette. Wir finden die Lösung."
Paul kickte gegen am Boden herumliegende Steine. Katharina folgte ihm zurück zum Einbaum. In allen Rottönen verfärbte sich der Abendhimmel. Die Wasseroberfläche glitzerte bei jeder Wellenbewegung. Es regnete silbern.
Noch immer bemerkten Paul und Katharina das sie beobachtende Augenpaar nicht. Auch nicht das sorgsam zwischen den Büschen versteckte zweite Kanu.
An diesem Abend brannte die Öllampe lange in Pauls Hütte. Er war nicht alleine. Vier Augen sehen mehr als zwei.
Wer sucht, der findet – nicht immer.

- 28 -

Chevalier De Pardaillan hockte auf dem mit Samt überzogenen Sessel. Der Kommandant der königlichen Vierge de Grace streckte die Beine von sich. Weder die persischen Wandteppiche noch die venezianischen Eichenmöbel fesselten seine Aufmerksamkeit. Die Standuhr tickte. Der Schweiss tropfte. Die Luft moderte nach faulem Holz. Sein Gastgeber stiess die Türe auf und trat ein. Pardaillan hob nicht mal den Kopf.

"Wurde Zeit." Er griff nach seinem Degen. "Bin in Eile."

"Pardaillan", entgegnete Antoine Desforges-Boucher. "Gold ist mehr als Zeit. Wenn La Buse seinen Fuss auf meine gottverdammte Insel setzt, belohn ich Euch damit fürstlich."

Der Kommandant thronte auf seinem Sessel. Er zuckte nicht mit der Wimper, sondern hob nur verächtlich die Oberlippe in die Höhe, bis sie fast die Nasenspitze berührte. Er war sich des in seinen Venen pochenden blauen Blutes bewusst.

"Der Pirat hat den Schatz längst verprasst. Labbe, Ihr reduziert besser das Kaffeeangebot. Dann schnellt wenigstens der Preis in die Höhe. Da ist uns beiden gedient."

"Ihr habt die Virgen del Cabo nicht gesehen. Sonst würdet Ihr weniger Blödsinn schwatzen. Dieser Pirat hat Gold und Edelsteine wie Sand am Meer. Selbst ein Mann Eures Standes träumt von vergleichbaren Wasserfällen aus Diamanten."

Ausser Titel und Arroganz erinnerte nichts an die Herkunft des Adeligen. Niemand wusste dies besser als der Gouverneur.

"Möget Ihr eines Tages unter dem ganzen Gold ersticken", herrschte der Blaublütige den Gouverneur an. "Hoffentlich rafft Euch das Fieber dahin."

Antoine Desforges-Boucher tupfte sich mit dem Taschentuch die Stirn ab. Er hatte nicht mit dieser Reaktion gerechnet. Und schon gar nicht damit, dass die Verwünschungen des Adeligen bald in Erfüllung gingen. Der Tod lauerte bereits hinter der Tür.

- 29 -

"Olivier, wie wär's mit einem Bad?", fragte Katharina. "Du stinkst wie eine verweste Leiche."

"Verweste Leichen stinken nicht, Katharina. Die sind skelettiert. Wie mein Kopf."

"Elender Säufer."

"Zeig mir das Gedicht. Und ich erklär dir den Sinn."

"Du kennst die Geheimschrift", murmelte Katharina. Sie würdigte den bleichen Hünen keines Blickes. "Ich verstehe."

"Was ist mit dem doppelten Kistenboden? Mein Hinweis."

"Du spielst dich als Freund auf. Dabei spionierst du mir nach."

"Und du? Du verbündest dich mit dem Feind und weist den Freund von dir. Bist du noch im Besitz des Wegweisers?"

"Weshalb?" Katharina zögerte. "Wenn du ein Freund bist, dann sag, was die Inschrift auf der Truhe bedeutet." Sie schaute ihm in die blutunterlaufenen Augen. "Was will uns François mit den drei Worten mitteilen?"

"Uns?" Olivier versuchte zu schmunzeln. Der Versuch erinnerte an ein sich zum Lachen zwingendes Gespenst. "Du bist des Portugiesischen mächtig. Dir alleine weist er den Weg."

"Mir?"

"Ist dir der grammatikalische Fehler nicht aufgefallen?" Das Gespenst zog eine weitere Grimasse. "Das ist der Schlüssel. Vielleicht kommt die Erleuchtung vor dem Morgengrauen."

"Wie bitte?"

"Mach's gut, und Erfolg", sagte Olivier bereits im Weggehen. "Ich wollte dich ja nur warnen vor... Doch lass gut sein. Auf einen Inselbewohner mehr oder weniger kommt es nicht an. Auch wenn du noch so jung bist... und so attraktiv... Schön kühl heute morgen, was? Also, auf Wiedersehen, vielleicht bis morgen oder am Jüngsten Tag."

- 30 -

Antoine Desforges-Bouchers Entschuldigung hatte ihren Zweck erreicht. Chevallier de Pardaillan war wieder die Ruhe selbst. Wollte er sein Ziel erreichen, musste er über den eigenen Schatten springen. In dieser Disziplin war Desforges-Boucher unschlagbar.

Das Gespräch dauerte lange. Es war gestenreich. Als die beiden Männer wieder auseinander gingen, zählten sie im Geiste die Golddukaten der Piraten. Doch war ihnen klar: Nur ein Mann konnte sie zum Versteck führen.

Und dieser erbärmliche Kerl litt Meilen entfernt noch immer an den Nachwirkungen des übermässigen Alkoholkonsums.

- 31 -

"Katharina, bist du da?" Paul Collins stürzte in die Hütte. Er schnaubte wie ein Pferd, das im Wasser strampelte. Die Piratenprinzessin lag noch im Bett. Paul hielt ihr die Pergamentrolle unter die Nase. "Die ganze Nacht hab ich über dem Text gebrütet. Ich kann die Zeichen nicht mehr sehn."

"Katharina, bist du da?", schrie eine zweite Stimme. Auch Olivier trat ohne Erlaubnis über die Schwelle. War es Zufall, dass beide gleichzeitig auftauchten?

"Gebt mir etwas Luft zum Atmen", stöhnte Katharina und drehte sich auf die andere Seite. "Und das um diese Zeit."

"Olivier, du hast hier nichts verloren", sagte Paul. Nur kurz rang ein Lächeln mit seinen Mundwinkeln. "Verschwinde!"

"Tue so als wär ich nicht da."

La Buse lachte. Er blickte auf die Truhe, murmelte 'o tesouro do 1669', hockte sich breitbeinig auf den Deckel und schlug sein rechtes Bein über das linke.

"Behalt deinen Spott, Olivier", sagte Katharina. "Du störst."

"Ihr seid wie zwei sich um die Amsel zankende Würmer."

"Verzieh dich oder du machst Bekanntschaft mit deinen Würmern."

Paul griff nach Oliviers Schulter. "Ich..."

"Katharina", fuhr ihm La Buse ins Wort, "hast du eine Ahnung, weshalb François 'o tesouro do 1669' geschrieben hat?"

Als hätte der Piratenkapitän ein Losungswort ausgesprochen, lockerte Paul den Griff. Katharina schwieg ebenfalls.

"Einstweilen nur soviel: Es ist nicht William Kidds Geburtsjahr. Der Arme kam früher auf die Welt, irgendwann 1645. Ich glaub in Schottland." Olivier erhob sich und deutete auf die Holzkiste. "Wollt ihr meine Hilfe? Partner?"

Er streckte Katharina die Hand entgegen.

"Ich trau dir nicht", entgegnete sie. "Nicht mehr."

"Ihr habt die Pergamentrolle. Ich deute die Inschrift."

"Hast du die Drohbriefe an François geschrieben?"

"Fletcher und ich waren zu jener Zeit fern von Ste-Marie." Ein eiskaltes Lächeln glitt über Oliviers Lippen. "Doch könnt ich sie natürlich vorgängig verfasst haben, stimmt. An treuen Übermittlern mangelt es auf Ste-Marie nicht."

"Trau ich dir zu", zischte Paul. "Und nicht nur das."

"Entweder wir spielen mit offenen Karten oder wir machen eine weitere Runde Poker."

"Dann mach doch den Anfang", schlug Katharina vor. "Erklär uns die Bedeutung von 'o tesouro do 1669'."

Olivier starrte auf die Inschrift. Seine Mundwinkel zuckten verräterisch. Sein Blick war voller Verachtung.

"'Do' heisst 'von'. Örtlich und nicht zeitlich. Weshalb macht François diesen grammatikalischen Fehler?" Olivier neigte den Kopf von einer Seite auf die andere. "Es war Absicht. Seine erste Spur."

"Absichtliche Fehler?" Paul schüttelte den Kopf. "Ich versteh nicht."

"Das erwartet auch niemand von dir."

"Warum immer so persönlich?" Paul biss sich auf die Unterlippe und kniff die Augen zusammen. "Warum?"

"François war linientreu", fuhr Olivier unbeirrt fort. "Die Zahl 1669 steht für einen Ort und nicht für eine Zeitperiode."

"Koordinaten?"

"Die Franzosen haben Paris", nickte Olivier. "Auf der Seeroute nach Indien sind die Portugiesischen Karten aber exakter. Der Nullmeridian verläuft durch Ferro[45]. Culliford benutzte vor 25 Jahren ebenfalls diese Karten. Welcher verdammte Ort liegt wohl auf 16 Grad Süd, 69 Grad Ost?"

Paul zog die Augenbrauen hoch.

"Der Schatz liegt auf Ste-Marie?"

"Warum nicht gleich?" Olivier schmunzelte. "François notierte die Koordinaten Ste-Maries auf dem Kistendeckel."

"Und wo ist der Schatz?" Paul strich die im Mittelscheitel geteilte Haarpracht wieder flach. "Auf dem Friedhof?"

"Lass mich einen Blick auf das Dokument werfen und wir sehen klarer."

"Was, wenn er uns betrügt?" Paul starrte Katharina an. "Ich trau ihm nicht. Du?"

"Gehst du dem Risiko aus dem Weg, dann kommst du in deiner Suche nicht weiter", entgegnete Olivier an ihrer Stelle. "Flirtest du mit dem Risiko, dann fällst du höllisch tief oder erklimmst himmlische Höhen. Also?"

"Lass mich überlegen..."

Katharina nickte. Wortlos verliess Paul die Hütte. Minuten später kehrte er mit dem Pergamentstück zurück.

"Hintergehst du mich, so bist du tot."

La Buse schmunzelte, griff nach dem Papier und schwenkte es hin und her. Er addierte irgendwelche Zeichen und kniff die Augen zusammen.

Katharina knabberte an ihrem Zeigefinger. Als La Buse vom Drang nach Auflösung des Problems erzählt hatte, von seinen Fähigkeiten, dem Geheimnis auf den Grund zu gehen, da war sie ganz Ohr gewesen. Doch jetzt, da ein bösartiges Lachen mit seinen Mundwinkeln rang, bekam sie das Gefühl, sie habe den grössten Fehler ihres Lebens begangen. Wieder einmal.

Katharina konnte sich die Auswirkungen nicht annähernd vorstellen.

---

[45] Im Jahr 150 wählte Claudius Ptolemäus das westliche Ende der damals bekannten Welt als Null-Meridian (Insel Ferro, genannt Isla del Meridiano; heute: El Hierro). Frankreich benutzte den Paris-Meridian. Erst 1884 wurde Greenwich als Bezugspunkt international festgelegt.

- 32 -

Der Lauscher, der Paul gefolgt war, musste sich gedulden. Er döste im Schatten der Hütte. Dabei war er weder schläfrig noch geistig abwesend. Vielmehr hörte er jedes Wort, das zwischen Katharina, Paul und Olivier gewechselt wurde. Bald mussten seine Bemühungen von Erfolg gekrönt sein. Bald konnte er sich in Portsmouth zur Ruhe setzen. Bald schon...
Er grinste.

- 33 -

"Ich hab die Lösung", rief Olivier. Er streckte seine Nasenspitze hoch in die Luft. "Eure Übersetzung macht Sinn."
"Sonst noch was?" Katharina wickelte mit dem Zeigefinger eine Haarlocke auf. "Oder ist das dein ganzer Beitrag?"
"Culliford war nicht von gestern."
"Nein, bestimmt nicht. Er ist über ein Jahr tot."
"Ach kommt." La Buse deutete auf das Papier. "Welcher Buchstabe dominiert?"
"Spotte endlich nicht mehr", murmelte Paul. "Worauf willst du hinaus?"
"Er substituiert", mutmasste Katharina. "E ist der häufigste Buchstabe."
"Schott, Mast und Baumbruch, du hast es erfasst", lachte Olivier. "Zählt nach. Im Text dominiert das V, der fünftletzte Buchstabe des Alphabets. Jede Wette, und ich riskier sogar den mir zustehenden Teil am Schatz: Beim V handelt es sich um das E."
"Auch M, A, O und I sind häufig", murmelte Katharina.
"Im Gegensatz zu den Selbstlauten steht das M oft am Anfang oder Ende eines Wortes. Welcher Buchstabe erfüllt diese Voraussetzungen?"
"Das O!", rief Katharina noch bevor La Buse wieder Luft holen konnte. "Das O entspricht dem M."
"Ganz deiner Meinung", nickte Paul. "Was ist mit A, O und I?"
Olivier zögerte. Er schätzte den Enthusiasmus seiner Mitstreiter. Doch beunruhigte ihn deren Betriebsblindheit. Wie nur sollten Katharina und Paul von Nutzen sein? La Buse schmunzelte. Wozu einen teuren Klotz am Bein herumschleppen? Jede Partnerschaft war kündbar.
"Fahrt fort", sagte er und führte die Buddel Rum an die Lippen. "Schaltet ausnahmsweise das Gehirn ein. Jede Verschlüsselungspraktik hat Methode und folgt einem logischen Schema. Lasst die Buchstaben wirken. Sucht nach Regelmässigkeiten. Dann dauert die Arbeit halb so lang."
Erneut führte er die Flasche an die Lippen.
"Wir verlieren kostbare Zeit", murrte Paul. "Lass das Rätselraten, Olivier."
"An welcher Stelle des Alphabetes steht das E?"

139

"An fünfter."

"Und was ist mit dem M?"

"Das V ist an fünftletzter Stelle", rief Katharina. "Er hat die Buchstaben gespiegelt. A ist Z, B ist Y. Gib her." Sie kritzelte mit dem Griffel auf dem Pergamentstück herum. "Das Z kommt überdurchschnittlich häufig vor. Weshalb? Weil es sich um das A handelt."

La Buse schmunzelte. Paul gab ein überrasktes 'Dieser alte Kerl war mit allen vom Teufel geweihten Wassern gewaschen' von sich. Katharina las:

"Den kühlen Fels in meinem Rücken,
Bringt mich die Aussicht zum Entzücken.
Doch will ich in meinem Golde baden,
Müssen mich die Füsse diagonal nach Süden tragen.
Weiter helfen möchte ich dir,
Doch Alpha wacht erbarmungslos über mir."

"Lasst uns den Text morgen am Fundort analysieren", sagte La Buse. "Ich bin sicher, wir haben die Lösung bis zum Sonnenuntergang."

"Weisst du, Olivier, ich hab dich falsch eingeschätzt", sagte Paul und streckte die Hand aus. "Ich glaub, wir sind ein gutes Team."

Zum x-ten Mal fiel der Blick des Kapitäns auf Pauls flach gepresstes, mit Kokosöl eingeriebenes Haar. Er erinnerte sich des in aller Nachtstille geführten Zweikampfes hinter Katharinas Hütte. Und Olivier wusste, dass er nicht nach diesen Haaren gegriffen hatte. Er drückte Pauls Hand.

"Paul, unsere Schlacht ist noch nicht gewonnen. Eine weitere Person weiss vom Schatz."

"Wir müssen schneller sein..." Katharina brach mitten im Satz ab. "Habt ihr gehört? Da war ein Geräusch."

"Der Teufel soll ihn..."

Paul wirbelte zur Tür hinaus. Hinter der Hütte sah er – nichts. Der Lauscher war bereits verschwunden.

Niemandem auf der Pirateninsel fiel die Gestalt auf, die sich in dieser Nacht auf dem Friedhof tummelte. Die Schändung der Gräber brachte dem Unbekannten aber nicht den gewünschten Erfolg. Doch er wusste: Seine Stunde musste kommen.

- 34 -

Earl Errol wetzte von Kreuz zu Kreuz als wäre sein Fell voller Ameisen. Wie eine Keule schwenkte er einen Oberschenkelknochen. Paul und Katharina lachten. Doch waren sie nicht zum Vergnügen auf dem Friedhof.

"Zitronenfalter hab ich ewig nicht mehr auf Ste-Marie gesehen", stellte La Buse fest. Im Zickzackflug entflatterte der Schmetterling in die Baumwipfel. "Früher gab es diese Krabbelviecher zu Tausenden."

"Im Norden der Insel ist der Zitronenfalter häufiger", antwortete Paul. Olivier kniff die Augen zu dünnen Schlitzen zusammen. Er nickte, brummte etwas von "doofen Insekten", riss den Mund weit auf und gähnte. Hatte er eine anstrengende Nacht gehabt?

Ohne seine Begleiter eines weiteren Blickes zu würdigen, bewegte La Buse sich zwischen den Gräbern hindurch. Mit der Fussspitze trat er gegen ein herumliegendes Kreuz. Paul inspizierte den Steinquader und Katharina las den Sechszeiler durch, als lernte sie für eine Theateraufführung.

"Was meint François mit dem Wort 'Fels'", fragte sie. "Rote erodierte Erde und dichter Urwald, so weit die Füsse riechen. Doch Fels?"

"Was ist mit La Buse?" Paul deutete auf den die Erde abschreitenden Kapitän. "Kompass und Sextant. Spinnt er?"

"Lass ihn", flüsterte Katharina. "François benahm sich im Alter ebenfalls eigenartig."

Sie starrte Olivier an. Sein muskulöser Body brachte manches Frauenherz zum Wallen. Er hatte wenig von seiner Ausstrahlung eingebüsst. Auch wenn sein Blick an Überheblichkeit nicht zu überbieten war.

"Was ist mit der Aussicht?", warf Paul ein, hockte sich auf den Steinquader, liess die Beine baumeln und hielt sich die Hand an die Stirn. "Katharina, nahe deiner Hütte brennt ein Feuer. Hoffentlich fackeln diese Idioten nicht die Insel ab..."

"Will räuchert Fisch, hat er mir verraten", murmelte Katharina. Sie schmunzelte über Pauls Neugierde – und erstarrte. "Was machst du da?"

"Bitte?"

"Du geniesst die Aussicht. Und worauf sitzest du?"

"Was ist mit dir?" Paul lachte. "Leidest du nun auch am Kapitänssyndrom?"

Katharina keuchte. Sie klatschte sich gegen die Stirn.

"Wir sind blind, Paul", flüsterte sie. "Wo hat sich François am liebsten aufgehalten? Was tat er?"

"Hallo? Ist jemand zu Hause?"

"Mit dem Rücken an den Steinquader gelehnt starrte er stundenlang auf die Piratenbucht!"

Paul zuckte mit den Schultern. "Und?"

"Er genoss die Aussicht. Woraus werden Steine gehauen?"

"Ich..."

"...versteh nicht", schnitt sie ihm das Wort ab. "Solltest du aber. Aus Fels! Verstehst du? Steine sind Felsbrocken."

Paul öffnete den Mund als verschluckte er einen Wal. Dann tippte auch er sich mit dem Zeigefinger gegen die Stirn.

"Den kühlen Fels in meinem Rücken, bringt mich die Aussicht zum Entzücken", murmelte er. "Der Weg geht vom Steinquader aus nach Süden."

"Richtig", flüsterte Katharina. "Was ist mit Olivier? Informieren wir ihn?"

"Ich weiss nicht..." Paul zögerte. "Teilt er sein Wissen auch mit uns?"

Als hätten ihn die beiden gerufen, eilte La Buse daher. Mit dem ausgestreckten Finger deutete er in Richtung Horizont.

"Genau in dieser Richtung", brüllte er. "Dort liegt der Schatz."

Die Stimme des Piraten scheuchte Earl Errol auf. Er hangelte sich Katharinas Schulter hoch. Seine Pfoten verkrallten sich in ihrem Hemd.

"Weshalb?", fragte sie. "Bist du dir sicher?"

"Müssen mich die Füsse diagonal nach Süden tragen", keuchte der Kapitän. "Verbinde die gegenüberliegenden Ecken des Steinquaders miteinander. In der südlichen Verlängerung findest du das Gold. Verstanden?"

"Wir haben zwei Diagonalen", warf Paul ein. "Welche..."

"Ja welche wohl? Jene, die nach Süd-Südost zielt oder die andere, die sich im Meer verliert, irgendwo in Richtung Sonnenuntergang?", fragte La Buse spöttisch. "Der gesuchte Ort liegt nahe von Vavates Hütte."

"Vavate!", rief Katharina aus. "Jetzt weiss ich..."

Sie brach mitten im Satz ab, schaute Olivier in die Augen, biss sich auf die Unterlippe und errötete. Er keuchte, als hätte er soeben nochmals die Anhöhe zum Friedhof erklommen.

"Weshalb traust du mir nicht, Katharina?" Seine Stimme war sanft. Sanft wie Taylors Stimme am ersten Tag auf der Pirateninsel – kurz bevor er ihr eine runter gehauen hatte. "Woran denkst du?"

"Nichts..."

Oliviers Blick hatte etwas Bedrohliches, als drängte er einem Eisennagel gleich durch ihre Schädeldecke. Las dieser verdammte Kerl ihre Gedanken?

"Also?"

"Glaubst du, ich kann vergessen?", schrie sie. "Niemals."

Frauen waren wie Elefanten, dachte Olivier. Grasten sie noch so friedlich auf dem Feld, erlittenes Leid verziehen sie nie.

"Unterschätz mich nicht, Katharina", sagte er. "Alleine bist du chancenlos."

"Sie ist nicht allein", zischte Paul. "Wir zwei sind ein Team."

Earl Errol kreischte. Er umklammerte Katharinas Hals, als bekundete auch er ihr seine Zuneigung.

"Paul, du und ich, wir wissen, dass sie alleine ist", schnauzte der Kapitän, wendete sich ab und stolzierte wie ein Pfau davon.

Katharina war seiner Arroganz überdrüssig. Doch innerlich empfand sie eine enorme Leere. Wollte sie ihn zum Feind?

"Bin ich wirklich alleine?", fragte sie, als Olivier längst hinter der zum Meer führenden Kuppe verschwunden war.

"Hast du Zweifel?"

Katharina kaute am Daumennagel herum. Bei der Lösung von François'
Rätseln hatte Olivier Scharfsinn gezeigt. Doch immer wieder verwirrte er
sie und zeigte sein zweites Gesicht. Manipulierte er? War das Teil seines
teuflischen Plans?
"Wir brauchen ihn nicht", murmelte Paul. "Wir finden das Ziel auch
ohne seine Hilfe."
Katharina starrte Paul an. Eigentlich traute sie ihm – eigentlich. Durfte
sie einem Mann trauen, der die Trennung suchte, sobald ihm der Partner
nutzlos schien? Durch einen dichten Nebel vernahm sie seine Worte.
"Du weisst mehr als du zugibst, nicht wahr?"
Traute sie Paul nicht, dann verdiente niemand auf der Insel ihr Vertrau-
en, wusste Katharina. Sie holte tief Luft.
"Alpha ist der Anfang, hat François mal gesagt." Katharina starrte zur
Pirateninsel hinüber. Olivier knallte das Kanu unsanft auf die Uferzone
und wankte über den Hauptplatz Richtung Swan. Sie seufzte. "Ich weiss,
wo der Schatz liegt."
Mit diesem Wissen war sie längst nicht mehr alleine. Der Lauscher hinter dem Gebüsch presste die Stockzähne aufeinander. Stechmücken surrten ihm um die Ohren. Verdammte Viecher. Er kratzte sich pausenlos.

- 35 -

Im Morgengrauen durchquerten Paul und Katharina die Insel. An der
Ostküste wasserten sie François' Einbaum. Beim Aufstieg zur Affenhöhle
erinnerte sich Katharina an jeden Ast, der ihr vor Jahresfrist ins Gesicht
geschlagen hatte. Unbeirrt keuchte sie den Berg hoch und schlug die
Spinnen aus ihren Netzen.
"Das V ist das A, und das A ist Alpha, seines Zeichens erster Buchstabe
des griechischen Alphabets, hat François gesagt. Alpha wacht über mir."
"Bist du sicher, dass die ganze Mühe nicht für..."
'...die Katz ist', wollte Paul fragen, brach aber ab.
"Garantien gibt es keine im Leben", murmelte Katharina und starrte auf
die Öffnung im Fels. Tausend Achtbeiner hatten ihre Netze gesponnen.
"Gelb, rot und grün. Je knalliger die Rücken der Trapezkünstler warnen,
umso giftiger sind sie. Seit Ewigkeiten war kein Mensch mehr hier."
"Nur Verrückte kommen hierher", schmunzelte Paul. "Verrückte wie du
und ich."
"Da liegt ein Seesack!", stutzte Katharina. "What the hell?"
Paul presste seinen Rücken an den Fels. Er zückte den Revolver und
schaute sich um. Keine Menschenseele weit und breit.
"Katharina, ich beschütz dich", murmelte er. "Hab keine Angst."
Sie schmunzelte. Seit ewig war sie nicht mehr auf fremde Hilfe ange-
wiesen. Keine Waffe, die sie nicht einsetzen konnte.

"O.L.V.", las sie und hielt den aus braunem Segeltuch geschneiderten Seesack hoch. "Der Kerl ist mit dem Teufel."

"Wer?"

"Olivier Le Vasseur. Seine Initialen..."

"Olivier?" Pauls Kinnlade klappte ein Stockwerk nach unten. "Wo?"

"Nicht in der Höhle. Zu viele Spinnweben."

"Beobachtet er uns?"

Ein Stein kullerte den Abhang hinunter. Der Revolverheld wirbelte herum. Ein zweiter Stein folgte. Dann knackte ein Ast. Paul zielte in die andere Richtung. Niemand zeigte sich.

"Wo ist der Kerl?", keuchte Paul. "Wo!"

Nichts! Oder doch?

Lautes Lachen widerhallte am kalten Fels, kam gleichzeitig vom Meer, aus der Höhle und dem Wald. Earl Errol versteckte sich hinter seiner Herrin. Seine gelben Äugelein glänzten in die richtige Richtung. Der Lauf einer Muskete tauchte hinter dem Fels neben dem Höhleneingang auf. Dann der Finger am Abzugshahn.

"Paul, Waffe weg", befahl Olivier. "Ich bin nervös."

"Eher verrückt!", schrie Katharina. "Lass die Mätzchen."

"Ich spasse nicht", zischte Olivier. Ein Gegenstand aus Metall klimperte neben Katharina auf den Fels. Olivier lachte hämisch. "Gut so. Und jetzt zurücktreten!"

Wer dem Tod ins Auge sah, zügelte sein Mundwerk. Pauls Hände zitterten. Earl Errols Pfote verkrallte sich in Katharinas Oberschenkeln. Ihre Zähne bearbeiteten die Unterlippe.

"Ich sollte euch beide abknallen", knurrte Olivier. Er bückte sich nach dem Revolver. "Hinterhältiges Pack."

"Erbarmen", bettelte Paul. "Ein Missverständnis. Wir wussten nicht..."

"Du wusstest nicht?" La Buse spannte den Hahn seiner Muskete. Mit der linken Hand wog er Pauls Pistole. "Wetten, dass ein Schuss ausreicht?"

"Bleib vernünftig, Olivier", bettelte der Schmetterlingsfänger. "Erbarmen. Lass uns reden."

"Du bist kein kaltblütiger Mörder", beschwichtigte Katharina. "Olivier, leg die Waffe weg."

Unter den Wimpern hindurch linste der Kapitän abwechselnd in die beiden Gesichter. Weit zog er die Unterlippe über die Oberlippe hoch, lachte verächtlich, pustete die Zündkapsel weg und streckte Paul den Revolvergriff entgegen.

"Nur zusammen haben wir Erfolg." Olivier starrte Katharina an. "Das ist eure letzte Chance."

Alles Blut schien aus ihrem Gesicht gewichen. Er schmunzelte und betrachtete das Zeichen im Fels.

"Ein V?"

"Nach dem Templeralphabet ein A", murmelte sie. "Alpha, der Anfang, der Ursprung."

"La pondule à Salomon", nickte La Buse. "Ich kenn das Mandala. Aus dem ersten Mysterium, das auch das letzte ist, bin ich entstanden. Das erste ist Alpha, das letzte Omega, vierundzwanzigster Buchstabe des griechischen Alphabets."

"Alpha ist der Weg", schloss Katharina, "und Omega das Ziel."

"Zeigt uns die V-Spitze die Richtung?" Olivier kniete nieder. Er steckte die Hand in die Felseinbuchtung. "Ein Hohlraum. Ich spür was."

Aus dem Augenwinkel sah Katharina, wie Paul den Revolver in die Luft hob. Fest umklammerte er den Lauf. Katharina griff nach seinem Oberarm.

"Noch eine Metalldose." Olivier pustete, bis kein Sandkorn mehr die Büchse bedeckte. "Paul, Arbeit für dich. Zeig uns dein Wissen."

"Ich kenn das Alphabet nicht." Paul blickte in die Runde." Katharina?"

Sie griff nach dem Pergament und verschwand im Inneren der Höhle. Wortlos folgten die Männer. Die Fledermäuse erwachten gleichzeitig. An der Stelle, an der Katharina mit François die Nacht verbracht hatte, setzte sie sich in den Staub.

Katharina machte tausend Notizen und Zeichen. Einen Fingernagel nach dem anderen traktierte sie mit den Zähnen. Hatte sie den kleinen Finger durch, kam der Daumen wieder an die Reihe. Missmutig schüttelte sie den Kopf.

Paul griff nach dem Dokument. Er hielt es sich unter die Nase, drehte es auf den Kopf und untersuchte auch die Rückseite. Laut seufzte er.

"Gibst schon auf", spottete Olivier. "Wusstet ihr übrigens, dass man Höhlen auf Karten mit einem Omega kennzeichnet?"

"Sinnlose Botschaft", knurrte Paul. "Da, versuch du."

"Bist du doch des Alphabets mächtig?"

"Man lernt nie aus."

La Buse grinste, stutzte und griff nochmals in die Metalldose.

"Die reinste Wundertüte. Was ist denn das für ein verrostetes Ding?"

"François' Handspiegel", rief Katharina. "Was..."

"Raffiniert", brummte der Kapitän. "Raffiniert!" Mehrere Schritte brachten ihn zu den in den Holzkisten verstaubenden Kerzen. Er hob eine in die Luft, betrachtete sie und liess sie los. Im vom Höhlenausgang hereinschimmernden Lichtstrahl stieg eine Staubwolke auf. "Culliford überliess nichts dem Zufall. Du musst seine Hinweise nur richtig deuten. Katharina, was wollte er dir mit dem Spiegel sagen?"

"Keine Ahnung."

"Etwas mehr Enthusiasmus. Paul?"

Der Schmetterlingsfänger trat näher. Erneut drehte und wendete er das Blatt in der Hand. Mit einem einzigen Wort sorgte er für die Erleuchtung.

"Spiegelschrift."

Olivier hockte auf die verschmutzte Holzkiste. Katharina riss Pergament und Handspiegel an sich, kniete nieder und winkelte den Spiegel seitlich ans Pergament an.

"Paul, du hast Recht", murmelte die junge Frau. Sie kopierte die reflektierten Zeichen. Nach Minuten frohlockte sie:
"Blau ist die Hoffnung, der Tod ist rot,
steig in die Tiefe, nimm Brot für die Not.
Denn an Wasser soll es dir nicht mangeln,
willst du nach meinem Golde angeln.
Du kannst mich noch so sehr verachten,
Sam wird mein Geheimnis ewig bewachen."
Kaum ihre Worte ausgesprochen verschwand der Lichtstrahl, in dem die Staubpartikel getanzt hatten. Im Höhleneingang stand eine Gestalt. Scharf zeichnete sich ihre Silhouette ab.

"Das war hilfreich, meine Liebe", hallte die Stimme von Wand und Decke. Schritt um Schritt näherte sich der Unbekannte. Erneut blickte Katharina in einen Gewehrlauf. "Der gute Pete Wright beteiligt sich ab jetzt an der Suche."

Da nahm Earl Errol Reissaus. Wrights Schuhspitze verfehlte ihn nur knapp. Schon verschwand der Halbaffe durch den Höhleneingang nach draussen.

"Weg da." Wright spuckte auf den Boden. "Doofes Vieh!"

"Was willst du, Wright?", brüllte Paul und schnellte zwei Schritte vor. "Du Idiot hast hier nichts verloren."

Der Idiot drückte ihm den Lauf gegen die Rippen.

"Willst wohl durch deinen Bauch hindurchschauen?"

Paul fluchte. Ausgerechnet der einfältige Peter Wright kam ihm in die Quere. Dann starrte er in Oliviers Gesicht.

"Ich hab früher mit dir gerechnet", schmunzelte dieser. "Hast dich verlaufen, Pete?"

Paul hielt seinen Mund lange offen. Noch verstand er die Zusammenhänge nicht. Was sich bald schon änderte.

- 36 -

"Wright", stöhnte Paul. Er senkte den Blick nicht. "Wenn du wüsstest, was ich denke."

"Was wär dann?"

"Ein Zentner Erde über dir." Paul zerrte an den Fesseln. Sein Kopf war rot. Die Hanfschnüre schnitten in die Haut. "Eigenhändig bring ich dich um, du Schwein."

"Mit auf den Rücken gefesselten Armen?", spottete Wright. "Halt die Klappe und stirb als Mann."

Paul fluchte. Er hatte seine Begleiter gefesselt und war dann seinerseits von Wright überwältigt worden. Wie Klosterschüler hockten die Gefangenen dem Bösewicht gegenüber.

"Also, was ist?", fragte Wright in die Runde. "Wer beginnt?"
"Lös dein Rätsel selbst und verrecke", zischte Paul. "Ich sag kein Wort!"

Wrights Stärke war nicht die Kommunikation. Weit holte er aus. Das Klatschgeräusch widerhallte von den Wänden. Pauls Zungenspitze glitt über die dicke Unterlippe. Zähne und Gaumen ertranken im Blut. Er spuckte rot.

"Übertreib es nicht, du Idiot!", fluchte er. "Übertreib es nicht!"
"Es ist nicht mehr wie du denkst", spottete Wright. "The game is over. Gleich spiess ich dich auf wie einen deiner erbärmlichen Schmetterlinge." Mit dem kleinen Finger bohrte er in der Nase, inspizierte die Kuppe und strich sie an Katharinas Hemd ab – genau an jener Stelle, an der sich ihr Busen wölbte. "Was ist mit dir, du kleine Schlampe? Kooperierst du?"

Katharina starrte zu Boden und schwieg. Die Ohrfeige war nichts zu den in der Vergangenheit erduldeten Schmerzen. Die Prinzessin regte sich nicht.

"Kapitän", knurrte Wright und zückte das Entermesser. "Willst du sehn, wie dein Herz ein letztes Mal zwischen meinen Fingern schlägt?"

"La Buse hütet das Geheimnis selbst unter der härtesten Folter", murmelte Katharina. "Von uns dreien erfährst du nichts."

"Sei nicht zu voreilig, Katharina", brummte der Kapitän und zog die Augenbrauen hoch. "Hast du eine Ahnung, welche Schmerzen Pete mit seinem Werkzeug zufügen kann?"

"Olivier", stammelte Katharina, "du scherzest?"

"Meinst du?" Ohne sie eines weiteren Blickes zu würdigen, wandte sich La Buse an Wright. "Zeig das Pergament, Pete."

Olivier Le Vasseur machte mit dem Feind gemeinsame Sache? Mit weit aufgerissenem Mund starrte Katharina den Mann an, der sie auf die Pirateninsel verschleppt hatte. Sie zerrte an den Fesseln. Sie fluchte. Sie spuckte. Sie kreischte. Sie spie glühende Kohlen. Doch nichts half. Wright hielt dem Verräter das Papier unter die Nase. Olivier zögerte.

"Pete, ich verlange, dass du uns frei lässt, sobald wir dich zum Ziel deiner Träume geführt haben."

"Seh ich aus wie ein Unmensch?" Wright lachte. "Du hast mein Wort."

"Olivier", brüllte Katharina. "Judas!"

"Knoble die Kleine", befahl La Buse. "Ich kann ihr Gequake nicht mehr hören."

Katharina schrie weiter, fauchte, biss um sich und schüttelte ihre Mähne. Zwecklos. Der Stofffetzen zwischen ihren Lippen raubte ihr den Schnauf.

"Löse nun unsere Fussfesseln, Pete", forderte La Buse. "Meine Gehirn-zellen schlafen sonst ein."

Wright zögerte. Er blickte in Oliviers Gesicht, dann in Pauls.

"Wer abhaut ist ein toter Mann", drohte er. "Frauen eingeschlossen." Er lachte über seinen Witz und zückte das Messer. "Was bedeuten die Zei-len?"

Katharina starrte Olivier an. Verriet er das Geheimnis? Sie hasste sein hämisches Grinsen. Lange liess er sie nicht im Ungewissen.

"Wir müssen in die Höhle. Der Gang ist steil und schmal. Am Ende stösst du auf einen See. Dort angeln wir nach dem Gold."

"Was ist mit dem Brot für die Not?", fragte Wright. "Ein Hinweis?"

"Culliford trug permanent einen Laib Brot bei sich", grinste Olivier. "Hat nichts zu bedeuten."

Wright nickte.

"Auf die Beine, ihr Hunde. Hinab in die Hölle."

Katharina sträubte sich. Wright zückte das Entermesser.

"Ungegarte Augäpfel sind meine Leibspeise. Willst du den Rest deines Lebens im Dunkeln wandeln?"

"Lass die Kleine", bettelte Paul. "Sie legt dir keine Steine in den Weg."

"Ich will keine Steine. Ich will was anderes..."

Katharina schnaubte. Wright entflammte den Docht einer blauen Kerze. Hämisch blickte er in Pauls Gesicht und zückte die Pistole.

"Für wie naiv hältst du mich? Ich weiss, dass einer von euch dreien falsch spielt." Er spuckte seinem Gegenüber ins Gesicht. "Was soll's. Führt mich zum Gold und ihr sollt nicht krepieren."

"Du hinterhältiges Schwein", fauchte Paul und versuchte, mit der Schul-ter die klebrige Feuchtigkeit von seiner Wange wegzuwischen. "Du kommst nicht ungeschoren davon. Das versprech ich dir!"

"Spar dir die heisse Luft für später."

Wrights böses Lachen widerhallte von den Wänden.

- 37 -

Peter Wright stellte die Kerze in eine Felsnische. Die Flamme zuckte am Docht auf und ab. Zwei Augenhöhlen linsten vom Stalagmiten herun-ter. Der Totenkopf glänzte wie eine polierte Elfenbeinschnitzerei. Sein Schattenwurf wirkte gespenstisch. Wrights Klinge blitzte in voller Schär-fe.

"Der See ist riesig", stöhnte er. "Wo ist mein Schatz?"

"Dein Schatz?" Paul schaffte es nicht, den Sarkasmus aus seiner Stim-me zu verbannen. "Nicht ein einziges Achterstück wirst du geniessen. Ich verfolge dich bis ans Ende der Welt."

"Hör auf zu quaken. Sonst schneid ich dir die Zunge raus."

"Pete, wir haben eine Abmachung", murmelte La Buse. Mit auf den Rücken gebundenen Armen lehnte er am Fels. "Sonst gehst du alleine angeln."

"Ich bin doch kein Unmensch", entgegnete Wright. Er tauchte die grosse Zehe ins Wasser. "Mächtig kalt."

"Hmm."

"Kapitän, ich warte. Meine Sezierkünste sind legendär."

"Culliford war damals in Eile. Er hatte keine Zeit, sein Gold zu verscharren. Der Schatz liegt offen herum."

"Jahre sind vergangen. Er hat ein neues Versteck gefunden."

"Weshalb?" La Buse schüttelte den Kopf. "Es gibt kein genialeres Versteck für durchsichtige Steine."

"Durchsichtige Steine?"

"Die Diamanten liegen im Wasser rum."

Wright riss eine Grimasse, als hätte er eine unreife Zitrone verdrückt. Auch Paul Collins zog die Augenbrauen hoch.

"Das kann nicht sein", stöhnte Wright. "Von Gold und Edelsteinen in den Farben des Regenbogens ist die Rede."

"Ach ja?", schmunzelte La Buse. "Davon weiss ich nichts."

"Wir finden die Steine nie. Der See ist zu gross."

"Gross ist ein relativer Begriff."

"Vielleicht übersehen wir den entscheidenden Hinweis."

"Gut möglich", schmunzelte La Buse. "Freunde, strengt eure Gehirnzellen an."

"Was weisst du, La Buse?", krächzte Peter Wright. "Sag es!"

"Was ich weiss? Ich weiss, dass du ohne meine Hilfe nie zum Schatz gelangst", entgegnete La Buse. "Einen weiteren Hinweis gefälligst?"

Wright überlegte. War der Alte so naiv, dass er den Tod nicht nahen sah?

"Lass hören", entgegnete der Möchtegern-Pirat.

"Sam wird mein Geheimnis ewig bewachen", keuchte La Buse. "Was schliesst du daraus?" Wright schüttelte nur den Kopf. Der Kapitän fuhr weiter. "Hatte Culliford einen Verbündeten? Hat sein Gralshüter den Schatz beiseite geschafft?"

Katharina kniff die Augen zusammen. Ihr Kopf war rot wie eine überreife Mango. Wartete sie auf den Schluss, den sie selbst längst gezogen hatte?

"Das Gold kann nicht verschwunden sein", seufzte Wright. Er starrte La Buse an, als brächte dieser Tod und Teufel über ihn. "Unmöglich!"

"Ein gewisser Sam wacht über dem Geheimnis. Nicht über dem Schatz. Wacht er über einem weiteren Hinweis? Dafür würde sprechen, dass..." Er starrte den auf dem Felssockel thronenden Schädel an. "Culliford rief jeden Toten beim Namen Sam. Wegen seines Erzfeindes Samuel Burgess[46]. Befindet sich der Hinweis unter dem Totenkopf?"

"Du meinst...?" Zwei Schritte, schon hielt Wright den grinsenden Schädel zwischen seinen Klauen. "Noch eine Metalldose."

"Zeig her", bat Paul. "Was ist drin?"

"Willst du eh nicht wissen", spottete Wright. Er krauste seine Locken. "Nicht mehr."

"Gib mir das Pergament", sagte Olivier. Er starrte auf den Haarwuchs von Wright und wusste, wessen Skalp er als Trophäe hielt. "Du bist der Schrift sowieso nicht mächtig."

Wright gehorchte. Olivier kniff die Augen zu dünnen Schlitzen zusammen, bewegte die Lippen, ohne Laute von sich zu geben. Endlich schüttelte er den Kopf und öffnete den Mund. Doch kein Wort kam über seine Lippen.

Olivier hörte ein Keuchen. Katharina hatte den Knebel aus dem Mund gespuckt. Kaum Luft geholt, so überschüttete sie den Kapitän mit Verwünschungen.

"Sei verflucht in alle Ewigkeit, du elender Verräter, du Hasenfuss, du verkalkter Idiot. Sprichst von Ehrenkodex und machst mit dem Feind gemeinsame Sache. Hol dich der Teufel! Er soll dich im Fegfeuer schmoren, bis du gar wirst. Du..."

Gelegentliche Zucht bekam Frauen. Peter Wright wusste dies nur zu gut. Er zog Katharina so lange an den Haaren über den Felsboden, bis ihr hysterisches Gekreische in ein kraftloses Schluchzen überging. Der Fusstritt mitten in ihr hübsches Gesicht raubte der jungen Frau den letzten Lebenswillen.

Das Letzte, was Katharina hörte, war Oliviers Lachen.

- 38 -

Katharina öffnete die Augen. Ihr Kopf summte wie ein Schwarm Bienen. Verschwommen sah sie die verstaubte Holzkiste. Rot und blau ragten die Kerzenspitzen heraus. Die Kühle des Bodens lähmte ihren Körper. Arme und Beine wogen schwer wie Kanonenkugeln. Sie spannte ihre Muskeln an. Die Fesseln gaben nicht nach. Niemand half.

"Paul?"

---

[46] Piratenkapitän, segelte 1690 unter Kapitän William Kidd, war ab 1693 Sklavenhändler und Pirat im Indischen Ozean. Im September 1699, wurde er als Kommandant der *Margaret* von der Britischen Flotte aufgegriffen, erhielt aber die königliche Amnestie. Trotzdem 1701 in London wegen Piraterie verurteilt. Nach seiner Freilassung lebte er bis zum Tod als Sklavenhändler in Madagaskar.

Katharinas Gaumen war trocken. Sandkörner knirschten zwischen ihren Zähnen. Sie hustete und spuckte. Ihre Wange loderte. Wrights Fusstritt war von bester Qualität gewesen. Alles schmerzte. Die Haut juckte. Ein Käfer krabbelte vor ihrer Nase durch den Dreck.

"Jemand da?", flüsterte sie. "Bitte."

Katharina hörte ein Geräusch. Ein behaarter Arm führte ihr von hinten eine Tonschüssel an die Lippen. Ohne zu zögern schluckte sie. Kühl floss das Nass ihre Kehle hinunter. Sie riss die Augen auf. Wer war der Unbekannte? Seine Finger umklammerten die Schale. Katharina zuckte zusammen.

Er hatte verschrumpelte Arbeiterhände. Altersflecken zeichneten sich auf dem dicht behaarten Handrücken ab. Doch dafür interessierte sich Katharina nicht. Sie starrte auf seinen massiven Fingerring mit Siegel – zwei Ritter hoch zu Ross. Einen Augenblick nur, dann verschwand der Arm.

"François", rief sie. Ihre Stimme hallte von den Wänden. Sie hörte den Unbekannten husten. "Wasser, bitte", wimmerte sie. Schritte entfernten sich. "Bleib hier. Lass mich nicht allein."

"Nimm dich zusammen, Katharina", herrschte eine Stimme dicht an ihrem Ohr. "Wofür hältst du dich?"

"Olivier?"

"Bleib ruhig..."

"Wo ist François?"

"Du hast Wahnvorstellungen."

"Wo ist Paul?"

"Zum Teufel mit ihm. Er ist die Falschheit in Person."

"Was ist geschehen?"

La Buse hockte neben Katharina. Sie starrte auf seine kaum behaarten, auf den Rücken gebundenen Arme. Die Finger des Verräters waren schwarz vor Dreck. Er trug keinen Siegelring.

"Wer hat mir Wasser gegeben?", fragte Katharina. "Wer?"

"Wovon sprichst du?" Die Stimme des Bussards war ruhig. "Frag lieber, wer dich verraten hat."

"Du."

"Meinst du?"

"Fahr zur Hölle, du Verräter!"

"Geht nicht. Ich bin gefesselt."

"Wer war hier?" Ein Schmunzeln glitt über ihre Lippen. "Hat sich Paul befreit?"

"Wright hat dich und mich zum Ausgang geschafft. Keine Ahnung, was mit Paul ist."

"Paul ist in seiner Gewalt? Wir müssen was unternehmen."

"Ich hab keine Eile."

"Keine Eile?" Katharina starrte den Piraten an – wie ein Gespenst. "Du bist die grösste Enttäuschung meines Lebens. Wenn du wüsstest, wie viel ich von dir gehalten habe..."

"War es Liebe?", fragte er mit spöttischem Unterton. "Oder nur Sympathie?"

"Du bist kein weiteres Wort wert."

"Nie vergesse ich, meine liebe Katharina, mit welcher Leidenschaft in den Augen du mich am Strand von Bel Ombre begehrt hast. Wir sollten unsere Beziehung vertiefen. Was meinst du?"

"Ist das eine Einladung zum Date?"

"Nicht, wenn du nein sagst."

"Ha", machte sie und zog die Augenlider zu dünnen Schlitzen zusammen. "Mit einem Verräter lass ich mich nicht ein. Kommen wir hier lebendigen Leibes raus, gebe ich mich in der ersten Nacht Paul hin."

"Ich dachte, du lässt dich nicht mit einem Verräter ein?", spottete Olivier. "Paul wusste auf dem Friedhof, dass der Text keinen Sinn macht. Dieser Schauspieler kennt die Dechiffriermethode der Templer. Vermutlich seit Jahren..."

"Du kannst mich nicht verunsichern. Nicht mehr."

"Meinst du...?"

"Du verleumdest Paul. Hinter seinem Rücken."

Für einen Augenblick herrschte Stille, wie sie nur in einer menschenleeren Höhle herrscht.

"Gestern hab ich euch mit der Muskete bedroht. Paul hat gezittert und mich angefleht. Doch wie überheblich und aufmüpfig spielt er sich gegenüber Wright auf? Zähl eins und eins zusammen. Addition und nicht Multiplikation", knurrte Olivier. "Egal, vergiss es. Du bist noch immer die einfältige Prinzessin, als die du auf die Welt gekommen bist."

"Dein Verhalten ist einfach nur peinlich", kritisierte Katharina. "Ich könnte mich bereits wieder übergeben. Hoffentlich..."

"Tue dir keinen Zwang an."

Ein Lichtschimmer flackerte im zum See führenden Gang auf. Stimmen wurden laut. Eine Gestalt strauchelte in die Kammer. Sie überschlug sich und blieb liegen. Staub wirbelte auf.

"Meine Schulter", wimmerte Paul. "Sie ist ausgekugelt."

Eine zweite Gestalt tauchte auf. Sie lachte teuflisch. Kein Zweifel: Peter Wright war Herr der Lage.

"Aufstehn, du Weichling." Er trat nach Pauls Beinen. Das Gejammer nahm zu. "Oder ich erlös dich mit der Kugel."

"Halt inne, bitte. Meine Schulter."

Wrights Grinsen verschwand aus seinem Gesicht. Wirr schaute er sich um. War er der Bösewicht, den er mimte, dann drückte er den Abzug und entledigte sich des Schmetterlingsjägers.

Peter Wright legte die Pistole auf den Boden und zog die Klinge durch Pauls Fesseln. Dieser wälzte sich mühsam auf die unverletzte Seite. Mit dem Arm stützte er sich ab.

"Einen Arzt, schnell", stöhnte er und schnitt die furchtbarsten Grimassen. "Meine Schulter!" Wright schaute sich um. Ein Stützverband musste her. Doch kein Stofffetzen weit und breit. Er murrte. Mit der Fussspitze trat er gegen die Holzkiste.

Plötzlich hielt Wright inne. Er starrte in Katharinas Gesicht. Ihre Augen waren weit aufgerissen. Das irritierte ihn. Denn sie blickten an ihm vorbei. Wie in Zeitlupentempo drehte er sich um. Die auf ihn gerichtete Revolvermündung entlockte ihm ein müdes Lächeln.

"Ich dachte schon...", begann er. Ein Feuerstrahl schoss auf ihn zu und liess ihn den angefangenen Satz nicht mehr zu Ende bringen. Sein Trommelfell zerfetzte. Die Luft dampfte nach Pulver. Langsam nur lichteten sich die Rauchschwaden. Paul Collins streckte den angeblich verletzten Arm mit der Pistole noch immer weit aus. Sein Blick war grimmig.

Peter Wright presste die Hand auf seine Brust. Blut spritzte zwischen den Fingern hervor. Seine Knie wackelten. Er sackte zu Boden. Wie der Gläubige vor dem Altar kniete Wright vor Paul. Unentwegt starrte er in dessen Gesicht. Seine Lippen bewegten sich.

"Weshalb?", röchelte er. Roter Speichel tropfte aus dem Mundwinkel. "Du..."

Pauls Schuhspitze traf ihn im Gesicht. Wrights Oberkörper überschlug sich nach hinten. Hart stiess er mit dem Kopf gegen die Felswand. Noch einmal öffneten sich seine Lippen. Doch kein Laut ertönte. Ein Rinnsal aus Blut sickerte über den kalten Stein. Seine Augen blieben weit aufgerissen. Sein Blick war gebrochen.

"Nie wieder vergehst du dich an unschuldigen Frauen, du Fiesling", zischte Paul. Seine Finger tasteten Wrights Hals ab. "Gute Reise in die Hölle."

"Tot?" Katharinas Stimme krächzte wie die Beschläge eines ungeölten Eisentors. Paul nickte: "Er hat es nicht anders verdient."

"Der verratene Verräter", spottete Olivier. "Paul, schneid mir die Fesseln durch."

"Was soll deine Bemerkung?"

"Brauchst du echt eine Erklärung?"

Die beiden starrten sich an. Keiner senkte den Blick. Paul grinste.

"Ich traue dir nicht, Olivier. Du spielst falsch." Er machte zwei Schritte auf Katharina zu. "Ruhig, Liebling, sonst ritz ich ungewollt deine Haut."

"Ob ungewollt oder gewollt ist einerlei", spottete La Buse.

"Verrecken sollst du in deinen Fesseln, du elender Geier."

"Wird es deiner naiven Begleitung gleich ergehen wie deinen anderen Verbündeten?"

Paul hob den Revolver. Der Lauf zielte auf Oliviers Stirn. Der Kapitän senkte den Blick keine Sekunde.

"Jede Bleikugel ist Verschwendung", zischte Paul. "Mögen dich die Ratten bei lebendigem Leib zerfleischen. Komm, Katharina, wir heben den Schatz."

"Wenn du stirbst, Collins, sollte man dich in Essig legen", rief ihm der Bussard nach. "Dann hat die nächste Generation wenigstens ein abschreckendes Beispiel."

"Dies erlebst du nicht mehr."

"Verschon bitte die Kleine. Sie hat das Leben noch vor sich."

"Olivier, du hast mich lang genug bemuttert und mir das Leben zur Hölle gemacht", entgegnete Katharina kalt. "Ich bin nicht die naive Göre, die ich einst gewesen sein mag. Ich weiss zwischen richtig und falsch zu unterscheiden. Und ich hab nicht vergessen, wer mich in diese Lage gebracht hat."

- 39 -

"Ich hab die Pergamentrolle", sagte Paul und klopfte sich gegen die Brust. Seine mit Kokosöl gesteiften Haarfetzen standen in alle Himmelsrichtungen stramm. "Ist bei mir gut aufgehoben."

Katharina sinnierte im Licht der Kerze. Wer im goldenen Käfig aufwächst, hat in der Wildnis nichts verloren. Freiheitsdrang und Sehnsüchten zum Trotz gehörte sie nicht nach Ste-Marie.

Der Schatz ermöglichte die Realisierung ihrer Träume. Sie wollte nie mehr in Abhängigkeit Dritter ein Schattendasein fristen. Sie wollte frei sein von den sie zurückhaltenden Fesseln, das Leben einer ganz normalen Frau führen und ihr Herz der Liebe öffnen. War sie geschaffen für diese Welt? War sie geschaffen für Europa?

Katharina ärgerte sich über Olivier. Sie hatte diesen Verräter für einen Ehrenmann gehalten. Und nicht nur ihn. Auch vom Insektenfreund Paul war sie enttäuscht. Gerechtfertigt oder nicht, er hatte Wright hingerichtet. Konnte sie ihm trauen?

"Ich kann den Text nicht deuten", brummte Paul. "Du?"

"François benutzte die Templerschrift. Er hat den Text aber nochmals verschlüsselt. Reich mir den Spiegel, ja?" Katharina stellte die Kerze auf den Boden. Sie griff nach dem Schriftstück, hantierte mit Stift und Handspiegel und schüttelte schliesslich den Kopf. "Der Aufbau ist anders. Wir müssen abstrakter denken."

DOATHHOIEHUTSSINDTEINTWESNCSSUDH
ALNNTECENORECCMMERSCIIAREDHWESUE
SDNISNHCSNTFHHMIMORHCNSZHUDARSGN
GKSCEDRHCNOIEWETSMETHSSUERASMTE

"Meinst du, Olivier findet die Lösung?"

"Zum Teufel mit ihm", knurrte Paul. "Er..."

"Darf ich nochmals?" Katharina war aufgeregt. "Gelegentlich ist die einfachste Lösung die richtige. Wir hatten mal 'nen jüdischen Magier am Hof. Der hat mir von der Atbash Ziffer erzählt."

"Wie bitte?"

"Ganz einfach: Du musst die erste Ziffer des Alphabets mit der letzten vertauschen und umgekehrt. Ausserdem..." Katharina brach mitten im Satz ab und schaute von der Pergamentrolle hoch. "War wohl Zufall, dass die ersten Buchstaben Sinn machen."

"Streng dich an", fauchte Paul. "Wir brauchen die Lösung."

Erneut drehte und wendete Katharina das Papierstück. Sie berührte damit ihre Nasenspitze und hielt es dann wieder ganz weit von sich. Ihre Pupillen zuckten noch wilder hin und her als die Kerzenflamme. Für Paul völlig unerwartet las sie plötzlich: "Das... Gold... kannst... nicht... sehen, doch... riechen... schon. Ich hab den Code geknackt!"

"Ich werd verrückt", murmelte Paul. "Sie hat es geschafft."

"Du liest nicht Zeile um Zeile von links nach rechts, sondern Spalte um Spalte von links oben nach links unten. Langsam." Fest umschloss sie den Griffel mit Daumen, Zeige- und Mittelfinger. "Ich notiere..."

Wie aus einer Luftblase bildete Katharina Wort für Wort:

"Das Gold kannst nicht sehen, doch riechen schon,
nur tote Fische schwimmen mit dem Strom.
Es reicht nicht ins Wasser zu sehen,
durch das Wasser musst du gehen."

"Katharina, du bist eine Wucht", strahlte Paul, umfasste ihren Hinterkopf mit beiden Händen und drückte ihr einen Kuss auf die Lippen. "Du bist so was von clever."

"Wir haben den Schatz noch nicht." Sie verbarg ihr Schmunzeln nicht. "Oder erklärst du mir den Sinn des Vierzeilers?"

"Es ist vom Schatz die Rede", lachte er. "Nicht von einem weiteren Hinweis. Wir sind auf der Zielgeraden."

"Du magst Recht haben. Andererseits..." Katharina holte tief Luft. Sie musste Zeit gewinnen. Zu viele Gedanken schwirrten im Kopf herum. Klare Gedankengänge waren nicht möglich. "Andererseits ist mir, als hielten wir die Anleitung zum Bau einer Schaluppe in Händen und verfügten weder über Holz noch Werkzeug." Die Flamme zuckte im kaum mehr erkennbaren Strunk. "Weshalb haben wir die restlichen Kerzen nicht mitgenommen?"

"Kein Problem", erklärte Paul. "Mein Magen knurrt. Ausserdem sollten wir nach dem Kapitän sehen. Einfach so verrecken lassen möcht ich ihn auch wieder nicht. Bin ja kein Unmensch."

"Dein Magen knurrt", murmelte Katharina. "Nimm Brot für die Not. Jetzt versteh ich François' Gedichtzeile."

"Der Wald ist voller Mangos, Papayas, Nektarinen – uns mangelt es an nichts."

Paul hob den Kerzenstummel auf und ging voran. Er lachte. Der fröhliche Glanz verschwand erst wieder aus seinem Antlitz, als er die mit scharfer Klinge durchtrennten Taue in Händen hielt. Dort, wo La Buse gelegen hatte, klaffte die Leere des nackten Fels. Vom Piratenkapitän fehlte jede Spur.

- 40 -

Paul reckte sich, gähnte und streckte die Arme in die Luft. Er gab sich alle Mühe, Katharina den Anblick seines muskulösen Oberkörpers nicht vorzuenthalten. Mit den Händen schaufelte er eine Ladung Wasser ins Gesicht und strich sich durch sein schütteres Haar. Neckisch fiel ihm eine Strähne in die Stirn.

"Eine Spur vom Kapitän?", fragte Paul. Katharina schüttelte den Kopf, worauf er murrte: "Der Kerl ist nicht unsichtbar."

"Olivier kennt die Gegend", widersprach Katharina. "Gemäss Sage führt ein Geheimgang von hier zu den Sandinseln[47]. Weiss Olivier davon?"

Ein fetter Käfer wühlte im Sand und grub sich seinen eigenen Geheimgang.

"Zur Hölle mit dem Geier." Paul stampfte auf den Boden. Als er den Fuss wieder hob, waren vom Käfer nur noch die am geplatzten Panzer zuckenden Beine und ein feuchter Fleck auszumachen. Paul lachte. "Ist ein Plattkäfer."

Katharina wendete sich ab.

"Gemäss Tagebuch hat François einen Teil von William Kidds Beute an sich gerissen", murmelte sie. "Auch hat er den Great Mohammed[48] gekapert. War im September 1698."

"Hätt ich François nicht zugetraut."

"Wo nur ist der Schatz?"

"Wir finden ihn. Ein Kinderspiel mit deiner weiblichen Intuition und meinem Scharfsinn."

"Kidd wollte dem Tod entgehen. Vor dem Richter bluffte er mit dem Schatz. Ohne Erfolg. Bis zum letzten Hüftschwung tanzte er am Strick."

"Ste-Marie muss damals ein mächtiger Rummelplatz gewesen sein."

---

[47] Flache Sandinseln, *Ilots aux sables*, der Ostküste vorgelagert

[48] Schiff des Grossmoguls

"Draussen im Hafenbecken, im Windschatten des Wachtelinselchens, liegen die Überreste von Kidds Adventure Galley." Katharina fühlte sich wie eine Geschichtslehrerin. "Auch die Fiery Dragon von Kapitän William Congdom liegt auf Grund."

"Auf Grund", murmelte Paul. "Es reicht nicht, ins Wasser zu sehen..." Er machte einen Schritt. Ein Laut des Erstaunens kam über seine Lippen. Er bückte sich nach der Kerze, hob sie in die Luft und starrte erneut ins Wasser.

"Ein Fussabdruck! Schau her, Katharina, da ist noch einer."

"Die Spur verliert sich im Nichts, als sei der Kerl plötzlich davon geschwommen."

"Da!" Paul deutete auf feuchte Lachen im Sand. "Hier hat er den See verlassen."

"Die Spuren sind ausgelatscht. Er hat den Weg mehrmals zurückgelegt und den Fuss immer an den gleichen Stellen aufgesetzt."

"Meinst du?"

"Es reicht nicht ins Wasser zu sehen. Durch das Wasser sollst du gehen. Oder schwimmen", schmunzelte Katharina, um sich sogleich mit der flachen Hand gegen die Stirn zu klatschen. "Hoffen wir mal, der Unbekannte hat den Schatz noch nicht gehoben."

"Olivier!", krächzte Paul. "Dieser hinterhältige Verräter..."

"Ist er nachts an uns vorbeigeschlichen?"

"Der Geier hat einen Blick auf das Pergament geworfen. Er hat ein Gehirn wie ein Elefant. Er kennt unser Ziel."

"Wir müssen durch das Wasser gehen", sinnierte Katharina. Mit leerem Blick starrte sie auf die vom Stalaktiten kullernden Tropfen. Die Ringe breiteten sich auf der Wasseroberfläche aus. Ein durchsichtiges Tier, das im Vorevolutionsstadium des Fisches stehen geblieben war, schwänzelte über die Sedimentschicht. Katharinas Mundwinkel zwangen ihre Lippen zu einem Lächeln. "Paul, lass uns zur Quelle vordringen."

"Den Wasserfall können wir unmöglich überwinden..."

"Einzig tote Fische schwimmen mit dem Strom. François schickt uns den Fluss aufwärts. Wir müssen..." Katharina brach mitten im Satz ab und schrie: "Nein, nicht den Fels hoch. Durch das Wasser sollst du gehen!"

Stille herrschte in der Höhle. Paul starrte auf den Wasserfall. Ungebremst plätscherte das Nass vom Fels.

"Ich weiss nicht...", murmelte er. "Was machst du?"

Katharina watete durch den See. Ihre langen Beine verschwanden bis zu den Hüften. Mit jedem Schritt wirbelte sie den Grund auf. Der Schlamm quetschte sich zwischen ihre Zehen. Zwei Sätze, und sie stand vor der Felswand.

Das Wasser war eisig. Katharina konnte die Zehen kaum bewegen. Sie streckte die Hand aus. Der Wasserstrahl prasselte auf sie nieder. Unbeirrt machte sie einen weiteren Schritt und streckte die Finger aus. Und weiter. Und noch weiter. Und berührte die Felswand – nicht.

Katharinas Finger griffen durch das fallende Wasser hindurch ins Leere, ins Nichts.

- 41 -

Olivier schaufelte eine Handvoll Goldstücke in die Luft. Eine Dukate nach der anderen klimperte zwischen seinen Fingern zurück auf den Haufen. Oft schon hatte er vergleichbare Schätze gesehen. Nie jedoch war sein Leben vom glänzenden Metall abhängig gewesen. Das Tor zurück in die Welt stand offen.

Er schloss die Augen. Juanita, die widerspenstige Perle, der er beim Fischmarkt auf New Providence zum ersten Mal begegnet war, hatte sich für ihn geopfert. Die Kugel des Piratenjägers Woodes Rogers hatte ihm gegolten. Doch Juanita hatte sich an seinen Hals geworfen und war in seinen Armen gestorben.

Trotz der vielen Frauen war sie die einzige geblieben, die sich in seinem Herz sesshaft gemacht hatte. Jedenfalls bis neulich. Bis Katharina in sein Leben getreten war.

Anfangs hatten es ihm ihre Kurven angetan. Inzwischen beherrschte der Gedanke an sie sein ganzes Wesen. Doch je mehr er sich zu ihr hingezogen fühlte, umso konsequenter wies sie ihn ab und zeigte ihm ihre Abneigung. Diese Hexe!

"Wir sind reich", sagte Olivier. Mit Daumen und Zeigefinger hielt er einen Diamanttropfen gegen das Kerzenlicht. "Reich!"

"Du, ja", entgegnete die Stimme. "Ich brauch das Gold nicht."

"Dein Leben in Askese in Ehren", lächelte Olivier. "Doch heute beginnt ein neuer Abschnitt."

"Du hast mir mehrmals das Leben gerettet, als die Gier nach Gold noch mein Streben beflügelte. Damals, als mein Leben noch lebenswert war. Heute ist nichts davon geblieben. Ich hab nichts mehr zu verlieren. Ich träume davon, eines Tages meine Schulden begleichen und wie Juanita enden zu dürfen. Ewig kannst du auf meine Unterstützung zählen, mein Kapitän."

Olivier schmunzelte. Dann bemerkte er das Licht.

Die Kerze knisterte. Beim Wasserfall hatte sie Spritzer abbekommen. Das Licht der Flamme züngelte sich die Felswände hoch. Die Höhle erinnerte an eine Kathedralenkuppel. Doch Katharina hob den Blick nicht. Sie starrte geradeaus.

"Der absolute Wahnsinn", flüsterte sie. "Träumen wir?" Felsblöcke hatten sich von der Decke gelöst und lagen herum. Der Boden der Grotte, in der die Victoire sowohl in der Länge als auch in der Breite Platz gehabt hätte, war mit Sand bedeckt. Drei Pulverfässer standen in der Mitte. Diese weckten aber nicht Katharinas Aufmerksamkeit. Gebannt starrte sie auf die fünf Kisten daneben. Der Deckel von zweien war entfernt. Goldmünzen und Edelsteine reflektierten das Kerzenlicht und sorgten für himmlischen Glanz.

"Yeah", jauchzte Paul. "Wir sind am Ziel aller Sehnsüchte." Er legte den in Wasser abstossendem Segeltuch eingewickelten Revolver auf einen Felsblock, hechtete vorwärts, kniete nieder und tauchte die Hände in die erste Kiste. Dukaten flogen in die Höhe und klimperten in allen Ecken der Höhle zu Boden. Katharina griff nach einem Diamanten.

"Von der Grösse einer Baumnuss", flüsterte sie, "und der Reinheit einer in stiller Trauer vergossenen Träne."

"Melancholisch?" Pauls Stimme klang hohl. Seine Augen glänzten. Er ergriff ihre Hand. "Wir sind reich!"

Katharina blickte auf das Skelett am Boden. Die braune Segeltuchhose bedeckte noch immer den Lendenbereich.

"Der zweite von Cullifords Sklaven", murmelte Paul. "Zum Schleppen der Kisten war er gut genug. Erbärmlicher Kerl."

"Er ist betrogen worden. Die Höhle wurde zu seinem Grab. Traust du mir?"

"Du und ich, das ist für die Ewigkeit. Katharina, uns gehört die Zukunft. Niemand wird uns täuschen."

"Im Glanze des Goldes zeigt so mancher sein wahres Ich." Katharina starrte Paul in die Pupillen, als suchte sie dort nach ihrem Spiegelbild. "In den letzten Tagen ist mir so manches klar geworden." Sie schritt um die Kisten herum. Ihre Finger spielten mit einem Collier aus champagnerfarbenen Salzwasserperlen. Die Kette schloss sich um ihren Hals. "Erinnere dich der Spuren im See. Olivier war uns immer einen Schritt voraus."

"Psss!" Pauls Oberlippe drückte gegen seine Nase und plattete diese ab wie bei einem der negriden Sklaven. "Kommt er mir nochmals in die Quere, dann knall ich ihn ab."

"Wie Wright?"

"Was soll das?" Paul schoss das Blut ins Gesicht. "Was ist?"

"Du hast ihn ausgelöscht. Hinterrücks. Willst du..."

"Vor ihm beschützt hab ich dich", brauste Paul auf. "Wo bleibt deine Dankbarkeit? Du bist mein Ein und Alles. Was nützt mir materieller Reichtum, wenn ich dich nicht glücklich weiss?"

Sie senkte den Blick. Wollte sie noch vor Sekunden ihre Vermutungen äussern, so fühlte sie sich jetzt ausser Stande.

"Sei mir nicht böse, Paul." Sie zog den Finger, auf dessen Nagel sie wie rasend herumgebissen hatte, zwischen ihren vollen Lippen hervor. "Ich kann dich nicht lieben."

"Wie?"

"Ich liebe dich nicht."

"Du weist mich ab", stammelte er. "Nicht nach allem, was wir durchgemacht haben."

"Paul, ich war ein Leben lang Gefangene." Katharina schaute ihm nicht mehr in die Augen. "Ich will frei sein."

Katharina hörte ihn seufzen. Tief atmete er die Luft ein, räusperte sich und hüstelte. Seine Finger knackten. Dann war es still. Kurz nur. Langsam schlossen sich seine Hände um ihren Hals. Sie rührte sich nicht.

"Ich wollte dich zur Königin machen, dich vergöttern." Pauls Lippen berührten ihr Ohrläppchen. "Weshalb bist du nicht mit mir zufrieden?"

Katharina spürte, wie seine Fingerspitzen über ihren Hals und den Nacken zur Schulter und weiter über die Oberarme kitzelten. Paul wusste die Haut sensibel und empfänglich für Zärtlichkeiten zu machen. Seit Monaten hatten die Gedanken an ihre scharfen Kurven sein Streben und Wirken beeinflusst.

"Keine Frau will auf den Sockel gestellt werden", wies ihn Katharina ab. "Wir Frauen wollen als Person und nicht als Objekt akzeptiert sein."

Pauls Griffe wurden fordernder. Seine Hände glitten über ihren Busen. Katharina zitterte. Sie griff nach seinem Unterarm.

"Sträubst du dich?", flüsterte er. "Du liebst es doch."

"Paul, nimm deine Pfoten weg. Sei vernünftig."

"Nicht so verklemmt, Katharina." Mit der Hand griff er nach ihrem Hals. Die Perlen glitten eine nach der anderen durch seine Finger. "Bist du nicht willig..."

"Loslassen", zischte sie. Wie die Maus in den Klauen des Greifvogels war sie gefangen. "Bitte!"

"Ich will dich!"

"Nein!"

"Ist mein Anrecht. Du gehörst zu mir!"

Katharina war kühl. Und gleichzeitig heiss. Der Schweiss trat ihr auf die Stirn. Sie dachte an Fletcher. Den Vergewaltiger. Den Teufel. Gedanken aus dem Nichts der Dunkelheit. Sie war gefangen in den Katakomben. Die Kathedralenkuppel als Mausoleum. Die Schatzkiste ihr Sarg. Wiederholte sich das Werk des Teufels?

"Herzlich willkommen, Paul", sagte eine tiefe Stimme. "Willkommen in der Hölle."

Katharina zuckte zusammen. Sie riss die Augen weit auf und starrte in alle Richtungen – möglichst gleichzeitig. Die Schweissperlen auf ihrer Stirn glänzten. Der Schall widerhallte. Dann herrschte Stille.

"Willkommen in der Hölle, Paul", wiederholte die Stimme aus der Dunkelheit. "Du spielst mit meinem Gold."

"Olivier", stammelte Katharina. "Du hier?"

Der Pirat tauchte hinter einem Felsblock auf. Paul zögerte nur kurz. Er hastete Richtung Wasserfall und griff nach seinem Revolver. Die Waffe wog schwer in seiner Hand.

"Deinem... Gold...?"

"Ich war zuerst hier." La Buse hielt die Arme zur Seite, als erteilte er den Segen. "Paul, ich bin unbewaffnet. Knall mich nicht ab wie Wright."

"Wofür hältst du mich?" Pauls Lachen klang hohl und falsch. Er blickte an Olivier vorbei. Wonach suchte er in der Dunkelheit? "Bin doch kein Unmensch."

"Paul, du spielst falsch. Ich weiss nicht, wer dich beauftragt hat. Doch du verstehst von Insekten noch weniger als von der Seefahrt." Olivier stand den beiden gegenüber. Kurz schielte er auf die brennenden drei Kerzen. Dann starrte er wieder in Paul Collins Augen. "Und von der Seefahrt hast du keine Ahnung."

"Vergessen, was ich für euch beide getan hab? Wright wollte euch töten."

"Ich bin kein Spezialist", fuhr Olivier mit ungebrochen ruhiger Stimme fort. "Doch Zitronenfalter flattern nur in Europa."

"La Buse, du spielst in einer zu tiefen Liga. Du flösst mir keine Angst ein."

Wer keine Argumente hat, braucht Gewalt. Collins richtete die Mündung des Revolvers auf die Brust des Kapitäns.

"Du bist nicht am Ziel", spottete der Bussard, "hast das letzte Rätsel noch nicht gelöst. Nie verlässt du die Höhle lebend. Du bist dein grösster Feind."

Paul Collins kniff die Augen zusammen. Drückte er den Abzug, so erfuhr er nicht, wovon Olivier sprach.

"Ich bin ganz Ohr", zischte Paul. "Was meinst du..."

"Katharina, überleg doch", unterbrach ihn Olivier. "Paul und Wright machten gemeinsame Sache. Wright wusste zu viel und musste sterben."

"Sonst hast du sie nicht mehr alle?" schnauzte Collins. "Katharina, der Kerl lügt."

"Wer seine Vertrauten Schach stellt, läuft selbst ins Matt", sagte Olivier. "Alles verlief wie geplant. Doch mit..."

"Spinnst du?", brauste Collins auf. "Du bist doch die Falschheit in Person, du verlogene Schlange!"

"Nur mit Wrights loser Zunge hast du nicht gerechnet", schmunzelte der Kapitän. "Deine Kugel brachte ihn zum schweigen."

Collins blickte abwechselnd in Oliviers und Katharinas Gesicht. Er zog die Oberlippe in die Höhe, bis die Eckzähne sichtbar wurden. Sein Grinsen war voller Häme. Der Revolver zielte weiter auf die Brust des Kapitäns.

"Der verdammte Erpresser hat es nicht anders verdient", fluchte Paul Collins. "Ich brauchte einen Gehilfen. Nach Fletchers Verschwinden kam mir Wrights Gier grad recht. Mit einem Schatz köderst du jeden Deppen."

"Wer sind deine Auftraggeber?", fragte Olivier. Collins lachte. La Buse liess sich nicht beirren. "Kennst du die Mitglieder der Bruderschaft um Sam Burgess? Oder bist du nur ein kleiner Fisch im viel zu grossen Teich?"

"Olivier, lass deine erniedrigenden Sprüche", grinste Paul Collins. "Niemand hat mehr Schiffe in den Sand gesetzt als du." An Katharina gewandt ergänzte er: "Ich hätte für dich das Paradies auf Erden geschaffen. Weshalb nur hast du mich von dir gewiesen?"

"Ich suche kein neues Gefängnis", murmelte sie, ohne den Blick zu heben. "Ich will keine neuen Fesseln."

"Paul, gib auf", bekräftigte Olivier. "Uns bleibt kaum Zeit. Wirf den Revolver zu Boden."

Collins lachte: "Drohst du schon wieder?"

"Ich drohe nicht. Es geht um dein Leben."

"Lös zuerst das letzte Rätsel."

"Hast wohl selbst zu wenig Grips? Wie bitte..."

"Hast Recht." Collins winkte ab. "Das Rätsel interessiert nicht mehr." Er hob die den Revolver führende Hand und streckte den Arm aus. Olivier sah die Mündung direkt auf sich gerichtet. Diesmal zögerte Collins keine Sekunde.

"Au revoir", murmelte er und krümmte den Zeigefinger.

- 44 -

Je länger die Schatzsuche dauerte, umso mehr realisierte Katharina, wie sie sich geistig mit dem eigenen Leben und ihrer Zukunft auseinandersetzte. Der Schatz war nicht das Ziel. Das Leben hielt grössere Reichtümer für sie bereit.

Olivier Le Vasseur hatte ihr viel Leid angetan. Er verdiente kein Mitgefühl. Doch seine Worte während den letzten Tagen zeigten Wirkung. Mit einem Mal machte die Schatzsuche Sinn.

Katharina agierte instinktiv. Noch bevor der Abzugshahn klickte, warf sie sich Olivier an die Brust. Ihre Arme schlangen sich wie Tentakeln um seinen Hals. Sie wartete auf den tödlichen Schmerz, den die sich gleich in ihren Rücken bohrende Revolverkugel auslösen musste.

Aus Pauls Revolver schoss Feuer. Rauch stieg auf. Der Knall widerhallte in der Höhle. Immer und immer wieder. Olivier brüllte Katharinas Namen und verfluchte Paul. Der Pulverdampf legte sich wie ein undurchsichtiger Schleier über das Kerzenlicht. Er biss und juckte in der Nase und den Augen. Die Ohren surrten und pfiffen.

Der Kapitän stützte Katharinas erschlafften Körper. Seine Bartstoppeln stachen in ihren Hals. Sie spürte weder Einschlag noch Schmerz. Zögerlich öffnete sie die Augen. Oliviers Gesicht war erfüllt von Angst. Tränen glänzten in den Augenwinkeln. Seine Finger tasteten ihren Rücken ab. Die Hand zitterte.

"Ich hab die Kugel entfernt, du Narr", krächzte eine Stimme aus dem Nebel. "Collins, gib auf. Du kommst hier nie mehr lebendig raus."

Katharina blickte zurück. Sie kannte die Stimme. Eine Musketenmündung zielte hinter dem Felsblock hervor. Mit behaartem Arm am Lauf und dem Finger am Abzug. Sein Siegelring glänzte.

Der Ring des Unbekannten mit dem Tonbecher. Der Träger beugte sich vor. Seine Kleidung war abgetragen und zerrissen, sein Gesicht das eines Urmenschen.

Als sich der Pulvernebel legte, war Paul verschwunden. Das Gold glänzte im Kerzenlicht. Die Höhle erstrahlte bis zur Kuppel.

"Wir müssen raus", flüsterte Olivier. "Sonst gehn wir alle in die Luft."

Er beugte sich vornüber und griff nach Katharinas Schultern. Nur kurz verliess er die schützende Deckung. Doch Paul Collins hatte den Revolver nachgeladen. Noch während der von Wand und Decke widerhallende Knall das Trommelfell zum Surren brachte, zuckte ein Schmerz durch Oliviers Körper. Er griff sich an den Oberarm und schrie.

"Dieser Hurensohn! Er soll in der Hölle verrecken!"

Collins lachte. Kalt lief es Katharina den Rücken hinunter. Diesem Teufel hatte sie vertraut. Jetzt sinnte er nach Rache. Die er bekommen musste. Denn ihr Fluchtweg war abgeschnitten. Er knallte sie aus der Deckung heraus ab wie den in die Ecke gehetzten Fuchs.

Immer weiter züngelten die Flammen am roten Kerzenwachs. Olivier starrte auf die drei Pulverfässer. Es war eine Frage von Sekunden. Sie mussten raus.

Er schielte zum Ausgang. Der Wasserfall plätscherte und versperrte die Sicht auf den unterirdischen See. Es blieb keine Zeit. Bald machte Robert Culliford seine Drohung wahr und wachte wieder alleine über den Schatz.

"Gib uns Rückendeckung", flüsterte Olivier dem Urmenschen zu. "Wir müssen raus hier, schnell." Er griff nach Katharinas Hand. Sie rührte sich nicht. "Katharina, bitte hör dieses eine Mal auf mich. Ich will dich nicht verlieren. Weise mich von dir. Dein gutes Recht. Nur folge dieses eine

Mal meinem Befehl. Du darfst nicht hier unten verrecken. Nicht nach allem, was du durchgemacht hast."

Katharina presste ihre Lippen aufeinander und starrte in Oliviers Augen. Ihre Mundwinkel hoben sich. Sie nickte.

Olivier streckte den Daumen nach oben und riss Katharina mit sich fort. Die Muskete des Urmenschen knallte. Dann Pauls Revolver. Wasser plätscherte auf Katharina nieder. Tief holte sie Luft. Und sprang. Und flog. Ein Gefühl von Freiheit überkam sie. Wasser spritzte. Sie tauchte in die Kälte des Sees ein. Kraftvoll zog sie die Arme durchs Wasser. Dunkelheit herrschte. Olivier hustete. Er hatte Wasser geschluckt. Dann war nichts mehr zu hören.

Katharina spürte den Boden unter ihren Füssen. Es war kalt. Sie atmete lautlos. Ohne Lichtquelle fühlte sie sich verloren. Olivier keuchte neben ihr.

Katharina war überzeugt, den richtigen Entscheid getroffen zu haben. Sie hatte den Verstand ausgeblendet und war ihrem Herz gefolgt. Doch gerade dieses Herz leitete sie permanent falsch.

Was, wenn Paul und Olivier gemeinsame Sache machten?

- 45 -

"Katharina", flüsterte Olivier. "Alles in Ordnung?"

Sie rührte sich nicht. Zu viele Fragen. Wie nur konnte sie sich in Paul täuschen? Durfte sie Olivier trauen?

"Katharina", flüsterte Olivier erneut. "Gib mir die Hand."

Seine Finger schlossen sich um ihren Arm. Katharina atmete durch den Mund. Sie schlotterte. Noch bevor sie einen Schritt machte, hallte ein weiterer Knall durch die Katakomben. Im Lichtkegel der Kerzen taumelte ein Schatten hinter dem Wasserfall. Die Gestalt stützte sich mit den Armen an der Wand ab. Das Wasser spritzte. Der Schatten kippte vornüber, klatschte auf die Seeoberfläche und wurde eins mit der Dunkelheit.

"Vavate", schrie Olivier und liess Katharinas Arm los. "Aufstehn! Ich lass dich nicht in diesem verdammten Loch zurück, mein Freund. Reiss dich zusammen."

"Geht... mein Kapitän", hüstelte der Alte. "Meine Zeit... ist... abgelaufen..."

"Nichts da", befahl La Buse. "Ich führ das Kommando!"

Er rannte los. Wasser spritzte. Sekunden später war er wieder neben Katharina. Er keuchte, als schleppte er eine schwere Last. Die Last stöhnte bei jedem Schritt. "Katharina, wir müssen raus. Sofort. Die Höhle fliegt gleich in die Luft!"

Sie zögerte. Seine Fingernägel bohrten sich in ihren Unterarm.

"Reiss dich zusammen", schrie Olivier. "Die Welt wartet auf uns. Vavate, nein, nicht jetzt. Wir müssen weiter!"

Katharina spürte, wie der Griff um ihren Unterarm lockerer wurde. Sie hatten trockenen Boden erreicht. Vavate liess sich in der Dunkelheit fallen.

"Ich kann... nicht mehr...", röchelte er, "nicht mehr..."

"Vavate, nein! Das ist nicht das Ende des Weges!"

"Das ist mein verdammtes Ende... Ich bin müde... mag nicht mehr fliehen... mag nicht mehr... hasten... nicht mehr weiter... Für mich ist... hier... Endstation... Du..."

"Wir pflegen dich gesund. Reiss dich zusammen. Wir..."

"Juanita wusste... ebenfalls... als ihr Zeitpunkt... gekommen war", flüsterte Vavate. "Ihre Zeit..."

Die Pausen zwischen den einzelnen Wörtern wurden länger. Olivier hatte zu viele Freunde in seinen Armen sterben gesehen, um nicht zu wissen, was die Zeit geschlagen hatte.

"Juanita...", stammelte Vavate, "liess dich alleine... Selbst deine Tränen... hielten sie nicht... zurück." Er keuchte. Im Lichtkegel hinter dem Wasserfall tauchte Paul auf. Das Schattenspiel des Teufels. "Olivier, du... du hast mich gelehrt... dass die Zukunft... nicht in der Vergangenheit... liegt... Wie weise... gesprochen... Schau dich um... Die Vergangenheit... liegt zu deinen Füssen... Die Zukunft... steht neben dir... in der Dunkelheit... Juanita... war deine Liebe... Doch im Leben... gibt es... immer eine Steigerung..." Vavate hustete, übergab sich, röchelte. Olivier schwieg. Katharina hörte ihn weinen. "Mein Kapitän, ich... wollte... dir... das Leben retten... wie du mir..." Nach jedem Wort röchelte er mehr. Doch bis zum letzten Atemzug wollte er weitersprechen. "Ich denke... wir sind... jetzt... quitt..."

"Nein, Vavate, nein", brüllte Olivier. "Steh auf! Das ist ein Befehl!"

"Sei... lieb... zu... ihr...", flüsterte der Alte kaum hörbar. Wie ein Erstickender schnappte er nach Luft. "Katharina... mach... ihn... glücklich..."

Vavate röchelte ein letztes Mal. Dann war es still.

"Nein!" Der stolze Kapitän schluchzte hemmungslos. "Nein!"

Katharina hatte Olivier noch nie so aufgelöst erlebt.

Kalt und düster lag die Dunkelheit über den drei Gestalten. Einzig der Schatten hinter dem Wasserfall tanzte seinen Todestanz.

- 46 -

Zum ersten Mal im Leben zweifelte Katharina nicht. Die Treppenabsätze, die sie einen nach dem anderen erklomm, führten in die richtige Richtung, von der Dunkelheit zurück ans Licht. Die Fledermäuse flatterten. Olivier keuchte. Die letzten Stufen, dann brach das Feuerrot der Morgendämmerung durch den Höhleneingang herein.

Verkohltes Holz und verschmutzte Decken am Boden – stille Zeugen der zurückliegenden Nacht. Wrights Blut war getrocknet. Doch Katharina dachte nicht an das Alte. Sie sah nur das Neue. Mit den Händen griff sie nach den Sonnenstrahlen. Der neue Tag begann.

Selten hatte der Urwald mehr nach Leben und Freiheit geduftet. Katharina atmete die feuchte Luft ein. Sie fühlte sich sicher. Wie eine zentnerschwere Last fiel die Anspannung von ihr ab. Die Muskeln versagten. Ihr Körper schlaffte zu Boden. Müdigkeit kam wie die sich am Riff brechende Welle über sie.

"Aufstehen", herrschte der Bussard. "Auf und weiter! Raus aus der Höhle, raus aus dem Grab!"

Der Grobian riss Katharina am Hemd hoch. Sie wollte motzen. Doch sie kam nicht dazu. Der Boden bebte. Ein ohrenbetäubender Knall. Wie die Kugel aus der Kanone schossen Sand und Dreck aus dem zum Schatz führenden Gang. Die Druckwelle schleuderte Olivier und Katharina zu Boden. Kein Sonnenstrahl passierte den aufgewirbelten Staub.

"Olivier?"

Die Stille des Todes. Katharina fuchtelte mit den Händen vor dem Gesicht. Sie sah nicht mal die eigenen Fingerspitzen. Ihre Lungen waren voll Staub. Sie hustete. Warm tropfte das Blut aus ihrer Nase.

"Olivier!", rief sie erneut. Ihre Finger berührten ein menschliches Bein. Der Mann lag kopfüber im Schmutz. "Olivier, auf!"

Der Piratenkapitän rührte sich nicht mehr.

- 47 -

Der Gang zum unterirdischen See war verschüttet. Prunkvoll wie ein ägyptischer Pharao lag Paul Collins mit seinem Gold begraben. Der absolute Irrsinn. Da geisterte er Jahre lang dem Schatz hinterher, um am Ende mit all seinen Reichtümern bestattet zu werden.

Langsam senkte sich der Staubvorhang. Oliviers Haar war weiss von Sand und Staub. Ein rotes Rinnsal tropfte aus seinem Ohr. Im Mundwinkel vermischten sich Blut und Speichel. Tief klafften die Wunden an Kinn und Schläfe.

Katharina griff nach seiner Hand. Sie spürte keinen Puls. Erneut rief sie seinen Namen. Olivier rührte sich nicht. Sie schlug die Hände vors Gesicht.

Dieser Mann, der für ihre Entführung verantwortlich war, für das Leben in der Hölle, hatte sie aus eben dieser wieder gerettet. Er hatte sein Leben riskiert, und jetzt kauerte sie neben seinem leblosen Körper. Ihre Mundwinkel wogen schwer. Nie hatte sie erwartet, dass es schmerzen würde, ihn, ihren ärgsten Widersacher, von sich gehen zu sehen.

"Olivier, komm zurück", flehte Katharina und griff nach seinem Arm. Er war kalt. Ihr wurde ganz anders. Die Kälte übertrug sich auf ihr Herz und zersprengte es in tausend Eisklötze. "Olivier!"

166

Katharina schwankte zwei Schritte. Frisch zog die Luft in den Höhleneingang. Ihre Beine versagten. Staub wirbelte auf. Sie keuchte. Sie stöhnte. Sie seufzte.

Oft hatte sie Olivier gefürchtet. Doch jetzt, nach der in der Höhle verbrachten Nacht, betrachtete sie den Toten mit anderen Augen. Einem Hirten gleich hatte er über seiner Herde gewacht. All seine Worte deutete sie jetzt richtig.

Viel wollte sie Olivier noch sagen. Weshalb fand man die richtigen Worte erst, wenn es zu spät war? Ihr Blick wurde trüb und verschwommen. Die Haut kitzelte. Katharina wischte sich mit dem Handrücken über die Wange und verschmierte den Schmutz im Gesicht noch mehr.

Vor Stunden noch war es ihr unvorstellbar gewesen, für den Kapitän eine Träne zu vergiessen. Doch jetzt, da er leblos neben ihr lag, warteten Dutzende darauf, aus ihren Augenwinkeln zu kullern.

Katharinas Nase tropfte. Sie schnäuzte sich, schlug die Hände vors Gesicht und begann bitter zu weinen. Mit Tränen war noch nie ein Toter zum Leben erweckt worden.

- 48 -

Lautes Kreischen liess Katharina aufhorchen. Sie öffnete die Augen und starrte durch die Tränen ins Licht. Der schwarzweiss gestreifte Geselle hopste auf sie zu.

"Earl Errol!" Sie breitete die Arme aus. "Hast gut getan, dich von den bösen Kerlen fernzuhalten. Komm zu Mama."

Als wäre sie Luft hüpfte der Halbaffe an ihr vorbei. Seine spitze Zunge glitt über Oliviers Wange.

"Zurück, Errol", flüsterte Katharina. "Der Kapitän hat die Segel für seine letzte Reise gehisst."

Das Tier quietschte wie die Maus zwischen Katzenpfoten. Katharina taumelte und kippte nach hinten. Sie hasste diesen verdammten Staub – im Mund, in der Nase, in den Ohren, in den Augen, zwischen den Zähnen.

"Wasser", stammelte die Männerstimme. "Bitte... Wasser..."

Katharina bedeckte Kinn und Nase mit ihren russverschmierten Händen. Ihr Herz pochte. Sie atmete nicht mehr.

"Olivier?"

"Kalt", stammelte der Scheintote. Seine Finger bewegten sich. "Kalt..."

Katharina bedeckte seinen Körper mit Wolldecken. Der Verletzte rührte sich nicht. Sie griff nach seiner Hand – sie war starr! Endlich hob sie den Tonkrug an seine Lippen.

"Langsam."

"Ich bin... nicht krank... nicht tot", murmelte Olivier. Speichel tropfte aus seinem Mundwinkel. "Einzig in... einem... leblosen Körper."

167

"Wo schmerzt es?"

"Der Kopf... der ganze Kopf glüht... wie eine... explodierte... Kanone..."

"Und deine Glieder?"

"Alles... dran..."

"Olivier, du hast dein Leben riskiert, um meines zu retten."

"Ging es... mir nicht... nur ums Gold...? Oh, mein Kopf..."

"Weshalb wusstest du...?" Katharina lächelte. Wärme staute sich in ihrem Brustkorb. "Ach, was stell ich Fragen. Und bin der Antwort nicht würdig."

"Das Leben... ist... ein Würfelspiel. Du weisst... nie, welche Zahl... kommt. Die Erleuchtung... zu François' Zeile... kam fast... zu spät."

"Atme, Olivier, atme. Wir sind nicht in Eile."

"Blau... ist die Hoffnung... rot der Tod", stammelte er. "Die roten Kerzen... waren aus Schwarzpulver... Der Sprengstoff... im Wachs... entfachte die Pulverfässer... Die Explosion... brachte... die Höhle... sie stürzte... ein..."

"Und der Schatz?"

"Im Leben... musst du... Prioritäten... setzen", murmelte Olivier. Die Kraft kehrte in seine Glieder zurück. Er begrub Katharinas Haupt unter seinen Pranken. "Eine Kiste hab ich... in der Nacht gerettet... Die Diamanten... sind lupenrein... Sie stammen... aus den Indischen Minen... von Vizapoure und Golconda... Da ist... bestimmt auch... eine Klunker... für dich dabei..."

"Die Fussspuren im See waren von dir."

Olivier nickte. Ein Hauch von Trauer zeigte sich auf seinem Gesicht. Er war bleich wie der von den Toten auferstandene Lazarus.

"Ein schlechter Trost... für die... erlittenen... Verluste..."

'Er und Vavate waren sich sehr nahe', dachte Katharina. Doch sie schwieg.

"Wir segelten während... Jahren zusammen", flüsterte Olivier. Er starrte auf die Felswand. Mehrmals kniff er die Augen zusammen und schüttelte den Kopf. "Keiner kannte mich... so gut wie er..."

"Vavate hat dich verehrt." Katharina schmunzelte. Sie wunderte sich nicht mehr, dass Olivier wusste, was sie dachte. "Was ist wohl aus Paul geworden?"

"Hat er Glück, liegt er unter einem Haufen Gold", murmelte der Kapitän. "Hat er Pech, irrt er in der Dunkelheit umher, bis er erstickt. In Essig einlegen kann ich ihn nicht mehr."

"War er Mitglied der ominösen Bruderschaft?"

Olivier stemmte seinen Körper in die Höhe, stützte sich an der Wand ab, streckte seine Glieder und starrte in Richtung Sonne.

"Komm, lass uns gehen. Wir haben einen weiten Weg."

Sein Gang erinnerte an eine Marionette. Langsam verschwand er um die Felskante. Katharina blieb alleine mit ihren Fragen zurück. Dieses Mal störte sie sich nicht daran.

- 49 -

Katharina und Olivier schleppten sich durch das Unterholz. Die Mücken surrten. Die Äste peitschten ins Gesicht. Die Haut juckte. Die Spinnenweben klebten an Arm und Bein. Die Schweisstropfen quollen aus jeder Pore. Es war schwül. Katharina stolperte über die Wurzeln. Oliviers Wunde brannte.

Zahlreich hockten die Piraten auf der Hafenmole. Der Kapitän wusste noch immer zu provozieren.

"Wir haben William Kidds Schatz unauffindbar versteckt."

Gelächter. Einige Zwischenrufer. Einer fragte: "Was ist mit Paul?"

"Der Kerl ist reicher als der Gouverneur. Reicher als der König." Olivier lachte. "Ob er jetzt merkt, dass er Gold nicht essen kann?"

'Worte wie von François', dachte Katharina. Sie folgte Olivier dem Ufer entlang. 'Wer hat wohl wen geprägt?'

Der Piratenkapitän drehte sich kurz um, lächelte und schritt weiter. Er fühlte die Zeit noch nicht reif für Erklärungen. Dabei hatte er viel zu erzählen.

"Kaffee?", fragte Katharina, kaum kamen sie im warmen Licht der untergehenden Sonne bei Oliviers Hütte an. "Tee?"

Olivier liess sich auf die Pritsche fallen. Ein Fluch entglitt seinen Lippen. Er verzerrte das Gesicht und griff mit der Hand an den Oberarm.

"Verdammter Scheisskerl."

"Brauchst du Rum?"

"Schiesspulver und Zündkapsel." Er schüttelte den Kopf. "Aber erst später."

"So schlimm? Zeig die Wunde..."

"Lass mich in Frieden. Nur ein Kratzer."

"Männer und Schmerzen." Katharina schmunzelte. "Nur keine Schwäche..."

"Vavate hat mir alles erzählt."

Der Kapitän kniff die Augenlider zusammen. Die Prinzessin starrte ihn an.

"Was?"

"Paul war ein kleiner Handlanger."

"Seine Schmetterlinge Lug und Trug?"

Durch die Ritzen in der Wand spürte Katharina den Luftzug. Frischer Wind kam auf. Im wahrsten Sinne des Wortes.

"Reich mir das Wasser, ja?" Olivier setzte den Tonkrug kurz an. "Der Kopf der Bruderschaft war Sam Burgess."

"Von François verraten", murmelte Katharina. "Der Siegelring mit den Rittern."

"Die fünf edlen Piraten-Templer. Ewige Treue, Macht und Reichtum."

Olivier kratzte sich im Schritt. "Die Tätowierung auf Cullifords Brust. Keiner auf der Victoire kannte die Bedeutung. Nicht mal ich, der Kapitän. Ich dachte, er sei zufällig an denselben Tätowierer geraten wie Vavate."

"Vavate trug auch den Ring."

"Robert Culliford heuerte auf meinem Schiff an. Unter falschem Namen. Deshalb ging Vavate in Ste-Marie von Bord. Er wollte nur noch seinen Frieden. Im Gegensatz zu Culliford. Die Vergangenheit klebte ein Leben lang wie Honig an seinen Fersen. Nicht ohne Grund." Der Piratenkapitän holte tief Luft. "Kurz vor der Jahrhundertwende segelten Vavate und Culliford zusammen unter Kapitän Stout. Nach dessen Grippetod übernahm Culliford das Kommando. Vavate wurde erster Maat. Sie verbündeten sich mit Samuel Burgess und zwei weiteren Piraten und plünderten das Schiff Great Mohammed. Doch Neid und Missgunst segeln auf jedem Schiff mit. Die Flotte war zu klein für zwei Könige. Eine verlogene Schlange machte Culliford weis, Burgess habe damals seine Aussetzung auf der Insel bewirkt." Olivier schmunzelte. "Auch du, Katharina, vertrautest gelegentlich den falschen Leuten."

"Hassten sich die beiden nur wegen dieses Missverständnisses?"

"Culliford nahm William Kidd später Schiff, Mannschaft und Vermögen. Kidd stritt dies während seines Prozesses ab. Er wollte sich mit dem Schatz die Freiheit erkaufen. Die Rechnung ging nicht auf. William Kidd wurde 1701 an der Themse gehängt. Sein Schatz lagerte längst in der jetzt verschütteten Höhle. Culliford hatte ihn versteckt."

"Was noch nicht den Zwist mit Burgess erklärt."

"Die englische Krone begnadigte Culliford. Doch die Plünderung des Great Mohammeds wog zu schwer. Kaum in London wurde er vor Gericht gestellt. Er war verraten worden. Von wem? Culliford tippte auf Sam Burgess. Er trat deshalb als Kronzeuge gegen seinen ehemaligen Verbündeten auf und entkam dem Strick. Der Richter brummte ihm nur ein Jahr im Gefängnis Newgate auf." Olivier nippte erneut am Tonkrug. Wasser tropfte von seiner Kinnspitze. "Im Gefängnis plauderte Culliford vom Schatz. Gefängnistüren haben Ohren. Kaum frei wollte die Bruderschaft ihren Anteil. Unser Freund verschwand und legte sich in Amerika eine neue Identität zu."

"Wurde Burgess gehängt?"

"Einer der Brüder bewirkte seine Freilassung. Er kehrte als Sklavenhändler zurück nach Madagaskar und suchte auf Ste-Marie nach Cullifords Gold. Dabei überwarf er sich mit den Einheimischen. Ein schwarzer Häuptling vergiftete ihn. Der gute alte Sam liegt auf dem Friedhof von Ste-Marie."

"Das Kreuz, das François mit der Klinge zugerichtet hat", murmelte Katharina ohne den Blick zu senken. Ihr Gesicht spiegelte sich in Oliviers Augen. In diesen Augen, die nichts mehr vom nach Beute spähenden Bussard hatten. "Wer sind die Mitglieder der Bruderschaft?"

"Vavate, Burgess und Culliford sind tot. Der Vierte residiert auf einem Landsitz bei London. Er steht unter dem Schutz der Krone. Mit finanziellen Unsummen hält er die Regierungsmitglieder bei Laune." Olivier holte tief Luft. "Die Nummer 5 hat sich wie Culliford eine neue Identität zugelegt. Von ihm hat Vavate nie mehr gehört. Würde nicht überraschen, wenn er heute auf einem königlichen Schiff dient."

"Regierungen sind Ansammlungen von Verbrechern", bestätigte Katharina. "Und die grössten Gauner stolzieren mit einer Krone herum."

"Dann steht garantiert irgendwo ein Herrscherthron für mich bereit." Olivier schmunzelte. Katharinas Gesichtszüge blieben verschlossen.

"Was ist mit Fletcher?"

"Ein kleiner Verräter, der niemandem was antut."

"Der niemandem was antut", stammelte Katharina.

In Gedanken sah sie wieder die Bilder. Tränen schossen ihr ins Gesicht. Olivier sah Angst und Schrecken in ihren geweiteten Augen.

"Nicht nur, dass er François auf bestialische Art und Weise abgeschlachtet hat. Mit seinen Fingern..." Sie brach mitten im Satz ab. Die Tränen flossen über ihre Wangen. Sie schnäuzte sich. "Mit den Fingern hat er meinen nackten Körper betatscht, mich bespuckt, über mich uriniert und mich pausenlos vergewaltigt. Jeden Morgen hoffe ich, jene beiden Nächte vergessen und die Bilder auslöschen zu können. Doch die Gedanken lassen mich nie mehr los. Sie begleiten mich in den Schlaf und suchen mich im Alptraum heim. Ich seh immer das gleiche Bild vor mir, seh ihn lachen, diabolisch laut, hör ihn schnaufen, hör ihn stöhnen, hör ihn schreien, hör ihn kommen. Und dann steht er auf und lacht und spuckt mich an und verschwindet im Feuer zwischen den zwei Marmorsäulen." Sie schluchzte. "Männer können sich nicht vorstellen, was es bedeutet, dem Teufel machtlos ausgeliefert zu sein. Nie mehr werde ich sein wie früher. Nie werde ich vergessen. Mein Leben lang nicht."

Olivier hörte ihre Stimme brechen und sah all ihre Tränen kullern. Er zog seine Augen zu Schlitzen zusammen. Mit Daumen und Zeigefinger quetschte er die eigene Unterlippe, bis kaum mehr Blut zirkulierte.

"Die Vergangenheit lässt sich nicht ungeschehen machen. Einzig verarbeiten. Tut mir leid, ich wollte keine Erinnerungen wachrütteln."

"Ich denke jeden Tag daran. Jeden Tag!"

"Es tut mir so leid." Olivier nickte. "Kein Tag ist mehr wie früher."

Er meinte Katharinas Erinnerungen an die Vergewaltigung. Doch ein schrecklicher Gedanke kam in ihm hoch. Und Olivier irrte selten.

- 50 -

Chevalier de Pardaillan schätzte seine Mitmenschen richtig ein. Er liebte es, wenn die Welt nach seinen Launen tanzte. Die Welt tanzte oft. Das nächste Opfer wartete.
Antoine Desforges-Boucher war nicht besser als jeder andere selbstverliebte, aufgeblasene Truthahn. Er tanzte aus Leidenschaft. Weshalb er, der Gouverneur, sich für La Buse interessierte, war offensichtlich. Deshalb auch sein Bestreben, dem Piraten die Amnestie zu gewähren. Chevalier de Pardaillan schmunzelte. Er wollte seinen Nutzen aus dem eigenen Wissen schlagen. Nichts konnte ihn aufhalten. Er hatte vorgesorgt. Nichts konnte den Tanz stoppen.
Am 23. September 1724 wiederholte der Rat von Bourbon die Amnestiebedingungen. Als Zeichen ihrer Treue gegenüber ihrem König mussten die Piraten William Bohony und Olivier Le Vasseur, genannt La Buse, der Bussard, die Männer ausliefern, die mit der königlichen Amnestie in Händen John Clayton kaltblütig ermordet hatten. Im mit königlichem Siegel versehenen Dokument, das den auf Ste-Marie dahinvegetierenden Piraten zukam, stand:
"Le sang encore bouillant de Clayton vous demande vengeance. Il était votre ami et consort..."[49]

- 51 -

Katharina stützte den Kopf auf dem Handballen ab. Keine Sekunde liess sie Olivier aus den Augen. Oft schon hatte sie ihn nicht durchschaut. Heute war alles anders. Der Kapitän offenbarte Gefühle. Er schloss die Augen, verschränkte die Arme und streckte die Beine.
"Hast du in Bourbon Amnestie für deine Leute beantragt?" Katharinas Finger pflügten den Sand. Sie häuften immer höhere Berge auf. "Hast du dort John Clayton getroffen?"
"Meine Männer sollen in Frieden leben."
"Warst du deshalb ein halbes Jahr weg von Ste-Marie?"
Olivier starrte Katharina an wie damals am Strand von Bel Ombre.
"Ich musste weg."
"Flucht?" Sie schmunzelte. "Was treibt dich seit Jahren von Wellental zu Wellental? Wie wurdest du zum trauernden Verfolgten, der predigt, in der Gegenwart zu leben, dabei aber die Vergangenheit nicht ruhen lässt? Erzähl von Juanita."

---

[49] "John Claytons vergossenes Blut verlangt nach Rache. Er war euer Freund und Vertrauter..."

172

Olivier setzte sich auf. Er blickte auf das Meer hinaus, wo sich der Sonnenbauch noch vor Minuten auf der Oberfläche gespiegelt hatte. Bei jeder Wellenbewegung tanzten die Laternen an Bord der Vierge de Grace. "Niemand erweckt Juanita zum Leben", murmelte er. "Und das ist gut so."

"Fühlst du dich für ihren Tod verantwortlich?"

"Ich hab viele Menschen auf dem Gewissen. Zu viele." Er rührte sich nicht. "Mir war klar, dass diese Smaragdaugen, die schulterlangen Seidenhaare sowie die meine Triebe in Rage bringenden Wölbungen unter ihrem eng anliegenden Kleid Ärger bringen mussten. Dennoch nahm ich Juanita an Bord." Er seufzte. "Ich durchschaute sie. Sie dachte nur an sich. Doch nie im Leben habe ich vergleichsweise geliebt. Und nie in Zukunft konnte ich intensiver lieben, war ich überzeugt. Damals."

Olivier legte eine Pause ein. Jetzt waren es seine gespreizten Finger, die immer neue Sandhaufen aufpflügten.

"In Port Royal vergnügte sich Juanita mit einem Offizier. Ich war rasend vor Eifersucht, unausstehlich, polterte, soff mich fast zu Tode und weinte." Der Pirat holte tief Luft. "Ich wollte sie zurück. Doch sie wollte leben, wollte Flügel, wollte frei sein und davonfliegen wie ein Vogel, wann immer ihr danach war." Er seufzte erneut. "Wochen später gerieten wir in einen Hinterhalt. Aller Untreue zum Trotz liebte mich Juanita mehr als ihr eigenes Leben. Was sie mir an ihrem Todestag bewies. Sie warf sich in die Flugbahn der Kugel, die mir gegolten hatte." Katharina bemerkte einen feuchten Glanz auf Oliviers Wange. "Die Geschehnisse haben sich wiederholt."

Katharina drückte seine Hand. Ja, auch sie hatte sich in die Schusslinie der feindlichen Kugel geworfen. Sie, die entführte Prinzessin, war bereit gewesen, für ihn, den Piraten, der ihr Leben zerstört hatte, in den Tod zu gehen. Auf den ersten Blick ohne Grund. Doch jetzt, da sie seine Nähe spürte, seine Wärme, und ihn von der Vergangenheit erzählen hörte, war alles anders. Und mit einem Mal hatte sie Antworten auf all ihre Fragen.

"Katharina", murmelte Olivier. "Ich liebe dich."

"Wie willst du dir sicher sein?"

"Ich fühle es."

"Ich glaube nur, was ich sehe."

"Schliess deine Augen, meine Liebe." Oliviers Stimme tönte sanft. Sie tat wie befohlen. Mit den Fingerspitzen streichelte er ihre Schultern. Ein warmer Schauer fuhr Katharina über den Rücken. "Was tue ich?"

"Du berührst mich."

"Warum weisst du's?"

"Weil ich es fühle."

"Aber deine Augen sind geschlossen."

Katharina riss die Augen auf. Ihre Lider wogen schwer. Kein Mann hatte je so zu ihr gesprochen, sie so angeschaut, so direkt, als wollten seine

Augen ihre Sinne lesen. Sein Mund war leicht geöffnet und wartete nur auf sie. Ihre Zunge berührte instinktiv die Ecken der Lippen, tastete die viel zu trockene Haut ab. Oliviers Atem kitzelte auf ihrem Kinn und schickte flockige Wellen über ihren Hals. Ihr Herz pumpte. Der Kuss liess Katharina allen Widerstand aufgeben. Sie spürte Sand in den Haaren, die krallenden Finger im Rücken, die kühle Abendbrise im Gesicht, seinen Atem im Nacken. Ihre langen Wimpern vibrierten. Angenehme Wärme durchflutete ihren Körper. Sie registrierte seine suchende Hand, mochte den Körperkontakt, warm und kitzelnd, und liebte seinen Geruch. Trotz Oliviers herbmännlichen Auftretens zeugte jede Berührung von Zärtlichkeit. Doch Katharina wollte ihm nicht wehrlos ausgeliefert sein.

Ihre Finger glitten vom Bauch hoch über seine Brust und berührten seine straffen Muskeln, die sich hart auf der Haut abzeichneten. In der Schultergegend spürte sie die tiefe Narbe, die ihr oft schon aufgefallen war. Ihre Finger griffen nach seinem Kopf und führten seine Lippen an ihren Busen. Oliviers Zähne bissen sich in der Bluse fest. Er knabberte an ihrer Brustwarze. Feucht kreiste seine Zungenspitze. Glücksgefühle flatterten in ihrem Kopf. Ihre Sinne bekamen Flügel.

Oliviers Pranken umschlossen Katharinas Hüften. Er hob ihren Körper wie eine Feder in die Luft. Seine Küsse waren fest und fordernd. Langsam senkte sich Katharina auf seine eiserne Härte. Ihr Unterleib loderte. Sie genoss jede Welle, die ihren Körper durchflutete.

Der unvergessliche Augenblick am Strand von Bel Ombre fand endlich die gebührende Fortsetzung.

- 52 -

"Es gab Zeiten, da glaubte ich, niemals mehr zu lieben. Juanita war von mir gegangen. Sie hatte mein Herz und meinen Lebenswillen mit sich genommen", flüsterte Olivier. Er kraulte Katharinas Kopf. "Dabei rechtfertigt es keine noch so grosse Trauer, sein Leben wegzuschmeissen. Es gibt immer eine zweite Chance."

"Der Weg zur Erleuchtung. Es ging nie um die Suche nach dem Gold", nickte Katharina. "Nach langem, blindem Herumirren hab ich mich selbst entdeckt. Meine Wünsche und Gefühle. Olivier, ich liebe dich."

Ihr Haar duftete nach Ylang Ylang-Blüten. Dieser süssklebrige Nektarduft, der in der Intensität an Jasmin-, Zitronen- und Mandelblüten erinnert, verwirrte Olivier. Die ausweglose Situation war vergessen. Doch Katharina liess ihn nicht auf einem Blütenmeer ins Paradies abdriften.

"Weshalb gehst du nicht nach St-Paul?", fragte sie. "Dort scheint die Sonne. Alle Schatten der Vergangenheit sind auf einen Schlag weggeblasen."

"Lieber im Schatten liegen als in der Sonne hängen."

Olivier griff nach einem Ast. Im Fünfsekundentakt pflügte sich die frisch gewetzte Dolchklinge durch das Holz. Ein Span nach dem anderen spiralte.

"Es ist noch nicht zu spät", sagte sie. "Jetzt noch nicht."

"Die lechzen einzig nach meinem Gold."

"Was hat dir dein Reichtum gebracht?"

"Wer gegen den Strom schwimmt, kommt zur Quelle", murmelte er.

"Tote Fische schwimmen mit dem Strom. Schon vergessen?"

"Was suchst du an der Quelle?" Katharina schüttelte den Kopf. "Du bist ein Bruder der Küste. Nutze die Amnestie."

"Zwei Dutzend meiner Männer segeln nach St-Paul. Sie sollen in Freiheit leben."

"Und was ist mit uns?"

"Unsere Zeit kommt auch."

"Wir leben nicht in der Zukunft." Katharina schüttelte ihre Mähne hin und her. "Wir leben heute – hier und jetzt. In der Gegenwart."

"Schau dich um. Es ist gar nicht so übel hier. Tauch deine Finger in den Sand. Selbst im kleinsten Korn erkennst du das Wunder der Natur."

"Tausend Sandkörner warten in Frankreich darauf, von dir bewundert zu werden."

"Nur hier, fernab von weltlichen Zwängen, sind wir glücklich und frei. Palmen, Wind, Meer, Strand, Natur. Niemand sagt uns, was wir zu tun haben. Was wollen wir mehr?"

"Freiheit, Sicherheit, Geborgenheit, Schutz, Heimat. Ste-Marie ist für mich mehr Gefängnis denn Heimat."

Olivier griff nach Katharinas Hand. Der Diamant zwischen seinem Daumen und Zeigefinger reflektierte das spärliche Licht in alle Himmelsrichtungen.

"Katharina, nimm diesen Ring von mir. Keine Fesseln, kein Gefängnis, keine Mauern. Alles kann, nichts muss... Unsere Zeit wird kommen."

- 53 -

Zahlreich fanden sich die Reisenden am Morgen auf der Vierge de Grace ein. Chevallier De Pardaillans Strahlen machte der hinter den Palmen aufgehenden Sonne Konkurrenz. Verlockend war sein Angebot. Doch Olivier traute diesen Augen nicht.

Erfahrene Piraten wie Robert Culliford oder William Kidd hatten sich durch eine schriftliche Amnestieerklärung blenden lassen. Er, Olivier Le Vasseur, hatte die Duchesse de Noailles, das Versorgungsschiff von Bourbon, geentert und geplündert. Weitere Schiffe der Compagnie des Indes waren ihm zum Opfer gefallen. Nicht nur des versteckten Goldes wegen vermutete er eine Falle. Bourbon lechzte nach Rache.

Die Matrosen hissten auf der Vierge de Grace die Segel. Claytons Mörder lagen in Ketten, waren bereit zur Auslieferung an den Gouverneur. Das Verbrechen sollte gesühnt werden. La Buse und eine Handvoll seiner Männer blieben auf Ste-Marie. Eine Entscheidung mit tragischer Auswirkung. Denn ein schlimmeres Ende wäre La Buse auf Bourbon kaum zu Teil geworden. Doch das wusste er nicht, als er das jungfräuliche Schiff am Horizont verschwinden sah. Er glaubte an Freiheit, Sicherheit und Geborgenheit – fern der Heimat.

- 54 -

Wochen später im Swan. Katharina hockte auf Oliviers Oberschenkeln. Ihre Fingerspitzen kitzelten in der Lendengegend. Er konzentrierte sich auf die Würfel. Hoch hob er die Faust in die Luft, schüttelte sie hin und her, holte weit aus und öffnete die Finger. Die Geschosse verpassten die Tischplatte um Haaresbreite. Katharina lachte.

"Du trotzest Wind und Meer. Doch zwei Frauenhände bringen dich aus dem Konzept. Mein Kapitän, was ist mit Euch?"

"Du hast dich prächtig erholt", schmunzelte Olivier und wandte sich an seine Spielpartner. "Während der Nacht liess sie sich das Abendbrot nochmals durch den Kopf gehen. Glücklicherweise nichts Ernstes."

"Ein Schluck Rum und du bist wieder auf den Beinen", frohlockte Will Bohony, der Steuermann. Er deutete auf Katharinas Becher. "Hat Quellwasser denselben Effekt?"

"Ach, ihr armen Säufer. Gewöhnt euch den Rum ab", lachte sie und tippte mit ihrem Zeigefinger an die Schläfe. Jeder sah den am Ringfinger funkelnden Diamanten. "Noch ein paar Wochen und die Fässer sind trocken. Bereitet dann das Würfelspiel noch immer Spass?"

"Sagt nicht Olivier, man müsse jeden Augenblick auskosten, als sei es der letzte?" Will streckte das Kinn in die Höhe, stemmte die Hände in die Hüfte und schmunzelte. Der notorische Besserwisser. "Katharina, sei keine Spiesserin. Nimm einen Schluck aus der Pulle."

Sie griff nicht zu. Sondern lachte nur. Und rang nach Luft. Jäh erstickte ihr Lachen. Sie schnellte in die Höhe. Mit der Hand fasste sie sich an die Stirn. Und taumelte.

"Katharina!", schrie es wie aus einem Mund.

Sie streckte die Arme aus. Ihre Hände griffen ins Leere. Nichts und niemand gab ihr Halt. Ihre Arme rotierten in der Luft. Sie drehte sich um die eigene Achse, kippte vornüber und plumpste auf einen verwaisten Tisch. Staubpartikel tanzten im Kerzenlicht.

Olivier hechtete los. Er beugte sich über seine Prinzessin. Ihre Stirn war feucht. Seine Hände glitten unter ihren Nacken und ihre Oberschenkel. Vorsichtig hob er sie in die Luft. Katharina schlug die Augen auf. Sie lächelte.

176

"Liebling, kein Problem", flüsterte sie. "Mir wurde nur etwas schwarz vor den Augen."

"Aber..."

"Es wurde mir schwarz. Und dann hab ich die beiden Säulen mit dem Höllenfeuer wieder gesehen. Wie damals."

"Seit Wochen hält das schon an. Komm, wir gehn in die Hütte."

"Nicht jetzt, später. Ich möcht nicht von deiner Seite weichen und werd immer bei dir bleiben. Keine Angst, meine Zeit ist noch nicht gekommen."

"Ich pfleg dich gesund", versicherte Olivier. "Hörst du, ich lass dich nie alleine. Nie."

"Katharinas Krankheit wird in den nächsten Monaten noch viel schlimmer werden", schmunzelte Will Bohony. "Sie wird dick werden und das Gesicht voller Pickel haben. Ihre Launen sind dann anstrengend und ihr Appetit unstillbar. Ach Olivier, du hast beste Arbeit geleistet!"

Bohony klapste Olivier auf die Schulter. Die beiden schauten sich an und lachten.

- 55 -

Als Zeichen seiner guten Gesinnung hatte Olivier der Kirchgemeinde von St-Paul die religiösen Objekte geschickt, die er von der Virgen del Cabo mitgenommen hatte. Doch solche Gaben besänftigten einzig den Himmel. Irdische Richter lechzten nach Gold.

Für die Männer von Ste-Marie, die vor Monatsfrist auf der Vierge de Grace zu neuen Ufern aufgebrochen waren, erwies sich die Insel Bourbon als das Tor zurück in die Freiheit. Am 4. November 1724 begnadigte der Conseil Supérieur de Bourbon die 23 Piraten. Alle hatten sie unter La Buse gedient. Alle verbrachten sie ihren Lebensabend in Freiheit.

Weder La Buse noch Will Bohony waren unter den Begnadigten. Sie harrten weiter auf Ste-Marie aus und warteten auf das Zeichen des weltlichen Richters.

Derweil knüpfte der Henker bereits den Hanfstrick.

177

- 3. Prolog -

6 Jahre später.

Der Indische Ozean ist tot. Die Landschildkröten auf der Insel Bourbon sind ausgerottet. Ebenso die flugunfähigen Vögel Solitaire und Dodo. Sie sind alle zu oft auf der Speisekarte gelandet. In Ste-Marie erinnert nichts mehr an die guten, alten Zeiten. Nur noch gelegentlich verirrt sich ein Händler in die Piratenbucht. Keine Kundschaft, kein Handel. Zwei Jahre sind vergangen, seit es der alte Gouverneur den Viechern gleich getan hat. Immerhin ist er nicht auf der Speisekarte gelandet. Der neue Gouverneur, Pierre-Benoit Dumas, lässt uns in Ruhe. Einzig die Tatsache, dass Piraten nicht mehr begnadigt werden[50], stimmt mich nachdenklich.

"Schlag ich mein Lager in Riffnähe auf, bring ich kein Auge zu. Doch zwei Monde später hab ich mich an die Brandung gewöhnt", flüstert er. "Genau gleich ist es mit einem herumbrüllenden Kapitän. Schreit er immer, so hört ihn keiner mehr."

"Du warst auch nicht immer die Ruhe selbst", entgegne ich. "Ich hab dich gehasst."

Er schlingt die Arme um meine Brust. Ich spüre seine Kraft. Der Hauch seines Atems kitzelt im Nacken. Deutlich vernehme ich nahe der Ohrmuschel seine wie immer herb männlich gesprochenen Worte.

"Hab ich dir schon gesagt, wie warm mir ums Herz ist, wenn du mich so verliebt anschaust?"

Seine Fingerspitzen streicheln über meine Wange. Ich seufze. Auch jetzt, mehr als ein halbes Jahrzehnt nach unserem ersten Aufeinandertreffen, fasse ich mein Glück kaum. Was als Alptraum begonnen hat, kommt heute dem Paradies nah. Auch wenn das strapaziöse Leben auf Ste-Marie so manchen Tag zur Hölle werden lässt. Doch seine Liebe und das Strahlen unserer kleinen zwei Strolche machen dies mehr als wett. Es gelingt mir nicht, das Lächeln aus meinem Gesicht zu verbannen.

Niemand weiss besser als er, wie Mann spricht. Ein Leben lang hat er Frauen umgarnt. Ich störe mich nicht daran. Jeder gut aussehende Kerl reiferen Alters hat eine Vergangenheit.

Ich schliesse die Augen, presse meine Stirn an seinen Oberkörper und atme tief ein. Ich rieche seinen frischen Schweiss, öffne meine Lippen und spitze die Zunge. Seine Haut schmeckt nach Salz. Ich liebe seinen Duft.

---

[50] Verdikt des *Conseil Supérieur de Bourbon*: Ab dem 31. Dezember 1727 gibt es keine Amnestie mehr für Piraten.

"Das Glück findet sich in der Holzhütte am Palmenstrand und nicht im goldenen Käfig eines Maharadschapalastes", flüstere ich. "Niemand hätte mich glücklicher machen können. Eines Tages segeln wir zusammen nach Europa. Ist deine Heimat so reizvoll wie alle sagen?"

"Frankreich bleibt ewig ein Traum", murmelt er und hält den Blick gesenkt. "Als ich ein kleiner Junge war, konnte die Welt nicht gross genug für mich sein. Doch so viel und lange ich auch lief, irgendwo und irgendwann stiess ich immer an eine Grenze. Als ich dann einen Ozeansegler bestieg, wurde mir bewusst, wie viele Geheimnisse die Welt offenbart. Seit ich aber die Weltmeere mein Wohnzimmer nenne, sehn ich mich wieder die Ruhe Frankreichs herbei. Wieweit ich mit dem Wind auch reise, nirgends schmeichelt der Wein dem Gaumen besser, nirgends duften die Wiesenblumen frischer und nirgends ist der Sonnenuntergang spektakulärer als von den Klippen Calais'. Weshalb wollen wir Menschen immer das, was wir nicht haben?" Er schliesst die Augen. Seine Mundwinkel zucken verräterisch nach unten. "Tief in mir drinnen spüre ich, dass du, meine Geliebte, alleine nach Europa reisen musst."

"Ach, du alter Spiesser, was..." schmunzle ich – und breche den Satz ab. Das Baby schreit. Wie jede gute Mutter interessiert mich selbst das spannendste Gesprächsthema nicht mehr. Er brummt ein paar Worte im Stile von "Nun geh schon...", mehr höre ich nicht. Ich bin im Nebenraum.

Valéon kniet im Bett, das François vor Jahren auf die Pirateninsel geschleppt hat. Seine schwarzen Locken sind feucht. Er hat einen Alptraum gehabt, mutmasse ich. Seine Fingerchen verkrallen sich im Vorhang. Ich presse seinen kleinen Körper an meine Brust. Valéons Arme schlingen sich um meinen Hals. Wenn ich ans Gewicht von Ozérine denke, habe ich das Gefühl, einen Sack Federn zu herzen.

Wenig später atmet unser Sohn wieder tief und fest. Ich ziehe das Leinentuch bis zur Brust und küsse ihn auf die Stirn.

"Ich kann mir keine bessere Mutter für unsere Kinder wünschen", flüstert mein Piratenkönig. "Du machst uns alle glücklich."

"Liebling, lass uns nach Europa flüchten", sage ich und flüchte zurück in seine Arme. "Du hast Recht. Nur dort leben wir frei von irdischen Zwängen."

"Freiheit ist relativ. Freiheit findet sich nicht an einem bestimmten Ort. Freiheit findet sich nicht zu einem bestimmten Zeitpunkt. Es ist unser Schicksal, dass wir nie frei entscheiden können. Niemand kann es. Als Gefangene der eigenen Macht folgen selbst Gouverneure und Könige fremdbestimmten Zwängen. Freiheit findet sich höchstens, wenn du deine Gedanken verwirklichst oder es zumindest versuchst." Er streicht mit seinen Pranken über meine Wange. Ich zittere, könnte weinen vor Glück, beisse mir auf die Unterlippe und schlucke leer. In der Bauchgegend spüre ich ein Kribbeln. Die Schmetterlinge schlüpfen aus ihren Larven. Wie so oft in den zurückliegenden Jahren. Seine Berührungen entlocken meinen Lippen einen Seufzer. "Wir stehen an Deck und fahren aufs Meer hinaus. Hinter uns liegt die Vergangenheit, vor uns die Zukunft. Welche Richtung wir auch einschlagen, an den momentanen Ort kommen wir nie mehr zurück."

"Für immer zusammen", flüstere ich und drücke seine Pranken. "Für immer."

"Nichts und niemand hält uns auf." Er nickt. "Wir geben jedem neuen Tag die Chance, zum schönsten unseres Lebens zu werden. Jedem."

"Können wir Kapitän D'Hermitte trauen?"

Er blickt zu Boden. Wie ein offenes Buch liegen seine Gedanken vor mir. Die Vergangenheit kann man verarbeiten. Doch ungeschehen machen lässt sie sich nicht.

"Der Pfad zurück in die Zivilisation verliert sich in unwegsamem Gebiet. Du glaubst, niemand kann dich in die Knie zwingen. Doch hinter jeder Weggabelung lauert der Feind. Ich verberge mich nicht vor ihm. Ich beuge mich nicht. Kreuzt er zwischen hier und Europa meinen Weg, dann geniess ich es, den letzten Atemzug an deiner Seite auszuhauchen." Er hebt erneut den Blick. "Das Glück ist mir oft hold gewesen. Es hat mich von Krankheit und Verkrüppelung verschont. Erlitt ich Schiffbruch, spülte mich eine Welle ans Ufer. Ganz zu schweigen vom vielen Gold und all den Diamanten, Rubinen und Smaragden... Du siehst, Glück ist ein Gefüge aus den verschiedensten Komponenten, aber auch eine Frage der Wahrnehmung... So, wie die Sterne scheinen, es aber weiss Gott nicht tun. Auch stehen sie nicht still..."

"Du verlierst dich", schmunzle ich. "Noch immer so verliebt?"

"Du bist mein grösster Schatz. Was bedeutet es, dass ich nicht zurück nach Frankreich kann, zurück ins Paradies, wenn ich einen Engel an meiner Seite weiss?"

"Übertreib mal nicht."

"Muss ich dich einst für immer verlassen, so hinterlass ich dir eine rote Rose." Er drückt mich an sich. "Als Zeichen meiner ewigen Liebe."

Ich sauge seinen Duft ein, als wollte ich seinen stählernen Körper abschnuppern. Mein Glück ist vollkommen. Doch die Vergangenheit hat mich gelehrt, dass es oft wenig braucht, um die Tristesse zurückzubringen.

"Mama, Mama", schrie das Mädchen mit den langen Haaren. Wild klatschte es die Händchen aufeinander. "Ein Schiff! Ein Schiff!" Die zum trocknen ausgebreiteten Kleidungsstücke waren von den Sonnenstrahlen gebleicht und an vielen Stellen ausgewetzt und verfranst. Katharina schaute auf.

"Ozérine", rief sie und stemmte die Hände ins Kreuz. Auch sie sah das Schiff mit den gerefften Segeln. "Komm zu Mama."

Das dunkle Haar der Kleinen wehte im Wind. Wie eine Gazelle flog sie über den Strand. Ihre Augen erinnerten an die stille See. Ganz die Mutter, pflegte Olivier zu sagen.

"Gehen wir nach Europa?", fragte Ozérine ausser Atem. "Nach Frankreich?"

"Papa entscheidet." Katharina blickte nach Norden, wo Olivier vor Stunden zur Jagd aufgebrochen war. "Bald ist er zurück."

Sie hielt sich die Hand an die Stirn. Die Abendsonne blendete. Ein Wunder, dass sich das Handelsschiff in die Piratenbucht verirrte. Mit jedem Jahreswechsel hatte die Zahl der Bewohner Ste-Maries abgenommen. Neben ihrer Familie hausten nur noch der alte Jack Mahon und seine Mulattin auf der Insel.

Katharina griff nach dem Fernrohr. Sie erkannte weder Schiffsname noch Flagge. Eigenartig. Ein Seufzer glitt über ihre Lippen. Ausgerechnet jetzt war Olivier nicht da.

"Kein Land ist schöner als Frankreich, hat Onkel Jack gesagt. Mama, ich will nach Frankreich!"

"Ich hol Valéon", rief die Mutter. "Mach du das Boot klar."

Katharina hatte einen Entschluss gefasst. Sie packte zwei Musketen und das Pulverhorn. Dann kniete sie vor dem Himmelbett nieder. Ihr Sohn schlief. Fest drückte sie den Kleinen an ihre Brust. Die Kopfhaut roch nach frischem Talg. Bei jedem anderen Kind hätte Katharina von Gestank gesprochen. Doch Valéon duftete lieblicher als Jasminblüten. Und Jasmin war ihr Lieblingsduft. Jasmin erinnerte sie an ihre Heimat.

"Wohin des Weges", rief Jack, als sich Katharina mit ihren Kindern bereits mehrere Ruderschläge vom Ufer entfernt hatte. Der Pirat strahlte über sein verrunzeltes Gesicht. "Das Schiff nicht gesehen?"

"Olivier befahl, bei Gefahr zuerst an die Kinder zu denken."

Jack wirbelte mit den Armen durch die Luft als wollte er einen Mückenschwarm vertreiben.

"Keine Bange, das ist die Méduse. Von der droht keine Gefahr."

"Ich hab es Olivier versprochen."

Onkel Jack, dessen Kopf nur noch aus weissen Haarfäden und einer breiten, in der Spitze abgeflachten Nase bestand, schnaufte wie ein Pferd. Unvorstellbar, dass dieser alte Kerl noch vor wenigen Jahren alleine die Kanone von einer Schiffsseite zur anderen hievte.

"Sie lassen ein Beiboot zu Wasser", brummte er. "Bestimmt haben sie uns entdeckt."

Einen Augenblick zögerte Katharina. Dann tauchte sie das Ruder wieder ins Wasser.

"Olivier weiss, weshalb er eine Anordnung erteilt."

"Gutes Mädchen", murmelte Jack, als Katharinas Einbaum die Mitte der Bucht erreichte. "Der Kapitän hat aber auch kein schlechteres verdient."

Minuten später paddelten auch Jack und seine Frau Richtung Norden.

- 2 -

"Ausgeflogen", fluchte einer der Matrosen. "Die Hütten sind leer."

"Da", der zweite streckte die Hand, "bei der Feuerstelle steigt Rauch auf."

"Weg da!", herrschte ein dritter. "Platz."

Der Dritte war eleganter gekleidet als seine zehn Begleiter. Das zum Mittelscheitel getrennte schwarze Haar trug er kurz geschnitten. Seine Segelohren lagen frei. Während die grünen Augen gestreng in die Runde blickten, zeugten die Lachfalten von so manchem in geselliger Runde verbrachten Abend. Die Messingknöpfe der Uniform glänzten.

"Kapitän D'Hermitte", sagte der zweite Matrose. Er zielte mit dem Zeigefinger Richtung Inselhügel. "Dort ist die Wasserstelle."

Kurz nur drehte sich der Kapitän um. Sein Befehl war unmissverständlich.

"Fässer schultern und füllen. Und hisst endlich die verdammte Flagge. Ist doch verdammt nicht so schwer. Wir kommen mit friedlicher Absicht."

Dann schritt er auf dem einsamen Trampelpfad den Hügel hoch. Der erste Maat, der mit den Fingern mehr kommuniziert als mit seinem Mundwerk, folgte in gebührendem Abstand.

"Smith, was haltet Ihr von der Situation?", fragte der Kapitän.

Der erste Maat schaute von der Anhöhe in alle Himmelsrichtungen. Endlich kraulte er den Oberlippenbart und öffnete den Mund.

"Aus militärischer Überlegung würde ich mich nach Norden zurückziehen. Der Ankergrund bei der Insel", und er deutete Richtung Wachtelinsel, "liegt näher. Die Küste fällt steil zur Bucht ab. Plant man einen Überfall, so hat man von dort oben", und diesmal deutete er zur nördlichen Begrenzung der Piratenbucht, "einen besseren Überblick. Garantiert stecken sie in den Büschen und beobachten uns." Während er noch die Hand ausstreckte, zeigte sich ein Lächeln auf seinen Lippen. "Da sind sie."

Sein Zeigefinger deutete auf drei Kanus, die sich vom Festland lösten.
Der Kapitän schmunzelte.
"Dann wollen wir ihnen einen gebührenden Empfang bereiten."

- 3 -

"Mit wem hab ich die Ehre?", fragte Olivier.
Er watete die letzten Schritte durchs Wasser. Seine Muskete hielt er im
Anschlag. Unbewaffnete Männer schürten sein Misstrauen.
"Kapitän D'Hermitte", erwiderte der Seemann mit den frisch polierten
Messingknöpfen. "Wir benötigen Süsswasser für die Weiterreise."
"Wohin des Weges?"
"Marseille."
Der Lauf von Oliviers Muskete zielte auf die Brust des Kapitäns. In Ka-
tharina und Jack wusste er zwei Scharfschützen im Rücken. Gegen zehn
Männer konnten sie nichts ausrichten. Doch kein Kapitän der Krone setz-
te eines Vagabunden wegen das eigene Leben aufs Spiel.
"Und mit wem bitte schön hab ich die Ehre?", fragte D'Hermitte.
"Ihr kennt meinen Namen. Tom Hawkins dort drüben", Olivier hob das
Kinn und zielte mit seiner Nasenspitze auf einen der Matrosen, "hat sich
auf meinem Schiff verdingt."
Der Offizier schmunzelte. Mit Zeigefinger und Daumen zupfte er am
Oberlippenbart. Genau so hatte er sich den Piraten vorgestellt, um dessen
Person sich die heroischsten Geschichten rankten. Geschichten wie jene
von der Virgen del Cabo.
"Ihr seid nicht jünger geworden, La Buse."
Olivier näherte sich Kapitän D'Hermitte auf wenige Schritte. Sie moch-
ten im selben Alter sein, dachte er.
"Ich wüsst nicht, dass wir uns je begegnet sind. Finstere Visagen ver-
gess ich nie."
"Weshalb so unfreundlich?"
"Was sind eure Absichten?"
"Frischwasser. Wir ankern drei Nächte, vielleicht vier. Dann segeln wir
nach Europa."
Olivier blickte D'Hermitte in die Augen. Europa! In Gedanken sah er
die der Brandung trotzenden Klippen an der Atlantikküste, hörte die Wel-
len gegen den Fels klatschen und spürte die steife Brise an den Hosen-
stössen, der Segeltuchjacke und den langen Haaren zerren.
"Und da macht ihr ausgerechnet auf Ste-Marie Halt? Warum nicht
Bourbon?"
"Kurz nach Cochin gerieten wir in einen Sturm und wurden nach Nor-
den abgetrieben."
"Ein Franzose bei den Engländern? Glaub ich nicht."

"Sagst du die Wahrheit, dann musst du dir keine Unwahrheiten merken", erwiderte der Offizier. "Ist meine Devise."

"Gute Antwort." Olivier schmunzelte und senkte den Lauf. Mit dem Arm umfasste er die Schulter Katharinas. Jack stand zu seiner Rechten, noch immer den Finger am Abzugsbügel. Seine Frau und die Kinder harrten bei den Kanus. "Ich heisse euch in unserem Reich willkommen." Erhobenen Hauptes schritt Olivier seinem Schicksal entgegen.

- 4 -

Erst nach Sonnenuntergang ruderten die Matrosen zurück zur Méduse. Das Fässchen Rum wog leichter als auf der Hinfahrt. Dafür bremsten die Wasserfässer die Fahrt des Beibootes.

Olivier und seine Freunde sassen im Kreis. Die Flammen züngelten an den dicken Holzscheiten. Sanft wehte der Wind über das Wasser. Die Kinder schliefen. Katharina schloss die Augen. Sie genoss die kühle Frische im Gesicht. Die See duftete nach Freiheit und Leben.

"Erzähl, Jack", flüsterte Katharina. "Wie kleiden sich die Frauen in Europa?"

"Hätten wir unser Glück in Ste-Marie gesucht", antwortete Olivier an Jacks Stelle, "wenn wir von ihnen begeistert wären? Die laufen rum wie schwangere Störche und miefen wie Warzenschweine. Jack?"

"Im Frühling ist es besonders schlimm, wenn die Röcke kürzer werden und sie mit ihren behaarten Waden durch die Gassen watscheln. Schrecklich."

"Schwangere Störche?" Katharinas Lachen hallte über das Wasser. "Von wegen. Störche legen Eier. Ein Storchenpaar nistete jedes Jahr bei uns im Palastgarten."

"Notorische Besserwisserin", schmunzelte Olivier. "Du..."

Katharina schlang ihre Arme um seinen Hals. Ihr Schmollmund presste sich auf seine Lippen. Er streckte die Beine.

"Weisst du, Olivier. Jetzt hab ich dich dort, wo ich dich am liebsten weiss." Ihr Handrücken glitt über seinen Schnitt. Er keuchte. "Ich geh jetzt schlafen. Bestimmt habt ihr Männer zu plaudern. Lasst euch Zeit."

Ohne Oliviers Antwort abzuwarten, verschwand Katharina im Dunkel der Nacht. Sie wusste, in welchem Zustand sie ihn zurückliess.

Einmal hatten sie sich am einsamen Strand geliebt. Katharinas Keuchen war heftig gewesen, ruckartig ihr Atem. Nur langsam war damals die Anspannung gewichen. Als Olivier seinerseits geistig in himmlische Sphären abzuheben drohte, war sie aufgestanden, hatte "das reicht für den Moment" gemurmelt und war kopfüber in die Fluten eingetaucht.

In kräftigen Zügen war er ihr nachgehechtet. Sie hatte ihn ausgelacht, mit Wasser bespritzt, ihn verspottet, ihn verrückt gemacht, bis sein letztes bisschen Verstand von den Wellen weggespült worden war. Dann erst hatte sie sich ihm auf der Sandbank hingegeben. Was für ein Weibsbild! Unvergessliche Erinnerungen an jenen galaktischen Höhenflug. Da waren grelle Farben, ihr Keuchen, ihr Körperduft, ihre Fingernägel, ihre Wärme, das gemeinsame Feuerwerk, die knallenden Kanonenböller, irgendwie von Sinnen, ohne Gedanken, einfach nur losgelassen in einer anderen Sphäre. Und dann endlich Zufriedenheit, Entspannung, Leichtigkeit und Sein.

"Woran denkst du?", erkundigte sich Jack.

"Hmmm", brummte Olivier.

"Kapitän D'Hermitte segelt nach Europa."

"Traust du ihm?"

Einem mit Wasser vollgesaugten Diamantenteppich gleich hing der Himmel über den beiden Piraten. Jack sog am zerkauten Pfeifenhals. Zu dieser späten Stunde surrten keine Mücken mehr.

"Garantien gibt es nie im Leben. Das hast du uns gelehrt."

"Weiss ich", sagte Olivier. "Doch geht es nicht darum, anderen Ratschläge zu erteilen. Es geht um mich und mein Leben."

"Es geht um uns alle."

"Jack, ich hab Angst. Ein Leben lang war ich für niemanden verantwortlich. Ein Leben lang akzeptierte ich, den nächsten Sonnenaufgang nicht mehr zu erleben. Ein Leben lang dachte ich an mich. Heute ist es anders. Ich hab Familie. Sollen meine Kinder ohne Vater aufwachsen? Und Katharina? Ich lieb sie mehr als mein Leben. Sie hat ihre Träume. Sie darf nicht auf dieser Insel verelenden." Er fuhr sich mit dem Handrücken über die Augen. "Ewig möchte ich an Katharinas Seite weilen, sie in meine Arme schliessen und ihren Elfenkörper an mich herzen. Ich will ihren Kopf kraulen, wenn ihre Haare grau sind und ihre Haut runzlig ist. Doch was ist mit unseren Kindern? Seh ich sie erwachsen werden?" Erneut holte er tief Luft. "Alpträume verfolgen mich. Mit Ketten an den Füssen besteig ich das Schafott. Schweisstropfen im Gesicht. Angst. Tod. Ich gehe, doch Katharina ist frei. Endlich. Zu lange war sie gefangen. Meine Gefangene. Weshalb nur konnte ich nicht als Matrose zur See fahren?"

"Du hättest Katharina nie kennen gelernt."

Olivier presste die Oberschenkel an seine Brust und tauchte das Kinn auf seine verschränkten Unterarme. Sein Atem stockte. Jack hörte den Kapitän in der Dunkelheit schluchzen. Sachte strich er ihm mit der Hand über den Rücken. Nie zuvor hatte er den starken Mann weinen gesehen.

"Olivier, wir erreichen Europa", flüsterte er. "Nichts und niemand hält uns auf."

"Der neue Gouverneur von Bourbon ist ein Scheusal. Aus Prestigesucht verfolgt er ehemalige Piraten."

"Wir sprechen von Europa und nicht von Bourbon."

"Bitte lass mich alleine, Jack", entgegnete Olivier mit leiser, aber bestimmter Stimme. "Ich hab die Entscheidung meines Lebens zu treffen."

- 5 -

Olivier spürte den Wind im Gesicht. Er schloss die Augen. Wie in Zeitraffer sah er sein Leben einem Film gleich ablaufen: Die Jugendzeit in Calais, die ersten Segelversuche in der Karibik, den Überfall auf die Virgen del Cabo, Katharinas Entführung, den ersten Kuss am Strand von Bel Ombre, Katharinas rebellisches Gehabe gegenüber John Taylor, ihre Wandlung zur selbstbewussten Frau, die Trauung durch Jack, die schmerzhafte Geburt Ozérines, das erste Lächeln Valéons. Durfte er dieses Glück eines Traumes wegen aufs Spiel setzen?

Olivier liess sich auf den Rücken fallen. Er öffnete die Augen. Orion funkelte in seiner ganzen Pracht. Das Kreuz des Südens strahlte ungerührt am Himmelszelt. Ja, die See duftete nach Leben und Freiheit. Weshalb nur war ihm in den letzten Tagen schwer ums Herz geworden?

Tief sog er die Luft ein. Er spürte, wie sich die Lungen füllten und fast platzten. Kurz nur hielt er zurück, bevor sich seine Backen aufblähten und er unter einem lauten Seufzer die ganze Last auspustete. Nichts war vergleichbar mit dem Leben, kein Geschenk wertvoller. Bis zum letzten Atemzug wollte er sich daran festklammern.

Nichts deutete an diesem sternenklaren Abend darauf hin, dass bald dicke Wolken aufziehen sollten.

- 6 -

Seit zwei Tagen lag die Méduse vor Anker. Olivier starrte immer wieder zum Schiff hinüber. Seine Angst war gross. Die Verlockung ebenfalls. Er wollte nicht auf Ste-Marie enden. Ebenso wenig Katharina. Zu viele Jahre verwilderten sie bereits. Für morgen hatten sie eine Einladung zum Dinner – auf der Méduse. Danach wollten sie entscheiden.

"Pssst... Hörst du es?", flüsterte Olivier. "Ein frischer Wind kommt auf."

Katharina schaute auf.

"Die Méduse ist unsere Hoffnung."

"Wir gehen an Bord oder wir träumen weiter."

"Willst du noch einmal den Sonnenuntergang von den Klippen in Calais geniessen?" Katharina zwinkerte. "Oder im Schilf an den seichten Ufern der Loire?"

"Zufall, dass der Segler Marseille anläuft?"

"Ist der Heimathafen."

"Oder eine Falle?"

"Ich traue Kapitän D'Hermitte."

186

Olivier schaute auf. Er blickte Katharina tief in die Augen. Sie hatte sich noch in jeder Person geirrt. Doch sie gab sich selbstsicher.

"Mit jeder Antwort", murmelte er, "nimmst du mir den Wind aus den Segeln."

"Du hast recht. Ein frischer Wind kommt auf."

"Das ist mein zu Hause", seufzte er nach einer Weile und starrte zu den rauschenden Palmkronen hoch. "Für dich gebe ich es aber auf."

"Für die Kinder. Sie sollen an einem guten Ort aufwachsen." Sie zögerte. "Wir können auch nach Indien. Was mag aus meinem Vater geworden sein?"

Olivier schwieg. Katharina drehte den Kopf. Die Gesichtszüge ihres Mannes waren nicht zu erkennen. Doch sich liebende Herzen sehen im Dunkeln.

"Olivier?"

Er räusperte sich. Seine Fingernägel kämmten die Haare nach hinten und zerkratzten die Kopfhaut.

"Dein Vater ist tot", sprach er endlich. "Ich hab es auf Bourbon erfahren. Aus Kummer über den Verlust seiner Tochter vernachlässigte er die Geschäfte, wurde vom eigenen Bruder gestürzt und verstarb wenig später. Mich trifft eine Mitschuld. Ich schäm mich."

Katharina umklammerte seine Hand. Ihre Finger zitterten.

"Ich hab es vermutet, hab es gefühlt", murmelte sie, nachdem sie mehrmals tief Atem geholt hatte. "Indien ist heute so fern, als hätte ich meinen Vater in einem früheren Leben gekannt."

"Mir fehlen die Worte."

"Genau jetzt, in diesem Augenblick, verspüre ich nicht mal Trauer. Das ändert sich in den kommenden Tagen. Aber ich mach dir keinen Vorwurf. Ich weiss, dass du dir all die Jahre ausreichend Vorwürfe gemacht hast."

Olivier schloss die Augen. Die Tränenspur auf seiner Wange glänzte im Sternenlicht. Einer dunklen Wolke gleich hatte das Geheimnis auf seinem Herz gelastet. Genau in dieses Herz vermochte Katharina inzwischen zu sehen. Wie nur verdiente ein Pirat wie er so viel Liebe und Zuneigung?

"Nach Europa", flüsterte Olivier. "Koste es auch mein Leben."

"Sag so was nicht."

"Wir fliehen nach Europa. Genau so, wie du es dir wünschst."

"Nichts und niemand kann uns trennen."

"Für immer zusammen."

Olivier drückte Katharina. Sie oder keine, pflegte er zu sagen. Seine wahre Liebe. Die richtige Mutter für ihre beiden Kinder.

Er liebte ihre schonungslose, direkte Art. Einst, vor Jahren, als sie Arm in Arm am Strand gelegen und er den Diskurs über Mond und Sterne nicht innerhalb nützlicher Frist zu Ende gebracht hatte, war sie ihm ins Wort gefallen. "Halt die Klappe", hatte sie gesagt. "Du sprichst zu viel."

Olivier hatte die Klappe nicht gehalten. Katharinas Kuss war der leidenschaftlichste seines Lebens gewesen. Zwei Atemzüge später hatte er ihr einen Antrag gemacht. Und sie ihm ein "Ja" gehaucht.

"Da ist noch was", begann er wieder, "worüber wir sprechen müssen. Ich bin in einfachen Verhältnissen aufgewachsen. Doch stamm ich nicht aus der Gosse." Kurz hielt Olivier inne. "Le Vasseur ist der Name meiner Mutter. Mein Vater hiess Charles de Chenonceau. Er, der älteste Spross der Familie De Chenonceau, verbrachte den Sommer vor meiner Geburt in Calais. Wo er meine Mutter kennen und lieben lernte." Olivier schloss die Augen. "Neun Monate später erblickte ich das Licht der Welt. Mein Vater war bereits tot. Ein Araberhengst hatte ihm Flugunterricht erteilt."

"Deine Herkunft hat mich nie interessiert."

"Im Täschchen mit den Diamanten befindet sich ein Dokument, das meine Aussage bestätigt. Valéon steht der Name der Familie De Chenonceau zu. Ich bin Vergangenheit. Unseren Kindern gehört die Zukunft." Olivier holte tief Luft. "Erinnerst du dich an unseren Aufenthalt in Bel Ombre?"

"Wie kann ich nur vergessen?"

"Nimm drei Sklaven und folge den Zeichen, falls du eines Tages mittellos bist."

"Was soll ich mit einem Kreuz aus Gold und Edelsteinen, das nur von drei erwachsenen Männern getragen werden kann?"

"Das Kreuz hab ich nicht in Bel Ombre vergraben. Es liegt auf Bourbon. Ich hab es in einer Schlucht unweit von St-Paul versteckt. Wegen Taylor."

"Im Leben geht es mir nicht um monetäre Dinge, nicht um Gold. Einzig Gesundheit, Respekt und Liebe zählen."

"Gold macht nicht glücklich, sagte Vavate einst. Doch es macht das Glücklichsein um einiges einfacher."

"Sind da noch weitere Geheimnisse?", fragte Katharina. "Ich meine, es ginge im selben Atemzug."

"Da sind so viele Sachen, die ich dir noch sagen möchte, es aber nie getan habe. Ich bräuchte ein ganzes Leben, um mich an alle zu erinnern. Das Wichtigste aber ist mein Dank für die an meiner Seite verbrachte Zeit und mir geschenkte Zuneigung und Liebe."

Jede Frau hätte sich über seine Worte gefreut. Doch Katharina biss sich auf die Unterlippe.

"Du machst mir Angst. Ich hab das Gefühl, du verabschiedest dich von mir."

"Nichts währt ewig", entgegnete Olivier. "Bis in alle Ewigkeit regierst du über mein Herz. Doch hab ich seit Tagen dunkle Visionen. In der Nacht erwach ich. Ich seh mich alleine an der Pinne eines Segelboots und steuere auf den Horizont zu. Immer kleiner wird das hinter mir ver-

schwindende Land, bis die Palmen eins sind mit den sich in der Unendlichkeit brechenden Wellen. Träum ich von meiner letzten Reise?"
"Olivier, wo sind deine positiven Gedanken? Nichts schien für dich unmöglich. Wir müssen nicht nach Europa."
"Es ist schön, dass du dich um mich sorgst. Normalerweise sind die Leute nur hinter mir her, weil sie etwas von mir wollen. Du interessierst dich nicht mal für mein Gold."

- 7 -

"Sonne dich in der Sonne und nicht in gestern Erreichtem", sagte Olivier. "Lebe heute und jetzt. Behalte im Hinterkopf, dass die Zukunft nicht in der Vergangenheit liegt. Damit du nicht erst den Sinn des Lebens hinterfragst, wenn die Luft dünner wird und du keinen Sand mehr zwischen den Zehen spürst."
"Olivier", flüsterte Katharina, "was ist mit dir?"
"Dein Leben liegt vor dir." Die Sorgenfalten furchten sich auf seiner Stirne. "Meines ist alles, was ich noch habe."
"Olivier?"
"Bist du jung, ist alles jeden Morgen anders und voller Farbe. Wirst du alt, bleibt die Welt immer gleich monoton." Er seufzte. "Eines Tages trennt der Schöpfer unsere Wege. Was wirst du ohne mich tun?"
Katharina antwortete nicht. Olivier hatte ein Leben lang gepredigt, den Augenblick bis zur letzten Sekunde auszukosten. Und nun?
"Nicht im Hass findest du Befriedigung, nicht in der Rache Genugtuung, und auch der Tod ist nicht die Lösung", fuhr er fort. "Katharina, suche das Licht und entdecke das Leben. Bin ich von dir gegangen, dann lebe deinen Traum. Deine Spur wird sich am Strand einer einsamen Bucht verlieren und während der Flut von einer Welle weggewaschen werden. Niemand trauert dir hier nach. Valéon und Ozérine haben es verdient, in der Zivilisation aufzuwachsen."
Katharina schaute zu ihrem Mann hoch. Ihre Vorderzähne bearbeiteten die Unterlippe. Wie so oft, wenn sie nachdachte.
"Ich mag deinen Pessimismus nicht. Liebst du mich, dann reiss dich zusammen. Entflieh dem Strom der Melancholie."
"Katharina, du weisst was ich für dich empfinde", flüsterte er. "Du bist einzigartig. Und genauso einzigartig und erfüllt soll auch dein Leben sein. Keine Frau auf dieser Welt wird je denselben Weg beschreiten wie du. Keine Frau wird dieselben Erfahrungen machen wie du. Keine Frau wird den gleichen Schmerz empfinden, hoffen wie du, träumen wie du oder das Glück herbeisehnen wie du. Keine Frau auf dieser weiten Welt wird je genauso Liebe empfangen und schenken wie du. Was immer du machst, welche Türe sich vor dir öffnet und welche sich schliesst, alles in dieser Welt ist einmalig und nur für dich. Deshalb ist auch dein ganzes Leben

189

einmalig. Deshalb bist es auch du. Deshalb werde ich dich auch ewig lieben, selbst wenn kein Atemhauch mehr meine Lungen füllt und ich nur noch eine Sekunde zu leben habe."

"Weshalb dieses Sinnieren vom letzten Atemhauch, von der letzten Sekunde?"

"Ich hatte einen Traum." Olivier lächelte. "Wir lebten an der Loire. Valéon und Ozérine spielten unter dem Lindenbaum. Du hast Blüten gesammelt, deinen Kopf über den geflochtenen Korb gehalten und den Duft eingeatmet. Du kennst diese Duftnote nicht. Lindenblüten erinnern in der Intensität an Jasmin oder Veilchen. Ebenso klebrig und süss wie Honig, aber nur drei bis fünf Tage lang, weich und frisch, irgendwie ähnlich der Abendbrise Ste-Maries." Tief atmete Olivier die Luft ein. "Ich konnte meinen Blick nicht senken. Dein zufriedenes Lächeln entlockte meinen gealterten Augen eine Träne. Wir waren eine glückliche Familie, hatten ein wetterfestes Dach über dem Kopf und gingen sonntags zur Messe. Unter der Woche besuchten Valéon und Ozérine die Schule. Sie hatten viele Freunde. Und du, mein Schatz, hast über uns allen gewacht und unsere Familie gestützt."

Feuchte Spuren zogen sich über Oliviers Wange. Der harte Kerl, den nichts auf See aus der Fassung brachte, gab sich keine Mühe, seine Gefühle zu verbergen.

"Lass uns nach Europa fliehen und deinen Traum wahr werden lassen", schluchzte sie. "Ich sehn mich nach Freiheit. Wir leben 1730. Die Vergangenheit liegt weit zurück. In Bourbon erinnert sich niemand mehr an den Piraten La Buse."

"Die Sieger schreiben die Geschichte, nicht wir Verlierer", murmelte Olivier. "Nie kann Bourbon vergessen. Die Vergangenheit wird mich einholen. Ich hab die Virgen del Cabo geentert. Ich hab die Duchesse de Noailles abgefackelt. Ich hab gemordet und geraubt, selbst indische Prinzessinnen entführt. Bourbon lechzt nach Rache. Nie habe ich Ruhe. Die Geldgier der Machthaber klebt unsichtbaren Fesseln gleich bis ans Lebensende an meinen Füssen. Was gäbe ich nicht für Sicherheit vor dem weltlichen Henker. Wann hab ich das letzte Mal entspannt und geborgen geschlafen? Wann?" Er seufzte. "In einer Zeit, in der Kolonisation, Wachstum und Arbeitsroutine Einzug halten, hängt so mancher in Gedanken den Zeiten auf See nach, als wir noch frei von irdischen Zwängen unser Leben gestalteten. Mein Name Olivier Le Vasseur steht für diese Zeit. Es ist befriedigend, dass sich die Menschheit an mich erinnert. Doch ist es hart, eine verfolgte Legende zu sein."

"Niemand erinnert sich."

"Der Gouverneur kommt neun Jahre zu spät. Sie können mich nicht mehr unschädlich machen, meinen Namen nicht mehr aus den Geschichtsbüchern löschen. Katharina, niemand kann mir meine schönsten Jahre an deiner Seite nehmen. Ich lebe ewig."

190

"Was soll dieses Gefasel von Ehre? Bitte den Gouverneur um Verzeihung."

"Nur vor einem knie ich nieder. Doch dieser steht nicht im Sold der Krone!"

"Dein Name mag weiterleben." An dein Gesicht erinnert sich niemand. Ich bin dabei, wenn du deinen Traum realisierst."

Olivier überlegte lange. Dann sprach er: "Heute Abend während des Dinners fragen wir den Kapitän der Méduse."

Katharina seufzte. Sie hatte Angst. Olivier ebenfalls.

- 8 -

21. März 1730. Mond und Sterne steckten hinter den Wolken. Voller Zuversicht nahm Katharina auf der harten Holzverstrebung Platz. Ihr Blick verlor sich irgendwo zwischen den dunklen Palmen. Kein Wort wurde gewechselt.

Die vier Ruder schäumten durch das Wasser und zogen kreisende Wirbel. Ruckartig schoss das Boot vorwärts, um nach jedem Schlag einen Augenblick zu verharren. In jeder sich brechenden Welle sah Katharina düstere, weissbärtige Gesichter. Im Rücken kam die Méduse näher.

Äusserlich gelassen sass Olivier neben Katharina. Der Fahrtwind blies ihm die Haare ins Gesicht. Er schloss die Augen, dachte an die zurückliegenden Jahre. Wie so oft in letzter Zeit. Augenblicke, Momentaufnahmen. Zu viele Jahre. Zu viele Tage. Zu viele Atemzüge. Katharinas Entführung. Bel Ombre. Ste-Marie. Der Disput mit Taylor. François' Ratschläge. Fletchers Drohungen. Die Havarie der Victoire. François' Grab. William Kidds Schatz. Die Geburt von Valéon und Ozérine. Die Hoffnung auf Rettung. Die Einsamkeit auf Ste-Marie. Die keimende Sehnsucht nach Frankreich, nach Calais, nach seiner Heimat. Sah man im Angesicht des Todes das eigene Leben nochmals an sich vorbeifliegen?

Die Strickleiter hing Backbord herunter. Keine Menschenseele an der Reling. Eigenartig. Olivier krauste die Stirn. Die Meduse, ein Geisterschiff? Er griff nach dem Strang. Hastig folgte einer der Matrosen. Er drängelte. Katharina hielt den Atem zurück. Weit öffneten sich ihre Lippen. Sie starrte nach oben. Ein Schatten reichte Olivier die Hand. Der Piratenkapitän zögerte keine Sekunde. Und griff zu. Ein Hüftschwung. Olivier verschwand aus dem Blickfeld.

Fünf fremde Finger schlossen sich um Katharinas Handgelenk.

"Bitte nach oben, Madame."

Der Griff war eisern, die Stimme kalt. Katharina gehorchte. Sie spürte, dass jeder Schritt in die falsche Richtung führte. Ihre Glieder waren gelähmt, die Füsse schwer wie Ambosse, ihr Kopf voller Ameisen. Dann war sie oben.

"Vorwärts!" herrschte die Stimme. "Sie stehen unter Arrest."

191

Katharina atmete nicht mehr. Sie war unfähig sich zu rühren. Olivier kniete am Boden, die Arme auf den Rücken gebunden und den Dolch am Hals. Er rührte sich nicht. Der Griff um Katharinas Arm wurde noch fester.

Kapitän D'Hermitte hatte sie verraten. Nicht die lecker gedeckte Speisetafel, sondern Wasser und Brot standen bereit. Katharina starrte in die Gesichter, die aus dem Nichts auftauchten. Einer der Matrosen kam mit dem Strick auf sie zu.

"Willst du mich fesseln? Fürchtest du dich vor einer Frau?" fragte sie. "Rühr mich nicht an!"

Da war sie wieder, die aufmüpfige, freche Göre. Der kleine, hagere Kerl zögerte. Doch dann ertönte ein Gelächter, das Katharina an die dunkelste Zeit ihres Lebens erinnerte. Sie wendete den Kopf. Ihr Herz gefror endgültig.

Mit allem hatte sie gerechnet – verspottet, ausgelacht, gedemütigt oder geschlagen zu werden. Nie aber, noch einmal im Leben dem Teufel in Person gegenüber zu stehen. Sie riss die Augen weit auf. Ihr Blick war voller Angst.

"Willkommen an Bord, du Schlampe!", grölte der Teufel. "Welcome to hell."

Katharinas Welt ging unter.

- 9 -

Olivier zerrte an den Fesseln. Mit den Füssen trat er um sich. Zwecklos. Zwei Matrosen stürzten sich auf den Gefangenen und bearbeiteten seinen Kopf mit ihren Fäusten. Der Kapitän jaulte vor Schmerz.

Katharina hielt sich die Hände vors Gesicht. Durch den Spalt zwischen ihren Fingern sah sie das Unmögliche: Der Vergewaltiger William Fletcher wankte auf sie zu. Sein Atem miefte nach Alkohol. All die Jahre hatte sie genau dieser Gestank in jedem Alptraum heimgesucht. Immer, wenn ihr in der Nacht das Bild mit den beiden Säulen und dem Höllenfeuer erschienen war. Genau diese Stimme. Genau dieses Grölen. Genau diese Ausdünstung. Jede Nacht, ein Leben lang.

"So sieht man sich wieder, du Piratenschlampe!"

Der Teufel war aus der Hölle hochgestiegen. Schwefelschwaden umhüllten ihn. Tränen rannen Katharina über die Wangen. Gerade noch rechtzeitig schloss sie ihre Augen. Dann spürte sie den klebrigen Speichel im Gesicht. Wie damals.

"Du kannst es nicht sein", flüsterte sie. "Unmöglich. Sag mir, dass alles ein Alptraum ist."

"Dein ganz persönlicher Alptraum hat erst begonnen, meine süsse Katharina", spottete der Teufel. "Ich bin zurück."

192

"Unmöglich", kreischte sie. "Wer auch immer du dort oben bist, lass mich aus meinem Schlaf aufwachen!"

"Der dort oben hat dich seit Jahr und Tag aufgegeben und vergessen. Nicht so ich. Heute bezahlst du für meine Schmerzen." Mit kahler Eiterbeule stand Fletcher vor Katharina. Der dunkle Vollbart war mit weissen Stellen durchsiebt. Eine Lücke klaffte im Oberkiefer. Zwei der schwarzen Zähne waren verschwunden. So oft und gezielt Katharina damals sein Gesäss verunstaltet hatte, Fletcher erfreute sich bester Gesundheit.

"Nein, nein, nein!", schrie sie wie von Sinnen, hechelte nach Luft, schüttelte den Kopf, kreischte hysterisch. Ihre Arme hingen am Oberkörper herunter. Schweissperlen formten sich auf ihrer Stirn. Sie starrte zu Boden. Nein! Nein! Nein! Ihr war heiss. Sie keuchte, hob den Blick, presste die Lippen aufeinander und kniff die Augen zusammen. Plötzlich konnte sie wieder klar denken.

Einer Löwin gleich schnellte sie vor und sprang durch die Luft. Der Aufprall war hart. Fletcher knallte zu Boden. Ihre Hand ging zum Hosenbund. Die Klinge des Krummdolches drückte scharf gegen seinen Kehlkopf.

"Noch einen Mucks und ich schlitz dir den Hals auf, du Schwein!", zischte Katharina. Gleichzeitig riss sie den Degen aus der Scheide ihres Peinigers. Silbern glänzte der Stahl zu beiden Seiten von Fletchers Gesicht.

"Bitte verschon mich", wimmerte er. "Bitte!"

"Steh auf!"

Der Teufel zitterte wie ein Grashalm im Wind. Sein Gejammer wurde lauter. Weit streckte er das Kinn nach hinten und wich vor den scharf geschliffenen Klingen zurück. Sein Kopf drohte von den Schultern zu fallen.

"Bindet Olivier los!", befahl Katharina. Ihre Pupillen glänzten gelb. "Sofort losbinden oder euer Kamerad ist tot."

"Der Gouverneur will La Buse", antwortete Kapitän D'Hermitte trocken. "Er scheisst auf Fletcher."

Einem zur Strecke gebrachten Tier gleich lag Olivier in Ketten. Blut floss aus seiner Nase und tropfte auf das frisch gewaschene weisse Hemd. Katharina überlegte. Vorsichtig schob ein Matrose den Fuss vor.

"Halt!", herrschte sie ihn an. "Keinen Schritt!"

Der Matrose blieb stehen. Kapitän D'Hermitte hob den Arm.

"Ich mach keine Geschäfte mit Piraten", beschwor er sie. "Ich spür sie auf und vernichte sie. Ohne Rücksicht auf Verluste. Männer wie Fletcher sind nutzlos."

Die verdammte Strähne fiel Katharina in die Stirn. Sie pustete sie weg. Ihr war heiss. Sie hechelte nach Luft. Die Hitze lähmte. Die Schweisstropfen perlten aus jeder Pore.

"Katharina, es ist zwecklos", bekräftigte der Kapitän. "Gib auf."
Seine Pistolenmündung zielte in ihre Richtung. Bluffte er?

"Niemals!", schrie sie so laut, dass ihre Worte auf der Pirateninsel zu hören waren. Fest zog sie ihr Opfer zu sich heran. "Zuerst mach ich mit Fletcher reinen Tisch."

"Verschon mich, bitte!", jammerte dieser. "Du wirst es nie bereuen!" Katharina japste nach Luft. Noch einmal presste sie den Hinterkopf des Scheusals an ihre Brust.

"Du bist es nicht wert, dass ich mir die Hände schmutzig mach", zischte sie in sein Ohr und keilte ihm den Degengriff gegen das Rückgrat. Fletcher fiel vornüber auf die Planken. "Rühr mich nie mehr an!"

Katharina flog der Reling entgegen. Ihre Finger griffen nach den Wanten. Sie blickte über die Schulter zurück, hob den Fuss und holte tief Luft. Ein Satz, und nichts und niemand konnte sie aufhalten. Niemand?

Katharina zögerte. Olivier starrte in ihre Augen. Ein Blick – und sie war machtlos. Sie rammte die Spitze des Degens in die Planken.

- 10 -

Katharina wusste, dass sie Olivier nicht helfen konnte. Doch durfte sie ihn alleine zurücklassen? Sie spürte einen Schmerz in der Brust, ein Stechen, als steckte ein unsichtbarer Dolch tief in ihrem Herz. Ihr Blick wurde verschwommen. Tränen traten in ihre Augen.

Katharina sprang nicht, tauchte nicht in das rettende Nass ein. Der zweite Maat hob die Muskete. Als er die Hand des ersten Maats auf dem Unterarm spürte, senkte er den Lauf wieder. Keiner der Matrosen krümmte den Finger.

"Was zögert ihr", fluchte Fletcher. "Haltet die Hexe auf. Sie darf nicht entkommen. Sie gehört zu ihm. Sie gehört mir."

Das metallene Geräusch einer aus der Scheide gezogenen Klinge ertönte.

"Gib den Degen zurück, du Hund!", fluchte ein Matrose. "Sofort!"

Doch Fletcher war schneller. Mit hochrotem Kopf drängte er auf Katharina zu.

"Hure!", schrie er. "Ich zahl dir heim, was du mir angetan hast!"

Sie verharrte ruhig. Die Spitze ihres Degens steckte noch immer in den Planken. Der Griff wippte auf und ab. Fletcher holte mit dem Arm aus. Erst im letzten Augenblick sprang Katharina in die Höhe.

Ihre Finger umklammerten die Wanten. Ein Schrei entglitt ihren Lippen. Mit den Füssen voran schoss sie durch die Luft und wuchtete ihre abgelatschten Absätze in das Gesicht ihres Peinigers. Er jaulte eine Rolle rückwärts.

194

Katharina zögerte keine Sekunde, hechtete wieder auf die Beine und weiter zur Reling. Sie stiess sich den Degen durch den Hosenstoss und wetzte die Takelage zum Mastkorb hoch.

"Flieh, du billige Schlampe", fluchte Fletcher. "Du entkommst mir nicht."

Mit dem Ärmel wischte er die Blutspuren aus dem Gesicht. Dann griff auch er nach den Wanten.

Für die atemberaubende Aussicht von hoch oben im Vortopp hatte Katharina kein Auge. Fletchers Wursthände fingerten an ihrem Fussknöchel. Sie trat nach der Eiterbeule. Der Unhold wich aus.

Hastig griff sie nach einem straff gespannten Tau. Der Küstenwind zerrte an ihren Haaren. Sie kletterte auf den Baum hinaus. Er schwankte. Ein Blick in die Tiefe. Ihr wurde schwindlig. Sie umklammerte das Tau. Diese verdammte Höhenangst!

"Deine letzte Stunde", zischte Fletcher. Seine Degenspitze zielte in Katharinas Richtung. "Komm her zu mir und wir machen's kurz."

"Hol mich, wenn du die Eier dazu hast", fauchte die Raubkatze zurück. "Willst du sie gerührt oder gespiegelt?"

Emotionslos sprechen und gleichzeitig mit Feuer kämpfen. Katharina zückte den Degen. Das gereffte Segel unter ihren Füssen schaukelte wie eine Waage auf und ab. Ohne Tau wäre sie längst in die Tiefe gestürzt, dachte sie. Die Degenspitze vor ihrem Gesicht schnitt die Luft in dünne Scheiben. Zu kurz. Fletchers Reichweite genügte nicht. Er musste auf das Segel hinaus, wollte er Katharina den Todesstoss versetzen.

Alle Blicke an Bord waren nach oben gerichtet. Die Prinzessin und der Teufel kreuzten die Klingen. Fletcher holte erneut aus. Katharina parierte. Sie hatte in François einen guten Lehrmeister gehabt. Und Oliviers letzter Schliff sass messerscharf. Doch Fletcher unterschätzte sie nicht mehr.

"Fünf Achterstücke zu einem auf Fletcher", brüllte ein Matrose. "Wer hält dagegen?"

Die Meute lachte.

"Ich", stöhnte eine Stimme. Katharina starrte nach unten. Mit zerbeulter Nase, geschwollener Lippe und aufgeplatzter Augenbraue sah Olivier erbärmlich aus. Er blickte in ihre Richtung. "Kämpfe. Rette dich."

Katharinas Finger verkrallten sich am Tau. Sie richtete sich zur vollen Grösse auf. Fletcher grinste. Er hob den Arm hoch in die Luft. Die verkrusteten Blutspuren im Bart liessen sein Gesicht grimmig erscheinen.

Kraftvoll drosch er mit dem Degen um sich. Katharina verlor fast das Gleichgewicht. Der Baum wippte hin und her, als würde der Wind einmal von Backbord, dann von Steuerbord blasen. Auch drehte sich das Holzstück um die eigene Achse.

Fletcher schaukelte auf dem Balken auf und ab. Katharinas Leben hing an einem dünnen Tau. Sie kreischte. Grell! Immer wieder. Bedrohlich nahe vor ihrem Gesicht zuckte die Klingenspitze. Gekonnt parierte sie jede Attacke.

"Ich bewundere deine Ausdauer", keuchte Fletcher. "Doch absolut nutzlos."

Er gab sich den Anschein, den Fuss zurückzuziehen. Ein Schmunzeln spielte mit seinen Mundwinkeln. Desinteresse? Gleichgültigkeit? Plötzlich preschte er wieder vor. Seine Degenspitze traf Katharina an der Hand. Ihre Arme rotierten in der Luft. Sie verlor das Gleichgewicht. Im letzten Augenblick griff sie nach dem Baum. Ihr Degen segelte nach unten. Die Spitze durchbohrte die Planken.

Wie eine erfolglose Spinne hing Katharina am Tau. Mit letzter Kraft umschlangen ihre Beine den wippenden Baum. Lange konnte sie sich in dieser Rücklage unmöglich halten. Jeder Blutstoss dröhnte in der Schläfengegend. Und an Gegenwehr war schon gar nicht zu denken. Sie keuchte. Ihr Gesicht glänzte. Über sich sah sie den Himmel und Fletchers schmutziges Grinsen. Sie hörte die Matrosen raunen. Vereinzelte Zwischenrufer. Die harten Kerle empfanden Mitleid. Katharinas Kräfte schwanden.

"Meine Süsse", sülzte Fletcher und schob die Zehenspitzen vor. "Wie wär's mit deinen letzten Worten?"

Katharina spürte das Ende des Baumes zwischen ihren Schenkeln. Die unendliche Leere unter ihr zog sie wie ein Magnet an. Doch diesmal starrte sie nicht in die Tiefe. Diesmal wurde ihr nicht schwindlig. Ihre freie Hand tastete im Hosenbund.

"Na dann eben nicht", höhnte Fletcher. Weit holte er mit dem Degen aus. Er lachte. "Fahr zur Hölle!"

- 11 -

Katharina sass in der Falle. Wie die vor der Kobra in die Höhle geflüchtete Maus. Hilflos baumelte sie einen Genickbruch über den Planken. Fletchers Rache war ihr gewiss.

Doch die so oft vom Leid geprüfte Prinzessin wollte ihrem Feind nicht lebendig in die Hände fallen. Sie griff nach dem Krummdolch. Fest umklammerten ihre Finger den aus Elfenbein geschnitzten Schaft.

Fletcher sah die scharfe Klinge glänzen. Seine Oberlippe zog sich hoch unter die Nasenspitze. Er grinste. Dieses Spielzeug brauchte er nicht zu fürchten. Er fühlte sich stark. Noch einmal holte er mit dem Arm aus.

Die Kraft in Katharinas Oberschenkeln schwand. Kaum mehr konnte sie sich halten. Sie kämpfte. Fletchers Degenspitze schoss auf ihren Körper zu. Zu spät. Sie hatte das Tau durchtrennt. Ihr Körper sackte in die Tiefe.

Alle Augenpaare an Deck starrten nach oben. Erneutes Raunen. Die Münder der Matrosen waren weit aufgerissen.

"Nein!", schrie es mehrfach. "Nein!"

Katharina spannte den Bizeps. Ein spitzer Schrei entglitt ihren Lippen. Noch im Fallen schleuderte sie das Messer. Sie hatte nur einen Versuch. Ihre Hand zitterte nicht.

Sieben Jahre hatte sie der Krummdolch begleitet. Eine einzige Sekunde nur benötigte er, um sich auf Herzhöhe durch Fletchers Hemd zu bohren. Der Baum schnellte nach oben. Fletcher taumelte ins Leere. Der stechende Schmerz war unerträglich. Doch Fletcher beklagte sich nicht. Als er die Lippen öffnete und der Todesschrei ihnen entwich, schlug sein Körper bereits auf den Planken auf. Ein letztes Röcheln kam aus seinem Mund. Kapitän D'Hermitte beugte sich über den leblosen Körper. Nur kurz berührten die beiden Finger den Hals.

"Er ist tot. Matrosen, nehmt die Piratenbraut fest."

- 12 -

Katharinas Finger umklammerten das Tau. Ihre Haare standen in der Luft. Knapp flog sie am Hauptmast vorbei. Sie griff nach der Takelage.

Wie ein Affe hing sie über den Planken, die eine Hand am losen Tau, die andere an einer Wante. Ihre Pupillen zuckten hin und her. Sie suchte nach einem Ausweg, nach dem rettenden Anker. Ihre Beine schlingerten. Mit der Zehenspitze fand sie Halt auf einem Knoten. Immer wieder rutschte sie ab.

Katharina fühlte sich zu jung, um das Leben hier am Ende der Welt zu verwirken. Ein letztes Mal mobilisierte sie alle Kräfte. Ihre Füsse schlangen sich um das Tau. Zoll um Zoll zog sie sich nach oben. Mit den Fingerspitzen berührte sie den Mastkorb. Ihre Zehen fanden eine Seitenverstrebung.

"Komm runter, Katze", rief Kapitän D'Hermitte. Er winkte mit der einen Hand, während er mit der anderen die obersten Hemdknöpfe öffnete. "Gib auf. Ich krümm dir kein Haar."

Katharina starrte nach unten. Die Musketenläufe waren auf sie gerichtet. Sie wusste, dass nur eine Chance blieb.

"Wer einmal lügt, dem glaubt man nicht, wenn er auch..."

Katharina brach mitten im Satz ab. Sie riss die Augen weit auf. Lässig fächerte sich der Kapitän die Luft zu, indem er das weit geöffnete Hemd von seinem Oberkörper wegzupfte.

Doch das beunruhigte Katharina nicht. Sondern die Tätowierung, die auf seiner rechten Brust prangte. Die beiden Gestalten hockten erhobenen Hauptes auf dem Pferd. Wie bei François! Wie bei Vavate!

"Die beiden Ritter", keuchte Katharina. "Du bist das letzte Mitglied der Bruderschaft!"

197

Kapitän D'Hermitte knüpfte die Knöpfe zu. Wild hüpfte er von einem Bein auf das andere.

"Komm runter, Kleine!", brüllte er. "Wir müssen reden!"

"Ich weiss, wo es liegt. Doch nicht mal über meine Leiche kommst du an Cullifords Gold!"

"Spring, Katharina, spring!", rief Olivier. "Für Ozérine und Valéon."

"Anlegen!" Kapitän D'Hermitte fuchtelte mit dem Degen durch die Luft. "Keiner schiesst ohne mein Kommando!"

Als hätte Katharina auf diese Worte gewartet, liess sie das Tau los, beugte den Oberkörper vor, breitete die Schwingen aus und segelte einem Albatross gleich durch die Lüfte. Sie spürte die Frische der Brise. Sie genoss die Weite. Sie roch die Freiheit. Von Aufwind und Thermik getragen entfloh sie der Realität.

Kein Schuss löste sich aus den Büchsen. Den Kopf zwischen die ausgestreckten Arme gepfercht tauchte sie ins Wasser ein. Wie ein Delfin pfeilte sie in die Tiefe. Der Grund war sandig. In alle Richtungen sprengten die Fische aus dem Schwarm. Katharina glitt unter dem Schiffsrumpf hindurch.

Als sie Backbord auftauchte war keine Menschenseele an der Reling. Alle standen Steuerbord und suchten nach ihrem an der Oberfläche nach Luft schnappenden Kopf. Mit kraftvollen Zügen trennte sie das Wasser vor sich. Das Ufer von Ste-Marie kam näher.

Katharina spürte den Boden unter ihren Füssen. Die Wellen umspülten ihre Beine. Sie liess sich fallen. Alle zehn Finger verkrallten sich im nassen Sand.

"Mörder!", schrie sie. "Mörder!"

Die Elende schmiss mit den Sandklumpen um sich. Ohne sich zu verabschieden war sie von Olivier gegangen. Sie begann bitter zu weinen. Ihre Tränen vermischten sich mit dem salzigen Meerwasser.

- 13 -

"All die Jahre auf Ste-Marie. War es das Wert?"

Jacks Stimme war sanft. Die Tränen flossen aus Katharinas Augen als füllte sie einen See.

"Einmal seine Hand berühren, einmal seine Haut streicheln, einmal seine Lippen fühlen, einmal seinen Körper spüren. Jede Sekunde an seiner Seite war es Wert."

Jack und Katharina sassen am Strand der Wachtelinsel. Sie blickten hinaus zur Stelle, an der die Méduse am Horizont verschwunden war. Doch so sehr Katharina ihre Augen auch anstrengte, das weisse Segel tauchte nicht mehr auf. Sie sah nur die unendliche Weite, in der sich ihre Träume und Sehnsüchte verflüchtigten. Wohin verschleppten sie Olivier?

Katharina fühlte sich schuldig. Sie wollte nach Europa. Olivier hatte seinen Tod in Kauf genommen, um ihren Traum wahr werden zu lassen. Ein weiteres Mal. Welches Leid hielt das Leben noch für sie bereit? Sie blätterte im Logbuch der Victoire. Je mehr sie las, umso näher bei Olivier fühlte sie sich. Als sie auf der letzten Seite anlangte, stockte ihr der Atem. In fetten Buchstaben las sie die für sie verfasste Ode an die Liebe – Meine Rose für Katharina:

Wie eine rote Rose, zart und fein,
Ein erfrischendes Lächeln, melodiös und rein,
Geschwungene Lippen, die Augen so blau,
Schwindlig mir wird, wenn ich tief in sie schau.

Die zärtlichste und wundervollste Blume der Welt,
Es ist unfassbar, wie leicht es mir fällt,
Dir zu sagen, was ich für dich empfind,
In naivster Art, als wär' ich ein Kind.

Schon der Klang deiner Stimme bringt mich zum Beben,
Keinen Tag ohne dich möcht ich mehr erleben,
Ich lieb deinen Duft, werd dich immer begehren,
Hab Respekt vor dir, denn du kannst dich wehren.

Sollt ich dich knicken, deinen Stiel dir brechen,
Dann wirst du mich mit deinen Dornen stechen,
Drum werd ich dich umsorgen, immer Wasser dir geben,
Das Herz dir öffnen, mein ganzes Leben.

Doch eines Tages werd ich von dir gehn,
Und du musst allein im Leben stehn,
Folge immer deinem inneren Trieb,
Wisse, meine Rose, ich hab dich lieb!"

Katharina schloss die Augen. In Gedanken sah sie Oliviers Gesicht. Er lachte in seiner ihm eigenen, arrogant wirkenden Art. Doch Katharina wusste, welcher Romantiker sich hinter dieser hart anmutenden Fassade verbarg. Nur zu gut erinnerte sie sich seiner Worte.
"Jeder nicht mit dir verbrachte Tag ist ein verlorener Tag", hatte er gesagt. "Sollte ich dich einst für immer verlassen, so hinterlasse ich dir eine rote Rose. Als Zeichen meiner ewigen Liebe."
Das Logbuch glitt in den Sand. Die Blätter tanzten mit dem Wind. Katharina hielt sich die Hände vor das Gesicht. Ihr war, als trauerte sie um den verstorbenen Geliebten. Dabei lebte er noch.

Zwei Tage später tauchte eine Dhau in der Piratenbucht auf. Katharina bestieg das Schiff nach Bourbon. Zum ersten Mal seit ihrer Geburt nahm sie ihr Leben selbst in die Hand. Der Trauer zum Trotz empfand sie ein Gefühl von Freiheit.

"Ihre Namen?", fragte der Sikh, während er die Achterstücke für die Überfahrt zählte.

"Comtesse Catherine de Chenonceau, meine beiden Kinder Valéon und Ozérine sowie mein Diener Jack und seine Frau Ayuda."

"Und der Vater?"

"Hat sich auf eine weite Reise begeben. Irgendwann in ferner Zukunft finden wir wieder zueinander."

Ihre Antwort interessierte den Sikh nicht. Er steckte die Silbermünzen ein, zupfte den Turban zurecht und verschwand unter Deck.

Trotz den auf Ste-Marie verbrachten Jahren fiel es Katharina nicht schwer, die Insel für immer zu verlassen. Ein letztes Mal schaute sie zurück. Die Spuren im Sand wurden bereits von den Wellen weggewaschen.

Die Schuld war wie eine unverheilte Wunde. Sie faszinierte. Sie reizte. Sie beschäftigte. Sie juckte. Der Schuldige betrachtete die Kruste und kratzte sie so lange und so oft, dass die Wunde blutete und nie wirklich verheilte.

Auch Oliviers Schuld verheilte nie. Jahre nach seinen Taten wurde er auf der Insel Bourbon zur Rechenschaft gezogen. Versuchte man ihm in den ersten Tagen des Prozesses noch seine Geheimnisse zu entlocken, so setzte bald Resignation ein. Und mit der Resignation kam die Wut.

Das Urteil konnte drakonischer nicht ausfallen:

Der Rat verurteilt Olivier Le Vasseur dazu, vor dem Hauptportal der Kirche St-Paul Busse zu tun. Bekleidet sei er lediglich mit schlichtem Hemd und dem Strick um den Hals. Mit klarer, lauter Stimme habe er zu bekennen, während Jahren als Pirat die Meere besegelt zu haben, wofür er Gott, König und Justiz um Vergebung bitte. Danach sei er auf den Marktplatz zu führen und zu erhängen bis der Tod eintritt. Nach 24 Stunden solle sein Körper dem Meer übergeben werden..."

- 1. Prolog, Teil 1 -

7. Juli 1730 - Nachmittag

Das Glück findet sich in der Holzhütte am Palmenstrand und nicht im goldenen Käfig eines Maharadschapalastes, pflegte ich einst zu sagen. Jahre sind verstrichen. Meine Beine fühlen sich an wie Blei. Ich schaufle mir mit den Händen Wasser ins Gesicht. Die Wellen trüben einen Moment mein Spiegelbild. Dann erkenne ich das gefurchte Gesicht der Greisin wieder, die von der Sonne gebräunten Wangen, die geröteten, einst gletscherseeklaren Augen, diesen Verbitterung zum Ausdruck bringenden Blick und die aufeinandergepressten Lippen. Selbst tausend Tränen können Trauer und Schmerz nicht aus meinen Pupillen verbannen, nicht aus ihnen heraus waschen. Niemand glaubt, eine Prinzessin in den besten Jahren vor sich zu sehen.

Das Wasser im Gesicht erquickt. Ich spüre, wie das kühle Nass die Salzkruste aufsaugt und meine Haut immer weniger juckt. Wie neu geboren müsste ich mich fühlen. Dabei regiert Tristesse mein Herz. Bald wird die Gegenwart Vergangenheit sein.

Oft schon hat sich in letzter Sekunde eine Türe geöffnet, denke ich bei mir. Weshalb soll sich nicht plötzlich ein Retter offenbaren? Ich seufze. Ozérine schaut auf. Valéon spielt unbeirrt mit der Kokosschale. Ich hebe den Kopf und blicke in die Zukunft, in Richtung Pforte, durch welche er bald schreiten und zu seiner letzten Reise aufbrechen wird.

Den ganzen Tag schon ist der Himmel bedeckt. Der Boden strahlt Kälte aus. Möwen schreien und fliegen über meinem Kopf, frei wie der Wind, frei mit dem Wind. Sie geniessen die Böen und gleiten durch die Wellentäler. Kein Feind lauert. Der Bussard liegt in Ketten.

Das Logbuch der Victoire ist auf der ersten unbeschriebenen Seite aufgeschlagen. Ich versuche meine Gedanken zu sammeln. Ich bin es Valéon und Ozérine schuldig. Lückenlos möchte ich über ihre Kindheit berichten, über das Aufeinandertreffen von Vater und Mutter, und von der alle gesellschaftlichen Hindernisse meisternden Liebe erzählen.

Der Stift zwischen meinen Fingern liegt ausgezeichnet. Ich setze die Spitze an, kraftvoll, schwungvoll, reihe Buchstabe an Buchstabe und bringe die ersten Worte zu Papier.

"Sonne dich in der Sonne und nicht in gestern Erreichtem, hat er oft gesagt. Lebe heute und jetzt. Behalte im Hinterkopf, dass die Zukunft nicht in der Vergangenheit liegt. Damit du nicht erst den Sinn des Lebens hinterfragst, wenn die Luft dünner wird und du keinen Sand mehr zwischen den Zehen spürst."

Ich halte im Schreiben inne. Stimmen werden laut. Bekannte Gesichter tummeln sich vor der Kirche St-Pauls. Ben, der ehemalige Schiffsjunge, ist vorbeigehumpelt. Kapitän D'Hermitte stolziert wie ein Pfau. Viele

Brüder der Küste, alle heute Bürger von Bourbon, wollen mich glücklicherweise nicht mehr erkennen.

Nur kurz werfe ich einen Blick Richtung Sonne. Ich könnte weinen, vermag aber keine Träne aus den Augenwinkeln zu pressen. Wann ist es so weit? Wann hat das Leiden ein Ende? Ich höre das Rauschen des Meeres. Es juckt mich im Innersten. Ich möchte dem Ruf folgen, mich in die Obhut der See begeben und Seite an Seite mit meinem Piratenkönig die Wellenberge bezwingen. Dabei weiss ich nur zu gut, dass sich mein Traum nie mehr realisieren lassen wird.

Das Rascheln in den Palmkronen wird intensiver. Eine Kokosnuss fällt zu Boden und bleibt im Sand liegen. Die Palme neigt sich, als erweise sie dem Ehre, der bald zum letzten Mal ihren Weg kreuzt. Bald hat das Warten ein Ende. Bald endet unsere Leidenszeit.

Ein Windstoss blättert im Logbuch und lässt die einzelnen Seiten flattern. Ich kann das Datum und den unleserlich geschriebenen Text nur schwer entziffern – '20. April 1721, Bourbon in Sicht'. Mein Blick ist verschwommen. Mit dem Handrücken wische ich über meine Augen. Feuchte Spuren glänzen auf meiner Haut.

Dann ist es so weit. Ein Soldat öffnet die Pforte. Ich erhebe mich. Die Wolken reissen auf und ich sehe ihn wieder, die Sonnenstrahlen im Gesicht, sehe meinen Engel, meinen geliebten Engel. Und ich weiss, dass er auf ewig bei mir bleiben wird. Wahre Liebe währt über den Tod hinaus. Das Schicksal hat uns vereint, hat uns zusammengeführt und kann uns, obwohl es uns jetzt zwei verschiedene Wege einschlagen lässt, nie mehr trennen. Wahre Liebe ist schlimmer als Malaria, schlimmer als die Grippe, schlimmer als die Pocken und schlimmer als die Pest. Wahre Liebe ist unheilbar.

Ich blättere im Logbuch. "Sonne dich in der Sonne und nicht in gestern Erreichtem, hat er oft gesagt", lese ich den bereits geschriebenen Text nochmals still durch. "Lebe heute und jetzt. Behalte im Hinterkopf, dass die Zukunft nicht in der Vergangenheit liegt. Damit du nicht erst den Sinn des Lebens hinterfragst, wenn die Luft dünner wird und du keinen Sand mehr zwischen den Zehen spürst."

Ich realisiere kaum, wie schnell sich die Seiten des Logbuches mit Worten füllen, wie ich Gedanken und Erinnerungen auf Papier bringe und das sich vor meinen Augen abspielende Trauerspiel in Sätzen festhalte. Ich weiss nur, dass ich den Stift erst zur Seite legen darf, wenn ich wieder hier angelangt bin, hier, genau an dieser Stelle, und den letzten Satz mit einem fetten Punkt beendet habe. Olivier, ich liebe dich. **Punkt.**

Madagascar, Ste-Marie Island

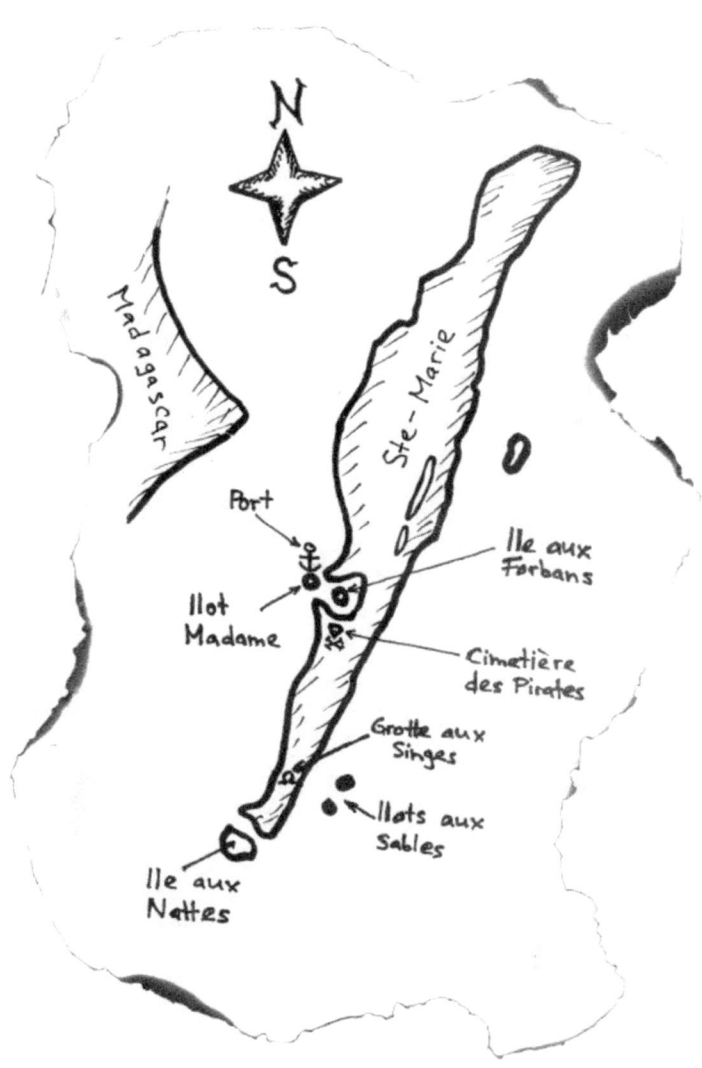

Madagascar, Ste-Marie Island, 2003

Die Pirateninsel, Blick vom Piratenfriedhof aus.

Wildlife Ste-Marie Island – Buckelwale und Lemuren

Seychelles, 2009

Mahé Island, Bel Ombre, vermuteter Piratenschatz von La Buse

La Digue Island, Anse Source d'Argent; Praslin Island, Anse Lazio

La Réunion (Bourbon), 1993 – St-Paul, Friedhof, Grab La Buse

Nachwort

Uns allen ist es nicht vergönnt, die Verfasserin Comtesse Catherine de Chenonceau persönlich kennen zu lernen. Sie hat nicht nur in einer anderen Zeit gelebt, sondern auch in anderen Kreisen verkehrt: Zuerst im Indien der Maharadschas, dann als Gesetzlose auf der Insel Ste-Marie und zuletzt an der Loire in Frankreich. Dort, auf dem abgelegenen Landsitz, wo die uralte Eiche einer Linde weichen musste. Wie in Oliviers Traum. Noch keine 50 hat Katharina ihren ewigen Frieden unter eben jener Linde gefunden. Doch die Gene von ihr und Olivier leben bis heute weiter. Ozérine zog mit dem jüngsten Spross der De Montmorencys in der Normandie ihre sechs Kinder gross. Valéon geriet mehr nach seinem Vater. Über Nacht verschwand der umschwärmte Jüngling mit einer Theaterschauspielerin nach Paris. Zum Kummer seiner Liebsten ward er nie mehr gesehen.

Von Oliviers und Katharinas Leben zeugen Jahrhunderte später noch immer unzählige Geschichten, die man sich auf der ganzen Welt erzählt. Ausserdem zwei vergilbte Bücher: Das in Leder eingebundene Tagebuch von François und das Logbuch der Victoire. Beide Dokumente haben sich eine Zeit im Besitz des Piraten Butin Nagéon de l'Estang befunden, der mit Valéon de Chenonceau befreundet gewesen ist und dessen unehelichen Sohn wie seinen eigenen grossgezogen hat. Bis heute sind diese Schriften von Vater an Sohn weitervererbt worden – und auch ich vermache sie einst meinem Sohn.

Olivier wurde nicht gelebt und sein Leben nicht fremdbestimmt. Er hat jede Sekunde wie die letzte genossen und täglich am Nimbus der Unsterblichkeit gearbeitet. Ich bin sicher, dass der letzte Pirat jener Goldenen Ära zusammen mit seiner Prinzessin im Piratenhimmel auf einer Wolke hockt, mit seinen Brüdern die Würfel auf die Tischplatte knallt, auf die guten alten Zeiten anstösst und mit kräftiger Stimme Lieder singt.

Während seine Verräter in Vergessenheit geraten sind, die Richter ebenso wie die falschen Gouverneure, lebt Olivier Le Vasseur, genannt La Buse, der Bussard, auch drei Jahrhunderte später weiter:

- Die Reisebranche verkauft Schatzsucher-Geheimtipps nach Mauritius (Ile de France), La Réunion (Ile de Bourbon), Madagaskar (Ste-Marie) und auf die Seychellen (Bel Ombre).
- Auf Ste-Marie sind die Ruinen der Hafenmole noch immer zu erkennen. Ebenso die Piratengräber auf dem alten Friedhof. Und die Buckelwale tauchen jeden Juli zu Hunderten an der Küste auf.
- Touristen pilgern in Scharen zu Olivier Le Vasseurs Grab auf dem Friedhof in St-Paul, La Réunion (das einzige Grab mit einer Kanone).

- Leute wie Bibique auf La Réunion oder Cruise-Wilkins auf den Seychellen (Bel Ombre) haben Vermögen und Zeit in die Suche nach Oliviers Schätzen gesteckt und deren Auffindung zur frustrierenden, weil bisher ergebnislosen Lebensaufgabe gemacht.
- An den Ufern der Loire wächst noch immer eine drei Jahrhunderte alte Linde.
- Ich beschäftigte mich seit einem Jahrzehnt damit, die handschriftlichen Notizen der Comtesse Catherine de Chenonceau zu sichten und ihre Geschichte niederzuschreiben.

Wir Menschen haben uns während den zurückliegenden Jahrhunderten verändert, weiss Gott nicht nur zum Besseren, Kriege über die Welt gebracht, die Umwelt verpestet und ganze Landstriche verwüstet. Doch Katharina und Olivier sind bestimmt die gleichen geblieben. Dort oben auf ihrer Wolke.

Danke

Gespräche mit meinen Freunden Hitch und Roger veranlassten mich an einem trüben Novemberabend dazu, die im Nachlass meines Grossvaters entdeckten Dokumente aus dem 18. Jahrhundert zu überarbeiten. Diesen beiden Herrschaften, der eine Schulleiter, der andere brotloser Schriftsteller, gebührt deshalb eine Mitschuld an meinem literarischen Verbrechen. Ebenso wie auch Marcel, der mir Gastfreundschaft und Asyl an der Fraumattstrasse gab, als ich am Abgrund stand und die besagten Dokumente am liebsten verbrannt hätte. Ihr alle drei habt die Geschichte von Katharina und Olivier mitgerettet und geprägt.

Ein weiterer Dank geht an meine Geschwister Doro und Gregor. Obwohl wir die unterschiedlichsten Wege eingeschlagen haben, sind wir uns nie mit Missgunst begegnet, sondern haben uns immer unterstützt. Es ist schön, mit euch beiden an der Seite durchs Leben zu gehen.

Auch meine Eltern Heidi und Edi vergesse ich nicht. Mit euren kritischen Bemerkungen habt ihr mich im Leben immer wieder auf den Boden der Realität zurück gebracht. Ich liebe euch!

Diese letzten Zeilen sind für Nicole, Lara, Mauro, Anthony und Leila. Ich hoffe, dass ihr auch in den kommenden Jahrzehnten der Sonnenschein meines Lebens bleibt!

Teil 2 - die Fortsetzung der Gefangenen - Trilogie

Die Gefangene von Rennes-Le-Château

Books on Demand, GmbH,
Norderstedt, Copyright © 2015
Catherine de Chenonceau
ISBN: 978-3-734-77219-1

Im Frühling 1733 trifft Catherine mit ihren Kindern Ozérine und Valéon in Marseille ein. Kaum betreten die drei Neuland, kreuzt ihr ärgster Widersacher wieder ihren Weg – Kapitän D'Hermitte. Er, der Catherines Ehemann Olivier vor Jahren an den Galgen gebracht und die junge Familie ins Elend gestürzt hat, spielt nach wie vor sein falsches Spiel, manipuliert seine Mitmenschen und bringt erneut Unglück und Verderben über Catherine, Ozérine und Valéon. Bis sich die junge, von Rachegefühlen getriebene Witwe zurück ins Leben kämpft, sich eine unerwartete neue Identität zulegt und mit der Hilfe eines Fremden einen waghalsigen Plan ausheckt.

Diese auf wahren Begebenheiten beruhende Geschichte gibt einen guten Einblick ins Leben in Südfrankreich um 1733: In die Architektur, die Landschaft, die gesellschaftlichen Strukturen und Zwänge – sowie vor allem ins schwere Leben einer allein erziehenden Mutter. Es ist kaum nachvollziehbar, wie viel Unglück und Leid Catherine immer wieder erdulden muss und dabei trotzdem nicht den Lebenswillen verliert. Wer es schafft, diesen Roman während einer noch so kurzen Ewigkeit auf die Seite zu legen, dem kann nicht geholfen werden.

"Und wieder verblüfft Catherine de Chenonceau die LeserIn. Mit Wort und Fantasie zieht sie alle in den Bann, die noch den Drang nach Freiheit verspüren. Packend, traurig, spannend, tragisch, bewegend – und damit eine explosive Bereicherung des aktuellen Literaturjahres!"